The One Hundred Years of Lenni and Margot

Marianne Cronin

レニーとマーゴで100歳

マリアンヌ・クローニン
村松潔 訳

レニーとマーゴで100歳

THE ONE HUNDRED YEARS OF LENNI AND MARGOT

by

Marianne Cronin

Japanese translation published by arrangement
with Marianne Cronin c/o Conville & Walsh Limited, London
through Tuttle-Mori Agency, Inc., Tokyo

Illustration by Joe Ichimura
Design by Shinchosha Book Design Division

第一部

レニー

〝ターミナル〟と言われると、わたしは空港を思い浮かべる。

目に浮かぶのは広々としたチェックイン・エリア。天井は高く、壁はガラス張りで、おそろいの制服を着たスタッフが、わたしの名前やフライトナンバーを訊いたり、荷物は自分で詰めたのか、ひとりで旅しているのかを確認するために待ちかまえている。

電光掲示板を見つめている乗客たちの虚ろな顔、これが最後になることはないと約束しながら抱き合っている家族。そういう人たちのあいだにいる自分の姿が見える。引っ張っているスーツケースがピカピカの床の上をあまりにも楽々とついてくるので、自分は宙に浮いているのではないかと思いながら、電光掲示板を見て自分の行き先を探している。

そういう場所からむりやり自分を引き剝がして、わたしのターミナルはそういうものではないことを思い出さなければならない。

いまでは、その代わりに〝余命に限りのある（ライフ・リミティング）〟という言い方をするようになっている。「余命に限りのあるこどもや若者たち……」

看護師はやさしい口調で説明してくれた。「この病院では終末期（ターミナル）の……」と言いかけて、真っ赤になって口ごもり、「ごめんなさい、余命の限られた、という意味だけど」と言いなおした。つまり、余命の限られた若い患者のためのカウンセリング・サービスを始めることになったのだが、それに参加したいかどうかということだった。カウンセラーにベッドまで来てもらうこともできるし、ティーンエイジャー用の特別なカウンセリング・ルームへ行くこともできるし、いまではそこにテレビもある。選択肢はいくらでもあるようだったが、その用語はわたしにとっては新しいものではなかった。わたしはもう何日も、いや、何年も、空港で過ごしているのだから。

それにもかかわらず、いまだに飛び立ってはいないけれど。

わたしは黙って、彼女の胸ポケットにピンで留められている上下逆さのナースウォッチを見つめていた。彼女が呼吸するたびに、それが揺れるのだ。

「あなたの名前を書いておく？　カウンセラーのドーンさんはほんとうにすてきな人よ」

「ありがとう。でも、やめとくわ。いまちょうど自分自身のセラピーをやっているところだから」

彼女は眉をひそめて、首をかしげた。「そうなの？」

レニーと司祭

わたしは神様に会いにいった。なぜなら、それはわたしがここでできる数少ないことのひとつだからだ。人が死ぬのは、神様がその人をそばに呼び戻すからだと言われている。それならば、あらかじめ自己紹介を済ませておこう、とわたしは思った。それに、信仰心のある患者を病院の礼拝堂に連れていくのはスタッフの法律上の義務だと聞いていたから、まだ入ったことのない部屋を見て、ついでに、全能の神に会っておくチャンスを逃す手はないだろうと思ったのである。

チェリーレッドの髪をした、これまで見かけたことのなかった看護師がわたしと腕を組んで、死人や死にかけている人たちのいる廊下を歩くのを手伝ってくれた。わたしはむさぼるようにあらゆる新しい光景に見入り、新しい匂いを嗅ぎ、そばを通るふぞろいなパジャマを見つめた。

わたしと神様との関係はちょっと込みいっていると言えるかもしれない。わたしが理解しているかぎり、神様は宇宙的な願かけ井戸みたいなものなのだ。何度かお願いをしたことがあり、そのうち二、三度はかなえられたが、ほかのときには彼は沈黙したままだった。あるいは、最近になってそう考えるようになったのだが、もしかすると沈黙していると思っていたあいだじゅうずっと、神様はひそかにわたしの体のなかにとんでもないものを、彼に盾突いた罰として一種の秘密の〝糞くらえ(フ**ク・ユー)〟みたいなものを埋めこんでいて、何年もあとになって見つかるようにしておいたのかもしれない。埋蔵されていた宝物を発見するみたいに。

礼拝堂の入口に着いたとき、わたしはすこしもたいしたものだとは思わなかった。わたしが想像していたのはゴシック様式のアーチだったが、その入口は両開きの分厚い木製のドアで、四角いくもりガラスの小窓が付いていた。神様はどうして窓をくもりガラスにする必要があるのだろう、とわたしは思った。このなかで何をしているのだろう?

そのドアの背後の静寂のなかに、新人看護師とわたしは転がりこんだ。

「やあ」と彼は言った。「いらっしゃい!」

彼は六十歳くらいにちがいなかった。黒いシャツとズボン、白い聖職者用のカラーをつけて、いまのこの瞬間ほどうれしいことはかつてなかったとでも言いたげな顔をしていた。

わたしは挨拶をした。「はじめまして」

「こちらはレニー……ピーターズ？」新人看護師はそれでよかったかしらと問いたげに、わたしの顔を見た。

「ペッテションです」

彼女はわたしの腕を放して、そっと「メイ病棟から来たんです」と付け加えた。

それがいちばん親切な言い方だったろう。彼女は警告しておくべきだと感じたのだ。司祭はクリスマスの朝に大きなリボンをかけた鉄道模型セットをもらったこどもみたいに興奮していたのに、実際には、彼女が差し出した玩具は壊れていたからである。お望みなら、愛着をもつのはかまわないが、車輪はすでに外れかかっているし、この玩具は来年のクリスマスまではもちそうにもないのだから。

わたしはスタンドにつながっている点滴チューブをつかんで、彼のほうに歩きだした。

「それじゃ、一時間後にまた来るわ」と新人看護師は言って、ほかにもなにか言ったが、わたしは聞いていなかった。その代わり、わたしは光が射しこんでくる場所を見上げていた。想像できるかぎりのありとあらゆる色合いのピンクと紫の光がわたしの瞳孔に飛びこんできた。

「この窓が気にいったのかね？」と彼が訊いた。

祭壇の背後にある褐色のガラス製の十字架が礼拝堂全体を照らし出していた。その十字架から放射状にひろがるかたちで、青紫や深紫や赤紫や淡紅色のギザギザのガラスの破片が埋めこまれている。

窓全体が炎に包まれているように見え、その光がカーペットに、信徒席に、わたしたちの体に降りそそいでいた。

彼はとなりで、わたしが彼のほうを向く気になるまで忍耐強く待っていた。

「きみに会えてよかったよ、レニー」と彼は言った。「わたしはアーサーだ」そう言って、わたしの手をにぎった。彼の名誉のために言っておくが、点滴の針が挿しこまれている皮膚の部分に指先がふれても、彼はたじろがなかった。

「坐りたくないかね？」と彼は言って、空の信徒席の列を示した。「きみに会えてよかったよ」

「それはもう聞いたわ」

「そうか？　それは失礼」

わたしは点滴スタンドを後ろ手に引っ張って信徒席まで行くと、ガウンの腰のあたりをもっときちんと巻きつけた。「パジャマ姿でごめんなさいって神様に言ってくれる？」と、坐りながら、わたしは彼に頼んだ。

「きみはもうそう言ったんだ。神様はいつも聞いてくれているんだから」わたしの横に腰をおろしながら、アーサー神父が言った。わたしは十字架を見上げた。

「ところで、レニー、きみはどうしてきょう礼拝堂に来る気になったのかな？」

「中古のBMWを買おうかと思っているからよ」

どう答えていいのかわからなかったのだろう、彼は前列の信徒席の背の小棚から聖書を取り上げると、見もせずにパラパラめくって、またもとの場所に戻した。

「きみは……ええと、窓が好きなんだね」

わたしは黙ってうなずいた。

沈黙が流れた。

「お昼休みはあるの？」

「え？」

「わたしはただ、礼拝堂を閉めて、みんなとおなじように食堂へ行かなくちゃならないのか、それとも、ここでお昼休みにするのか、どっちだろうと思ったんだけど」

「わたしは、うーん――」

「一日中休憩しているようなものなのに、お昼にも休憩するのはちょっと図々しいんじゃないかって気がしただけなんだけど」

「休憩している？」

「だって、だれもいない礼拝堂に坐っているのは、そんなに大変な仕事じゃないでしょう、違う？」

「いつもこんなに静かなわけじゃないんだよ、レニー」

　気を悪くしたんじゃないかと思って顔を見たが、そうなのかどうかはわからなかった。

「土曜と日曜にはミサがあるし、水曜日の午後にはこどもたちのための聖書朗読会がある。きみが想像しているより大勢の人がやってくるんだ。病院は恐ろしい場所だから、医師（せんせい）や看護師さんがいないところに来るのは悪くないことだからね」

　わたしはステンドグラスの窓の観察に戻った。

「それで、レニー、きみがきょうここに来たのにはなにか理由があるのかな？」

「病院は恐ろしい場所だから」とわたしは言った。「医師（せんせい）や看護師さんがいないところに来るのは悪くないことだからよ」

　彼が笑った声が聞こえたような気がした。

「ひとりにしておいてほしいのかな？」と彼は訊いたが、気を悪くしたわけではなさそうだった。

「べつにそうじゃないわ」

「なにかとくに話したいことがあるのかね？」

「べつにそうじゃないわ」

アーサー神父はため息を洩らした。「わたしの昼休みのことを知りたいのかね？」

「ええ、おねがい」

「わたしの昼休みは一時から一時二十分までだ。小さな三角形に切った食パン（ホワイトブレッド）に卵とクレソンを挟んだのを食べる。うちのお手伝いさんが作ってくれるんだ。あのドアの向こうにオフィスがあるんだが」と言って、彼は指差した。「十五分でサンドイッチを食べて、あとの五分でお茶を飲む。それから、またここに出てくるんだ。ただし、礼拝堂は、わたしがオフィスにいるあいだも、ずっとあいているんだがね」

「お給料はもらっているの？」

「だれからも給料はもらっていない」

「それじゃ、卵とクレソンのサンドイッチの費用はどうしているの？」

アーサー神父は笑った。

わたしたちはしばらく黙ったまま坐っていたが、それから彼がまた話しだした。聖職者のわりには、沈黙しているのがあまり得意ではなさそうだった。沈黙していれば、神様に出てくるチャンスを与えられるのではないか、とわたしは思っていたのだが。でも、アーサー神父は黙っているのが好きではないらしく、わたしたちは彼のお手伝いさんのミセス・ヒルのことを話した。休暇で出かけると、彼女はかならず絵葉書を送ってくれ、戻ってくるとそれを彼の〝未決書類入れ（イン・トレイ）〟から取り出して、冷蔵庫に貼りつけるのだという。ステンドグラスの窓の背後の電球をどうやって取り替えるのかについても話した（裏側に秘密の通路があるのだという）。それから、パジャマについても話した。新人看護師がわたしを迎えにきたとき、彼は疲れきっているように見えたけれど、また来てほしいと言った。

そのくせ、翌日の午後、わたしが新しいパジャマを着て、こんどは点滴スタンドなしに現れると、彼は驚いたようだった。わたしが二日つづけてそこに行くという考えは、看護師長のジャッキーには気にいらないようだったが、わたしは彼女の目をじっと見つめて、小さな声で「わたしにとってはとても意味のあることなのに」と言った。だれが死にかけているこどもに〝ノー〟と言えるだろう?

わたしが廊下を歩くのを手伝うためにジャッキーが看護師を呼ぶと、やってきたのは新人看護師だった。チェリーレッドの髪をした――その赤が青いナース服と絶望的にそぐわない――看護師だ。まだメイ病棟に来て数日足らずで、とても――とりわけ空港のこどもたちのことになると――緊張していて、だれでもいいからだれかに、自分のやっていることが正しいと請け合ってもらいたくてたまらないようだった。礼拝堂のほうに向かって廊下を歩いているとき、付き添いの仕方がとても上手だとわたしが言うと、彼女は喜んだようだった。

礼拝堂にはまたもやだれもいなかった。信徒席に坐っていたアーサー神父は、黒服の上に裾長の白いローブをまとって、なにか読んでいた。聖書ではなく、A4判の安っぽい装丁の本で、表紙はてかてか光るラミネート加工だった。新人看護師がドアをあけ、わたしがそれに感謝しながら入っていっても、アーサーはすぐには振り向かなかった。新人看護師がドアを閉め、重々しいズシンという音がひびくと、彼は眼鏡をかけて、笑みを浮かべた。

「牧師様、ええと……神父様でしたっけ?」新人看護師は口ごもった。「彼女、あのう、レニーが一時間ほどここにいたいと言っているんですが、かまわないでしょうか?」

アーサーは膝の上の本を閉じた。

「もちろんです」と彼は言った。

「ありがとうございます、あのう、牧師様……?」と新人看護師が言った。

「神父様よ」とわたしが小声でささやいた。彼女は顔を真っ赤にして――それは髪の赤にすこしもそぐわなかったが――しかめ面になると、それ以上なにも言わずに出ていった。

アーサー神父とわたしは信徒席に落ち着いた。ステンドグラスの色は前日とおなじくらいきれいだった。

「きょうもだれもいないのね」とわたしは言った。その声が反響した。

アーサー神父はなんとも言わなかった。

「むかしはもっと賑やかだったのかしら？　そのう、まだみんながもっと神様を信じていたころは？」

「いまでも賑やかだよ」

わたしは彼の顔を見た。「でも、ここにはわたしたちしかいないじゃない」

あきらかに、彼はそうは思っていないようだった。

「そのことについて話したくないなら、それでもいいのよ」とわたしは言った。「バツが悪いにちがいないから。だって、パーティをひらいたのに、だれも来なかったみたいなものだから」

「そうかね？」

「そうよ。だって、あなたはブドウやいろんな縫い取りのある、そんなとっておきの白いパーティ用ドレスを着ているのに――」

「これは祭服だ。ドレスじゃない」

「祭服なの。それじゃ、あなたはパーティ用の祭服を着ていて、ランチのためのテーブルも用意してあるのに……」

「あれは祭壇だ、レニー。あそこにあるのはランチじゃなくて聖体、キリストのパンなんだ」

「えっ？　わたしたちにも食べさせてくれるんじゃないの？」

アーサー神父はわたしをジロリと見た。

「あれは日曜日の礼拝用だ。わたしはランチに聖なるパンを食べたりしないし、祭壇でお昼を食べることもない」

「もちろんそうでしょう。だって、あなたはオフィスで卵とクレソンのサンドイッチを食べるんだもの」

「そうだよ」と彼は言った。わたしが彼の話したことを覚えていたので、ちょっぴり誇らしげだった。

「でも、あなたはパーティのためにいろんな準備をしたんでしょう。音楽もあるし」――わたしは隅のほうにある悲しげなCDラジカセを指差した。その横にCDがきちんと積み重ねられている――「大勢坐れるだけの席があるのに」と言って、わたしは空っぽの信徒席の列を示した。「だれも来ないのね」

「わたしのパーティにかね?」

「そうよ。毎日、一日中、あなたはイエス様のパーティをひらいているのに、だれも来ないんだから。ひどい気分にちがいないわ」

「それは……ううむ……まあ、そういう考え方もできるかもしれない」

「わたしがそれをさらにひどくしているのなら、ごめんなさい」

「きみはなにもひどくしたりはしていない。しかし、実際、これはパーティではないんだよ、レニー。ここはお祈りをする場所なんだ」

「そうよ。違うのよ。それはわかっているわ。でも、わたしが言いたいのは、わたしにはあなたの気持ちがわかるっていうことなの。わたしもむかしパーティをひらいたことがあるから。八歳のときで、スウェーデンからグラスゴーへ引っ越したばかりだった。母さんがクラスのこどもたち全員を招待したんだけど、ほとんどだれも来なかったのよ。そのころ、母さんの英語はまだ片言だったから、みんながプレゼントや風船を持ってぜんぜん別の場所に行って、パーティがはじまるのを待っていたのかもしれないけど——少なくとも、そのときは、わたしは自分にそう言い聞かせたものだったけど」

わたしは黙った。

「つづけて」と彼は促した。

「で、そこに、母さんが円形に並べた食卓の椅子に坐って、だれかが現れるのを待っていたとき、わたしはひどい気分だった」

「それは気の毒だったね」と彼は言った。

「それがわたしの言いたかったことなのよ。パーティにだれも来ないと、どんなにみじめな気分になるか、わたしは知ってるってこと。わたしは気の毒だと思っていると言いたかっただけよ。あなたはそれを否定すべきじゃないと思う。正面からそれに向き合わないかぎり、問題は解決できないんだから」

「しかし、ここは賑やかなんだよ、レニー。きみが来ているから賑やかだし、主の霊に満ちているから賑やかなんだ」

わたしは彼をジロリと見た。

彼は信徒席のあいだを足を引きずって歩きだした。「それに、ちょっとした孤独は笑うべきものじゃない。ここはお祈りの場所でもあるが、安らぎの場所でもあるんだから」彼はステンドグラスを見上げた。「わたしは患者と一対一で話せるのが気にいっているんだ。そうすれば、相手に完全に集中できるからね。で、悪く取らないでほしいんだがね、レニー、わたしがきみに完全に集中することを主は望んでおられるのかもしれないと思うんだ」

それを聞いて、わたしは笑った。

「わたしはお昼にあなたのことを考えたわ」とわたしは言った。「きょうもまた卵とクレソンを食べたの？」

「食べたよ」

「それで？」

「いつもどおり美味しかった」

「それで、ミセス……？」

「ヒル。ミセス・ヒルだ」

「ミセス・ヒルにはわたしたちの会話のことを話したの？」

「話さなかった。きみがここで話すことはすべて秘密にすることになっているんだ。だから、だれもがここに来たがるんだよ。思っていることをいくらぶちまけても、あとでだれかに知られる心配はないから」

「それじゃ、これは告解なの？」

「いや、告解というわけではない。きみが告解をしたいというのなら、わたしは喜んでお手伝いをするつもりだが」

「告解でないんなら、これは何なの？」

「これはきみがそうしたいものになる。この礼拝堂がここにあるのは、きみが必要としているどんなものにでもなるためなんだ」

わたしは空っぽの信徒席の列を、ベージュの埃よけカバーを掛けた電子ピアノを、イエスの絵をピンで留めてある掲示板を眺めた。何にでもなれるとしたら、ここがどんなものになってほしいとわたしは思うのか？

「わたしはここが答えの場所になってほしい」

「そうなることもできる」

「ほんとう？　宗教がほんとうに疑問に答えたりできるのかしら？」

「レニー、キリストはあらゆる疑問の答えへきみを導いてくれる、と聖書が教えてくれているよ」

「でも、具体的な疑問にも答えてくれるの？　ほんとうに？　人生は神秘だとか、すべては天の配剤だとか、わたしの求めている答えはいずれあきらかになるだろうとか言わずに、疑問に答えてくれるのかしら？」

「きみの疑問を教えてくれないかね？　そして、わたしたちがその答えを見つけるのを神様がどんなふうに手助けしてくれるか、いっしょに見てみようじゃないか」

わたしが信徒席に背をもたせかけると、ギーッという音がした。その音が部屋中に反響した。

「なぜわたしは死ぬことになっているの？」

レニーと疑問

その質問をしたとき、わたしはアーサー神父の顔を見ていなかった。その代わり、わたしは十字架を見ていた。彼がゆっくりと息を吐く音が聞こえた。そのうち答えてくれるのだろうと思ったが、彼はただ呼吸しつづけているだけだった。一瞬、彼はわたしが死にかけているのを知らないのかもしれないと思った。けれども、考えてみれば、わたしはメイ病棟から来たのだと看護師が言ったのだし、メイ病棟には末永く幸せな人生を期待している患者はひとりもいないのである。

「レニー」しばらくしてから、彼がそっと言った。「その疑問はほかのあらゆる疑問より大きな問題だ」彼が背をもたせかけると、信徒席はまたギーッと鳴った。「不思議なことに、わたしはほかの何よりも〝なぜ〟と訊かれることが多い。〝なぜ〟に答えるのはいつもむずかしいんだ。どうやってとか、何がとか、だれがとかは、まあなんとかなるが、なぜと訊かれると、わたしは知っているふりをすることさえできない。この仕事をはじめたばかりのころには、それに答えようとしたものだったが」

「でも、もう答えようとはしないの？」

「その答えはわたしの管轄ではないと思う。それは神様ご自身が答えるべきことなんだ」彼は祭壇を指差した。まるで神様がその背後にしゃがんでいて、わたしたちから見えないところで、耳を傾けているかのように。

わたしは彼に向かって、だから言ったじゃないという身ぶりをした。

「しかし、それは答えがないことを意味するわけじゃない」と彼は急いでつづけた。「ただその答えは神とともにあるというだけだ」

「アーサー神父……」

「何だい、レニー？」

「そんなばかげた話は聞いたこともないわ。わたしはいまここで死にかけているのよ！　それで、神様から指定された代理人のところに来て、ほんとうに重要なことを訊いたら、それは神様に訊けだなんて。わたしはもう何度も訊いてみたけど、答えはなかったわ」

「レニー、答えはかならずしも言葉のかたちで与えられるとは限らない。いろんなかたちで与えられることがあるんだ」

「それじゃ、なぜここが答えの場所だと言ったの？　なぜ正直に言ってくれないのよ？『たしかに、聖書の理論にはまったく隙がないわけじゃなくて、答えられないこともある。でも、ここにはすてきなステンドグラスの窓があるじゃないか』って」

「もしも答えが得られたら、それはどんなものだと思うんだね？」

「もしかすると、と神様は言うかもしれない。わたしを死なせることにしたのは、わたしが落ち着きがなくて人を苛々させるからだ、と神様は言うかもしれない。でなければ、ほんとうの神様はヴィシュヌ神なのに、わたしが無駄にキリスト教の神様にばかりお祈りしていて、一度も彼にお祈りしたことがないから、怒っているのかもしれない。それとも、神様なんてものはいなくて、初めからずっといなくて、深海から現れた巨大な亀が宇宙全体を支配しているのかもしれない」

「そうだったら、きみはちょっとは気分がよくなるのかな？」

「たぶんよくならないわ」

「きみはいままで自分が答えられない質問をしたことがあるかい？」とアーサー神父は訊いた。

認めなければならないのは、わたしが彼の冷静さに感嘆したことだった。彼は質問の切り返し方をよく心得ていた。〝なぜ自分は死ぬのか〟とわめいたのは、わたしが初めてではなかったにちがいない。そう思うと、わたしはもっと気分が悪くなった。

わたしは首を横に振った。

「求められた答えをもっていないと言わなければならないのはじつにひどいことだ」と彼はつづけた。「しかし、だからといって、ここが答えの場所でないというわけではない——ただ、きみが期待していたとおりの答えではないかもしれないだけなんだ」

「それじゃ、アーサー神父、グズグズ言わずに答えてよ。答えは何なの？　なぜわたしは死ぬことになっているの？」

アーサーは穏やかな目でじっとわたしを見た。「レニー、わたしは——」

「そうじゃなくて、おねがい、教えてよ、なぜわたしは死ぬことになっているの？」

それに正直に答えれば、教会の教義にそむくことになると言うのではないかと思ったが、そのとき顎の灰色の無精ひげを手で撫でながら、彼は言った。「なぜならそういうことになっているからだよ」

わたしは眉をひそめたにちがいない。あるいは、彼は思わずほんとうのことを言わされて、後悔していたのかもしれない。彼はわたしの顔を見ていられなかった。「わたしの答えは、ただひとつの答えは」と彼は言った。「きみは死ぬことになっているから死ぬということだ。神が罰を与えることにしたからではないし、きみを見捨てたからでもない。ただそういうことになっているからだ。きみがいまここにいるのとおなじくらい、それがきみの人生の一部なんだ」

長い沈黙のあと、アーサーはわたしのほうに顔を向けた。「こんなふうに考えてみたらどうかな。なぜきみは生きているんだい？」

「わたしの両親がセックスしたからよ」

「わたしが訊いたのはどうやってきみが生きることになったかではなくて、なぜ生きているのかだ。なぜきみは存在しているのか？　なぜきみは生きているのか？　きみの人生は何のためにあるのか？」

「わからないわ」

「死ぬこともそれとおなじなんだと思う。きみがなぜ生きているのかわからないのとおなじように、なぜ死ぬのかもわからない。生きることも死ぬことも、両方ともまったくの謎でしかない。両方とも体験してみないかぎりわからないだろう」

「それは詩的だけど、皮肉な感じね」わたしは自分の手の、前日に点滴のカニューレが挿しこまれていた箇所をさすった。そこがまだ痛かったのである。「わたしが入ってきたとき、宗教の本を読んでいたの？」

アーサーはわきに置いてあった本を取り上げた。黄色い表紙のリング綴じの本で、縁はボロボロ、太字で〝ＡＡ全英道路地図〟と書かれていた。

「信者たちを探してたの？」とわたしは訊いた。

新人看護師が迎えにきたとき、アーサーは床にひざまずき、彼女の足にキスをして、歓声を上げながらひらいたばかりのドアから跳び出していくのではないか、とわたしは思った。けれども、彼はそうはせずに、わたしがドアにたどり着くまで辛抱強く待っていて、パンフレットをくれ、また来てほしいと言った。

こしゃくにもわたしを叱りつけようとしなかったからか、わたしに苛立たせられたことを認めようとしなかったからか、それとも、礼拝堂が涼しくて気持ちよかったせいかはわからなかったが、パンフレットを受け取ったとき、わたしはまた来る気になっていた。

だが、それから七日間は放っておいた。もう来ないだろうと思うくらい間隔をあけようと思ったのだ。そうしておいて、彼がまた空っぽの礼拝堂の内側での孤独な暮らしに落ち着こうとした矢先に、バーン！　わたしがゆっくりよろめきながら入っていく。とっておきのピンクのパジャマを着て、キリスト教に挑戦する質問をもう一ラウンド分用意して、すっかり砲撃の準備を整えて。

今回は、くもりガラスの小窓越しに廊下をやってくるわたしの姿を見たにちがいなかった。というのも、わたしのためにドアをあけて、「ようこそ、レニー、いつまた会えるかと思っていたよ」と言い、わたしのドラマチックな再登場を台無しにしてしまったからである。

「来る気がないようなふりをしていたのよ」とわたしは言った。

彼は新人看護師に笑いかけた。「きょうはどのくらいレニーのお相手をさせていただけるのかな？」

「一時間です」――と笑みを浮かべて――「牧師様」

彼は間違いを訂正しようとはせずに、わたしが通路をバタバタ歩いていくあいだ、ドアを支えていた。わたしは今回は最前列の席を選んだ。そのほうが神様に気づいてもらえるチャンスが大きいだろうと思ったからだ。

「かまわないかな？」とアーサー神父が訊いたので、わたしはうなずいた。彼はわたしの横に坐った。

「で、レニー、今朝はどうだい？」

「そうね、悪くないわ、ありがとう。あなたは？」

「礼拝堂がどんなに空っぽかとか、コメントしないのかね？」彼はだれもいない空間を身ぶりで示した。

「いいえ。ここにわたしたち以外のだれかがいたら、そのときはコメントに値すると思うけど。あなたの仕事のことで嫌な思いをさせたくはないから」

「心づかいをありがとう」

「PR係が必要かもしれないわ」とわたしは言った。

「PR係？」

「そう、わかるでしょ、マーケティングよ。ポスターとか、宣伝とか、そういうもの。みんなに知らせる必要があるのよ。そうすれば、信徒席はいっぱいになって、利益が出るかもしれないわ」

「利益？」

「そうよ。いまのままじゃ収支トントンにさえならないでしょ」

「わたしは教会に来る人たちから入場料を取るわけじゃないんだよ、レニー」

「わかってる。でも、教会がざわざわ満員になって、同時に、利益が上がるようになったら、神様がどんなに感嘆するか考えてみて」

彼は奇妙な笑みを浮かべた。消されたばかりのロウソクの匂いがしたので、どこかにバースデイケーキが隠されているような気がした。

「ひとつ、話をしてもいいかしら？」

「もちろんだよ」と言って、彼は両手をにぎり合わせた。

「学校に通っていたころ、わたしはある女の子のグループにくっついて、夜、よくグラスゴーの街に出かけたんだけど、一軒、ものすごく高いナイトクラブがあって、だれも料金を払ってなかに入ったことがなかったの。お客が行列していたわけじゃなかったけど、黒いビロードのロープや銀色のドアからだけでも、特別なお店だとわかったわ。人が出入りするのを見たことはなかったし、ドアの両側には用心棒が立っていて、わたしたちにわかっていたのは、店に入るだけで七十ポンド取られるっていうことだけだった。高すぎるのはわかっていたけど、そのクラブの前を通るたびにますます好奇心をそそられたのよ。どうしてそんなに高いのか、ドアの向こう側には何があるのか、どうしても知りたくなったの。それで、わたしたちは協定を結んで、みんなでお金を貯めて、偽の身分証も手に入れて、店に入ってみたんだけど、どうだったと思う？」

「どうだったんだい？」

「それはストリップクラブだったのよ」

アーサー神父は眉を吊り上げ、それから照れたかのようにもとに戻した。驚いた顔をしたのは好奇心をそそられたか興奮したせいだと思われるのを心配しているかのように。

「で、この話の教訓は何なのか、わたしにはよくわからないね」と彼は慎重に言った。

「わたしが言いたかったのは、すごく高かったから、なかに入るのはそれだけの価値があるはずだ、とわたしたちは考えたということよ。入場料を取れば、人は興味をそそられるかもしれないわ。用心棒を雇うこともできるかもしれないし」

アーサーは首を横に振った。「いいかね、レニー、前から言っているように、この礼拝堂に来る人は多いんだ。わたしは患者やその親類と話をすることに多くの時間をつかっている。みんなよくわたしに会いにくるんだが、ただ――」

「たまたま、わたしが来るときにはいつもだれもいないだけなのね」

アーサー神父はステンドグラスの窓を見上げた。彼の心のなかの独り言が聞こえるような気がした。こんな娘にも我慢できるだけの忍耐力を与えたまえと神に祈っているにちがいなかった。「この前来たときに話したことについて、きみはあれから考えてみたのかね？」

「少しはね」

「きみはなかなかいい質問をした」

「あなたはなんの役にも立たない答えをした」

沈黙が流れた。

「アーサー神父、わたしの願いを聞いてもらえるかどうかと思っているんだけど」

「どんな願いだね？」

「真実を、掛け値なしの、すっきりした真実を教えてもらえる？　教会のひねくりまわした解釈や、凝った言い方ではなくて、あなたが骨の髄までほんとうだと信じていることを、たとえそれで自分が傷つき、わたしにそう言ったことをボスに聞かれたら、クビになるかもしれないとしても」

「わたしの――きみの言い方を借りれば――〝ボス〟はイエス様とわれらが主だが」

「なら、あなたをクビにしたりはしないでしょう――彼らは真実を愛しているから」

そういう真実について検討するにはたぶん時間がかかるだろう、とわたしは思っていた。教皇か助祭（ディーコン）と連絡を取って、公式のガイドラインなしに真実を分け与えることが許されるのかどうかチェックする必要があるだろう。けれども、新人看護師が戻ってくる直前に、彼はぎごちなくわたしのほうに顔を向けた。贈り物を渡そうとしているのだが、相手が気にいるかどうかまったく自信がないとでもいうように。

「真実を教えてもらえるの？」とわたしは訊いた。

「そのつもりだ」と彼は言った。「レニー、きみはここが答えの場所だったらいいのにと言ったが……、じつは、わたしも答えの場所だったらどんなによかっただろうと思っている。わたしに答えがわかっていたら、答えを教えていただろう」

「それはわかっていたわ」

「それじゃ、これならどうかね？」と彼は言った。「わたしは本気できみにまた来てほしいと思っていたんだ」

自分のベッドに戻ると、新人看護師が置いていったメモがあった。〈レニー、ジャッキーと話して――ソーシャル・サービスについて〉
わたしは彼女が置いていった鉛筆で文法的な誤りを訂正してから、ナース・ステーションへ行った。サギみたいな髪形をした看護師長、ジャッキーはいなかった。そのとき、あるものがわたしの目に留まった。
ナース・ステーションのデスクの横で、リサイクル品の手押し車がポーターのポールが戻ってくるのを待っていた。それは大きな車輪付きのゴミ箱だった。かつてはハンドルにマーカーで〝最新型〟と書いてあったが、いまはペンキで塗りつぶされていた。ポールのゴミ箱車はふだんならべつに面白くもなんともないのだが、その日わたしの興味をひいたのは、小さな紫色のスリッパを履いた足を床すれすれに浮かして、ゴミ箱に半分ぶら下がり、なかの紙クズを両手で掻きまわしている老婦人がいることだった。

捜していたものが見つかったらしく、老婦人は体を起こした。そんな姿勢で奮闘していたせいで、灰色の髪はボサボサだった。彼女は一通の封筒を紫色のガウンのポケットに突っこんだ。

そのとき、なかからノブをまわしたらしく、オフィスのドアがガチャリという音を立て、ジャッキーとポールが現れた。

老婦人とわたしの目が合った。彼女は自分がやっていたことを人に知られたくないと思っているようだった。

ジャッキーとポールが、どちらも疲れてうんざりした顔でオフィスから出てくると、わたしは叫び声をあげた。

ふたりはわたしの顔を見た。

「やあ、レニー！」ポールはにっこり笑った。

「どうしたの、レニー？」とジャッキーが言った。ジャッキーの顔の、本来ならクチバシがあるべき場所が苛立たしげに一直線に結ばれた。

彼らの背後では、紫色のガウンの老婦人がゴミ箱車の縁から降りて、ひどくゆっくり逃走を開始していた。わたしはふたりの目を自分に釘付けにしておきたかった。

「わたしは……そのう……クモがいるのよ」とわたしは言った。「メイ病棟に」

ジャッキーは、それはわたしのせいだとでも言いたげに、目をぐるりとまわした。

「おれが捕まえてやるよ、ダーリン」とポールが言った。ふたりはわたしの横をすり抜けて、メイ病棟に入っていった。

いまや無事に廊下の端まで到達した老婦人は、ポケットから封筒を出して立ち止まり、後ろを振り向いた。そして、わたしと目が合うと、ウィンクをした。


とてもびっくりしたのは、ポールが実際にメイ病棟の奥の窓の片隅にクモを見つけたことだった。これは神のおぼし召しなのだろうか、とわたしは思った。求めよ、さらば与えられん。彼はクモをプラスチック・カップのなかに追いこみ、手でふたをして、わたしたちに見せてくれた。彼の指の付け根のタトゥーが〝自由〟という言葉だったことに気づいた。そのクモを見ると、ジャッキーはわたしにもっとビシッとしなさいと言った。そして、本物のクモを見たければ、夏にバーベキューをするとき、彼女の家に来て裏庭をぶらついてみないかと言った。ウッドデッキの下に住み着いているクモはすごく大きくて、半リットルのグラスで捕まえると、肢が底からはみ出して、折れてしまうらしかった。わたしはその誘いを丁重に断って、自分のベッドへ引き揚げた。

アーサー神父の最新のパンフレットが、ベッドサイド・テーブルのおなじくらい痛ましいパンフレットの山の上に置いてあった。パンフレットごとに違うイエスが描かれている。心配そうなイエス。羊を連れたイエス。こどもたちとイエス。岩の上のイエス。だんだんますますイエスっぽくなっていくイエス。

ベッドのまわりにカーテンを引いて、わたしは考える姿勢をとった。アーサー神父は、答えを教えられたらよかったと思っていると言った。人々が絶えず質問してくるのに、それに少しも答えられないというのは、どんなにフラストレーションがたまることだろう。答えをもたない聖職者でいるのは、泳げないのに泳ぎ方を教えてほしいと頼まれる人みたいなものではないか。それに、彼が信じられないほど孤独なのはあきらかだった。あの礼拝堂の重たいドアの背後にどんな答えも見つからないことは、初めからずっとわかっていた。その代わり、わたしは助けを必要としている人を見つけたのだ。

患者をもっと礼拝堂に行かせるための多面的な計画を練り上げるのに数日かかった。人目につくのに謎めいたところのあるポスターを作れば、ちょっとはメディアの注意をひけるかもしれないし、病院のラジオ局にむりやり頼みこめば、たぶん礼拝堂をよろしくというメッセージを流してもらえるだろう。宗教に焦点を当てるかわりに、アーサー神父とのおしゃべりの治療的効果を強調して、ついでに、礼拝堂がとても涼しいことにも触れておこう。患者たちはそれが気にいるにちがいなかった。なぜなら、病院は常に快適な温度よりちょっと上に保たなければならないという法律でもあるのか、いつもジトジトするくらい暑いのだ。マシュマロを炙れるほどの暑さではないけれど。

新人看護師がわたしを礼拝堂に連れていってくれた。アーサー神父がマーケティング会議にふさわしい気分でいるかどうかをチェックするため、わたしはドアの隙間からなかを覗いた。ところが、彼はひとりではなかった。

アーサー神父は彼とまったくおなじ恰好——白いカラー、きっちりした黒いシャツとズボン——をした男の前に立っていた。彼とアーサー神父が握手したとき、その男はもう一方の手でにぎり合った手を保護するように包みこんだ。それを寒さから、あるいは、合意した内容を引き裂き反故にするおそれのある強風から護ろうとするかのように。

眉毛が黒く、髪も黒い男だったが、年齢はよくわからなかった。彼は笑みを浮かべていた。サメみたいな笑みを。

「なかにだれかいるの?」と新人看護師が訊いた。

「そうよ」とわたしは小声で言った。

そのときだった。年齢不詳の男がドアに向かって歩きだしたのは。わたしはかろうじて背筋を伸ばす時間しかなかった。次の瞬間にはドアがひらき、アーサー神父と男がわたしをじっと見つめた。

「レニー、これは驚きだ！」とアーサーが言った。「いつからここで待っていたんだね？」

「やったじゃない！」とわたしは言った。「とうとうお客さんを引き入れたのね」

「何だって？」とアーサーが言った。

「お客さんがひとり増えたんでしょう」わたしは年齢不詳の男のほうを向いた。「こんにちは、イエス様のお友だちかアーサー神父のお友だちかは知らないけど」

「ああ、じつは、レニー、こちらはデレク・ウッズというんだ」

デレクが手を差し出した。「やあ」と彼は滑らかな口調で言った。わたしは〈礼拝堂を救おう〉プロジェクトの計画書を腋の下に挟んで、デレクの手をにぎった。

「デレク、こちらはレニー」とアーサー神父が言った。「ここによく来てくれるんだ」

「はじめまして、レニー」とデレクは言って、わたしと入口の近くで落ち着かなそうにしていた新人看護師に笑いかけた。

「正直なところ、わたし以外の人がここに入ってきたのはとてもうれしいわ。もう何週間にもなるのに、会ったのはあなたが初めてなんだから」アーサーは床を見つめていた。「だから、〈礼拝堂を救おう〉検討委員会に代わって、あなたの宗教的な目的地としてこの礼拝堂を選んでいただいたことに感謝したいと思います」

「検討委員会？」とデレクは訊いて、アーサーの顔を見た。

「すまないが、レニー、わたしにも訳がわからないな」と言いながら、アーサーは新人看護師の顔を見た。

「いいのよ。詳しいことは次に会ったときすっかり説明するつもりだから」わたしはデレクのほうに向きなおった。「気分がよくなったのならいいんだけど」

「デレクは患者じゃないんだ」とアーサー神父が言った。「リッチフィールド病院の礼拝堂から来たんだよ」

「でも、ひとり増えたことには変わりないでしょう。わたしはこの計画でなんとかキリストの――」

「デレクがここの跡を引き継いでくれることになったんだ」

「何の跡を？」

「わたしのだ。残念ながら、わたしは退職するんだよ、レニー」

わたしは両の頬がかっと熱くなるのを感じた。

「でも、礼拝堂に関するきみの計画をわたしはぜひ聞きたいと思っているよ」と言いながら、デレクはわたしの肩に手を置いた。

そのあと、わたしは後ろを向いた。

それから、わたしは走りだした。

レニーと臨時雇い

去年の九月、病院は臨時の職員を雇った。

患者の体験・福祉部門が二件の退職と一件の産休で打撃を受けたからである。多くの臨時雇いのように、高学歴すぎるこの臨時雇いは、良い大学の良い学科の良い学位を取って卒業したばかりだった。問題はおなじくらい評判の高い大学の優秀な卒業生たちで市場が飽和状態だったことで、だから、彼女はグラスゴー・プリンセス・ロイヤル病院の臨時の事務アシスタントというオファーに飛びついたのである。仕事内容が彼女の美術の学位やキャリア目標となんの関係もないことは問題にはならなかった。ほかの二〇一三年度卒業生たちといっしょに外の寒さのなかで震えないで済むだけで満足だったからである。

臨時雇いはただちに実務にまわされて、それからの数カ月、データ入力やコピー取りの仕事をコツコツやりながら、ときおり灰色の窓から病院の駐車場を眺めて、もう一度学生に戻りたくてたまらなくなっていた。ある日、ボス――マーケットで買った偽物のデザイナー香水をプンプンさせている抜け目のない男――と話をしているとき、彼女は最近読んだ記事のことを口にした。スマートフォンから顔を上げるほどこのボスの興味をそそったのは、芸術を支援するある慈善団体が患者のためのアートセラピー・プログラムを設けたいと考えている病院や介護施設にかなり多額の寄付を提供しているという部分だった。

ボスは臨時雇いに、その日の午後は自分の書類は自分でコピーすると言った。そして、それから数週間もしないうちに、臨時雇いのデスクの上から一般事務書類のゴミの山がほぼ姿を消した。彼女は寄付の申請書類を作り、工事請負業者からの見積もりを整理し、画材のメーカーと話をした。重病の患者たちをひとつの部屋に集めて――不注意で身体を傷つけるおそれのある――工芸用のハサミや鉛筆を持たせるために必要な複雑怪奇な手続きをクリアするため、数限りない健康や安全性についての書類に書きこんだ。

慈善団体に寄付を要請するためのプレゼンテーションはロンドンの本部オフィスで行なわれた。会議室に案内されるのを待つあいだ、臨時雇いは両手にべっとり汗をかき、書類の下端に染みがついてしまったので、慈善団体本部の臨時雇いにコピーをもう一部取ってくれるように頼まなければならなかった。

そのニュースが入ったのは木曜日の午前中、十一時をまわったばかりのときだった。申し込みに感謝するとかなんとかいう無駄話の冒頭は飛ばして、彼女はすぐに本文に目をやった。「貴院に対する寄付の内訳は……」やった！　グラスゴー・プリンセス・ロイヤル病院にアートルームができるのだ。

臨時雇いはそれまでの何よりも熱を入れてアートルームの準備に取りかかった。彼女はパブのクイズ・ナイトでは、病院での美術工芸に関する最新ニュースで友人たちをうんざりさせ、週末には患者が写生する花のための植木鉢に色を塗った。新しいアートルームを宣伝するために三種類のポスターを作り、地方新聞二紙と地元ラジオ局のニュース番組で取り上げられるように手配した。

待ちに待ったそのオープニングの前日、臨時雇いはアートルームに行って、準備がすっかり整っていることを確かめた。古い二部屋のIT収納室をひとつにしたので、まずまずの広さがあり、そのうえ、両側に自然光の入る大きな窓があるという利点があった。画材を入れた戸棚、美術の本、教師用のホワイトボード、患者によって異なるニーズに応えられるよう高さを変えられるテーブルやクッション付きの椅子、絵筆を洗うためのシンク、壁に並んだ掲示板には糸でいろんな高さに吊した洗濯ばさみがぶら下がっていて、患者たちがそこに作品を挟んで乾かせるようになっていた。

彼女は部屋を歩きまわった。アートルームは準備が整って、待機していた。鉛筆は折れていなかったし、テーブルは汚れておらず、シンクはピカピカで、床にはまだ絵の具は垂れていなかった。近いうちに、この部屋は色彩であふれ、いろんな表現がうなりをあげて、患者たちが魂を休められる場所に、耳を傾けてもらえる場所になるだろう。彼らが束の間〝病人〟であることをやめて、ただの人になれる場所に。ドアに鍵をかけるまえに、彼女は壁の新しいペンキの匂いを吸いこんで、ほんの二、三カ月前には、この部屋が管理の行き届かないＩＴ設備類の収納室だったことを思い出した。

オープニングの朝、臨時雇いは気分が悪くなりそうなほど緊張して出勤した。アートルームのことをみんなに話したかったけれど、それよりもなによりも、患者たちに見てもらいたくてたまらなかった。彼女が想像できなかったのは、患者たちが入ってきて、使いはじめたら、その部屋がどんな感じになるのかということだった。最初に描かれる絵はどんな物語を語ることになるのか？

その日のために新調したいでたちでオフィスに到着したとき、ボスがなぜそんなに遠慮がちなのか、なぜ彼女と目を合わせようとしないのか、なぜ空気がそんなに……低調なのか理解できなかった。彼女は自分の携帯でツイッターでの反響を見せ、オープニングの進行手順をひととおり説明した。

「じつは、よりによってこんな日に、きみを困らせるのは申しわけないんだがね」と言いながら、ボスは残り少ない髪の毛を指で梳いた。「美術の教師が必要になるんだが、予算がカットされてしまっているし、臨時雇いには休業手当を出す必要があるものだから……」

臨時雇いの心臓が早鐘のように打ちだした。自分が頼まれることを期待していなかったと言えば嘘になる。アートルームに教師が必要なのはあきらかなのに、彼はなかなか雇おうとしなかったからだ。彼女が美術の学位をもっていることは知っているはずだったし――彼女以上の適任者がいるはずはなかった。彼女は自分の手をギュッとにぎりしめた。

「ともかく、わたしが雇った女性は考えていたより費用がかかる。だから、月末にきみとの契約を更新する予算の余裕がないんだ。しかし、オープニングには残っていてほしいし、正式な契約期間が終了するまでにはまだ三週間ある」

臨時雇いは三秒か四秒のあいだ笑みを浮かべたままだった。そのあいだ、衝撃を受けた彼女の脳は、いまは笑っている場合ではないと彼女の口に伝えようとしていたのだが。

それからテレビ局のインタビューの時間になった。彼女は放送局のスタッフをアートルームへ案内し、オープニングのために招待された病気のこどもたちとの撮影の準備を手伝った(「腕や脚の骨折ぐらいにしておいてくれ。あまり気が滅入るようなのはだめだし、癌患者もだめだ」というのがボスからの指示だった)。ニュースキャスターが臨時雇いとこどもたちをいっしょに配置すると、カメラがパンして、彼女が星を描いて見せ、こどもたちが黒い紙に濃い黄色のポスターカラーでその真似をする姿を追った。それから、カメラはボスをクローズアップにした。偽物のグッチの香水をぷんぷんさせ、自分がこのプロジェクトの部門責任者であることを周知させるため、いかにも魂胆ありげに登場したボスを。彼は、六時と十時半の夜のニュースで放送されるインタビューのために、すでにマイクを付けていた。臨時雇いはゆっくりと席を立って、部屋を出た。

彼女はオフィスまでずっと涙をこらえていた。コピー用紙のボックスの中身を床にぶちまけて、急いで自分の持ち物を詰めた。マグと写真立てとティッシュの箱。思ったよりずっと少なかった。個人的な書類やアートルームのために描いた見本まできれいにボックスに収まってしまった。彼女はスタッフカードをボスの机に置いて、ドアを閉めた。

いろんな感情で爆発しそうな気分で、頭がぼんやりしていた。テレビ局のクルーやこどもたちやリポーターたちが廊下に出てくる前に、建物から出ていきたかった。みんなに見られるのは耐えがたかったからである。けれども、スタッフカードがなければ、職員用ではなく一般用のドアから出なければならず、どうすればそこにたどり着けるか思い出せなかった。病院の迷路のような廊下を歩きだした彼女は、しまいには小走りになっていた。

衝突するまで、ピンクのパジャマの少女の姿は彼女の目に入っていなかった。

臨時雇いはなんとか体勢を立てなおしたが、パジャマの少女はそうはできなかった。少女はよろけて、床に倒れ、骨とピンクの小山になった。

臨時雇いは謝ろうとしたが、喉を締めつけられたしゃがれ声しか出なかった。付き添っていた看護師が少女の横にしゃがみ込み、通りかかったポーターに車椅子を持ってくるように叫んだ。臨時雇いは少女の顔を見ることさえできなかった。看護師がぶつくさ言いながら彼女を車椅子に乗せ、急いでその場をあとにするあいだ、少女の細い腕が見えただけだった。彼女は背後から謝罪の言葉を叫ぼうとした。

臨時雇いが眠ろうとしたとき——グラスに数杯のメルローが体内を駆けめぐっているのに、すこしも楽な気分になれず——、車椅子に抱き上げられた少女の細い腕ばかりが目に浮かんだ。病院に戻ることは考えられなかったが、戻らずにはいられないとも思った。

翌日、臨時雇いは病院の小児病棟に電話して、ピンクのパジャマの少女を探し出そうとした。彼女に言えたのは、少女はたぶん十六、七歳で、髪がブロンドで、ピンクのパジャマを着ていたことだけだった。四十分ちかく待たされたり、ほかの部署にまわされたり、意図を詮索されたり、少女との関係について何度か嘘を言ったりしたあと、病院は少女がいるかもしれない病棟の名前を教えてくれた。

そういうわけで、臨時雇いはわたしのベッドの足下に立つことになった。さも申しわけなさそうな顔をして、黄色いシルクのバラの花束を手に持って。

レニーとアートルーム

臨時雇いはたぶんあなたが想像しているよりもきれいだし、背も高かった。ただ、必要以上に神経質になっていた。わたしのベッドの端に坐っても、わたしの骨がガラガラ砕けないのを知ってびっくりしているようだった。わたしたちが受け継いでいるものには共通点がある、と彼女は思っていた。彼女の父親もスウェーデン人だったからだ。あるいは、スイス人だったかもしれないが、彼女はどちらか思い出せなかった。それはもちろん問題だったが、彼女が次に語ったことほど重要ではなかった。

アートルームに行きたければ、ジャッキーから許可をもらう必要がある、と新人看護師は言った。ところがジャッキーは、それは自分が決めることではないと言ったので、新人看護師は医師を探して、わたしが新設された患者用アートルームに行ってもだいじょうぶかどうか、病気や感染症や獰猛な狼に点滴チューブを食いちぎられるおそれがないかどうか、確認してもらわなければならなかった。

しかし、新人看護師は戻ってこなかった。待っているあいだに、わたしはその朝の分の古い日付の新聞を読んだ。ポーターのポールがときどきベッドサイドのキャビネットの上に置いていってくれるのだ。わたしがいちばん好きなのは地方紙だった――この地方以外の世界は存在せず、重要なのは地元の小学校の新しい自然庭園だったり、慈善事業のために老婦人が編んだキルトだったりして、こどもたちはひとつずつ歳を取り、ティーンエイジャーは卒業し、祖父母たちは永遠（とわ）の眠りにつき、すべてがこぢんまりとしたわたしたちの手に負えるものであり、だれもが順番に死んでいくからだった。

新聞を読み終わってから、わたしはさらにもうすこし待った。初めのうちはただ忍耐強く待っていたが、やがてそのことを本気で考えだした。ひとつの部屋、わたしがまだ行ったことのない直方体の空間が存在し、そこには絵の具や、ペンや、紙や、（ヴィシュヌ神も厭わぬ）ラメ入り（グリッター）絵の具だってありそうだった。わたしが画策している落書きのための油性マーカーさえ手に入るかもしれなかった。わたしの頭のすぐ上の、ソケットやスイッチ付きの棚の上に、わたしが永遠にここにいるわけではないことを病院が親切にも思い出させてくれるものがある。それはホワイトボードで、赤いマーカーで〝レニー・ペッテション〟と書かれていて、最後の〝n〟のそばに染みが付いていた。ホワイトボードのいいところはきれいに消すのがとても簡単なことである。つまり、メイ病棟に送られることになった不幸な人間たちの名前を何度も消しては書き消しては書きできるのだ。ある日、乾いたホワイトボード・イレーザーでさっと一拭きするだけで、わたしは消されてしまうだろう。そして、わたしの代わりに、細い腕と大きな目をした新しい患者がやってくるのだろう。

わたしはもう少し待った。

初めてここに来たときには、わたしは腕時計を持っていた。だが、それをしているときでさえ、わたしは年中いま何時なのかと訊き、その答えが信じられなかったので、すぐにまた訊いた。自分ではメイ病棟に二カ月はいると思っていたのに、じつはわずか二、三週間だったりしたものだった。だが、それはもう何年も前のことである。

その朝以降、わたしは新人看護師がアートルームのことで戻ってくるのを七週間待っていた。彼女が戻ってこないので、わたしは心配したり、がっかりしたり、絶望したり、安らかな気分になったりした。その順序で、二回おなじことを繰り返した。そうやって待っていた五週目には、臨時雇いの説明をもとにして、自分の頭のなかでアートルームを設計していた。わたしがけっして忘れなかったのは窓だった。臨時雇いによれば、部屋の両側に大きな窓があるはずだった。何週間となく待っているあいだに、その窓がだんだん大きくなり、アートルームの奥の壁全体が窓になっていた。そして、その反対側は全体が絵筆の壁になり――何百本もの絵筆が壁から突き出して、選ばれるのを待っていた。

六週目には、わたしはふたたび興奮状態になり、新人看護師がわたしを呼びに来たとき言うべきことを頭のなかでリハーサルした。どちらのスリッパを履こうか（毎日のふだん用か、日曜日用のよそ行きか？）をじっくりと考えた。七週目には、わたしは冷静になり、すっかり準備ができていた。一日ごとに、わたしは自信を深めていった。もはや設計したり想像したりする必要はなかった。彼女は来るにちがいなかった。新人看護師がわたしを迎えにくるにちがいなかった。


「ずいぶん時間がかかってしまってごめんなさい」と、戻ってきたとき、新人看護師は言った。

「ずっと待っていたんでなければいいんだけど」

「待っていたのよ」とわたしは言った。「でも、いいわ、戻ってきてくれたんだから」

新人看護師は時計を見た。「まあ……二時間半も。ごめんなさいね、レニー」

わたしは笑みを浮かべて、首を横に振った。病院は残酷な女主人である。メイ病棟とナース・ステーションのあいだのどこかに日付変更線がある。病院の時間と戦う唯一の方法はそれと戦わないことなのだ。自分がいなかったのはわずか二時間半だったと新人看護師が言うなら、そう言わせておくことにしよう。病院の時間に逆らったりすると、彼らは心配しはじめる。ことしは何年かとか、首相の名前を覚えているかとか訊くのである。

「待たせたのは悪かったけど、いい知らせよ」と彼女は言った。「午後のあいだ、あなたを連れていっていいことになったわ」

わたしはなにも考えずにスリッパに足を突っこんだ。それから、ふと見ると、わたしの足が選んだのはよそ行きではなくてふだん用だった。まあ、いいか、足がそうしたいと言うのなら。

「それじゃ、いい?」わたしがガウンの前を閉めると、彼女が言った。

「いいわ」とわたしは言って、彼女が差し出した腕を取った。

生存本能というのは信じがたいものだ。メイ病棟からどこへ行くときにも、わたしは道順を覚えてしまうようになっていた。わたしの潜在意識がどこかから戻れなくなるのを心配しているのだろう。だから、わたしはメイ病棟からアートルームまでの道順を空で言うことができる。まずナース・ステーションのところで左に曲がり、長い廊下をたどっていく。一連の両開きのドアの前を通って、もうひとつの廊下をまっすぐ進み、それから右に曲がって、また長い廊下を歩いていく。すると、廊下が交差している場所に出るので、左に曲がって、ほんのかすかに傾斜した廊下をのぼっていくと、右側にアートルームがある。なんの特徴もないドアだが、それはべつに気にならなかった。たいていは、むしろ、これ見よがしなところのないドアの背後にこそ最良のものがあるのだから。

新人看護師がノックをして、ドアを押すと、それはそこにあった――患者のためのアートルーム、そのすべてが待っていた。机は真っ白で、汚れや引っかき疵や染みがつけられるのを待っていた。疵がつけられるときには、タトゥーみたいに痛むかもしれないが、それがテーブルをただひとつしかないものにする。死んでいくアーティストにとって、それはつかんだり、色を塗ったり、切りつけたり、インクで汚した手を強烈に思い出させるものになるだろう。椅子は病人たちを抱きかかえようとして——石膏で包まれた異様な脚を載せようとして待ちかまえていた。約束どおり、窓があった——二箇所にあった。大半の病院の窓はくもりガラスで、囚われ人が外を覗いたり、外部の人間が中を覗いたりできないようになっている。だが、アートルームの窓は透明で、幅がひろく、そこから陽光が——わたし同様に、まだ入ったことのない新しい部屋を見つけて興奮しているかのように——流れこんでいた。

ホワイトボードの前の教卓の背後に女性が坐っていて、彼女もやはり待っていた。自分の前に黒いスレートの板を置いて、手に絵筆を持ち、じっとそれを見下ろしている。ふと人の気配を感じると、彼女は跳び上がると同時に笑いだした。

「わあ、ごめんなさい！」と彼女は言った。「いつからそこにいらしたんですか？」

「あら、お邪魔するつもりはなかったんですが、アートクラスのために来たんです」と新人看護師が言った。

「わたしはレニーよ」とわたしは言った。

「こんにちは。ピッパです」その女性はわたしの手をにぎった。

「あとは自分でできるわ」とわたしが新人看護師に小声で言うと、彼女はうなずいて、出ていった。

「あら……ええと……あの」ピッパはドアを見つめた。「彼女は戻ってくるのかしら？」

「いいえ。クラスは一時間だと言っていたから」

「そうよ」と彼女は言って椅子を引き寄せ、わたしがおなじ机に並んで坐れるようにしてくれた。

「でも、じつは、クラスがはじまるのは来週からなの」

沈黙が流れた。

「でも、いいわ」と彼女は明るく言った。「これを手伝ってもらえばいいから」

ピッパをどんな人だと言えばいいだろう？　ピッパは、駅の有料トイレを使えるように見知らぬ人に三十ペンスあげたりする人。雨を心配したりせずに、日曜日の昼食（サンデイ・ロースト）を楽しむ人。犬を飼っていそうなのに、実際には飼っていない人。砂色の犬を。ピッパは特別な日のために自分でイヤリングを作ったり、信じられないような絵を何百点も持っているのに、ウェブサイトの使い方がよくわからないので、まだだれにも見せたことも売ったこともないような人だった。

　わたしは彼女のとなりに坐った。机の上にあったスレート板には太いロープが通してあり、すぐに吊せるようになっていた。

「これは何なの？」

「アートルームの看板よ」

「何を待っているの？」

「インスピレーションよ」

「インスピレーションが湧くまでにどのくらいかかるの？」

「そうね」――と時計を見て――「じつは、絵の具の注文をするために来たんだけど、来てから一時間半になるわ」

「わたしにできる？」

　彼女は一瞬わたしの顔を見た。彼女が何を探していたのかは知らないが、それを見つけたにちがいなかった。なぜなら、机の上のスレート板を押してよこすと、わたしに絵筆を渡したからである。

「何という名前なの？」

「じつは、それが問題なのよ。厳密に言えば、〝B1・11号室〟ということになるんだけど」

「とても詩的ね」

「そうなのよ」と彼女は言った。「だから、なにかいい名前を考えようとしていたんだけど」

「なにか決まりがあるの？」とわたしは訊いた。

たぶんとくに決まりはないだろうという。わたしは筆をスレートに下ろして、書きはじめた。わたしが書きおえると、ピッパがその名前のまわりに白い花を描いた。描いているのを見ているあいだに、カーディガンの袖に砂色の毛がついていることに気づいた。彼女が飼っていない犬の毛かしら、とわたしは思った。

「悪くないわね」ふたりとも作業を終えると、彼女が言った。「ぜんぜん悪くないわ」

新人看護師が戻ってくるまでには、わたしたちは看板を掛けおえて、グラスゴー・プリンセス・ロイヤル病院のあらたに命名されたアートセラピー・ルームに拍手をしていた。

たとえ彼女が二度と戻ってこなくても、たとえ彼女がそれから何年も仕事探しをつづけたとしても、たとえ彼女の学位がなんの役にも立たず、けっしてアートをすることはなかったとしても、臨時雇いはここには友だちがいたことを、そして、自分がこの病院に刻印を残したことをけっして忘れないだろう。彼女は認められるべきなのだ。〝ローズルーム〟を創ったのは彼女なのだから。

家出息子

病院では、正常に機能しているときでも、一日の時間が歪んでいる——グラスに差しこんだストローみたいに屈折している。ある時間帯がほかより大きくなり、切り離されているが、それでも全体としてはひとつにまとまっている。外の世界では、日が昇るときに一日がはじまるが、病院では、いちばん忙しいのは真夜中だったりする。人々は明るいうちは眠っていて、暗くなるころに目を覚まし、散歩したり、コーヒーを飲んだり、巧みにズルをして煙草を吸いにいったりするのだが、気がついてみると、それは思っていたより数日あとだったり、じつは朝の九時半だったりする。

病院はけっして眠らないし、廊下の明かりが消されることもない。わたしがそれに気づいたのは、ここにやってきてから数週間経ったときだった。正面玄関やそのほかのあらゆる場所の明かりもおなじである。ときおりポーターが電球を替えにくるのだろうが、明かりは容赦することがない。

わたしは二時からずっと目を覚ましていたが、まるで午後のまんなかのような感じだった。あるひとつの記憶がわたしの頭から離れなかった。それは言葉のわからない外国のホテルで見たテレビ・コマーシャルの記憶だった。冒険を提供する会社のコマーシャルで、画面ではこどもたちのグループが急流でラフティングをしていた。こどもたちは蛍光オレンジのヘルメットを着けて、激しい流れのなかをパドルで漕ぎながら、うれしそうに歓声をあげていた。いつかわたしもそこに行ってやってみたいと思ったものだった。

で、そろそろその思いを実行に移してもいいころだと思ったので、わたしはラフティングをやりにいくことにした。わたしは目をつぶって、裸足で弾力のある草の上を歩き、川岸に近づいていった。そして、ふくらましたオレンジ色のボートに乗りこんだ。ちょっと揺れたけれど、わたしのためにインストラクターがボートを押さえていてくれた。川岸を押して離れると、わたしはパドルを使って漕ぎだした。ボートがある程度勢いに乗ると、片手を冷たい水面すれすれに走らせた。水しぶきが袖のなかにまで撥ねかかったが、それは冷たいけれど気持ちのいい驚きだった。激しい水音のなかで耳を澄ますと、小鳥のさえずりがかろうじて聞き分けられた。

さらに川をくだって、頭上の崖の針葉樹の列の下を通過したとき、自分がひとりだということに気づいた。友だちを想像するのを忘れていたので、いまやボートにはわたしひとりで、だれかを呼びにいくには遅すぎた。

何度か見たこの白昼夢では、わたしは川の終点までうまく流されていくこともあったが、ボートから落ちることもあった。落ちたうちの何回かでは、わたしはハンサムなラフティングのインストラクターに救助されたが、そうでないときには、ギザギザの岩に頭をぶつけて、暗い水底にゆっくりと沈んでいき、頭上に血が渦巻いて昇っていった。

そのうち、メイ病棟のなかに日が昇りはじめ、〝隅の少女〟の友だちがやってくる物音が聞こえた。友だちは少なくとも五人はいて、全員が死人や死にかけている人のために取っておいたやさしい静かな声で話していた。どんなに聞くまいとしても、彼女たちの声が耳に入ってくるので、わたしはラフティングには戻れなかった。もう何時間もラフティングをしていたので、そのほうがよかったのかもしれないけれど。気をつけないと、肌がしわしわになってしまいかねないから。

彼女たちはすべてを知っていた。いろんな話やジョークを分かち合っていた。彼女たちは少女が気にいると知っているプレゼントを持ってきた。いっしょにセルフィーを撮り、彼女がいないのを寂しがった。

わたしが二番目のグラスゴーの学校で知り合った女の子たちはそんな感じではなかった。

彼女たちはできるかぎり、やさしくわたしを受けいれてくれた。夜、街に出かけるときにはいっしょに行かせてくれたし、彼女たちのパーティにも参加させてくれた。でも、それはわたしの居場所ではなく、借りものにすぎなかった。わたしは彼女たちのジョークが理解できなかったし、わたしのそれも彼女たちには通じなかった。わたしはちゃんとした英語が話せたにもかかわらず、いつになっても変なことを言っていた。わたしが学校へ行くのをやめるのは簡単なことだった。

彼女たちもほっとしたのではないか、とわたしは思った。

わたしはほっとしたからである。

わたしが聞いていると、〝隅の少女〟の友人たちは憐れんでいるのが声に出ないように話そうとしていて、〝隅の少女〟が参加できなかったグループ・ホリデイの重要性や楽しさをたいしたことではなかったように見せかけようとしていた。けれども、少女が話しだしたとき、その声が震えているのが聞こえた。

だから、わたしは彼女の友人たちを頭から締め出そうとして、自分のベッドのまわりのカーテンを見つめた。緑色の、ひどいカーテンだった。しかし、それがどんなに醜悪だとしても、どこかのだれかにとっては理想的な病院のカーテンなのだと考えれば、それがいつも慰めになった。その人が病院全体のカーテンを注文する責任者で、カタログからこのカーテンを選び、その注文が承認されたのだ。そして注文が受注され、生地が運ばれてきて、カーテンが縫われ、メイ病棟とそのほかの病院の大部分に、花びらの枚数が変な紺色の花をあしらった、このグリーンのチェック模様のカーテンが掛けられることになったのである。

「レニー？」

だれかがわたしのカーテンをノックするというばかげたことをしたので、生地が波打った。

「なあに？」

「起きてる？」

「いつもどおりね」

「きちんとした恰好をしている？　お客さまがあるんだけど」と新人看護師がささやいた。

「きちんとしてるわ」とわたしは言って、手の甲で口をぬぐった。よだれを垂らしていた場合のことを考えて。

新人看護師がカーテンを引きあけたとき、驚いたことに〝隅の少女〟の友人たちはもういなかった。彼女はひとりで、毛布を頭まで被って横になっていた。友だちがいるということはとても甘い悲しみなのだろう。

新人看護師のあとから訪問者が入ってきた。

「やあ」と彼は言って、ベッドの端に手を置いたが、まるで感電したかのようにさっとその手を引っこめた。たぶんあまり親しげに見えるのを気にしたのだろう。

「すべて問題なしね、レニー？」と新人看護師が訊いた。

彼がわたしの顔を見て、わたしも彼の顔を見た。これは問題なしなのか？　どうやら、そうかどうかを決めるのはわたしらしかった。彼はわたしにふさわしい年齢層の友人ではなく、おしゃべりやゴシップや無意味なことでわたしの気を紛らせてくれることはなさそうだったが、わたしの空想のボートにさえ友だちは乗っていなかったのだ。

「それじゃ、すこししたら戻ってくるわ」と新人看護師は言って、わたしのカーテンを両側とも引きあけていったので、わたしはプライバシーを護っているチェック模様の繭から解き放されて、病棟全体からまる見えになった。

アーサー神父は、依然として礼拝堂の聖像みたいに突っ立ったまま、わたしのベッドの足下でじっとしていた。

「坐ってもいいのよ」

「ありがとう」と彼は言って、見舞客用の椅子をベッドの頭からすこし離れたところに置いて、わたしからちゃんと見える位置に坐った。

「元気かい？」と彼が訊いたので、わたしは笑った。

「わたしは……きみが……そのう」彼は咳払いをして、言いなおした。「この何日かは、礼拝堂は静かだった」

　わたしは黙ってうなずいた。

「わたしはきみの……」彼は言葉を探していたが、わたしは助け船を出さなかった。

「聖書のなかのあの男は何て名前だったかしら？　息子がふたりいて、そのうちのひとりしか愛さなかった？」

「すまないが、何のことかな？」

「あの男よ、息子がふたりいる。ひとりはいつも従順だけど、もうひとりは家出しちゃうの。でも、家出した息子が帰ってくると、父親はいい息子よりそっちの息子を愛するのよ」

「ああ、そうか、放蕩息子のたとえ話だね」

「わたしはずっと、あれはおかしいんじゃないかと思っていた。いい息子はすべて正しいことをやったのに、なにも与えられないで、悪い息子は親に心配をかけて頭痛の種だったのに、戻ってくると、望むものをすべて手に入れるなんて」アーサー神父は眉をひそめたが、なんとも言わなかった。

「ただ、人は家出息子を愛するものだと言っているだけじゃない」

「そうかね？」

「そうに決まってるわ！　わたしたちを見て。わたしがあなたから逃げ出すと、あなたはここに来たじゃない。わたしがいつも礼拝堂に行っているときには、一度も来たことがなかったくせに」

「それはおそらく……」彼はわたしの顔を探るように見つめた。わたしがすでにどこまで彼を赦していて、あとまだどのくらい赦されなければならないのかを見定めようとするかのように。

「わたしの考えではだね、レニー、あのたとえ話には問いかけることについての教訓が含まれているんだと思う。いろんな問いを発して、そのあと神に戻ってくる人たちは、なにも問いかけることなく、口先だけで信じていると言っている人たちよりもいい人間だということなんだ」彼は眉をしかめて、ため息をつき、それから、一度ため息をついたせいで、ため息をつくのがどんなに気持ちいいか思い出したとでもいうように、またため息をついた。「いきなりデレクを紹介したりしてすまなかった」と、ちょっとしてから、彼はつづけた。「きみが……動揺するとは思わなかったんだ」

「動揺したわけじゃないわ」

「そうだね。もちろん、そうだろう」

「怒っていたのよ」

「ああ。いや、わたしはデレクのことやわたしが隠退することをきみに話すつもりだったんだが、ただ――」

「彼は魚をやったんじゃなかったかしら？」

「デレクが？」

「違うわ。あの男よ、放蕩息子の。彼はいい息子に魚をやって、悪い息子には自分の帝国を与えたのよ」

「そんなことはないだろう……」

「そうだったと思うわ。いい息子には魚を一匹、家出したほうには自分の企業帝国を与えたんだわ」

「ううむ……」

「しっかりしてよ、アーサー。自分の基礎資料はもっとよく知っておく必要があるわ。放蕩息子の父親はいまこの瞬間にも天国にいて、魚を手に持って、家出息子を抱きしめながら、なぜあなたは自分が売り物にしている宗教に出てくる物語を全部知らないのだろうと思っているわ」

「わたしはなにも売っているわけじゃない」

「なら、売るべきなのよ。なにもかもただであげてしまうなんて、ビジネスモデルとしては最悪じゃない」

彼は声をあげて笑った。それから、顔から水が引くように、笑みがスーッと消えていった。

「わたしはただきみを騙したり怒らせたりするつもりはなかったことを知ってもらいたかったんだ」

「それは信じられるわ。ねえ、それがきょうのあなたの真実なの?」

「そうさ」

「それは悪くないわね」

「ありがとう。じつは、退職するまでわたしはまだ数カ月礼拝堂にいるんだ。だから考えたんだよ――」

「逃げるのも悪くはないって?」

「きみと話していると、頭が痛くなりそうだ」

「逃げ出すってことよ。放蕩息子の教訓は、逃げ出したいときに逃げ出せば、ご褒美がもらえるってことなんだから」

「そうだろうか――」

「アーサー神父?」

「何だい、レニー?」

「わたしは行かなければならないところがあるんだけど」

逃げようとすることと逃げ出してしまうことのあいだには違いがある。いくつもの大海を隔てるほどの違いがあるのだが、だれもそれには注意を払わない。そして、わたしが逃げ出そうとするのをやめなければ、わたしから歩きまわる特権を取り上げなければならないという。けれども、病院のドアから出ていかなければ逃げ出したことにはならないし、わたしは一度も出ていったことはないのである。

わたしは実際に走っては逃げられなかった。臨時雇いと衝突したせいで、まだ腰が痛かったからである。その代わり、わたしはふだん用のスリッパを履いて、ゆっくりと目的地に向かって歩きだした。アーサーはわたしを追いかけようとはしなかったが、それは親切なことだった。なぜなら、彼が歩くスピードはたぶんわたしより速いから、わたしがメイ病棟を出ないうちに追いついてしまうだろうし、それではバツが悪いだろうから。

わたしが逃げようとしたのは帝国が欲しいからではなかったし、アーサー神父と話すのが楽しくないからでもなかった。どこかほかの場所に行きたかったからだ。

ローズルームのドアの小窓からなかを覗くと、三人の年配の生徒の前で、ピッパが一枚の画用紙を手に持っていた。彼女は紙の端を指差すと、その手をスーッと撫で下ろすように動かした。説明を終えると、彼女は紙を下に置いたが、そのときわたしに手を振ってなかに入ってくるように合図した。

わたしはすり足で入っていった。部屋中の視線が自分とピンクのパジャマに集まっているのを感じた。日曜日用のよそ行きのスリッパを履いてくればよかった。

「レニー、こんにちは！」

「こんにちは、ピッパ」

「どういう風の吹きまわしかしら？」

自分がなぜここに来る気になったのかをどう説明すればいいのだろう、とわたしは必死になって考えた。ずっとむかしに死んだ人と不平等に愛されたそのふたりの息子。魚。神父。空想のラフティング以外のなにかをやりたくてたまらない気分……。どう説明してみても、年老いた生徒たちの前では、たいして意味をなさないだろう。

「ちょっと絵を描いてみる？」と彼女が訊いた。

わたしはうなずいた。

「じゃ、椅子に坐って。わたしが紙を持ってくるわ。今週のテーマは星よ」

坐れる席を探そうとして見まわすと、そこに彼女がいた。後ろのほうのテーブルに、ひとりでぽつんと坐っていた。髪が陽光をとらえて十ペンス硬貨みたいにきらりと光り、カーディガンは濃い紫、視線を自分の前の紙に落として、木炭のかけらでスケッチをしていた。あの藤色の悪党、薄紫の犯人。ゴミ箱からなにかを盗んでいた老婦人だった。「あなただったのね！」とわたしは言った。

彼女はスケッチから目を上げると、ほんの一瞬わたしを見つめて、焦点を合わせようとしていたが、わたしだと悟ると、いかにもうれしそうに言った。「あなただったの！」

レニーとマーゴ

わたしは足を引きずって彼女のテーブルのそばへ行った。

「わたしはレニーよ」と言って、手を差し出した。

彼女は木炭を置いて、わたしの手をにぎった。「はじめまして、レニー」と彼女は言った。「わたしはマーゴ」

指先についていた木炭のせいで、わたしの手の甲にいくつか指紋が残った。

「ありがとう」と彼女は言った。「あなたはわたしにとてもいいことをしてくれたのよ」

「どういたしまして」とわたしは言った。「べつにたいしたことじゃなかったわ」

「たいしたことだったのよ」と彼女は言った。「ほんとうに。できればあなたにちゃんとお礼をしたいんだけど、いまわたしが持っているのはパジャマ数着と半分食べ残したフルーツケーキだけだから」

彼女は身ぶりでわたしに坐るように言った。

「ここで何をしているの?」と彼女は訊いた。ローズルームで、という意味なのはわかっていたが、正直に言ったほうがいいと思ったので、ほんとうのことを話した。

「わたしはもうすぐ死ぬって言われているの」

わたしたちのあいだに一瞬沈黙が流れ、マーゴはわたしの顔をじっと見た。わたしの言ったことが信じられないとでもいうように。

「余命の限られたというやつなの」とわたしは言った。

「でも、あなたはとても――」

「若いのに、でしょう?」

「いいえ、あなたはとても――」

「不運?」

「いいえ」依然として信じられないというように、わたしの顔を見つめながら、彼女は言った。

「とても生き生きしているのに」

ピッパがテーブルのところに来て、わたしたちの前に絵筆を数本置いた。「で、何の話をしているの?」と彼女が訊いた。

「死のことよ」とわたしは答えた。

その言葉がピッパの額にしわを刻ませたところを見れば、彼女は死人や死にかけている人の扱い方についての日帰り講習会へ行く必要があるだろう、とわたしは思った。なぜなら、こういう言葉を聞くことにすら耐えられないのなら、病院での仕事を長くつづけてはいけないからだ。彼女はテーブルのわきにしゃがみ込んで、一本の絵筆をひろい上げた。

「それはとても大きな問題ね」と、しばらくしてピッパが言った。

「だいじょうぶよ」とわたしは言った。「わたしは一日たっぷりかけてあの悲しみの七段階を通過して、一気に全部まとめて乗りこえたんだから」

ピッパが乾いた絵筆の毛先をテーブルに押しつけると、それが完全な円形にひろがった。


まだエレブルーの小学校にいたとき、たまたま教科書のページの端を破いてしまったことがある。もう名前を思い出せない男の子といっしょに、どっちが速くページをめくれるか競争していたのである。わたしが思いきり速くめくろうとしたら、ページの片隅がびりっと破けてしまった。担任の教師にどなられたけど、たぶん本気で反省しているようには見えなかったのだろう、わたしは校長室へ送られた。まるで警察へ送られたような気分だった。両親にも言いつけられるだろうし、これから一生厄介なことになるにちがいない、とわたしはすでに確信していた。両の手のひらがじっとりと汗ばみだしていた。ほかの生徒がみな教室にいるのに、廊下を校長室へと歩いていくことさえ、間違ったことをしているような、いるべきではない場所にいるような気分だった。

校長は冷ややかな銀髪で、いつもてかてかした口紅を塗った唇をすぼめている、がっしりした体格の女だった。その校長にどなりつけられ、泣きださないように必死に我慢している自分の姿が目に浮かんだ。校長室に着くと、彼女は会議中で、受付係にドアの外側の緑色の椅子で待つように言われた。ルーカス・ニーベリという何歳か年上の少年がすでに左側の椅子に坐っていた。

「きみも叱られにきたのかい？」と彼がわたしに訊いた（もちろん、英語ではなくスウェーデン語でだったけれど）。

「そうよ」とわたしは言ったが、いまにも顎が震えだしそうだった。

「ぼくもなんだ」と彼は言って、すぐとなりの椅子を手でたたいた。彼は校長室のすぐ外に収監されていることを怖がってもいなければ、怖じ気づいてもいないようだった。どちらかというと、ちょっと自慢げに見えた。

彼のとなりに坐ったとき、わたしはずっと気分が楽になっていた。ほかのだれかも叱られると知ったことが慰めになったのだ。ルーカスとわたしはおなじ運命を分かち合うことになっており、それはひとりでそうなるよりずっとマシだった。

マーゴが沈黙をやぶって、わたしのほうに身をかがめ、「わたしももうすぐ死ぬの」とささやいたとき、わたしはあのときとまったくおなじように感じた。

一瞬、わたしはマーゴの明るいブルーの目と目を合わせ、それならわたしたちは同房者になれるかもしれないと思った。

「あなたがそのことについて考えているなら」と、しばらくすると絵筆を置いて、ピッパが言った。

「あなたは死にかけているわけじゃない」

「そうじゃないの？」

「そうじゃないわ」

「じゃ、わたしは家に帰れるの？」とわたしは訊いた。

「わたしが言っているのは、あなたはいま死にかけているわけじゃないということよ。実際、いまは、生きているんだから」

マーゴとわたしは説明しようとしている彼女の顔を見守った。「あなたの心臓は動いているし、目は見えているし、耳は聞こえている。あなたは完全に生きた状態でこの部屋に坐っている。だから、あなたは死にかけているわけじゃない。あなたは生きているのよ」彼女はマーゴもいっしょにした。「あなたたちはふたりとも生きているの」

たしかにそのとおりだったが、同時に、すこしもそんなことはないとも思った。

というわけで、どちらも生きているマーゴとわたしはローズルームの静寂のなかに坐って、星の絵を描いた。それぞれ小さな四角い画用紙に描いたのだが、わたしはその縁に色を塗るのを忘れた。あとでピッパがそれをローズルームの壁に掛けたとき、わたしはそれが気になって嫌だった。マーゴの星はインクのような青をバックに、わたしのは黒をバックにしていた。彼女の星は左右対称だったが、わたしのはそうではなかった。静寂のなかで、彼女が黄色い星をていねいに金色で縁取っているとき、わたしはそれまでほかのだれといたときにも感じたことのなかったものを感じた。わたしにはこの世界のすべての時間があり、だから、あわてて彼女になにか言う必要はなく、わたしたちはただそうやっていればいいのだと感じたのである。

まだ小さかったとき、わたしは絵を描くのが好きだった。クレヨンがたくさん入っている古いミルク缶とお絵かき用のプラスチック・テーブルを持っていて、自分の絵がどんなにひどい出来でも、片隅に自分の名前と歳を書いたものだった。学校で画廊に行ったとき、先生が版画の下の隅の名前をいちいち指し示して見せた。それで、わたしにはとても才能があり、いつかわたしの絵が画廊で展示されるかもしれないから、名前と日付が必要になるだろうと思ったのだ。VHSのカバーを見ながら下手くそなダルメシアンの絵を描いたとき、わたしがまだ五歳三カ月だったという事実は、わたしの才能に対する美術界の畏敬の念を深めるだろう。有名な画家たちがその才能をほんとうに自分のものにできたのは二十代や三十代だったというのに、「レニー・ペッテションはわずか五歳と三カ月で、この作品を創り出した――どうしてすでにこんなにすばらしいなんてことがありうるのだろう?」だから、自分の虚栄心に敬意を表して、わたしが描いた星の下端に、いちばん細い筆を使って、黄色で、〝レニー、十七歳〟と書いた。それを見ると、マーゴもおなじようにした。〝マーゴ、八十三歳〟と書いたのである。それから、わたしたちはその二枚の絵を並べて置いた。暗闇を背景にしたふたつの星。

わたしにとって、数字はたいして意味をもたない。割り算のやり方だとか百分率(パーセンテージ)とかには興味がないのだ。わたしは自分の身長や体重も知らないし、父さんの電話番号も思い出せない。むかしは覚えていたのだけれど。わたしはそれより言葉が好きだ。とても気持ちのいい、すばらしい言葉たち。

けれども、わたしの目の前のふたつの数字には意味があった。すでに数えられているわたしの残りの日々にとって意味があるにちがいなかった。

「ふたりで」とわたしは静かに言った。「わたしたちは百歳になるのね」

レニー、仲間に会う

数日後、わたしのベッドサイド・テーブルに一切れのフルーツケーキが出現した。

わたしはフルーツケーキは好きではなかった。レーズンが口のなかで破裂すると、ワラジムシを食べたらきっとこんな感じだろうと思ってしまうのだ。初めは硬いけど、そのうち皮が破れ、甘い液体がヌルリと出てきて、あとには皮膚みたいな感触の皮が残るからだ。

でも、ただのケーキはただのケーキだ。

食べながら、わたしはマーゴのことを考えた。

ふたりで、わたしたちは百年生きていることになる。それはたいしたことではないだろうか。

アートクラスでそう考えていたちょうどその瞬間に、新人看護師がローズルームにさっと入ってきて、ドアのそばのデスクに腰をひどくぶつけたことにわたしは気づいた。わたしのベッドのそばにアーサー神父がひとりで坐っているのを見かけたが、と新人看護師は小声で言った。わたしは本来はローズルームにいるべきではなく、すぐに戻らないと、トラブルに巻きこまれることになるかもしれないと。なかなか面白そうだった。新人看護師にとって、トラブルというのはジャッキーに怒鳴りつけられることを意味するからだ。真っ昼間からパジャマを着ていたり、夕食を静脈にそそぎ込むチューブの名前を言える人間にとって、トラブルとはそんなものではなかった。それこそ本物のトラブルであり、わたしはすでに巻きこまれているのだ。

それでも、わたしは彼女のあとについていった。やりたいことを残しておいたほうがいいと思ったからだ。わたしが巻きこまれたトラブルはたいしたことはなかった。わたしは熱心に耳を傾けて、さまよい歩く（ワンダリング・アラウンド）のはやめるとジャッキーに約束した。それとも、あれこれ懐疑心を抱く（ワンダリング・アラウンド）のはやめる、だったかもしれないが、だれもそのどちらだとも言わなかった。

フルーツケーキのかけらの最後のひとつをベッドから払い落としているとき、ベッドのまわりのカーテンが引きあけられた。

「おはよう、レニー」とポーターのポールがにっこり笑いながら言った。「最近はもうクモは見かけないかね？」

　見かけないと答えると、彼はわたしのベッドサイド・テーブルを指差した。「これから数カ月かけて、こういうベッドサイド・テーブルを全部取り替えることになったんだ。底の部分が軽すぎるものでね」

　面白くもないことだったので、わたしは黙ってうなずいた。

「いいかい？」と彼は訊いた。

　彼はいちばん上の引き出しの取っ手を引いた。それから、もっと力を入れて引いたり、揺すったりした。臨時雇いがくれた黄色いシルクのバラがジルバを踊っているみたいに揺れた。最後に、彼は両手を使って、なんとか引き出しを引っ張り出したが、その瞬間、一枚の紙片がハラリと舞い落ちた。

「ラブレターかい？」と彼が訊いた。

「決まってるじゃない」とわたしは言った。「ほかのといっしょにしておくわ」

　ポールはそれをひろいあげ、どう思っているかを顔に出さずにいることには失敗して、わたしにそれを差し出した。

　雲の隙間から日が射しこんでいる曇り空をバックにした鳩のピクセル化された写真の上に、渦巻き形の書体で〝赦し――神の光〟とプリントされていた。その下には礼拝堂での礼拝の時刻が印刷され、さらにその下に、青い万年筆の走り書きがあった。


　レニー、断っておくが、この赦しのパンフレットはとくにきみのために印刷したわけではない。単なる偶然だ。おしゃべりをしたければ、わたしはいつもここにいるよ。

アーサー

彼のEメールアドレスまで痛ましかった。Arthurhospitalchaplain316@gpr.nhs.uk
わたしが顔を上げると、ポールがにっこり笑った。もしもわたしが十歳くらい年上で、歪んだタトゥーを大目に見ることができたとすれば、わたしたちはすてきなカップルになれるだろう、と思った。変かもしれないが、感じのいいカップルに。知り合った人たちが、「あのふたりはどういうわけでいっしょになったんだろう？」と考えるようなカップルに。彼は引き出しを閉めて、クリップボードにメモをすると、ため息をついた。「じゃ、気をつけて、いいね？」と彼は言った。気をつけるかどうかをわたしが決められるかのように。

その日の午後、あるいは数週間後（ほんとうはどっちだったとだれに言えるのか？）、公式の予定に基づく完璧に合法的な第一回目のローズルーム行きのために、新人看護師がわたしを迎えにきた。わたしは同年齢の人たちと会うことになっていた――ピッパは〝仲間（ピア）〟だと説明してくれたが、わたしはその言葉を知らなかった。だから、たぶんわたしより上のほうにいる、もっと偉い、もっとクールな人たちで、高みからずっとわたしを見下ろして（ピアリング・ダウン）いるような人たちなのだろうと想像した。わたしが入っていったとき、ローズルームはほとんど空で、窓の外の空はなんとも言えない色だった。灰色でもなく、完全に白くもなく、なんとも形容できないものがわたしたちの頭上にぶらさがっているようだった。
「こんにちは、みなさん」とピッパが言って、わたしがいつものテーブルにつくと、こっそりと笑みを浮かべた。「わたしはピッパ、ここはローズルームで、規則はとても単純です。なにかこぼしたら、拭いてください。走りまわったり、騒いだりはしないこと。何でも好きな絵を描いていいけど、ヒントになるものがあることもあるし、テーマが決まっている週もあります。たとえば、今週のテーマは〝木の葉〟です」彼女は茶色い木の葉が入っている籠を持ち上げた。「気分が悪くなったり、医療的な配慮が必要になった場合には、わたしに言ってください。それから……ええと……まあ、そのくらいですね？」ピッパはいつも文の末尾を上げて、疑問文みたいにする癖がある。わたしはいつも安心させてやりたくなる。

その日は、クラスのほかの生徒は三人だけで、パジャマを着ているのはわたしだけだった。

窓際のテーブルにはわたしと同年配の少女がふたり、ふつうの外出用の服を着て、キラキラのメイクをして、ふたりのうちよりキラキラの少女の携帯を見ながら、笑っていた。その反対側には年上の少年がいた。ずんぐりした体形で、ジョギングパンツとそろいのTシャツがむさ苦しいと同時に高価そうでもあった。かたわらの椅子に石膏で固められた脚をのせていたが、だれかがそれに黒いマーカーで巨大なペニスを落書きしていた。

ピッパが少女たちに携帯をしまうように言った。彼女たちは画面が下になるように携帯を裏返したが、しまおうとはせず、ピッパがテーブルに枯れ葉と絵の具を置いても、それに気づきもしなかった。

少年は、ピッパから渡された枯れ葉を見て、首を横に振ったが、ポケットからボールペンを出して、スケッチをはじめた。

それから、ピッパがわたしのテーブルに来た。

「枯れ葉は？」と彼女は訊いた。

わたしがうなずくと、彼女はわたしの前に枯れ葉を置いた。わたしはそのカサカサする葉っぱをまわしながらよく見て、どこから描こうかと考えだしたが、ふとピッパがその場に留まっていることに気づいた。

彼女はなにかもぐもぐと言っていた。

「なあに？」とわたしは訊いた。

彼女は体をかがめて、なにか別のことを言った。〝ウォーク・ドゥ・ヘム〟とかなんとか言ったような気がした。

「なあに？」とわたしはもう一度訊いた。

「彼らとお話しなさい（トーク・トゥ・ゼム）」と彼女はささやいた。

そう言うと、彼女はその場を離れて、自分の机でなにごとかやりはじめた。わたしはテーブルにいるわたしの仲間たちを観察した。少女たちはまた携帯を手にして、絵筆を掲げて口をあけて笑いながら自分たちの写真を撮っていた。少年は青いボールペンであまりにも荒っぽく色を塗っているので、ペン先が画用紙を突き破っていた。わたしが坐っている席からは、ナイフを描いているように見えた。

わたしはピッパを振り返った。あまりにも必死に訴えかける目をしていたので、見るのが痛々しいくらいだった。

「どうして脚を怪我したの？」とわたしは訊いた。わたしの言葉はわたしと彼らのテーブルの隙間にハラハラと落ちたが、だれもそれには気づかなかった。

わたしはまたピッパの顔を見た。

彼女はもう一度試せと言いたげにうなずいた。

わたしはそうしてみた。今度は、彼らにも聞こえたにちがいなかったが、なにごとも起こらなかった。最後には、よりキラキラのほうの少女が少年の画用紙をたたいた。

「何だい？」と彼が訊いた。

「あんたに話しかけているんだと思うよ」と少女は言って、わたしを指差した。むかし学校で女の子たちがわたしになにか言うときとおなじ気まずそうな声だった。わたしが完全に意味の通じる、けっこう面白いことを言っても、気まずそうにわたしの顔を見るだけで、わたしたちはその瞬間が過ぎ去るのを待つしかなかったのだけど。

　少年がこちらを向き、三人がそろってわたしの顔を見た。

「それで？」と彼が訊いた。

「どうやって脚を折ったのか訊いたのよ」とわたしは言った。

「ラグビーさ」と彼は言うと、後ろを向いて、ナイフの色塗りをつづけた。

「どこでプレイしているの？」と、さほどキラキラではないほうの少女が訊いた。

「セント・ジェームズだよ」

「わたしのボーイフレンドもそこでプレイしはじめたところなのよ」と彼女は言った。

「ほんとかよ！　何て名前なんだい？」

　みんなが大喜びしたことに、さほどキラキラではないほうの少女のボーイフレンドはこのラグビー・ボーイのお気にいりの新メンバーのひとりであることが判明した。当然ながら、彼らはいっしょに写真を撮り、〝わたしたちがだれを見つけたか見て！〟というキャプションを付けて、そのボーイフレンドにタグ付けしてオンラインに投稿した。

　それから、彼らの話題はいつの間にか、その楽しい新発見からいまだれもが見ているネットフリックスの新シリーズへと移っていった。少年がすでに――ネットにリークされている――シーズン2を見たと言うと、よりキラキラの少女が悲鳴をあげ、ネタバレを怖れて、両手の人差し指を耳に突っこんだ。けれども、ラグビー・ボーイは、そんなことになれば彼女たちは頭がどうかなってしまいかねない登場人物の死について、どうしても話さずにはいられなかった。彼らのだれひとりわたしのほうには振り向かなかった。

　わたしは鉛筆を取って、画用紙のまんなかに大文字で〝クソ食らえ（ファック）〟と書いた。

ピッパがわたしのテーブルのところに来て、マーゴの椅子に坐った。

「もしも彼らのところへ行って、いっしょに坐って、もう一度話しかけてみろとあなたが言うつもりなら、悲鳴をあげるわよ」とわたしは言った。


ピッパはがっかりした顔をした。なぜなら、あきらかに、彼女はそう言おうとしたところだったからだ。


わたしは顔を机に伏せた。

「どうしたの？」とピッパがやさしく訊いた。


わたしは目をあけたが、顔を上げようとはしなかった。わたしがテーブルのほうを横目で見ると、逆立ちしたキラキラの少女たちは、少年が言ったなにかに大笑いしているところで、彼は自分が描いたナイフのまわりに緑色の絵の具で染みを付けていた。

「彼らにはいくらでも時間がある」

「それで……？」

「でも、わたしにはない」


ピッパはわたしと目を合わせられなかった。

「あなたを嫌な気分にさせるために言っているわけじゃないのよ」とわたしは言った。「ただ、わたしが感じていることをわかってほしいの。わたしは大急ぎで楽しまなくちゃならないの」

「大急ぎで楽しまなくちゃならない？」

「そうよ。楽しまなくちゃならないの。大至急」

「わかったわ」と、やがて彼女は言った。「すこしでも楽しくするために、わたしにできることがあるかしら？」

「まだ来てはいけないときに、わたしがここに来たとき……」

「ええ……」

「あのお年寄りたちに会ったとき」

「八十歳以上のグループね……」

「マーゴと知り合ったの」

「そうだったわね……」

「わたしはあの人のいるアートグループに移りたいのよ。八十歳以上のグループに」

「でも、レニー、あれは八十代かそれ以上の人たち用のクラスなのよ」とピッパは言った。

「ええ、わかってるわ」

「だから、あなたをあのグループに入れるなんてちょっと考えられないわ」

「どうして?」

「だって、あなたは八十歳じゃないんだから!」

「でも、それを除けば?」

「そうすることに決めてあったのよ。生徒の興味や能力に沿ったクラスにするために」

「でも、それは年齢差別だと思うわ」

わたしは待った。彼女の考えが揺らいでいるのがわかった。

「お行儀よくすると約束するから」

ピッパは笑みを浮かべた。「そういうことができるかどうか調べてみるわ」

十七歳

ポーターのポールがカーテンをあけると、紫色のパジャマの老女は『小休止（テイク・ア・ブレイク）』誌から顔を上げて、「どなた？」と鋭い口調で訊いた。自分の小休止に邪魔が入ったのが気にいらなかったのだろう。

「この人じゃない」とわたしはポールにささやいた。

「失礼！」顔をしかめた老女に向かって、ポールが快活に言った。「ちょっと人捜しをしているものでね」

女はなにごとかぶつぶつ言った。ポールはクイズ番組『ザ・プライス・イズ・ライト』で不要になった賞品に覆いをかけるみたいに、周囲のカーテンをもとに戻した。

ポールが別のカーテンをあけると、紫色のパジャマを着た別の老女がいたが、この人は眠っていた。唇にかすかな笑みを漂わせ、ベッドサイド・テーブルの上の紙皿に食べかけのフルーツケーキがのっていた。

「この人よ」

「椅子が要るかい？」と彼は訊いて、わたしが答えるより先に、病棟の反対側からプラスチックの見舞客用の椅子を引っ張ってきた。リノリウムの床に椅子を引きずる音がしても彼女は目を覚まさなかったのに、ポールが「それじゃ！」と大声で言ったとたんに目を覚ました。

マーゴは目を見ひらいた。「レニー？」夢のなかのわたしを思い出そうとしているかのような笑みだった。

ベッドサイド・テーブルにはハードカバーの本が何冊か積んであった。そのいちばん上の二冊のあいだに開封した封筒が挟んであり、なかの手紙が覗いているのがたしかに見えた。頭上の小さなホワイトボードに、ひどく左に傾いている筆跡で名前が記されていた。〝マーゴ・マクレイ〟

マーゴのカーテンの向こう側からは、低くつぶやくような話し声や雑音のひどいラジオから流れる静かなクラシック音楽が聞こえていた。カーテンの隙間から、背の高い女の姿が見えた。カチューシャから灰色の髪の房が突き出していて、濃い赤のガウンの胸ポケットにはWSというイニシャルの金色の縫い取りがある。歩行器を使って病棟から出ていこうとしているところだったが、顔は染みだらけで、まるでひどく足の遅い駁毛の競走馬みたいだった。

「わたしの歳だったとき、あなたはどんな感じだったの？」とわたしはマーゴに訊いた。

「わたしが十七歳だったとき？」と彼女は聞き返した。

わたしはうなずいた。

「うーん」彼女は目をほそめた。そのひらいているような閉じているようなまぶたの隙間のどこかにはるかむかしのイメージが生き残っていて、まつげの隙間をちょうどうまく調節できれば、それが見えるかのように。

「マーゴ？」

「なあに？」

「あなたはもうすぐ死ぬと言ったでしょう？」

「そうよ」守るのが誇らしい約束ででもあるかのように、彼女は言った。

「怖くないの？」

彼女はわたしの顔を見た。青い目が少しだけ左右に揺れて、わたしの表情を読み取ろうとしているようだった。ラジオの雑音が静まって、子守唄の静かな音だけが残っていた。

それから、マーゴは驚くべきことをした。手を伸ばして、わたしの手をにぎったのである。

そして、わたしにひとつの物語を語ってくれた。

グラスゴー、一九四八年一月
マーゴ・マクレイは十七歳

わたしの十七歳の誕生日に、わたしがいちばん好きじゃなかった祖母がわたしの顔のすぐそばに身をかがめて、わたしは〝交際している〟のかどうかと訊いた。彼女の顔がすぐそばにあったので、下唇の濃い紫色の斑点が見えた。わたしはずっと口紅がはみ出したのだろうと思っていたが、近くから見ると、そうではなかった。それは青紫色の石みたいなもので、皮膚の下に深く埋まっていた。それを掘り出してくれるお医者さんが見つかるかしら、とわたしは思った。それが何かを調べるためだけにでも。

がっかりした顔をして、祖母は椅子に坐りなおすと、ケーキ・ナイフの端からアイシングを指で拭って、口に入れた。急ぐ必要がある、と彼女は言った。いまは女より男のほうが少ないし、「かわいい娘はどんどん好きな相手を選んでしまうからね」

一週間後、彼女は教会のすてきな男の子とのデートをお膳立てしたとわたしに告げた。わたしはもちろんその子を知らなかった。母もわたしも〝主の館に足を運んだことはなかった〟からだ。正午きっかりに、グラスゴー・セントラル駅の大時計の下で、わたしは彼と会うことになっているというのだった。

家の前の通りを駅に向かって急ぎ足で歩きながら、わたしはこのやりとりをいちばん親しい（ただひとりの）友だち、クリスタベルに話した。

彼女はクシャッと顔をしかめたので、ソバカスが動いて、新しい星座ができた。「でも、わたしたち、男の子とおしゃべりしたことなんてないのに」と彼女は言った。

「それはそうだけど」

「じゃ、その子に何て言うつもり？」

そのことは考えていなかったので、わたしは思わず足を止めた。クリスタベルも立ち止まり、ピンクのスカートがサラサラと音を立てた。デートに行くのはわたしなのに、なぜ彼女までおしゃれしているのかわからなかった。わたしは祖母に糊のきいた花柄のドレスを着せられ、先の尖った黒い靴を履かされていたので、足の指が痛かった。大人の恰好をして遊んでいるこどもみたいな気分だった。祖母はわたしの首に金色の十字架を掛けて、〝少なくともクリスチャンに見えるようにしろ〟と言ったけれど、それがどういう意味かわたしにはわからなかった。

「あなたは結婚相手に会うことになるかもしれないのよ」とクリスタベルが言って、左足のソックスを骨張った膝の上まで引っ張り上げるために身をかがめた。依然として左右が不ぞろいだったけれど、彼女は満足して、わたしに腕を絡ませてきた。「ドキドキするわね！」そう言われると、わたしは胃がキリキリ締めつけられるのを感じたが、クリスタベルに引っ張られてそのまま駅に向かった。

十一時五十五分に時計の下に立つと、わたしは立ち並ぶ新聞売りの壁の背後に隠れたクリスタベルを見守った。どうして彼女が隠れているのかわからなかった。だれも彼女を捜しているわけじゃないのに。彼女は、右足のソックスを引っ張り上げた拍子に、ひどく腰の曲がった老人に衝突した。老人が彼女に杖を振り上げるのを見て、わたしは笑った。

　それからの十五分、わたしはクリスタベルのソバカスだらけの顔が興奮から焦れったさへ、さらに憐れみへと変化していくのを見守った。駅の反対側で、彼女が下唇を噛んでいるのが見えた。彼女はよくそうするので、唇のまんなかに小さい溝がふたつできていた。十二時十五分には、彼は来ないにちがいないと思った。手のひらが熱くなって、そこいらじゅうの人たちが着なれないドレス姿のわたしをジロジロ見ているような気がした。わたしは泣きたかった。家に帰りたかった。それでも、その場に根を生やしたみたいに突っ立ったまま、動くことも、時計の下で待てという指示にそむくこともできなかった。

　わたしは目でクリスタベルを捜したが、彼女も姿を消していた。すると、涙がこみ上げてきた。わたしはそこに立ち尽くし、コートを着てバッグを持った人たちが駅を忙しく行き来するのを見守っていた。なかには、コートを着ていない花柄のドレスの少女が大時計の下で泣いているのに目を留める人たちもいたが、大部分の人はなにも気づかずに急ぎ足で通りすぎていった。

　しばらくすると、自分の肩に手が置かれていることに気づいて、わたしは跳び上がった。一瞬、見知らぬクリスチャンの少年の顔が見られるのかと思ったが、それはクリスタベルだった。彼女はわたしのとなりに立って、駅のほうを見ていた。

「こう思ったことはない？」と、わたしの肩に腕をまわしたまま、彼女は言った。「あなたが結婚することになっていた男の子は戦争で死んでしまったのかもしれないって？」

　それはどういう意味か、とわたしは訊いた。

「つまり、もしかするとあなたにとって完璧な男の子がいて、あなたはいつかその子に会って、恋をすることになっていた。ただ、彼は兵士で、フランスの塹壕で死んでしまったので、あなたはけっして会うことができなくなったのかもしれない」

「それはわたしのことなの？」とわたしは訊いた。「わたしは愛する相手にけっして会えないだろうってこと？」

「とくにあなたというわけじゃないわ」と彼女は言った。「だれでもそうかもしれないと思うのよ。わたしたちがけっして会うことのない人たちがたくさんいるんじゃないかって」

「それを聞いて元気が出たわ」とわたしは言った。

クリスタベルは笑い声をあげて、エディンバラ行きの二枚の切符を差し出した。「動物園に行きましょう」と彼女は言った。「わたしは兵隊熊のヴォイテクが見たいの」

彼女はわたしの手を引いてプラットフォームまで引っ張っていき、わたしたちは十二時三十六分発のエディンバラ行きに乗りこんだ。

列車はかなり混んでいたので、わたしたちはボックス席のスーツを着た若者の向かい側に坐った。おそらく二十五歳くらいだろうと思ったが、わたしたちには気づかない様子だった。スフレみたいにふわふわした生地が重ね合わされたクリスタベルのピンクのドレスが膝にふれると、彼は初めて顔を上げて、驚いた顔をした。

クリスタベルはドレスを膝下まで引き下げたが、ソックスを引き上げようとまではしなかったので、わたしはその幸運に感謝した。

「きれいなドレスだね」と彼が言ったので、クリスタベルは真っ赤になった。

わたしはなにも言わずに、彼を観察していた。とても痩せていて、立ち上がったら、かなり背が高いのではないかという気がした。ワイシャツはこの一週間にもう何度か着ているようだったが、髪はきちんと片側に分けて、たっぷりのクリームで固められていた。

彼の目とわたしの目が合った。

「エディンバラへ行くところなの」と、褒められて浮き浮きしているクリスタベルが言った。

「ぼくもだよ」と彼は言って、ビンゴで大当たりを出したかのように切符を差し出して見せた。

「わたしは彼女を動物園に連れていくの」とクリスタベルが言った。「元気づけるために」

「きみはなぜ元気づけられる必要があるんだい？」彼はわたしに訊いたのだが、クリスタベルがすかさず答えた。

「マーゴはきょうデートの約束があったんだけど、相手が来なかったのよ」

「きみはマーゴっていうのかい？」彼は唇にかすかに笑みを浮かべながら訊いた。

わたしは顔を真っ赤に染めて、うなずいた。

「あなたはさっき言ってたのよね、マーゴ？　愛する人にもうけっして出会えないかもしれないって？」

彼はわたしから目を離さずに、そっと言った。「お望みなら、ぼくがきみを愛することができるよ」

彼はまるで咳止めドロップみたいに愛を差し出したのだった。まるでなんでもないことだとでも言わんばかりに。

*

看護師がマーゴのベッドの横に立って、目をほそめてわたしたちを見ていた。かなり前からそこに立っていたみたいだった。

マーゴは紫色の袖をまくって、腕を差し出した。

「吐き気止めだけですよ」とやさしく言いながら、彼は注射針の保護キャップを外して、彼女の腕に刺した。

「オーッ」彼女は目をつぶって、歯の隙間から息を吸った。

「はい、終わり」と彼は言い、彼女の腕に小さい絆創膏を貼って、袖を下ろすのを手伝った。「面会時間がもうすぐ終わるけど、だれかに迎えにきてもらいますか？」と彼がわたしに訊いた。

「いいえ。だいじょうぶよ」わたしはにっこり笑った。

彼が行ってしまうと、わたしはマーゴのほうに向きなおった。

「で、それからどうなったの？」とわたしは訊いた。

「そのつづきはまた今度にするしかなさそうね」と彼女は言って、わたしの背後を指差した。

新人看護師がマーゴのベッドの足下に立っていた。「見つけたわ！」と彼女は言った。面白がっているのか閉口しているのか、そのどちらとも言えない顔だった。

メイ病棟に戻るため廊下を歩いているあいだに、わたしは新人看護師に質問した。「十七歳のとき、あなたはどんな感じだったの？」

彼女は立ち止まって、ちょっと考えてから、にっこり笑って言った。「飲んだくれていたわ」


その夜、ふだんなら最近トロピカル・ショーツを買ったハンサムなインストラクターとラフティングをするため急流に出かけているはずのときに、わたしは体を引っ張られるのを感じた。水にではなく、マーゴにだった。わたしは川べりの草の茂る小山にも行かなかったし、ボートに寝そべって肌を日に焼くこともしなかった。その代わりに、グラスゴーの駅まで歩いて、十二時三十六分発エディンバラ行きの列車に乗った。花柄のドレスを着たかわいい少女と痩せた男がいて、なにかがはじまろうとしていた。

それから、エディンバラへ行く途中のどこかで、ここ数年で初めて、わたしは眠りに落ちた。

レニーとマーゴが幸せになる

八十代の人間としてのわたしの第一日目は驚きに満ちていた。足がこれまで以上に疲れる感じはなかったし、髪が白髪になったわけでもなかった。ラベンダーの香りが大好きになるまでにはまだ間があったし、袖にティッシュを入れているわけでもなかった。マークス＆スペンサーのカフェでランチをしたことはなかったし、バスのなかで他人に孫の写真を見せたこともなかった。けれども、わたしは八十代の仲間たちといっしょにローズルームにいて、これから絵を描こうとしていた。

ピッパはまたもやテーブルの配置を変えて、こんどは四人ずつのグループに分けた。わたしはマーゴのとなりに坐り、わたしたちの向かい側には、退職した庭師で、灰色の髪と健康そうな赤い頬が庭のこびと(ガーデン・ノーム)を思わせるウォルターと、黒のカシミアショールを肩にかけ、銀髪を短いボブにして、フランスのファッション誌の編集者と言っても通りそうなエルサが坐った。

わたしたちのとなりのテーブルをわたしはひそかに競争相手と見なしていた。それを囲んでいたのは、いろんな色合いの趣味のよいパステルカラーのパジャマを着た、四人の本物の八十代だったが、わたしたちのほうはこびととファッション誌編集者と偽物の八十代とマーゴだったからである。もしも競争があるのなら――わたしはあってほしいと思っていたが――わたしたちが勝利するにちがいないとわたしは確信していた。

窓の外には灰色に濡れそぼった病院の駐車場。なかば降る気のない霧雨が立ちこめるなか、人々はこの微妙な洪水に傘をひろげて、頭を下げ、精算機に向かって小走りしていた。最後に雨に濡れたのはいつだったかをわたしは思い出そうとした。そして、束の間、次に雨が降ったときには、新人看護師を説き伏せて駐車場に連れ出してもらえないかと考えた。さもなければ、こっちのほうがもっとよかったが、ちゃんと服を着たままシャワールームのなかに立ち、できるだけ弱くしたシャワーヘッドをひとつかふたつ使って、雨に濡れる真似をさせてもらえないだろうかと。

「きょうは」と、ピッパが花柄のトップスの袖をまくりながら言った。「幸せのことを考えて、記憶のなかの幸せな瞬間を描いたりデッサンしたりできればと思います。まず最初に、わたしがやってみます」ピッパは教卓の端に腰かけようとしたが、ほんの少しだけ高すぎたので、すぐにまた立ち上がった。「わたしのいちばん幸せな思い出のひとつは、老犬を連れて家族で散歩したときです。イースターの頃だったけど、驚くほど暖かい日でした。わたしの祖父もいっしょで、わたしたちは日が降りそそぐ田舎道を歩いただけでしたが」

「あなたは犬派だと思っていたわ！」と、わたしは思わず口走った。

彼女はにっこり笑って、ホワイトボード用マーカーのキャップをパチリと外しながらつづけた。

「で、その思い出のためにわたしが描こうと思うのは、田舎道に並ぶ樹木の列です。人物はむずかしいから、もしきょうじゅうに描き上げようと思うなら、人物は避けておいて、木の葉を透かして射しこむ日の光を描いたほうがいいかもしれません」話しながら、彼女はそういうすべてをスケッチしていった。それはホワイトボード上のスケッチに過ぎなかったが、それでもみごとだった。

「そうではなくて」とピッパは言った。「むしろオブジェの観察に興味があるのなら、老犬のリードのハンドルとか、犬の後頭部を描いてもいいでしょう」彼女は最初のスケッチの横にもうひとつ、ハンドルを持っている手と、耳がふわふわした犬の後頭部をスケッチした。わたしは騙されたような気分だった。彼女のスケッチはじつに上手で、わたしなど永遠に足下にも及ばないにちがいなかったからだ。

「今週のテーマのためにCDを作ってきました」とピッパは言って、CDプレイヤーのプレイボタンを押した。『ゲット・ハッピー』をうたうジュディ・ガーランドの唄声が、時間と空間の境界を越えて、わたしたちの耳に入ってきた。

　まわりのみんなが絵を描きはじめると、わたしは胸のなかに熱いものがこみ上げるのを感じた。ウォルターは鉛筆を一本取り上げて、スケッチをはじめた。いかにも庭師の手をしていた。人差し指の根元の皮膚がたるんで剝がれそうになっていて、爪の下に緑色の染みがある。額にしわを寄せながら、鉛筆をぐっと画用紙に押しつけていた。いちばん幸せだった思い出として何を描いているのだろう、とわたしは思った。もしかすると、神様にお願いをして、庭のこびと（ガーデン・ノーム）から人間に変身できた日のことかしら。エルサは黒の絵の具で画用紙に何本も長い線を描いていた。そして、マーゴは鉛筆を持って、画用紙の横いっぱいに線を引いていたが、とてもソフトなタッチだったので、かすかな痕が付いているだけだった。

　わたしの画用紙は真っ白だった。何を描けばいいのかわからなかったのである。周囲のみんなが問題なく作業に取りかかっていることを意識すると、最悪の気分になった。まるで学校に戻ったようで、落ち着かなかった。

　マーゴがいちばん幸せな思い出として描きだした最初のひとつの目は、信じられないくらいリアルだった。澄みきっていて、そのくせ輝いている。そんなに絵が上手なことに腹を立てる代わりに、わたしはすっかり魅せられていた。彼女は八十三年の生涯で出会えていちばん幸せだったなにかを、だれかをとらえようとしていた。

　次に現れたのは小さな両手だった。片方の手は小さなにぎりこぶしになり、もう一方はひらいて、わたしたちのほうに差し出されていた。

小さなお腹に毛布がかけられ、黄色い帽子の下から髪の毛がはみ出していた。小さな鼻はあまりにもリアルで、記憶から描いているのだとは信じられなかった。描いているあいだじゅう、マーゴは物柔らかな顔をしていた。まるで自分が描いている赤ん坊が実際に目の前のテーブルにいて、バブバブ言ったり、蹴飛ばしたり、すべてを取りこもうとする大きな目で彼女を見上げたりしているかのように。

できあがった絵は完璧だった。画用紙に色鉛筆で描いただけだったのに、頬には温かみがあり、青い毛布は柔らかそうだった。

鉛筆を置いたとき、彼女はそっと目の縁から涙をぬぐったが、わたしがそれを見ていたことは知らなかったと思う。

「男の子だったの？」とわたしは訊いた。

彼女は黙ってうなずいた。

「名前は？」

「デイヴィよ」

ファレル・ウィリアムスの『ハッピー』がむりやり部屋に押し入ってくると、わたしは絵筆を取り上げたが、これが大きな間違いだったことを、わたしはあとになって学んだ。まず鉛筆でスケッチする前にいきなり絵の具で描こうとするなんて。でも、わたしはかまわなかった。幸せなことを思い出したので、それをつかまえたかったのだ。

頭に浮かんだ思い出を描きながら、わたしはマーゴにその話をした。

スウェーデン、エレブルー、一九九八年一月十一日
レニー・ペッテションは一歳

わたしはよくそのときのことを思い出す。

それはわたしの初めての誕生日だった。母は赤ん坊のわたしの髪を頭の上に編み上げて、ミニーマウスのクリップで留めた。わたしはそれを自分の目で見ているわけではなく、ビデオカメラのレンズを通して見ているのだった。画面のなかにわたしの顔が映し出され、わたしはいろんな物や人を指差したり、まだ言葉にならない訳のわからない声を出したりしている。

わたしは父の膝に坐って、月を見上げるみたいに彼を見上げている。彼はカメラを持っているだれかに話しかけながら、膝の上のわたしを左右に揺すり、わたしがキャッキャッ笑うので、それにつられて自分も笑っている。彼はわたしの顔を見て、なにか、ビデオテープでは結局何と言っているのかわからなかったことを言い、すると、わたしはテーブルを指差して、「ダー！」と言った。

まだ窓から日の光が射しこんでいたけれど、だれかが居間の明かりを消した。一本だけのロウソクが光っているケーキが、母の顔を照らし出しながら、キッチンから居間に運ばれてくる。母はケーキをテーブルのわたしの前に置き、わたしの頭の天辺にキスをした。それから、彼女は後ろに下がって、わたしと父の背後に立ち、そのままどうしていいかわからないみたいに立っていた。彼女の口が、どうしても必要なときしか使わなかった英語で、「ハッピー・バースデイ、レニー」と動くのが見えた。父は、わたしが手を伸ばして炎にさわらないように、わたしの両手を押さえていた。

ビデオテープはいつもそこで飛んで、みんながうたいだすのだった。

Ja, må hon leva!
Ja, må hon leva!
Ja, må hon leva uti hundrade år!
Javisst ska hon leva!
Javisst ska hon leva!
Javisst ska hon leva uti hundrade år!

この意味は、
どうか、生きますように！
どうか、生きますように！
百歳まで生きますように！
もちろん、生きるでしょう！
もちろん、生きるでしょう！
もちろん、百歳になるまで生きるでしょう！

その意味がわかる年齢になると、このスウェーデン語のバースデイ・ソングはいつもわたしを悲しい気持ちにしたものだった。わたしは百歳まで生きた人などひとりも知らなかったし、自分もそんなに生きるとは思えなかった。だから、毎年両親や友人たちがわたしのためにこの唄をうたってくれるとき、わたしは実際にはありえないことを祝っているように感じて、なんだか悲しかった。彼らは不可能なことを期待しているのだという気がしたし、わたしはその期待に添えないにちがいなかったからである。

ビデオのなかでは、初めての誕生日のロウソクが吹き消されたあと、ケーキのアイシングを父にスプーンで口にいれてもらって、そんな唄の意味はすこしも知らずに、わたしはとても幸せそうだった。

レニーとマーゴの百年

そのアイディアは銀色の魚みたいにわたしの心に入りこんだ。

ベッドサイド・テーブルにペンがなかったので、それが泳いで逃げ出してしまう前に、だれかに話さなければならなかった。

マーゴのいる病棟は真っ暗で、ほぼ静まりかえっていた。ほぼと言うのは、イニシャル付きガウンの女性のベッドからだけは、ギョッとするほど大きないびきがとどろいていたからである。

わたしはマーゴのベッドのまわりに下がっているカーテンを引きあけた。「あの話」と、わたしはあえぎながら言った。「あなたのあの話だけど!」

マーゴは目をあけた。

「その絵を描かなくちゃ! 一年について一枚ずつ!」

まだ午前三時と四時のあいだだったけれど、マーゴはベッドのなかで体を起こし、目をほそめて暗闇のなかのわたしをじっと見た。

「わたしたちは百歳になるって言ったでしょう?」と、忘れているかもしれないと思ったので、わたしは言った。「十七プラス八十三で、百年分の百枚の絵よ」

「レニー?」と彼女は言った。

「なあに?」

「それはすてきな考えね」

夜勤の看護師——左耳にキラキラ光るピアスをしたピョートルという名前のがっしりした体格の男——から自分のベッドに戻るように言われたあと、わたしは暗闇のなかに横たわってそのことについて考えた。
メイ病棟に戻ってからもペンが見つからなかったので、わたしは天井をにらみながら、朝になって目を覚ましたとき、わたしかマーゴかピョートルか、三人のうち少なくともだれかひとりがこの計画を覚えていてくれるように祈った。

外の世界のどこかには、わたしたちと関わりをもったり、わたしたちを愛したり、わたしたちから逃げていった人たちがいる。わたしたちはそんなふうにして生きていく。かつていたことのある場所に行けば、廊下で一度だけすれ違い、姿が見えなくなる前にわたしたちのことなど忘れてしまっている人たちに会えるかもしれない。わたしたちは何百人もの人たちの写真の背後にいる——居間のマントルピースの上に置かれた、見知らぬふたりのフレーム入り写真の背景で、動いたり、しゃべったり、ぼやけて見えなくなっていったりしている。そういうかたちでも、わたしたちは生きつづけていく。でも、それだけでは十分ではない。実在するこの宏大な世界のなかの一かけらの粒子だったというだけでは十分ではない。わたしは、わたしたちはもっと多くを望んでいる。人々がわたしたちを知り、わたしたちの物語を知り、わたしたちがどんな人間か、どんな人間になろうとしているか、そして、わたしたちがいなくなったあと、わたしたちがどんな人間だったのかを知ってほしいと思う。

だから、わたしたちが生きてきた一年について一枚ずつ絵を描きたい。百年分の百枚の絵。たとえそれが全部ゴミ箱に捨てられることになるとしても、それを片付ける清掃係は「いやあ、なんてたくさんの絵なんだ」と思うだろう。

〈レニーとマーゴがここにいた〉と言っている百枚の絵を描くことで、わたしたちは自分たちの物語を語ったことになるだろう。

一九四〇年のある朝

病棟は静かだった。午前中の面会時間は終わり、見舞客はすでにしぶしぶ追い出されていた。だれかがメイ病棟の患者のために風船を持ってきて、それで大騒動が持ち上がったのだが、わたしは午前のあいだじゅうそれを思い出しては楽しんでいた。結局、最後には、〝健康と安全性〟も〝政治的公正（ポリティカル・コレクトネス）さ〟も〝手がつけられない〟状態になっていることに腹を立てた叔父さんが、〝すぐよくなってね！〟と書かれた羊形のヘリウム風船を持って、家族の先頭に立って病棟を足音荒く出ていくことになった。彼が見舞いにきた若い患者は、その叔父さんがたぶんけっして到達することのない成熟度ですべてを受けいれていたが、それがわたしには悲しかった。なぜなら、メイ病棟に来るこどもたちはみんなそうなっていくからだ。冷静になり、控えめになり、感情の起伏が乏しくなる。実際にそうなる前に歳を取ってしまうのである。

ローズルームへの廊下をぶらぶら歩きながら、わたしも実際以上に歳を取ってしまっているのだろうかと考えた。だが、ドアをあけて、七人の八十代の面々が一斉にわたしに挨拶するのを見た瞬間、少なくとも、わたしはまだ八十歳にはなっていないと思った。

「レニー！」ピッパがわたしに走り寄った。「見て！」

ホワイトボードの片隅に、金色のインクで〝レニーとマーゴのすごいアイディア〟と書かれた紙片が貼りつけてあり、そばにすでに二枚の絵——マーゴの赤ちゃんの絵とわたしの初めての誕生日をビデオカメラで撮った光景のかなりひどいスケッチ——ができあがっていることを示す二本の棒線が引かれていた。

「二枚できているから、残りは九十八枚ね！」そう言うと、彼女は数枚の紙を手に取って、テーブルまでわたしのあとについて来た。マーゴはすでに模様入りの壁紙の前に吊された鏡みたいなものをスケッチしているところだった。

わたしは彼女のとなりに坐り、ピッパがいかにも張りきった足取りで行ってしまうと、顔を見合わせてにっこり笑った。

「じゃ、物語をはじめましょうか？」と彼女は訊いた。

グラスゴー、クロムデール・ストリート、一九四〇年

マーゴ・マクレイは九歳

一九三九年のある日の午後、父が陸軍に入隊してから数週間後、わたしがいちばん好きじゃなかった祖母がわが家にやってきた。薄暗い日曜日の午後だった。玄関のドアをあけると、スーツケースをもった祖母が立っていたので、母は実際に小さな悲鳴をあげた。祖母がいったいどこから父の入隊を聞きつけたのか、母にはまったく理解できなかった。父は、オクスフォード近くの訓練キャンプからの手紙のなかで、自分の母親には入隊を知らせてないし、なぜ彼女がいきなりわが家の玄関に現れたのかまったくわからないと断言した。

〈いま、わたしは自分の安全を祈るべきか、それともおまえたちの安全を祈るべきかわからない〉と父は書いていた。〈流しの下にウィスキーのボトルを隠してある〉

わたしはお祖母(ばあ)さんたちがいろんな手仕事をするのを見たことがあり、温かくて、やさしくて、親切なのを知っていた。クリスタベルのお祖母さんは彼女にすてきなドレスを縫ってあげたし、わたしが五歳のときに亡くなった母方の祖母は、わたしにカーディガンを編んでくれ、わたしの人形にもお揃いのものを編んでくれた。

でも、戸口に立ってわたしたちをにらみつけた女(ひと)はそうではなかった。

わたしがいちばん好きじゃなかった祖母はイエス様のために特別な香水をもっていた。その匂いはツンと鼻につき、喉の奥に貼りついた。毎週日曜日の朝、彼女は玄関ホールの鏡の前に立って、イエス様のために身支度を整えたが、それはじつに独特な光景だった。

一九四〇年のある日曜日の朝、日がだんだん薄暗くなってくる時期だったが、わたしはベッドルームのドアのかげで聞き耳を立てていた。祖母が分厚いたてがみにブラシをかける耳障りな音が聞こえた。それはキイキイ引っ掻いているような音で、あんなに激しくブラシをかけてどうして禿げてしまわないのだろう、とわたしはよく不思議に思ったものだった。

母がキッチンでガタゴトやっている音が聞こえた。乾燥粉末卵をなんとか食べものらしきものに復活させようとするときに使うフライパンの音だった。

わたしは祖母に見つからないように祈りながら、忍び足で階段を下りていった。彼女は日曜日用の帽子をかぶろうとしているところで、その端を一周ぐるりとヘアクリップで留めていた。そして、わたしをジロリとにらんだ。

わたしはそのまま階段を下りて、キッチンの母のところへ行った。母の顔は青白く、引きつっていて、じっと身動きもせずにフライパンのなかの粉末卵を見下ろしていた。母の顔がそんなふうになるたびに、わたしは胃がキュッと締めつけられ、電報が来たのかもしれないと覚悟した。

「死んだの?」とわたしは訊いた。父はいまはフランスにいて、母の顔がそんなふうになるたびに、

「いいえ」と、フライパンから目を上げずに、母はそっと答えた。

「あんたたちの父親のことを話しているのかい?」と、祖母が玄関から大声で言った。いまや、彼女はまばたきもせずに鏡を見つめて、恐ろしい金属製の器具でまつげをカールさせていた。

「死んでるかもしれないよ」と祖母は言った。「戦場のどこかでバラバラになって」

それを聞くと、母は顔を上げた。目のまわりが真っ赤になっているのが見えた。

「それなのに、彼のためにお祈りをしようとさえしないんだから」と、金属製の器具でギュッとまつげを挟みながら、祖母がつづけた。

母はなにか言おうとするかのように口をひらいたが、また閉じた。

「想像してもごらんよ」と祖母は言った。「神様や天使様に愛する父親を守ってくれるようにお願いする暇もない妻と娘なんだから」

母は木製のスプーンを置いて、両手で目もとの涙をぬぐった。

「いまじゃ、あんたの父親の力になれるのは神様だけなんだよ、マーゴ」と、ビューラーを置いて、鏡の近くに身を乗り出し、成果を点検しながら、祖母が言った。そして、満足すると、バニティ・バッグからあの吐き気のする香水の細いガラス瓶を取り出して、自分に吹きつけだした。左の手首に三吹き、右にも三吹き。首に三吹き、腰にも三吹き。そうしながら、唄をうたいはじめた。細くて湿っぽい声だったが、よく通る声でもあった。

「立て、キリストの兵士たちよ、甲冑を身につけよ」

母は戸棚に塩と胡椒を取りにいったが、涙がもっとあふれ出した。

「主から賜る力によって、強くあれ」祖母は髪に一周ぐるりと香水を吹きつけ、さらに帽子のつばにも三吹きかけながら、うたいつづけた。「永遠の息子を通して」

母は粉末卵に塩と胡椒を振りかけて、目をつぶった。

「万軍の主とその強大な力によって、強くあれ」祖母の最後の仕上げは赤いブローチをブラウスの左胸にピンで留めることだった。

涙が母にはどうすることもできないほどどんどんあふれてきた。

わたしは祖母に歩み寄った。

「ティッシュ持ってる？」とわたしは訊いた。

祖母は着ていた長い毛織りのコートのポケットを探った。それは母のお気にいりだったが、わたしがいちばん好きじゃなかった祖母がお祈りをするあいだ寒くないようにと、母の衣装ダンスから召し出されたのだった。彼女はピンクのハンカチとしわくちゃになった紙片を取り出した。そして、いやいやハンカチを差し出すと、紙切れを屑籠に捨てた。

「ハンカチをどうする気なんだい？」と彼女は訊いた。

「母さん（ママ）が泣いてるの」

祖母は前かがみになってキッチンを覗き、自分のしわざを確かめた。

そして、満足すると、教会に出かけていった。

彼女が出かけた後、わたしは屑籠から紙片を取り出して、しわを伸ばした。染みだらけの父さんの筆跡で、母のお気にいりの唄の歌詞が書いてあった。


わたしがおまえをどれだけ愛しているか？

わたしはおまえには嘘は言わない。

海はどこまで深いのか？

空はどこまで高いのか？


わたしはそれをできるだけ平らに伸ばすと、母のベッドルームへ持っていって、枕の下に置いた。それはわたしたちが見つけた最初の置き手紙だった。

その後わかったのだが、父はあらゆる場所に母への愛の手紙を残していた。母のいちばんきれいなハイヒールの左の靴のなか、食料貯蔵室の奥の広口瓶の下、居間の書棚の本の背後、ふたりのお気にいりのレコードのあいだ。ほかの唄の歌詞もあったし、ジョークもあったし、自分を忘れないでほしいと訴えているのもあった。

母はそういうすべてを集めて、鏡台の上のガラス瓶に入れていた。新しい手紙が見つかるたびに、母は父がいなくなってからは見たことのなかったような笑みを洩らした。わたしは自分のベッドサイド・テーブルの引き出しの底から一枚見つけたとき、それを隠しておいた。もう新しい手紙が見つからなくなったときにも、母を微笑ませることができるように。でなければ、電報が来たときのために。

レニーと新人看護師

「そのノートに何を書いているの、レニー?」

「これ?」ベッドサイド・テーブルからノートを取り上げながら、ふと、彼女はいつわたしがこれに書いているのを見たのだろうと思った。新人看護師はわたしのベッドの端に坐っていた。靴は脱ぎ捨てて、奇妙な靴下(片方はピンクで赤いサクランボの絵、もうひとつは縞で爪先にパグの顔)はベッドの側板にぶら下げてある。彼女がノートを見せてもらいたがっているのはわかっていたが、わたしは見せてやらなかった。

「物語を書いているの」

「どんな……?」

「わたしの人生の。それとマーゴの人生の」

「あなたたちの百年の?」

「そのとおり。マーゴと会うまえから書きはじめていたんだけど」

「それじゃ、日記みたいなものなのね?」と彼女は訊いた。

わたしは手に持っていたノートを伏せた。外側は光沢があるいろんな色合いの紫になっている。

わたしはページの両面に書かなければならなかった。最後のページまで到達するまえにスペースが足りなくなるのを避けたかったからだ。ページをめくるときに、カサカサいう音がするけど、その音が気にいっているので、何度もただページをめくったり、もとに戻したりすることがある。「だと思うわ」とわたしは言った。

「わたしも日記をつけていたことがあるわ」と新人看護師は言って、制服の胸ポケットから棒付き（ロリ）キャンディ（ポップ）を取り出すと、包装紙を剝がして、わたしにくれた。わたしは最後にロリポップを食べたのがいつだったか、思い出せなかった。コーラ味だった。

「そうなの？」

彼女はもうひとつ、ピンク色のロリポップを取り出して、自分の口のなかに入れた。「うーん」と彼女は言った。「でも、退屈なものだったわ。〈この子がわたしのいないところでこんなことを言った。だから、わたしも彼女がいないところでこんなことを言ってやった。すると、彼女がわたしにかかってきたので、わたしは蹴飛ばしてやった〉とか」

「ほんとに蹴飛ばしたの？」

新人看護師はちょっと得意そうな顔をした。けれども、わたしが新人看護師お墨付きのキックを連発しないか心配しているかのように、「蹴飛ばすのは悪いことよ」と言った。

「それで面倒なことになったの？」

彼女は口のなかのロリポップをぐるりとまわした。「まあね」

「わたしは眠れないときに書くの」とわたしは言った。「わたしは絵があまり上手じゃないから、何が描いてあるかわからないかもしれない。だから、その絵にまつわる物語を文章で書こうと思ったのよ」

「わたしも出てくる？」

「出てきたら、読みたい？」

「もちろんよ！」

「なら、出てこないわ」

「ほんとは出てくるんだわ、そうでしょ？」

「さあ、どうかしら？」とわたしは言った。

彼女はベッドから降りて、靴を履きなおした。「もしもわたしが出てくるのなら、もっと背が高いことにしてくれる？」

わたしは彼女の顔を見ただけだった。

「おやすみ、レニー」と彼女は言った。

そして、わたしと日記帳をそのまま残して、出ていった。わたしが彼女のことを書けるように。

一九四一年のある夜

「これもおなじ年にやった仕事だ」ウォルターはマーゴとわたしにスマートフォンで白鳥の形に剪定された生け垣の写真を見せていた。信じがたいほど大きなボタンアイコンが表示されているスマートフォンだった。

「いままで作ったなかでいちばん変わった動物はなあに？」とわたしが訊いた。

「一角獣(ユニコーン)だな。家を手放すときに、自分のしるしを残したいと考えた女性(ひと)のためだった」

「わたしもそういう女性（ひと）になりたいな」とわたしは言った。

「しかし、わしがほんとうに好きなのはバラだ。ほぼ完璧なオフェリアやシロバナハマナス（ヘッジホッグ・ローズ）を育てることに成功したんだぞ。この地域ではあまり見かけない品種だが。わしの庭の奥でいまでも育っているが、この膝のせいで、思いどおりに世話ができなくなっちまってね。白い花のマダム・ゾイットマンがいつもいちばんいい花を咲かせる。枝の先に羊をのせたみたいな、ふわふわした花なんだ」

「あら、わたしはゾイットマンが大好き！」と言って、あたりに樹木系（ウディ）の香水の匂いを撒き散らしながらエルサがやってくると、わたしたちといっしょに坐った。ウォルターはエルサを、まるでユニコーンの生け垣みたいに、うれしそうに見つめた。だから、マーゴとわたしは彼らをふたりにしてやった。

　マーゴはまたスケッチに戻った。

「どこへ行くの？」とわたしが訊いた。マーゴはブリキのバケツみたいなものの外側の角に黒っぽい影を付けていた。

「あなたはこの話が気にいると思うわ」と言いながら、彼女は親指でバケツの黒い影を床にまで延ばした。

「わたしが育った家へ行くのよ」と彼女は言った。「一九四一年のある夜に」

グラスゴー、クロムデール・ストリート、一九四一年
マーゴ・マクレイは十歳

空襲のサイレンが鳴りだしたとき、わたしはお風呂に入っていた。母はとても小さな声で悪態をつくと、煙草を石けん皿で揉み消した。

お風呂のお湯はまだ温かく、バスタブを一周するように黒ペンキで引かれた線まで満たされていた。

「どうして彼らにわかるの？」その前年、母がバスタブの内側にぐらつく線を引いたとき、わたしは訊いた。

「まあ」と母は言った。「彼らにはわからないでしょうね」

「だったら、いちばん上までお湯を入れることもできるんじゃない？」

「オーバーフローのところまではね」と、ゴム栓の鎖にまでペンキを塗らないように刷毛を動かしながら、母が言った。

「そこまでなら、お湯を入れられるの？」

「そうね」と彼女は言った。「たぶん」

「なら、なぜそうしないの？」

「なぜなら」と彼女は言った。「彼らにはわからないかもしれないけど、わたしたちにはわかるからよ。ほかのみんなが水たまりみたいななかで体を洗っているときに、自分だけ温かいお湯たっぷりのお風呂に入っていながら、あなたは平気で学校のクラスの友だちと顔を合わせられるの？」

わたしはなにも言わなかった。けれども、たぶん母さんが思っているほどは気にしないだろうと思った。

空襲のサイレンが鳴り響くなか、母はわたしをお湯のなかから抱き上げると、タオルでゴシゴシ手足を拭いた。わたしが痛がって哀れっぽい声を出すと、急いでいるのだと言った。

「おいで、マーゴ」と母は——不安を抑えようとするといつもそういう声になるのだが——単調な声で言うと、わたしを急かして階段を下り、キッチンのドアから裏庭へ出た。

外は凍りつくような寒さで、足下の草まで凍っていた。息が宙を舞うように逃げていき、わたしは思わず立ち止まった。

「さあ」と彼女は言ったが、焦燥がはっきり伝わる声になっていた。

わたしはタオルをまとっただけで、真冬の庭に突っ立っていた。寒くてジメジメしたアンダーソン式防空シェルターに下りていきたくはなかった。わたしは泣きだした。


まだ戦争がはじまったばかりのころ、母は空襲をゲームにした。わたしたちがシェルターを使うたびに、ノートにしるしを付けたのである。「これで十五回目よ」と彼女は言ったものだった。空から降りそそぐ火から身を守ろうとしているのではなく、まるでなにか面白いことをやっているかのように。

わたしたちは、地方議会から派遣された非戦闘員兵士の助けを借りて、アンダーソン式シェルターを造った。彼らが屋根に土をかぶせて、なんでもない四角い庭に人間用のウサギの巣穴みたいなものができあがるのを、わたしは見守った。シェルターは乾いた状態に保つようにとか、どんな必需品を備蓄しておくべきかとかを彼らは母に説明した。そして、煙が充満するので、なかでは煙草を吸わないようにと警告した。

立ち去る前に、ふたりの兵士の大柄なほうが、なにか質問はないかとわたしに訊いた。

「トイレのために外に出てもいいの？」とわたしは訊いた。

彼は笑った。「サイレンが止むまでは、どんな理由があっても出てはいけない」

「それなら、どうやってトイレに行けばいいの？」とわたしは訊いた。

その答えは――どんなふうにでも好きなようにするがいい、ということだった。母の解決策は大きなブリキバケツだった。それはいまもシェルターの片隅に置かれていた。すぐそばに新聞や雑誌があるのは主に読むためだったが、トイレットペーパーとしても使われた。

「このバケツを使わないでいられたら」と、そのバケツを置くときに、母が言った。「とても偉いわ。ここに避難しているあいだにバケツを使わなかったら、その日はわたしの分の配給のジャムをあげる」そのころ、わたしにとってジャムは大変なご褒美だったので、わたしは一度もバケツを使わなかった。

「急いで、マーゴ」と母が言った。タオル一枚で凍てつく寒気のなかに立っていたわたしは、しかめ面をして母の顔を見ると、あとからのろのろついていった。彼女が波形鉄板のドアをあけると、わたしがいちばん好きじゃなかった祖母がシェルターのまんなかにしゃがんでいた。下着を足首まで下ろし、スカートを腰のまわりにたくし上げて、床のバケツにおしっこをしていた。

一瞬、空襲のサイレンまで静まりかえり、聞こえるのはわたしがいちばん好きじゃなかった祖母のおしっこがバケツの内壁に当たるシャーッという音だけだった。運悪く明かりが真上にあったので、床に点々と撥ねかかったおしっこの染みが見えた。祖母は恐怖に凍りついたような顔をしていた。

おしっこを終えると、祖母は手探りで新聞紙を探さなければならなかった。テレグラフ紙の記事でお尻を拭くと、彼女はバケツから立ち上がって、下着を上げた。それから、いまやおしっこが数センチたまり、濡れたテレグラフ紙の切れ端が浮かんでいるバケツを持ち上げて、細心の注意を払ってシェルターの片隅に運んだ。祖母はわたしたちと目を合わせずに、澄ましてシェルターの右側のベンチに坐り、日曜日に教会に坐っているかのように、プリーツスカートのしわを伸ばした。それから、かたわらの小説を手に取って、ひらいた。そして、それを顔の前に掲げたが、まばたきもせずに、じっと遠くを見据えているのがわかった。

　母とわたしはなにも言わずに反対側のベンチに坐ったが、腰をおろしたとき、祖母の頬が赤くなっていることにわたしは気づいた。尿の刺すような悪臭が鼻につき、母や祖母もその悪臭を無視できずにいるにちがいなかった。まるで狭いシェルターに四人目の避難者が入りこんだかのように。

　母はわたしの濡れた髪にやさしくブラシをかけ、こういう緊急時のためにベンチの下に用意してあった予備の服を着せてくれた。まだ肌が湿っていたうえ、シェルターはとても寒かったが、わたしは文句を言わなかった。

「あんたたちは」と、本のページをめくりながら、祖母が静寂のなかでぽつりと言った。「出かけたんだと思っていたよ」

　母はわたしと目を見交わした。もしも笑わずにいられたら、配給の一週間分のジャムがもらえるだろう、とわたしは思った。

　それでも、わたしは吹きだしてしまい、母も笑わずにはいられなかった。

レニーと赦し、その一

「わたしに会えなくて寂しかった？」

アーサー神父は年配の聖職者にはあるまじき叫び声をあげた。

「レニーかい？」

「また来たわよ！」

彼は跳び上がるようにして立ち上がり、片手を胸に当てて、あまり優雅とは言えない恰好で信徒席から出てきた。たったいまマラソンのゴールに到着したばかりのように息をはずませ、つばをゴクリと呑みこんで、しゃがれ声で言った。「いや、それはわかっている。だが、わたしは年寄りなんだ。そんなふうに年寄りを驚かすものじゃない」

「わたしに会えなくて寂しかった？」

彼は手の甲で額をぬぐった。「このところ、ここはちょっと静かだった」

「なにか薬をあげましょうか？」とわたしは訊いた。「わたしはもうここには長いから、いくつか持っているのがあるんだけど」

「いや、だいじょうぶだ、ありがとう」

「よかったら、点滴をしてあげることもできると思うけど」

彼はそれについてはなんとも言わずに、わたしに訊いた。「きょうはまたどういうわけで来てくれたのかね？」

「そうね」とわたしは言った。「坐ってもいい？」

「もちろんだ」彼は信徒席を勧めた。それから、わたしがとなりに坐るように勧めるまで、落ち着かなそうにウロウロしていた。

「体調はいいのかい？」と彼は訊いた。

「もちろん、よくないわ」わたしは笑みを浮かべた。「じつは、赦しについていろいろ考えていたんだけど」

「ほんとうかね？」

「聖書のなかには赦しに関するお話がたくさんあるでしょう？　乳牛とブドウの木の話だったかしら？　それとも、裁縫のできないネズミだったかしら？　ともかく、わたしは人を赦すことがあまり得意じゃないの。なかなか忘れられないから。それに、赦してしまったら、仕返しをする楽しみがなくなるし、仕返しするほうが赦すよりずっと気分がいいから」

「なるほど」アーサー神父は太鼓腹の上に腕を組んだ。神様はわざと――地域の人々が親しみをもてるように――神父さんたちが少しずつサンタクロースに似るように仕向けているのだろうか、とわたしは思った。

「で、あなたはどう思っているの？」とわたしは訊いた。

「何について？」

「そういうすべてについて。赦しとか罰とか贖罪とか」

「それはなかなか興味深いポイントだ。赦しはキリストがわたしたちに示したお手本の大きな部分を占めている。仕返ししたほうが楽しいという部分には、わたしはかならずしも同意できないが」

「でも、神様は聖書のなかの半分を人々に仕返しすることに費やしているわ――疫病とか、幽霊とか、あのオウムを使ったやつとか」

「オウム？　レニー、きみはきちんと……」彼は考えて、咳払いをすると、わたしに訊いた。「きみはいったいどこで聖書を読んだんだね、レニー？」

「学校よ」

「学校か」と彼は繰り返した。「ならいいが」

「読み聞かせてくれたのよ。日曜学校で。わたしたちを教会から連れ出して、みんなを絨毯の上に坐らせて、読んでくれたの」

「読んでくれたのはいつも聖書だったのかね？　それとも、ほかのものだったこともあるのかな？」

「ほかのものって、たとえば？」

「わからないが」彼は顎をさすった。「たとえばお伽噺とか、こどもの本とか？」

「いいえ、いつも聖書のお話だったわ。縁が金色の本だったもの」

「そうかね」アーサー神父は疑わしげな顔をした。

「それで、赦しは？」それとなく話を元に戻すために、わたしは訊いた。

彼は先をつづけた。「赦しは仕返しほど気分がよくない、ときみは言ったが、それにはかならずしも同意できないね。ついでに言っておくが、この会話がわたしへ仕返しをするためのものじゃないことを、わたしは心から祈っているよ。それはともかく、そのときのはずみで、怒りを鎮めるためには仕返しをするしかないと思えることもあるだろうが、時が経ってから見れば、赦したほうがずっとよかったし、誇れることでもあったと思えるようになるんじゃないかな」

「でも」とわたしはゆっくりと言った。「わたしには自分の行動を振り返るだけのそういう年月がないかもしれないのよ。わたしには自分が赦したことを誇りに思えるような日は来ないかもしれない。わたしは短期的に生きているだけだから。それなら、楽しいことができるときにはそうすべきじゃないのかしら？」

「楽しいこと、たとえば仕返しをするとかかい？」

「そうよ、ある意味では」

「訊いてもいいかね、レニー」と彼は言った。「きみはだれを赦すことを考えているんだい？　わたしじゃないのはわかっているが」

「そう？」

「そうさ」

「わたしがもうあなたを赦したってどうしてわかるの？」

「きみがまた来てくれたからさ」と言うと、彼は笑みを浮かべて、空っぽの礼拝堂を指差した。

大きく変わったものはなにもなかった。染みのあるカーペットもおなじだったし、隅のほうのベージュのカバーが掛かっている電子ピアノも、ロウソクがちらついている祭壇も、掲示物よりピンのほうが多い掲示板もおなじだった。もしかすると、わたしはこの掲示板みたいなものなのかもしれない。伝えることよりピンのほうが多いのだ。携帯の連絡先の空欄のほうが友だちの数より多いみたいに。骨の成長も、自分では見られない部分のほうが多いように。赦しより仕返しのほうが多いように。

「で、きみはだれを赦したいと思っているんだね？」

「彼女のことは言わないことにしておくわ」とわたしは言った。「もう何年も会っていないから」

「なるほど」と彼は言ったが、知りたそうな顔をした。「で、赦しについて考えることを別にすれば、ほかにはどんな楽しみがあるんだね？」

「新しい友だちができたの」

「それはすばらしい」と、彼はすこしも妬ましさのない口調で言った。これなら赦してやってもいいかもしれない。新約聖書のレニーになってあげるべきかもしれない。

「あなたも気にいると思うわ。彼女は……」彼の表情をよく観察するために、わたしはそこで言葉を切った。「あなたとおなじくらいの歳なの」

彼は笑った。「それにどう反応するかは実際に会ってから……」

「マーゴよ」

「マーゴか」

というわけで、わたしは臨時雇いやアートクラスやローズルームについて、死ぬ前になにかを残すためのわたしたちの計画について説明した。

「問題は」とわたしは言った。「完成する前にわたしたちが死んでしまったら、どうなるのかということね」

アーサー神父は鼻をたたいた。「死ななかったら、どうなるんだね？」

彼の言いたいことはわかった。わたしたちは百まで到達できるかもしれない。もちろん、その前にふたりがお陀仏になるとしても、それはどうしようもないけれど。

「よかったら、わたしからもひとこと言っておいてあげよう」と言って、彼は天井を指差した。

「人事課に？」

「神様に、という意味だよ」

わたしは礼拝堂の匂い――祭壇の萎れかけた花の甘く物悲しい匂い、カーペットのかび臭い匂い、信徒席の埃っぽい匂い――を吸いこんだ。

「アーサー神父？」

「何だい、レニー？」

「わたしに会えなくて寂しかった？」

「ああ、レニー、とってもね」

マーゴと夜

グラスゴー、クロムデール・ストリート、一九四六年
マーゴ・マクレイは十五歳

わが家の窓から爆弾が飛びこんできたのは真夜中だった。窓ガラスが粉々になって、爆弾は両親のベッドの足下に落ちた。父は即座に目を覚ました。塹壕での強烈な記憶がよみがえったのだ。ベッドのなかで跳ね起きると、寝具を引っ掻きまわして手探りで爆弾を探したが、真っ暗でなにも見えなかった。

「ヘレン」と父は叫んだ。「爆弾だ！　爆弾が投げこまれた！」けれども、母は身動ぎもしなかった。

安全ピンが抜かれているのはわかっていた。コチコチいう音が聞こえたからだ。いまにも恐ろしい爆発音がとどろき、だれのものとも知れぬ手足が地面に散らばり、顔がなかば焼け焦げたり目が溶けたりしている光景を見ることになるにちがいなかった。爆発まであと数秒しかなかった。

父はベッドから跳び出すと、爆弾に被さるように身を投げだして、自分の体を盾にしようとした。

眠っている妻や隣室の娘を爆風から守ろうとしたのである。

と、そのとき、明かりが点いた。

ふたたび息ができるようになったとき、父はベッドルームの床に倒れていた。ドレッサーに寄りかかって、全身汗にまみれ、両腕には母のスリッパを抱えていた。

絶叫とドタバタいう物音を聞きつけたわたしは、両親のベッドルームの入口に立っていた。静寂のなかで、母がじっと父を見守っているのを見ながら、どうしたら父を治せるのかふたりにはわかっているのだろうかと思った。

レニーと赦し、その二

マーゴはわたしの物語を聞くつもりで待っていた。わたしが自分の絵を描きながら、その物語を説明する言葉を探しているあいだ、彼女は鉛筆でざっとスケッチをしていたが、そのスケッチが彼女の前に置かれていた。わたしの物語は主にスウェーデン語で起きた出来事だったので、それを説明する適切な英語を自分が知っているかどうか確かめておく必要があった。

マーゴは深紫色（プラム）のセーターを着ていた。温かそうだったけれど、チクチクしそうで、わたしは着てみたいと同時に、絶対さわりたくないとも思った。

わたしの絵はあまりそれらしく見えなかったけれど、ぐらつくテーブルに載っている最後の料理の皿を描いたつもりだった。実際には、テーブルはグラグラしてはいなかった——重たくて、光沢(つや)のある木でできていて、長方形でも楕円形でもなく、そのどちらともつかない形だった。

わたしが話をはじめると、マーゴは全集中力をわたしに向けるので、わたしはそれがうれしかった。彼女は両手を組んで、指を絡み合わせ、明るいブルーの瞳でじっとわたしを見つめた。

スウェーデン、エレブルー、二〇〇二年、午前二時四十二分
レニー・ペッテションは五歳

真夜中にガシャンガシャンというとてつもない物音で目が覚めた。キッチンのいい加減に詰めこまれた戸棚から鍋やフライパンが残らず床に落ちたのだろうが、五歳のわたしには、なにか恐ろしいことが起こったのだとしか思えなかった。爆弾が破裂したとか。車が家に突っこんできたとか。見知らぬ男が窓ガラスを破って侵入してきて、わたしに飴をやるから車に乗るようにと指図しようとしているとか(学校で見知らぬ男に用心するように教わったばかりだった)。

それから、ガチャガチャいう音や、キイキイ擦ったり、ドンドンたたくような音がした。

どんな映画や本のなかでも、好奇心の強いこどもたちにはけっしてよいことは起こらない。けれども、わたしはベッドのなかでじっとしていようとは思いもしなかった。階段の上から見ると、どこか遠くのほうに明かりが点いていて、ガチャガチャいう音はやんでいたが、もっと別の音が聞こえた。シューシュー、コトコト。

階段の上に留まって、耳を澄ましていると、ベーコンの塩気のある匂いがゆっくりと立ち昇ってきた。それから、もっと酸味のあるオレンジやタマネギみたいな匂いも。階段の上に坐りこんだま

ま、わたしはトースターが立てるポンという音や、なにかを擦るような、しきりに何度も擦るような音を聞いていた。

　わたしは階下の男を想像しようとした。集会で学んだ黒っぽい服の男。こどもがひとりでいるときにさらおうとするのだという。飴や子猫や玩具をくれて、車の後部座席にはもっとあるんだよ、と男は言う。そうやって自分についてこさせて、車のなかに押しこみ、連れ去ろうとするのだ。そのあと、男がどうするつもりなのかは知らなかったが、いずれにせよ、やってほしくないことをやるらしかった。男はこどもを騙そうとするようだったが、夜中にわが家に忍びこんで、食事を作ったりするとは聞かされていなかった。

　わたしは坐ったままお尻を滑らせて、階段を一段下りた。それからもう一段。男が冷蔵庫をあけたので、瓶がガタガタいう音がして、それから袋をカソコソやる音がした。サラダ菜かなにかが入っている袋かもしれない。わたしはさらに一段ずつお尻を滑らせて下りていった——そんなふうにすると、カーペットがまくれてしまうのでやめなさい、と父に言われていたにもかかわらず。階段の下に着いたとき、またトースターがポンとはじけたが、こんどは男がレバーを押し下げ、トーストはまたもとの位置に戻ったようだった。

　わたしはそっと食堂を通り抜けた。男と顔を合わせる覚悟だったが、怖いとは思っていなかった。けれども、それは彼女だった。薄汚れた白いTシャツにパンティというういでたちの。わたしの母だった。それを見て、わたしは怖くなった。

　母がレンジに新しいフライパンを置いたので、またガチャッという音がした。彼女はそこにじかに卵を割り入れはじめたが、目つきがいつもとは違っていた。本物の目は休暇に出かけていて、あとに残されているのは彼女のものではない代用品だが、いまのところいちおう見えているようではあるとでも言えばいいか。トースターから一筋の煙が立ち昇り、焦げ臭い匂いがどんどん強くなっていく。

　階段を下りてくる足音が聞こえ、色褪せたパジャマのズボンを穿いた父が入ってきて、わたしの横に立った。そして、わたしの肩に腕をまわし、いっしょに母を見守った。父ははるか沖に流されてしまった泳げない人を見ているような顔をしていた。母が溺れかけているのを知っていたのである。

　それから、火災報知器が鳴りだした。

　母は跳び上がって木のスプーンを取り落とし、後ろを向いて、火災報知器をはたくためにタオルを取ろうとしたが、わたしたちの姿を見て、その場に凍りついた。

　翌日の夜、ガチャガチャ、トントン、ジュージューという音がまた聞こえてくると、わたしはドアの下の隙間に毛布を詰めて、キッチンからの物音や匂いの侵入を防ごうとしたが、それでも目はずっと覚めたままだった。

　はじまったときにはとても奇妙だと思ったが、それはたちまちペッテション家の恒例行事になった。夜になると、わたしはベッドに入って、それがはじまるまえに眠ろうとした。一度はじめると、母は何時間も料理しつづけたりするからだった。

　朝になるといつも、父がわたしを起こしに来て、もうとっくに抱っこされる年齢ではなかったにもかかわらず、わたしを抱き上げた。わたしは父の首筋のアフターシェイヴの匂いを嗅ぎながら、階下に運ばれたものだった。

　テーブルはいつもおなじだった。まず白いテーブルクロス、それからいつもおなじ揃いの皿、その上にのっている料理――扇形に丸められたハムとチーズ、いろんな形にカットされ、色別に配置されたフルーツ、カリカリに焼かれたベーコンはキャセロール皿に一列に並べられ、スライスした食パンはハート形に切り抜かれていた。オムレツはいつも全卵で、分厚いトッピングのなかから鮮やかな彩りの胡椒やタマネギがちらりと覗いているだけだった。それと、三つ重ねられた縞模様のボウルの横に、ポリッジがたっぷり入っている大きなボウル。テーブルの上座のピッチャーにはコーヒーとジュース。テーブルの両側には座席札があって、わたしたちの名前が黒い飾り文字で書かれていた。

父とわたしは——父はきちんとしたスーツ、わたしはパジャマのままで——それぞれの席に着く。それから、父が自分の食べるものを選んだ——オムレツを一切れ、ブドウを一つかみ、ごくまれに、冷えきったカリカリのベーコンとそのあとにポリッジ、ハート形のパンにチーズの薄切りをのせて食べることもあった。父が何を選んでも、わたしはその真似をした。たとえ一週間毎日おなじでも、たとえわたしがあまり好きでないものでも。わたしにはガイドが必要で、父がわたしのガイドだった。父もそれを知っていたので、わたしが真似できるように、いつもコーヒーではなくジュースを選んでくれた。

母はいっしょに食べたことがなかった。ただの一度も。彼女はキッチンから出てこようとしないのだ。夏には、シンク越しの窓からわが家の小さな庭を眺め、冬には、暗闇を、ガラスに映る自分の顔を見つめていた。わたしは何度かいっしょに食べようと言いに行ったが、窓の外を見つめている母の目は見知らぬ人の目みたいだった。学校の先生から、目の下にどす黒い隈ができていると言われたことがあった。それは自分が母親とおなじ病気を患っていることを意味するにちがいない、とわたしは信じこんだ。母の目の下の隈は、光の加減によっては、縁が緑っぽく見えることがあり、それがきれいな目にいつも付きまとっていた。そのうちいつか、わたしも日が昇るはるか前に母といっしょに階下に下りて、だれも知らないイベントのために料理を作るようになるのだろう。そして、みんながだんだんわたしを怖がるようになるにちがいない、とわたしは信じていた。

ときおり、わたしが見ていないと思っているとき、父はあの最初の夜とまったくおなじ顔でじっと母を見つめていた。溺れかけている心を安全な場所に引き戻してやりたいが、彼女はあまりにも遠くにいってしまったかのように。それが父を白髪頭にした。

最後には、母は医者に診てもらったのだろう。自分でそうしたのかもしれないし、だれか――母の両親か、わたしの父か――が行かせたのかもしれない。たぶん父ではないだろう。そういうことはむかしからあまり得意ではなかったから。ある朝、わたしがもうすぐ六歳になるころ、父と階下に下りていくと、テーブルにはなにもなかった――テーブルクロスも、朝食のビュッフェも。ただ母が剝きだしのテーブルに突っ伏して、両腕に頭をのせているだけだった。黒い髪がテーブルの天板の木の色と溶け合っていた。死んでいるのかと思って、わたしは泣きだしたが、ただ眠っているだけだ、と父が言った。その声の調子から、それはいいことらしいとわかった。「おいで、おちびちゃん」と父は言って、わたしにシリアルとボウルを見つけてくれた。わたしはキッチンのカウンターに坐り、父さんは窓のそばに立って、わたしたちは初めてふつうの朝食を取った。「おまえは母さんを赦してやらなくちゃいけない」と彼は言った。

どう答えればいいのかわからなかったので、「わかった」とわたしは言った。

「母さんは具合が悪かったんだよ」と彼は言った。

「いまはよくなったの？」とわたしは訊いた。

「かもしれない」父はブラン・フレークにスプーンを突き立てた。「母さんはおまえを愛しているんだよ、いたずらっ子」

マーゴ・マクレイの初めてのキス

ポーターのポールとわたしは、マーゴに会いにいく途中で、あの憤激した『小休止（テイク・ア・ブレイク）』誌の婦人のところに寄ってみるのも面白いんじゃないかと思った。しかし、そこに着いて、ポールがカーテンを引きあけると、ベッドは空だった。それはすこしも面白くなかった。

ポールはカーテンをもとに戻したが、それからマーゴのところへ行くまでずっと、わたしたちは目を合わせられなかった。

〈もし彼女もいなくなってしまっていたら？〉と、ニュートン病棟までの廊下を何度となく曲がりながら、わたしはずっと考えていた。

見ないうちから、彼女の空っぽのベッドが目に浮かんだ。ホワイトボードから彼女の名前が消されていて、彼女の本は袋に詰めこまれて慈善団体に送られることになっている。紫色のパジャマはきちんとたたまれ、スリッパはもう二度とどこへ出かけることもない。

ポールのスタッフカードは病院を歩きまわるのをかなり楽にしてくれた。どこへ入るときにもインターコムであれこれ訊かれることもなく、どんな病棟にもすぐに入っていけた。自分用にもこういうカードを入手できないかやってみよう、とわたしはひそかに心に決めた。彼がナース・ステーションのところに坐っていた別のポーターに親しげに手を振って——相手はそれには応えなかったが——、そのすぐあと、わたしたちは彼女のベッドがあるあたりに入った。

「ああ」と、わたしはだれにともなく小声でつぶやいて、彼女の不在という衝撃に耐えようとして身がまえた。

けれども、彼女はそこにいて、クロスワード・ブックから破りとった紙片の裏にボールペンでスケッチをしていた。彼女がスケッチしていたのはドアだった。わたしは彼女のとなりに腰をおろして、待った。

グラスゴー、クロムデール・ストリート、一九四九年
マーゴ・マクレイは十八歳

列車のなかでわたしに咳止めドロップみたいに愛を差し出したほっそりとした男は、見た目よりずっと若かった。一見したところ二十五か二十六に見えたのだが、まだわずか二十歳だった。スーツのせいだったのかもしれない。彼は街のガラス工房の見習いになるための面接に行く途中だった。彼はわたしが出逢うことになると思っていた人とは違っていた。心の底ではひそかに、ちょっと不良っぽい人かもしれないと思っていたのである。けれども、彼は物静かで、思慮深く、物事をまっすぐ真剣に受けとめる人だった。列車のなかで、わたしがいちばん好きじゃなかった祖母がわたしに花を持ってきた男の子がひとりもいないことを嘆いていたと話すと、彼はそれを覚えていて、初めてのデートのときに、ピンクの花飾り（コサージュ）りを持ってきて、そのリボンをわたしの手首に巻いてくれた。

わたしたちはグラスゴー・グリーン公園をいっしょに散歩したけれど、おたがいに相手の体には

ふれなかった。マクレナン門のところまで来ると、その下をくぐるとき、彼の母親は彼と弟のトマスにいつも願いごとをさせたものだと言った。だから、わたしたちはその門の下を通るとき、願いごとをしたのだが、彼の願いごともわたしのとおなじかしら、とわたしは思った。そうだったのかもしれない。というのも、翌週、彼は電話をかけてきて、土曜日のディナーに誘ってくれたからである。夜の八時に家に迎えに来るということだった。

会話のきっかけとして必要になるかもしれないと思ったので、〝本、音楽、クリスマス〟と書いたメモを洋服ダンスの鏡に貼りつけてあったが、わたしはその前でなんとかうまく母の暗紅(バーガンディ)色の口紅を塗ろうとしていた。

母はわたしの部屋の入口付近をウロウロして、それを見守りながら、「ジャケットは要らないの?」と訊いた。「寒いわよ」

わたしは、わたしがいちばん好きじゃなかった祖母がやっていたとおりに、ティッシュペーパーを軽く唇に当てて、首を横に振った。

「わたしが彼のご両親に会っておいたほうがよかったんじゃない?」と母が言った。「お茶にお呼びしておいたほうが? 付き添いなしで彼と会っても大丈夫なのかしら?」

「やめてよ、母さん!」

母の神経の昂ぶりがわたしにも燃え移って、玄関のドアをあけたとき、わたしはブルブル震えていた。

ジョニーがそこに立っていたけれど、なんだかどこかおかしかった。笑い方が奇妙だったし、靴の紐が解けていて、シャツには大きなインクの染みがついていた。

母が彼を値踏みしているのがわかった。わたしもおなじことをしていたのだが、どこかしら夢を見ているようなところがあった。と、そのとき、彼の向こう側に、玄関への小道を走ってくるジョニーの姿が見えた。

「マーゴ！」彼は息を切らせていた。「申しわけない」

戸口にいた男がニヤリと笑った。彼はジョニーだったが、ジョニーではなかった。完全に瓜ふたつではないところが不安を抱かせた。目はおなじ、鼻もおなじ、髪もおなじだったが、戸口の男の笑みは歪んでいた。

「これは弟のトマスなんだ」とジョニーは言って、戸口で弟を捕まえると、その腕に思いきりパンチをかませた。母がハッと息を呑んだが、トマスはカッカッと笑った。ジョニーとトマスが横に並ぶと、ジョニーのほうが少なくとも三十センチ、あるいはそれ以上背が高かった。

「ほんとうに申しわけなかった」とジョニーは言った。「ぼくがきみを迎えにいくところだと言ったら、トマスは悪戯をする気になって、先にここに来てしまったんだ」

ジョニーは母に気づくと、笑みを浮かべたが、なにも言わなかった。母もなんとも言わなかった。

「お会いできてよかった」と、相変わらずニヤニヤ笑いを浮かべながらトマスが言って、わたしに向かって握手の手を差し出した。「とってもかわいいね」と彼は言った。

「あっちへ行け！」とジョニーが小声で叱った。トマスは頭を叩こうとしたジョニーの手をかいくぐって、ポケットに両手を突っこんだまま、笑いながら足早に去っていった。

「すまなかったね」とジョニーがあらためて言った。

それから、母がわたしたちの背後の玄関に立っていたにもかかわらず、ジョニーは身をかがめて、わたしにキスをした。ほんの一瞬だったけれど、唇に彼の温かい唇がふれた不思議な感触があり、お酒かもしれない味がした。

「行こうか？」と彼が言い、わたしは黙ってうなずいた。口がきけなかったのである。彼がわたしの手をにぎり、わたしは母の顔を見ないようにしてドアを閉めた。そうするにはあまりにも、あまりにも恥ずかしすぎたのである。

マーゴが結婚する

「あなたの両親は結婚していたの？」とマーゴが訊いた。

「ええ。わたしは母の子宮のなかで式に出たの」

「それで……いまはどこにいるの？」

「ミミズ形(ワーム)のグミ、欲しい？」

「え？」

「新人看護師が売店で買ってくれたの」わたしは袋を差し出したが、彼女は首を横に振った。

「それを食べたら、たちまち入れ歯が外れちゃうわ」彼女は笑いながら、ちょうど描きおえた金色の結婚指輪に光の斑点を付け加えた。そして、物語のつづきを話してほしいかと訊いた。

グラスゴー、クロムデール・ストリート、一九五一年二月
マーゴ・マクレイは二十歳

「マーゴが結婚するの」

母はだれにともなくそうつぶやいた。わたしたちはキッチンのテーブルに——ジョニーとわたしが片側に、母がその向かい側に——坐っていた。涙を流しながら、母はとてもうれしいと言った。そして、楽しみにしていることがとても、とても、とてもたくさんあると言った。

母は皿に半円形に並べたビスケットを出してくれた。わたしたちが渇いた口でそれをカリカリ嚙み砕いているあいだに、母はジョニーに、彼のお母さんと顔を合わせるためにお茶に招待したい、と言った。それから、弟のトマスが新郎の付添人になるのか、どこの教会で式を挙げるのが彼の家族にとっていちばんいいのかと訊いた。夏それとも秋の結婚式を望んでいるのか、式のあとの会食用に自分がサンドイッチを作るべきなのかどうかとも訊いた。

ジョニーがそういう質問にできるかぎり答えたあと、母は自分の母親のウェディング・ドレスをわたしにプレゼントすると言った。クリーニングの必要があるけれど、わたしにぴったり合うはずだという。母を微笑ませるためならば、わたしは紙袋のドレスで結婚することも辞さなかったろう。

「レースの手袋を作ってあげられるわ」と言って、母はわたしの手を取った。わたしは母の手がどんな感触なのかを忘れていた。どんなに肌が柔らかく、どんなにひんやりしているか。

手のなかでわたしの手を裏返して、母は黄金の婚約指輪を指先でそっと撫でた。まんなかに小さな四角いエメラルドがはめ込まれている指輪だったが、それが自分の指に嵌まっているのは変な感じだった。

「とてもきれいね」と母は言った。わたしは自分の手を見下ろして、そこにふたつめのリングが嵌められているところを想像した。永久的なリングが。

「母のなんです」とジョニーが言った。それから、まずいことを言ってしまったという顔をして、彼はつづけた。「そのう、母のだったという意味ですが。いまはマーゴのものなので」

「そうね」と母は言った。「それをマーゴにくださるなんて、あなたのお母さんはなんてやさしい人なんでしょう」

　ジョニーはわたしに笑いかけた。ときどき、この若者がもうすぐわたしの裸を見ることになるのだと思うと、わたしはハッと息を呑むのだった。

「それじゃ」と母が言った。「お茶をいただきましょうか？」

　彼女はポットを持ち上げると、なんとか無事に、わが家のいちばん上等な磁器のカップに紅茶を注いだ。それはだれかを感心させたいときに母が出すカップだった。わたしはそのカップを警戒するようになっていた。それは診察に来た医師や、血のつながりのない不愉快な〝叔母たち〟や、わたしがいちばん好きじゃなかった祖母——わたしの父のなかに自分の息子の姿を認めることができなくなって、海辺の自宅に戻っていった——と結びついていたからである。

　母がお茶を一口飲んだとき、わたしは罪悪感の波に襲われた。わたしは母をなんという目に遭わせようとしているのだろう。父とふたりきりにして、この家を出ていこうとしているなんて。けれども、それはだれもがやっていることだった。人はだれかしらと出逢って、結婚する。そうするように教えられてきたのである。わたしとジョニーの交際期間は、当時としては、長いほうだった。わたしたちが母のキッチン・テーブルに坐っていたとき、クリスタベルは結婚してほぼ一年で、お茶の時間のダンスパーティ（ティー・ダンス）で彼女をつまずかせた兵士とオーストラリアに住んでいた。だから、彼女の将来の夫はフランスで死んだわけではなかった。あるいは、少なくとも、彼女は別の人を選んだことになる。

「結婚したら、ここにいっしょに住めるかもしれないわね？」とわたしは母に言った。

　それさえうまくいかなかった。

「あら、だめよ」彼女はわたしの手を軽くたたいた。光のなかでエメラルドがウィンクをした。「結婚したカップルには自分たちの家が必要だもの」

わたしは黙ってうなずいた。もはや笑みを浮かべさせられる見込みはないだろうと覚悟して。

母がお茶のトレイを流しに運ぼうとして腰を浮かせかけたとき、階段の五段目が軋む音がして、この家に四人目の人物がいることを告げた。

母は動きを止めて、玄関のほうにちらりと目をやると、坐りなおした。ジョニーがわたしの脚をギュッとにぎった。

父が、上半身裸で、疲れきった顔をして、キッチンに入ってきた。汚れた縞のパジャマのズボンのウェストバンドからお腹がはみ出している。

「マーゴが結婚するのよ」と母が言って、父と視線を合わせようとしたが、父はそもそもどこも見ていなかった。

彼は流しから汚れたグラスを取って、水を注いだ。

「知ってるよ」と彼は言った。

「そうなの？」と母が訊いた。

「その子が結婚を認めてくれと言ってきたからな」ジョニーがいる方向に向けて手を振ったが、こちらを向いてわたしたちの顔を見ようとはしなかった。

母はわたしたちに弱々しく微笑みかけた。「ああ、そうよね、もちろん」と彼女は言った。「結婚の許可を求めるなんて、なんてやさしいんでしょう。伝統に忠実ね。わたしは思ってもみなかったわ」

千ヤードの凝視というのは、いわゆる〝戦闘ストレス反応〟に関する本のなかで読んだことのあるもののひとつだった。父は坐ったまま、何時間も宙を見つめていることがあったが、そのときがちょうどそうだった。庭のアンダーソン式防空シェルターがあったあたりの、茶色い土の区画を見つめていた。母とわたしとわたしがいちばん好きじゃなかった祖母が坐りこんで、死か朝がやって来るのを待っていた場所を。

キッチンの窓辺の父を見守りながら、パジャマを洗うことすら許さないこの人が、何週間も家から一歩も外に出ていないこの人が、窓から爆弾が飛びこんできて以来ずっとソファで眠っているこの人が、わたしの結婚を承諾する権限をもっているということに、わたしは驚いていた。そして、わたしの指にいまや婚約指輪が嵌められていることにも。

アーサー神父とサンドイッチ

アーサー神父は机の前に坐って、卵とクレソンのサンドイッチを黙々と食べていた。

「パンの耳から先に食べるの？」とわたしは訊いた。

「ウゲッ！」

アーサー神父が驚いて椅子を後ろに引いた拍子に、その非連続的なサンドイッチのかけらが喉に詰まった。

「レニー！」彼は顔を真っ赤にして、あえぎ声を上げた。

それから咳きこんで、首を両脚のあいだに垂らした。

「新人看護師を呼んでくるわ！」とわたしは叫んだ。

わたしがオフィスから出ていきかけたとき、彼が弱々しい声で言った。「いや、だいじょうぶだ」彼はもう一度ゼイゼイあえぐと、赤い魔法瓶のふたを取って、お茶を注いだ。

「ごめんなさい」とわたしは言った。彼はなにごともなかったかのように、手ぶりでわたしをオフィスに呼び戻した。

彼がお茶を飲んで、目の下の涙を拭いているあいだに、わたしはオフィスを観察した。黒ずんだ木製の棚が二箇所にあって、聖書や賛美歌集やいろんなファイルが詰めこまれている。十字架に掛けられた疲労困憊しているように見えるイエスの絵が、剝がしきれなかった値札の残りがガラスの隅に付いている額縁に入っている。それと、毛並みが黒と白の犬の写真。アーサーがほかの人たちといっしょに写っている写真――彼は尋常ではないほど派手な色のセーターを着ていた。

アーサーのオフィスの窓は小さくて、半分だけあけたブラインドの羽根板には灰色の埃がたまっていた。その一枚を引っ張ると、駐車場が見えたが、なんだか奇妙な気がした。駐車場が礼拝堂のオフィスの外側にあって、同時にローズルームの外にもあり、マーゴの部屋の窓の外にもあるというのはどういうことだろう？　わたしが初めてここに来たときには、駐車場は建物の片側にしかなかったのに。

「このあいだ読んだんだが」と、わたしが駐車場を見つめているのに気づくと、アーサーが言った。「世界には人間よりたくさんの車があるそうだ」

「ブラインドを掃除する必要があるわね」

わたしはブラインドの埃にLの字を書いた。

アーサーがためらいがちにサンドイッチをかじったので、わたしは彼をもう一度跳び上がらせないように自分を抑えた。

Lのとなりに E を書いた。

「イエス様が車をもってたら、そこらじゅう乗りまわしたと思う？」

アーサーは眉間にしわを寄せ、ほとんどそれと同時に、笑みを洩らした。

「だって」とわたしは言った。「そうすれば、いろんなところに出現する手間がはぶけるでしょう？」

「わたしは——」

「エルサレムの人々に車のことを話さなかったのは奇妙だわ——来たるべきものについて警告しなかったなんて。自動車の発明につながるヒントを与えて、それがもっと早く実現するようにしてやらなかったなんて」

「どうしてそうしなかったとわかるんだね？」

それはなかなかいい答えだというしるしに、わたしはアーサーに向かってにっこり笑った。

そして、アーサーがもっとなにか言うのを待っていたが、いまや途中でさえぎられないチャンスだというのに、彼はなにも言わなかった。わたしはブラインドの埃にふたつ N を書いた。

「じつを言うとね、レニー」と彼は言った。「わたしはイエス様が車のハンドルをにぎっているところは想像できないんだ。あまりにも奇妙すぎるから」

「でも、彼が再来するとして、もしも戻ってくるとしたらだけど、どこにでも車で行きたがるんじゃない？」

「わたしは——」

「もしかすると、ヒッチハイクすればいいのかもしれないけど。だれもイエス様を断ったりはしないでしょうから」

わたしはブラインドに I の字を書いて、振り返った。

「でも、年寄りの女乞食みたいな恰好だから、イエス様だとわからなかったら、どうなるかしら？それに、もうヒッチハイカーを乗せる人なんていないから、だれにもひろってもらえなくて、M1号線に何時間も立ち尽くすことになったら？　あのひげやなんかで薄汚くなればなるほど、ホームレスに似てくるだろうし、そうしたら、歩きだしても、麻薬常習者だと思われて、警察に捕まってしまうかもしれないわ。リハビリ・センターに入れようとしたら、もちろん彼は『わたしは神の息子だ』と叫ぶでしょうけど、だれも信じやしないわ。だって、信じる理由がないんだから。そうやって、自分はイエスだと言い張るほかのたくさんの人たちといっしょに収容所に入れられて、だれが本物かわからなくなってしまうでしょう」

小さなパン屑がアーサー神父の口の隅にくっついたが、彼はそれを拭き取った。「イエス様はなぜ年寄りの女乞食みたいな恰好をしているんだね？」

「人々がほんとうに親切なのか、それとも、ただイエス様だから親切にしているだけなのかを確かめるためよ」

「それを知るためには老婆の恰好をしなくてはならないのかい？」

「そうよ。そして、親切だったら、バラの花をあげるの」

「それは『美女と野獣』の話じゃないかね？」

「あら、神父さんはあなたなんだから、あなたがわたしに教えてくれなくちゃ」

初めての冬

グラスゴー、チャーチ・ストリート、一九五二年十二月
マーゴ・ドカティは二十一歳

ジョナサン・エドワード・ドカティとわたしは、一九五一年九月一日、午後十二時三十分に結婚した。膝は震えていたし、指輪は借り物だったし、わたしの母はいろんな間違った理由で泣いていた。それから、わたしたちはチャーチ・ストリートの小さなアパートに入居した。

わたしはデパートで働き、ジョニーは見習い期間が終わってダットン工房で働くようになっていた——窓や鏡が専門のガラス工房で、彼にはそれがぴったりだった。というのも、わたしにとって、彼は窓であり鏡でもあったからだ。わたしは彼を見通せることもあったが、ジョニーの姿を探しても、ジョニーを見ようとしても、見えるのはそこに映っている自分自身の影でしかないときもあった。

彼は依然として背が高く、ほっそりとしていて、思慮深かったけれど、どんなふうに口をあけたまま眠りこむかを知っているいまでは、わたしには別人にしか見えなかった。いまでは、彼がひと

つ覚えの曲を年がら年中口笛で吹くのを知っていたし、何時間もいっしょにいながら、ひと言も口をきかないでいられるのを知ってからは、それほど面白い人だとは思えなくなり、居間の電球をソケットにねじ込めずに悪態をつくのを見てからは、以前ほど魅力的な人には見えなくなった。日曜日に教会で、サイズの合わないスーツを着て、髪を横分けにして、自分の賛美歌集を横取りした弟のトマスの脛を蹴飛ばすのを見てからは、さらにばかな人に思えた。

ジョニーのお母さんは、日曜日には家族全員で――ジョニーのお母さんと叔母さんとトマスとジョニーとわたし――教会に行くべきだと主張した。わたしたちはいつもおなじ信徒席に、教会の右手にあるマリアの腕に抱かれた幼子イエスの像のそばに坐った。九時の礼拝でその席を確保するためには、八時二十分までにそこに坐っていなければならなかった。

最初の結婚記念日にハイランド地方へ列車で一泊旅行に行くために、彼はお金を貯めた。わたしたちは湖のそばでピクニックをする用意をして行った。旅行に出かけたときはふたりだったけれど、帰ってきたときには三人になっていた。すべてがそうなることになっているとおりになっていった。わたしは結婚して、こどもが生まれることになったのである。

そのことをわたしは十二月まで彼には黙っていた。というより、実際には、最後までなにも言わず、ベビー服に語らせた。縁にヨットの縫いとりのある白いベビードレスは、シルクで、とても柔らかくて、デリケートだった。女の子でも男の子でもぴったりだった。クリスマス・イヴに、それを薄い包装紙で包んで、そうっと箱のなかに入れたとき、わたしはちょっぴり悲しくなった。わたしたちふたりの秘密が秘密ではなくなってしまおうとしていたからだ。世界中で、赤ちゃんが存在しているのを知っているのはわたしだけだった。そして、赤ちゃんにとっては、わたしが世界のすべてだった。彼のどんな音や感覚もわたしのものだったのだ。

二十五日の朝、ジョニーが包装紙を破いて、箱の中身を見た。わたしは彼が笑みを浮かべていると思った。彼が興奮していると思った。だが、もしかすると、わたし自身の感情の反映でそんな気がしていただけなのかもしれない。

赤ちゃんとわたしは彼の反応を待っていた。しばらくすると、彼は白いベビードレスを置いて、わたしのところまで来ると、わたしを腕のなかに抱き上げた。これはすばらしいことだ、と彼は言い、それから、コートを着て、彼のお母さんに知らせにいこうと言った。

レニー、グラスゴーへ引っ越す

エレブルーからグラスゴーへ、二〇〇四年二月
レニー・ペッテションは七歳

これもビデオがある。

わたしは恐竜柄のパジャマを着てコートをはおり、母の横に立っている。片手には縫いぐるみの豚のベニー、もう一方の手にはパスポートを持っている。もう小さなこどもじゃないんだから、旅のあいだ自分で持っていることが許されたのだった。

「家に手を振ってお別れしなさい、レニー！」とカメラの背後から父が言う。

わたしはいかにも気がなさそうに手を振る。

『『さようなら、おうち!』と言って!」と父が言う。

すると、わたしはビデオカメラに顔を向ける。

母がわたしの横にしゃがみ込んで、わたしのふわふわしたコートに腕をまわすと、いっしょに言った。

「Hej då huset!(さようなら、おうち!)」わたしたちは鍵のかかった玄関のドアに向かって手を振った。

それから、カメラはタクシーの後部座席に乗りこむわたしたちを追う。運転手は待たされてうんざりしているようだ。父がカメラを母に渡して、わたしのシートベルトを嵌めようとして苦労している。

そこで暗転。

カメラがふいに生き返ると、そこは空港の出発ラウンジになっている。なかなかの映画製作者である父は、シャッターの下りた店をパンしていく——香水店、サーフィン用ウェアの店、高級なお菓子やスナックの店。午前四時なので、みんな閉まっている。そんな時刻に香水や高すぎる海水パンツを買いたがる人間はいないからだ。母は椅子で眠っているが、ほとんど透きとおっているみたいに見える。わたしはそのとなりに坐って、泣いている。

「泣くんじゃないよ、いい子だから!」と父が言い、わたしはカメラに向かって顔を上げる。

そこで暗転。

飛行機が離陸したときに窓から撮った信じがたいほど激しく揺れている画像があるが、真っ暗なので、ただ赤と白の点が震えて、画面の下のほうに消えていくのが見えるだけだ。「さあ、離陸したぞ」と父がカメラに向かってそっと言った。まるでそれがカメラと父だけの秘密ででもあるかののように。それから、父はカメラをわたしに向ける。わたしはベニーにギュッとしがみつき、縫いぐるみの鼻に自分の鼻を押しつけている。

「だいじょうぶだよ、いたずらっ子」と父がやさしく言う。

玄関のドアから、箱やスーツケースばかりで家具はひとつもない居間をグルリとパンしながら、父が「さあ、着いたぞ！」と言う。そして、家のなかを一回りする――点いている電球がひとつしかないキッチン、前の住人が桃色のトイレットペーパーとタツノオトシゴの形をした防水ラジオを置いていったバスルーム、それから、ダブルベッドの置かれたベッドルーム、そこでは母が荷物から衣類を取り出している。そのあと、父はわたしのベッドルームへ行く。わたしは、ベニーをしっかりつかんだまま、ようやく眠りこんだところである。

カメラが再度動きだすのはそのほぼ一週間後。わたしが新しい学校の制服を着て、玄関のドアから走りこんでくる。エレブルーの学校では制服がなかったので、悲しみの色であるブルーのセーターとプリーツ・スカートが妙に誇らしげだ。

「レニーが笑ってるよ！」と父がビデオカメラに向かって言う。「第一日目はどうだった？」

わたしはカメラに向かってロリポップを差し出す――ピンクと黄色のペロペロキャンディで、わたしはこんなにすばらしい瞬間は世界中のどこにもないかのような笑みを浮かべている。

「新しい友だちはできたかい？」と父が訊き、わたしはそれに答えようとして口をひらくが、そこで暗転。

五月の花

　エルサとウォルターは、ピッパが机の上に置いた木製の人体模型をスケッチしていた。エルサの横には黒いリボンを結んだ、茎の長い白バラが一本。ふわふわした、棒で巻き取った綿菓子みたいな花だった。彼女とウォルターはおたがいに顔を見合わせるのを避けている。趣味のいいメイクの下で、エルサは顔を赤くしているにちがいない、とわたしは思った。

　そのバラの花を見たとき、ピッパは笑みを浮かべたが、なんとも言わなかった。その代わり、彼女はわたしの前にも人体模型を置いて、画家は人体のプロポーションを正確につかむために人体模型を使うのだと説明した。彼女はわたしが自分の模型にフェルトペンで顔を描くのを許してくれた――わたしはまん丸の目とニッと笑っている口を描いた。それから、模型の両腕を上げて、向かい側の模型に手を振っているポーズをとらせた。靴を描いて、靴紐を蝶結びにしてから、ピシッとしたシャツとネクタイを着せた。そうやって、彼が向かい側の模型の気を惹こうとしているところを想像した。

　しんと静まりかえったなかで、マーゴは絵を描いていた。画用紙を黄色い花で埋め尽くしている。わたしは英語でもスウェーデン語でもその花の名前を知らなかったが、きれいな花だった。彼女は自分にしか見えない秘密の黄色いお花畑にいるかのようだった。花がぎっしり咲いているので、画用紙には余白がほとんどなかった。とても明るい色だったので、花が光を放っているように見えた。

グラスゴー、セント・ジェームズ病院、一九五三年五月十一日
マーゴ・ドカティは二十二歳

生まれたとき、彼はあまりにも丸々と肥っていたので、病院に持ってきた服はどれも合わなかった。母はタンスにいっぱいになるくらいいろんなものを編んでくれたが、彼女が自分でいちばん気にいっていたのはカバーオールだった(ジョニーは、こっそりとだが、「夏に毛糸のカバーオールをどうすればいいっていうんだい?」と言ったものだった)。けれども、実際に使えたのは黄色い帽子だけで、それさえちょっと頭にのっているだけで、しだいに上にずりあがり、結局ポンと脱げてしまうのだった。

ジョニーはボスのミスター・ダットンからこの日のためにカメラを借りていた。ガラス工房では、製品を設置するたびに写真を撮って、それまでの仕事を客が見られるように壁に貼り出していた。そうすれば信用が増すからね、とジョニーは言った。カメラは角張っていて、見た目より重かった。いろんなダイヤルや数字が付いていて、ジョニーはミスター・ダットンにどこもいじらないと約束していた。

「笑って」と彼は言い、わたしは笑った。わたしたちがつくった人間を抱いて。オムツと黄色い帽子だけで、毛布にくるまっている人間を。

名前はデイヴィッド・ジョージにした。最初の名前はジョニーの父親、二番目はその前年に亡くなった国王から取った。そのときは、いいお手本になる人たちだと思ったが、その後長年のあいだ

に何度となく考えたあとでは、ちょっと混乱と結びつきすぎる名前ではないかと思うようになった――ふたりとも故人で、戦争と深く結びついていたからだ。デイヴィッドは一九四一年に戦死し、彼が戦ったのは国王ジョージ六世のためだった。

デイヴィがこの世に現れてから三時間くらい経ったとき、母が鮮やかな黄色いカーネーションの花束を抱えて病院にやってきた。「四月の雨は五月に花をひらかせるのよ」と言いながら、彼女はわたしの頬にキスをした。わたしたちのあいだに挟まれた花束がかすかに甘い香りと陽光を放った。

父はいっしょではなかった。砲弾(シェル)ショック患者のための治療センターに入っていたからである。父はときおり手紙をくれた。いちばん最近の手紙では、すぐに家に戻ってくる予定はないということだった。それを知って、わたしは――罪悪感を覚えながらも――胸を撫でおろしていた。

「笑って」とジョニーがもう一度言い、母はわたしに腕をまわした。わたしは眠っているデイヴィを見下ろした。赤ちゃんは依然として夢を見つづけていた。彼に、この小さなピンクの生きものにわたしが抱いている愛情はこれ以上はありえないものだった。そのおなじ愛情をわたしは母に対しても抱いていた。母はこういうすべてをすでにやったことがあり、しかも、ほとんどすべてをたったひとりでやったのだから。

「あなたの番よ」と母が言うと、ジョニーが母に代わってベッドのわきに来て、わたしが赤ちゃんを渡すと、こわごわ受け取った。窓にはめ込む前の、剃刀みたいに縁の鋭いガラス板を持つときみたいな手つきだった。そして、わたしたちは笑みを浮かべた。

「験(げん)かつぎに、もう一枚撮るわ」と母は言った。

こんどはわたしとデイヴィだけだった。わたしは息子の頭に黄色い毛糸の帽子をかぶせた。わたしの息子。この子がわたしのもので、わたしたちがこの子をつくったのだと思うと、依然として不思議な感じがした。母が慣れない手で持った黒い箱形カメラに向かって微笑みかけたとき、目の端で、デイヴィの黄色い帽子が少しずつずり上がっていくのが見えた。フラッシュが光った直後、それがポンと跳び上がった。

その写真のなかで、わたしは笑っている。そして、たぶん何度もフラッシュを焚かれて驚いたのだろう、デイヴィはそのとき初めて目をあけていた。

その写真はいまでもわたしの財布に入っている。

レニー・ペッテションの初めての、ただ一度のキス

クリムトの『接吻』のポスターが、ローズルームのわたしたちのテーブルに置かれていた。前にもどこかで、たぶん学校だったと思うが、見たことがあったが、ほんとうに見たのは初めてだった。ポスターは光沢のある印刷ではなかったけれど、黄金色に温かみがあって、そこから光が放たれているように見えた。クリムトはそれまでの作品で何度となくスキャンダルを引き起こしていたが、それとは対照的に、この作品は非常に好意的に受けいれられた、とピッパは説明し、これはロマンチックな抱擁を描いているのだと言った。

しかし、わたしはその解説にはまったく同意できず、ほかのだれにもそれが見えていないのが理解できなかった。絵のなかの女は死んでいるのだ。

女は髪に花を挿し、目を閉じている。男が女を抱き寄せてキスしているが、女の顔は無表情だ。

足下の木の葉が女のくるぶしに絡みついて、女を大地の花のなかに引きこもうとしている——女はいまや大地の住人なのだ。大地は女を引き戻して、埋葬しようとしているが、男は必死になって女を行かせまいとしている。男のキスは願望なのだ。彼が愛することができるように、まだ生きていてほしいという願望なのだ。

そのキスのことを考えながら、わたしは絵を描きはじめた。フェルトペンを使ったのは、容器に入っているのを見ると、使わずにはいられなかったからだ。そうやって絵を描きながら、わたしはマーゴに話して聞かせた。

グラスゴー、アビー・フィールド中等学校、二〇一一年
レニー・ペッテションは十四歳

学校での伝説によれば、卒業ダンスパーティで生徒にキスをしたという英文学の教師がいた。わたしはその噂をちょっと割り引いて受け取っていた。というのも、近所の学校では、生物学準備室の小部屋で、骸骨の標本が見守る前で、生徒とセックスをした理科の教師がいるという噂もあったからだ。わたしはそのイメージを頭から振り払えなくなった——ショックを受けて虚ろな薄笑いを浮かべている骸骨の前で、情欲に駆られた愛人たちが狂ったように跳ねまわっているイメージを。

英文学の教師について少しでも疑惑をもっていたとすれば、『ロミオとジュリエット』の授業の最中に、それはたちまちふくれ上がった。わたしが見知らぬ女子生徒といっしょに坐っていた机の縁に腰かけると、その教師はいかにも何気ない口ぶりで、「だれかにキスをしてもいいかどうか、どうしたらわかると思う？」とクラスに訊いたのだ。だれもが困惑して黙りこんだ。

「だれかにキスをしてもいいかどうか、どうしたらわかると思う？」と、彼は一年を通じて何度も繰り返した。はるかむかしにキスしていいかどうかの判断を誤って、いまでもそれを苦々しく思っているかのように。そう質問されるたびに、わたしは顔がほてるのを感じた。ひとつには、噂がほんとうかもしれないと思うと、妙な気分になったからでもあったが、ほんとうは、わたしにはその答えがわからないからだった。わたしは生まれてからまだ一度もだれともキスをしたことがなかった。

初めてのキスがどんなものになるかについては、だれもが自分の考えをもっているだろう。どういうわけか、わたしはむかしからそれが木の下で起こると思っていた。相手の顔や髪の色や見かけは重要ではなかった。木は青々として、ゆたかに葉が生い茂り、足下の草は露に濡れて湿っていて、わたしはかならず裸足だった。

それがどんなものかについては鮮明なイメージをもっていたけれど、そのイメージを現実化しようとしたことはなかったし、緑あふれる公園でキスする相手を物色したこともなかった。

だから、初めての（そしてただ一度の）キスが想像どおりではなかったとき、わたしはとても驚いた。そこには木々もなければ、青々とした草もなかったからだ。

隣人に警察を呼ばれてお開きになったハウス・パーティからの帰り道、わたしをいちおう仲間に入れてくれていた女の子のグループは、いまでもどうしてかはわからないが、学校の敷地に入りこんだら面白いにちがいないと考えた。いつもはそこから逃げ出したくてたまらない場所なのに――いまや何をしても自由で、親のアルコール・キャビネットからくすねたスパイス入りのラム酒で酔っ払っているとなると――わざわざそこに入りこむことにしたのである。というわけで、非常階段の下でパーティ（十二人の酔っ払ったティーンエイジャーが、携帯の外付けスピーカーでドラムンベースを鳴らすのを〝パーティ〟と呼べる――もちろんわたしたちはそう呼んでいたのだが――とすればだが）がひらかれた。

わたしは彼には興味がなかった。嫌悪感を抱いていたわけでもなかったが、いわば、椅子やテーブル程度にしか興味がなかった。しかし、友だちといっしょに踊っているとき、彼がわたしの後ろで踊っていて、わたしの腰に手をあて、どこかに行かないかと言ったので、わたしは彼についていった。そして、友人たちから離れた理科室の外側で、その薄っぺらいサウンドの音楽がまだ聞こえる場所で、彼が湿った唇をわたしの唇に押しつけてきたので、わたしはなんとかそれに応えようとしたのだった。

わたしはその〝パーティ〟から裸足で家に帰った。友だちのひとりからハイヒールを借りていたのだが、それを履いては歩けなかったからだ。そのことで、だれかが笑うのが聞こえた。キスが終わったとき、わたしはヒールを脱いで、彼女に返した。「月曜日に学校で返してくれればいい」と彼女は言ったが、どちらにしても裸足で帰るつもりだから、いま返しておく、とわたしは言い張った。そして、足がじかにコンクリートを踏むのを感じながら、砂利の多い舗道を家に向かった。実際、地面の冷たさが気持ちよく、わたしの心を宥めてくれた。

わたしは裏口から家に入った。

母はキッチンのテーブルで眠っていた。

「ママ？」

わたしは母の髪を耳の後ろに搔き上げて、カールした毛先をトーストの食べかすの皿から持ち上げてやった。お茶は冷たくなっていて、牛乳がマグのまんなかに小さな小島をつくっていた。

わたしは物音を立てて彼女を起こそうとして、冷えきったお茶をシンクに流したり、トーストの食べ残しをゴミ箱に捨てたりした。

それでも、彼女は身動ぎもせず、ただ長々と息を吸っただけだった。

わたしはバターを冷蔵庫にしまって、ジャムのふたを閉めた。それから、振り向いて、しばらくのあいだ、彼女を見つめた。肩が静かに上下していた。顔の表情は穏やかだったが、目の下にまた隈ができていた。離婚を請求して、わたしたちが父の家を出たころから、またできるようになっていた。痣みたいだった。

「わたしはきょう男の子とキスしたのよ」とわたしは言った。

彼女は目を覚まさなかった。

「生まれて初めてのキスだったの」

彼女は眠りつづけた。

わたしは裏口のドアに鍵がかかっていることを確かめにいって、彼女の皿とマグをシンクに運んだ。

「なにか感じるだろうと思っていたんだけど、ただ変な感じがしただけだった。彼の唇がすごく湿っていただけで」

彼女はまた深く息を吸い、夢がまつ毛をひらひらさせた。

「なにか意味があるんじゃないかとも思っていたんだけど」わたしはキッチンの明かりを消して、自分のバッグを持った。「なんの意味もなかったわ」

彼女はかすかに身動ぎして、腕の上の頭の位置を動かした。

母に報告したことで、すこし気分がよくなった。

わたしはキッチンのドアを閉めて、二階へ寝に行った。

そして、いまや、わたしの初めてのキスが永遠に生き残ることになろうとしていた。フェルトペンで描いた月明かりの下の理科室の絵は、ほかに説明しようがないだろう（わたしは窓辺の骸骨をすこし粉飾した——実際には、わたしたちを見下ろしているはずはなかったのだから……少なくともわたしが知っているかぎり）。次の月曜日、英文学の教師がわたしの机の縁に腰かけて、「だれかにキスをしてもいいかどうか、どうしたらわかると思う？」と訊いたとき、わたしの答えは依然として「わかりません」だった。

浜辺のマーゴと男

ポーターのポールによれば、彼はまず蛇からはじめて、それから、非常にいい加減なディズニーキャラクターや大きなケルト十字を経て、スペードのエースにたどり着いたのだという。「ところが、これのときのことはよく覚えていないんだ」と彼は言った。「男だけのパーティ（スタッグ・ドゥー）をやっていて、みんなでレストランに出かけたときには、背中にはなんのタトゥーもなかったんだが、ホテルに戻ったときには、スペードのエースがあったのさ」

「気にいっているの？」

「いや。背中でよかったと思っている。鏡で背中を見ないかぎり、見なくて済むからね」

「それじゃ、めったに見ないいってことね」とわたしは言った。

「そうさ。それから、これが」と彼は言って、ポロシャツの袖をまくり上げた。「おれのお気にいりなんだ」左腕をクルリとまわすと、肘のくぼみに茶色い目をした片えくぼの赤ん坊のタトゥーがあった。

「おれの娘さ」と彼は言った。赤ん坊の下にカールした筆記体で〝ローラ・メイ〟という名前が彫られていた。

「これはすごくリアルね！」とわたしは言った。

彼はニヤリと笑って、財布を取り出し、ほとんどそっくりの写真を差し出した。「おれはサムに言ってやったんだ――」

「サム？」

「ディズニーのタトゥーをやったやつさ」

「ゲッ！」

ポールは笑った。「ともかく、やつに言ったんだ。『こんどはヘマはなしだぞ。あんたの最高傑作じゃなきゃダメだからな』ってね」

「で、大成功だったのね」

「そうさ。たぶんやつのいままでの仕事のなかでも最高傑作のひとつだろう」ポールはこれ以上になく誇らしげだった。

「ローラはいくつなの？」

「三歳だ。ここで生まれたんだよ、この病院で」と彼は言った。「おれの生涯でいちばん誇らしい日だったね。クマのプーさんのタトゥーを入れてくれって言ってるから、あの子の四歳の誕生日にやるつもりなんだ。たぶんふくらはぎにね。腕にはもう場所がなくなってきてるから」

トランシーバーから大きなザーッという音がして、だれかがやけにこもった声でなにか言ったが、どうやらひどく急いでいるようだった。

「オッと！」と彼は言って、跳び上がった。「さあ、問題児くん、きみをローズルームへ連れていってやらなくちゃ」

ローズルームにいっしょに坐ると、マーゴは紫色のカーディガンの袖をまくり上げて、窓の外の駐車場をじっと見つめた。「ほんとうに不思議な気がするわ、レニー。わたしがあの浜辺に立っていたとき、あなたはもちろんだけど、あなたの両親だってたぶんまだ生まれていなかったんだと思うと」

彼女は白い画用紙に黒の木炭でスケッチをはじめた。

スコットランド、トルーン・ビーチ、一九五六年十一月
マーゴ・ドカティは二十五歳

ビーチに散歩に行こうと言ったときの彼の様子を見て、外では雨と雪の中間みたいなものが斜めから窓に吹きつけていたにもかかわらず、わたしは異議をとなえようとはしなかった。

ビーチにはだれもいなかった。砂浜の上のほうでは、長い雑草が強風と闘っていた。わたしたちはしばらくはなにも言わずに、荒々しい波が砂を海に巻きこむのを見つめていた。

「ぼくは出ていく」と彼は言った。

冗談かと思ったが、見ると、彼は泣いていた。

「ぼくは行くよ」と彼は言った。「出ていくしかないんだ」

風がゴーッとわたしのなかを吹き抜けた。彼の顔に陽光を見いだそうとして見つめたが、見つけられなかった。

わたしたちは以前とおなじアパートに住んでいた。狭くて、騒々しく、隣人たちは犬を飼っていたり、喧嘩したりしていた。だが、それより耐えがたかったのはよその赤ん坊だった。赤ん坊の絶叫が壁を突き抜けて、ベッドルームにまで侵入してきた。わたしたちは黙って横たわったまま、自分たちのものではない小さな命をなだめに行きたい衝動を抑えつけなければならなかった。

わたしたちは波打ち際を歩いた。手はつながなかったけれど、体がふれ合うくらい身を寄せ合っていた。わたしのブーツが砂に沈んだ。空気はアパートよりずっと冷たかったが、息詰まる重苦しさは変わらなかった。風が激しく渦巻いて、わたしの顔に髪をたたきつけ、耳と口は雨風の咆哮で満たされた。わたしは自衛本能から手の指をギュッとにぎりしめていた——いずれにしても、もう感覚が麻痺していたのだが。話をするためには大声でどならなければならなかったが、それはジョニーにもわたしにも不都合だった。ふたりともやたらに大声を出す人間ではなかったからだ。だから、彼はなかなか言えなかったのだろうが、最後にはとうとう大声でどなった。

「ぼくにはできないんだよ、マー、きみは——」そこで一度口をつぐんで、「ぼくはここにはいられないんだ」彼は顔から涙をぬぐい、わたしは本能的に手の指を伸ばして、彼にさわろうとした。

「どうしてだめなの?」とわたしは波音に対抗して叫んだ。

世界中の風という風がわたしたちのまわりを激しく旋回し、それからふいにぴたりとやんだようだった。一瞬、あたりはしんと静まりかえった。

「あの子はきみの目をしていたんだ」とジョニーはそっと言った。

*

マーゴは悲しげな笑みを浮かべた。

わたしは目をつぶって、そこへ行った——マーゴといっしょにその浜辺に立った。凍てつく十一月の風がガウンを突き抜け、パジャマのなかに吹きこんで、わたしの肌を刺した。茶色いコートの若いマーゴが砂の上に坐りこんで泣いている姿が見えたが、声は風に吹き飛ばされて聞こえなかった。わたしはピンクのスリッパの爪先を湿った砂に突っこんで、そのまま横に引っ張って弧を描き、自分を円で取り囲んだ。黒っぽい髪を風に踊らされているマーゴはまったく別人に見えた。彼女は膝を立てると、スカートのなかに顔をうずめた。わたしは手を伸ばして、彼女にさわろうとした……。

「だいじょうぶよ」とわたしは言った。

「ありがとう」彼女は笑みを浮かべ、わたしたちはローズルームに戻っていた。さいわい、クラスのほかの人たちはなにも見ていないふりをしていた。ウォルターとエルサは、線を引いたり引っ掻いたりぼかしたりしながら、話を聞いていたのだろうか。

マーゴは木炭を手に取って、崖の上の草を黒っぽくした。それから、袖のなかからティッシュを取り出したので、洟をかむか涙をぬぐうのかと思ったが、彼女はそれを使って木炭のジョニーの輪郭を微妙にぼかした。背の高い、痩せぎすのジョニー。こちらに背を向けているので、顔は見えなかった。

「それじゃ、彼はあなたと赤ちゃんを残して行ってしまったの？　わたしなら怒り狂ったにちがいないわ」

「いいえ、そういうわけじゃなかったのよ」

「でも、出ていってしまったんでしょう？」

「そう」

「じゃ、赤ちゃんはどこにいたの？」

アーサー神父とオートバイ

アーサー神父は礼拝堂の片隅の電子ピアノの前に坐っていた。キーをひとつ押すと、鈍い音が出た。もうひとつキーを押す。それから、そのふたつを同時に押した。いい音ではなかった。彼はため息をついて、立ち上がった。

「やめないで。よかったわよ」

「ワア！」アーサーはよろめいて、ピアノ・スツールに逆戻りした。手を胸にあてがっている。「いったいどうやってそのドアからそんなに静かに入ってこられるのか、わたしには見当もつかないよ」

わたしはピアノに歩み寄った。

「弾けるの？」

「いや。ただ埃を払っていて、ちょっと音を出してみようと思っただけさ。実際、どうしてこれがここにあるのかわからないんだ。礼拝堂付きのオルガン弾きもいないのに」

わたしはピアノ・スツールの彼のとなりに坐って、音を出してみた。毛布を通して出ている音みたいだった。

「退職したら、ほかにもいくつかキーを押してみた。

「退職したら、レッスンを受けられるわ」とわたしは言った。

彼はピアノの鍵盤にカバーを掛けて、「たぶんね」と言った。

「退職はそのためにあるんでしょう、違う？　ずっとやりたかったのに、できなかったことをやるために」

「それなら、オートバイを乗りまわすべきかもしれない？」

「あんなドレスでオートバイに乗れるのかしら？」

「あれはドレスじゃないんだよ、レニー」

「違うの？」

「違うよ！　前にも言ったじゃないか。あれは祭服なんだ」

ちょっと間があいた。アーサー神父があの長くて白い祭服を着て、脚をそれほど剝きだしにせずにオートバイにまたがるところを必死に想像しようとしていたからである。旧式のゴーグルを掛けて、祭服をやたらにはためかせ、ハーレイにまたがる聖職者の一団を引き連れて、街中を走りまわっているところを。

アーサー神父はちょっと悲しげな顔をした。「実際には、退職後は、わたしには祭服は必要ないんだ」と彼は言った。

「庭仕事をはじめれば？　あの服ならすごくいいわよ――日射しから肌を守れるし、それでいて風通しはいいだろうし」

「祭服で庭仕事はできない！」

「そうなの？」

「神聖な服なんだ」

「そう？」

「そうさ！　宗教上のお勤め以外には使えないんだ」

「それはもったいないわ。寝間着にすればとても快適にちがいないのに」

「わたしはどちらかと言えばパジャマのほうがいい」と彼は言った。

アーサー神父はピアノから立ち上がって、礼拝堂の反対側へ歩いていった——ステンドグラスの窓から紫やピンクの光がカーペットの上に落ちている。彼がその紫とピンクのなかに入ると、束の間、彼も紫とピンクになった。

「ところで、レニー」と、だれかがうっかり信徒席に置いていった聖書を取り上げながら、彼が訊いた。「きみたちの百年のことを話してくれないか」

わたしはまたピアノのカバーを取って、いちばん高い音といちばん低い音を同時に押した。「ひとつできるたびにローズルームの壁に棒線でしるしを付けているんだけど、いまは十五まできたわ」とわたしは言った。

「それはすばらしい」と彼は言った。「それで、マーゴは?」

わたしは同時に三つのキーを押した。左から右へ、音がだんだん上がっていくように。なかなか悪くない音だった。

「元気よ」とわたしは言った。「絵がものすごく上手なの。あんなに上手だと知っていたら、わたしの絵をいっしょに並べて展示するなんて約束はしなかったかもしれないわ」

「レニー」と、彼がわたしの背後のどこかから静かに言った。

「だから、わたしは物語を書いているの。絵の才能がないのを埋め合わせるために」

わたしはこんどは三つの黒鍵を同時に押した。

「彼女はどんな人なんだね?」とアーサーが訊いた。

「いままで会ったことのあるだれとも似ていない」とわたしは言った。

いろんなキーをすばやく押すと、ポロポロ音がこぼれ出た。

「彼女の赤ちゃんは死んだんだと思うわ」

二度目の冬

グラスゴー、セント・ジェームズ病院、一九五三年十二月三日
マーゴ・ドカティは二十二歳

「ご主人をつかまえられません」息を切らしてドアのところに立ち止まると、看護師が言った。わたしには彼女の言葉が聞こえるだけでなく、目に見えた。白と黒の小さな点になってチラチラ視界を横切っていくのが見えた。彼女の動きを感じることもできた。彼女がわたしに近づいてくると、自分の頬のなかの泡が動くのがわかった。

わたしは片方の目の上に手をかざして、うなずいた。

「だいじょうぶですか?」と近づきながら彼女は訊いて、一瞬、口ごもった。「あの、目がだいじょうぶかという意味ですけど」

依然として片目の前に手をかざしたまま、わたしはうなずいた。念力で出ていかせようとしたが、彼女は逆に近づいてきた。「目がおかしいんですか?」と彼女はあらためて訊いた。

わたしは顔をそむけて、彼女が出ていくように念じたが、それは通じなかった。そのうえ、出ていかせるための言葉を思い出せなかった。

彼女がわたしの前にひざまずくと、顔中に彼女の動きが反響するのを感じた。

「わたしを見て」と彼女が言い、わたしは言われたとおりにした。彼女の口と顎が消えて、灰色の空間になっていた。「まばたきをして」と彼女が言い、わたしはそのとおりにした。わたしのすぐ目の前にいたにもかかわらず、彼女はずっと遠くにいるような感じだった。

「ペンの先を目で追ってみて」と彼女が言い、わたしはそうしようとしたが、何度となくペンが消えた。

「先生？」と彼女が平静な声で言ったが、不安を抑えているのがわかった。

男の形が現れて、彼女の横に立った。「目が見えていないんです」と看護師が言った。

「だいじょうぶ（アイム・ファイン）」と言おうとしたけれど、なかなか言えず、やけに時間がかかった。〝アイム〟の〝M〟にたどり着けなかったので、〝B〟で我慢した。〝アイブ・ファイ〟それだと違うのはわかっていたが、修正の仕方がわからなかった。別の言い方をしたいとも思ったが、どんな言い方があるのか思いつけなかった。

医師は興味をもったような声を洩らして、看護師とおなじ手順をもう一度やりなおした。看護師とまったくおなじで、彼も顔の一部が欠けていた。額と顎があるはずの場所に灰色の空間しかなかった。しかも、わたしに見えているわずかな部分は、だれも写真を撮っていないのに、フラッシュが焚かれているみたいに明滅していた。

口をあけたり閉じたり、首をまわしたりさせられた。自分の名前を言うように言われると、頭のなかではわかっているのに、それに合う形を見つけられなかった。放っておいてほしい、わたしはだいじょうぶだし、わたしの時間は貴重なのだと言いたかったが、言えなかった。

どこかから〝脳卒中（ストローク）〟という言葉が、蛇みたいにシューシューいいながら、わたしの耳に入りこんだ。

〝脳卒中（ストローク）〟は〝蛇（スネーク）〟にとても似ている。いままではすこしも気づかなかったけれど。わたしはそれにしがみつき、何度も何度もそのことを考えた。自分の電話番号を覚えようとするみたいに。あとで必要になるような気がしたからだ。脳卒中（ストローク）と蛇（スネーク）。すごく似ているのに、どうしていままで気づかなかったのだろう？

「胸がムカつきますか？」と医師が訊いた。

わたしは首を横に振った。嘘である。胃液の甘酸っぱい味がすでに口中にひろがっていた。水を一杯頼みたかったが、そのやり方を思い出せなかった。

脳卒中はシューシュー反響する音を立てながら耳のなかに戻っていった。脳卒中、蛇、脳卒中、蛇。

「違うな」と医師はきっぱりとした口調で言った。「おそらく片頭痛（マイグレイン）だろう」その言葉はわたしにはなにも意味しなかった——外国語で言われたようなものだった。わたしはその言葉を分解して、意味を知ろうとした。わたしの（マイ）粒（グレイン）。

「こどもの予後は？」と医師が訊いた。

「医長によれば、時間の問題だろうということです」と看護師が答えた。

「奥さん」とその医師が言い、わたしは左肩になにかの重みを感じた。たぶん手なのだろう。「これは眼性片頭痛だと思います。いままでにもこういう症状を経験したことがありますか？」

わたしは首を横に振った。

「ストレスが原因かもしれません。鎮痛剤を出すこともできますが、眠くなって、眠ってしまうかもしれません。現在は、ええと、ご存じのような状況ですが、鎮痛剤をお望みですか？」

「いいえ」とわたしはかろうじて答えた。口にすると、〝いいえ〟は〝わかっている〟となんと似ていることだろう。ほとんどおなじ、いや、ひょっとすると、まったくおなじなのかもしれない。

「それは理解できます」と彼は言った。「吐きたくなるかもしれませんが、そのときには、ここに容器があります。そのほかの症状としては、光に対する嫌悪、激しい頭痛、錯乱状態が考えられます。症状が変化したり悪化したら、知らせていただく必要があります」

　わたしはうなずいた。

「スタッフには引きつづきご主人を捜すように頼んでおきます」

　彼はわたしの肩から手を放して、早口でなにごとか看護師に言ったが、わたしにはその音声の意味を解読するだけのエネルギーがなかった。

「必要なら、わたしはここにいますからね」と看護師が言い、ベッドのまわりのカーテンを引く音が聞こえた。前かがみになってマットレスの縁をさぐると、指先がチリチリした。

　赤ん坊はわたしの前に寝かされていた。わたしの赤ちゃん。いまや、さよならを言うときだった。

「デイヴィ」とわたしは言った。ほかの言葉はなにひとつちゃんと言えなかったのに、わたしの舌はその名前だけは忘れなかった。残された視界のなかで、彼が小さな目をあけるのが見えた。顔は依然として蒼白く、体はカバーオールと毛布ですっかりくるまれていた。彼はわたしを見上げた。わたしはなんという様だったことか。手で左目を覆っている母親。わたしがやってあげた〝いないいないバア〟を覚えているのだろうか？　そして、いまもそれをやっていると思っているのだろうか？

　こどもにどう別れを告げればいいのかわからなかった。あのときもわからなかったし、いまでもわからない。だから、その代わり、わたしは話をした。彼が送るはずだった人生のことを話した。彼が着るはずだった学校の制服。わたしが公園に連れていって、夏の太陽を浴びるはずだった日々。

彼は八百屋でアルバイトをすることになり、やがてはその店を買い取って、自分で経営することになっただろう。そして、パイナップルを買いにきた若い女性と知り合って、ふたりは恋に落ちただろう。それからふたりは結婚し、わたしは結婚式に黄色い帽子をかぶって行っただろう。騒がしいこどもが三人できて、彼らも店を手伝うようになり、りんごで数のかぞえ方を教えたりしながら、彼は年老いていっただろう。そして、信じられないほど幸せになり、年老いて白髪になったわたしを訪ねてきただろう。そんなふうに静かに話しているあいだ、彼はずっとわたしの目を見つめていた。

わたしはベッドの彼のそばに横たわり、彼の頰にキスをした。とても柔らかくてふわふわしていた。そうやって頰にキスをして、顎をくすぐるのが彼のお気にいりのゲームになり、わたしはそこに横になって、何度も何度も彼の頰にキスをした。そして、わたしの永遠の愛について、永遠にどんなに彼を愛しているかについて話した。わたしが生きているかぎり、そしてさらにそのあとでさえ。

目のなかでちらついていた灰色の空間がしだいにひろがり、やがてそれがすべてになった。デイヴィのかわいい寝顔があるはずの場所にもなにもなくなった。わたしは目をつぶって、この宇宙で耳を貸してくれるどんな神にでも祈りを捧げた。

わたしはデイヴィの頭を撫でた。わたしがまだここにいるのがわかるように、彼がまだそこにいるのがわかるように。彼の小さな胸に手を置くと、穏やかな呼吸の上下動が感じられた。彼の心臓がわたしの心臓より強く鼓動しているのがわかるのに、どうして異常があるなんてことがありうるのだろう？　わたしはやむなく目をつぶった。涙があふれて、腕をつたわり、袖を濡らした。わたしは彼の髪を撫で、頰にキスをした。そして、世界について、ジャングルや動物や星についての話をつづけた。

目を覚ましたとき、片頭痛は消えていた。

デイヴィの姿も消えていた。

レニー

「レニー、わたしの声が聞こえる？」

「レニー、なにか言って、お願いだから」

「レニー？」

わたしの下のベッドは平らだった。もっといろんな声がした。

「だいじょうぶよ、レニー、わたしたちはここにいるから。ただ気を落ち着けて」

第二部

レニー

全身麻酔をかけられるといつも、わたしはすごくはっきりした夢を見る。あまりにも鮮やかなので、過去には、作り話をしているのだろうと非難されたこともある。別の国の別の病院でだったが、ある少女に自分の夢の話をすると、彼女はそれを信じようとはしなかった。その夢は信じがたかったけれど、延々と何日もつづく感じだった。タコがいて、わたしたちはものすごくいい友だちだった。彼は紫色で、すべてが輝いていて、すばらしかった。そして、最高にすてきな音楽が聞こえた。

マーゴと日記

こんにちは、レニー、マーゴよ。

あなたに会えなくて寂しいわ。

あなたのところの赤毛の看護師が、きのうわたしの病棟にやってきた。そして、あなたが手術室に運ばれる前に、わたしにあなたの日記を渡すように頼まれたと言った。あなたは年中そこになにか書いていて、彼女のことも書いてあるかもしれない、わたしにもあなた宛てになにか書いてほしいと言っていたということだった。

わたしにこれを委ねてくれたのは光栄なことだけど、言っておきたいのは、わたしはこれをしばらく預かることにしただけだということよ。もしも形見のつもりなら、わたしは関わりをもちたくないわ、お嬢さん。

あなたはこの手術を無事に乗りこえるでしょう。わたしにはわかっている。あなたはなにも怖がらない。わたしはその正反対なんだけど。

これは、あなたが目を覚ましたときに読んでもらうための物語です。

今週、ローズルームで、わたしはいままで住んだなかで、初めてほんとうに心から好きになった場所の絵を描いた。汚くて、柄が悪かったけど。最高の人たちがみんなそうであるように。

絵そのものも悪くなかった。むかしの学校の美術の教師なら、遠近法がちょっとおかしいとか、屋根が後ろに傾いているように見えるとか言うにちがいないけれど。それでも、わたしは満足だった。記憶のなかで生きているわたしは、そのちっぽけなアパートで暮らしていたわたしは、いまのわたしよりもずっとあなたに似ていた。

わたしの物語はすべてそうだけど、始まりはスコットランドだった。

グラスゴーからロンドンへ、一九五九年二月
マーゴ・ドカティは二十八歳

二十八歳になったとき、わたしに残されていたのは父だけだった。母はわたしが二十六のときに亡くなっていた。彼女がこの世を去ったとき、わたしは孤児になったような気がした。父は砲弾ショック――いまはもっと別の言い方をするようだが――に侵食されて、わたしがそばに坐ることさえ我慢できなくなっていた。それでも、その知らせがきたとき、わたしは彼の横に坐った。父はすでに死んでいたけれど、病院で彼の横に坐って、その顔を記憶に刻みつけた。わたしは小声であやまって、彼の旅の幸運を祈ったが、これで断ち切られたと感じていた。わたしがそのとき見ていたのは綱渡りの綱の最後の縒り糸、たった一本のロウソクの消えかけた炎、救命ボートの最後の一席だった。父は逝ってしまった――断ち切られ、消え去り、旅立ってしまったのだ。

悲しかったが、解放された感じもあった。わたしはもうだれのものでもないのだから。わたしはこどものいない母親、夫のいない妻、親のいない娘であり、わずかな遺産のほかには、住む場所もなかった。

どこへ行ってもいいはずだった。もう一度やりなおす自由があるはずだった。そういう小さな希望の核はまだ残っていた。自分の夫を、わたしに残されたただひとりの人を捜そうと心に決めて、ユーストン駅の薄汚いホームに降り立つまでは。

わたしはともかくまず警察に行くことにした。朝のまだとても早い時刻で、列車のなかで眠ったものの、頭がボーッとしていた。舌でさわると、歯に綿毛が生えているような気がして、そう思うと、さわるのをやめられなくなった。ポロのペパーミント・キャンディを一箱の半分食べても、口はねばねばしたままだった。

駅から外の明るみのなかに出て、車や赤いバスの行列や、押し合いながら通勤する人たちを目のあたりにすると、自分をこの地上につなぎ止めているのは手に持ったスーツケースだけのような気がした。

迷惑顔の帽子の男に最寄りの警察署への道を訊いて、どれもおなじように見える通りに何度か迷ったあと、ようやく見つけた。立ち止まったら後戻りしそうだったので、わたしは足を止めずになかに入った。

デスクには事務員がいて、薄汚れた椅子が一列に並べられていた。わたしは自分が言うべきことを列車のなかで何度もリハーサルしていた。〈わたしの名前はマーゴ・ドカティです。行方不明の人を捜しています。夫のジョニーです〉

〈どうして自分の夫の居場所がわからなくなったりしたんです？〉と、まず第一に訊かれるにちがいないとわたしは思っていた。

しかし、それは思い違いだった。最初の質問は質問ですらなく、そこに坐って、用紙に記入するように言われただけだった

わたしは坐った。だが、すぐに、用紙はわたしには即答できないことを要求していることがわか

った。わたしの名前は？　それはわかった。住所は？　いまいるのはロンドンのホルボーン警察署だったが、そこが住所だということになるのか？　それとも最近引き払ったグラスゴーのアパートか？　行方不明者とわたしの関係は？　わたしたちは結婚しているのか？　ほんとうにまだ結婚しているのだろうか？　彼が出ていってから、だれかほかの人と結婚していたら、どうなのか？　いつ、どこで最後に彼と会ったのか？　数年前に浜辺で、という答えでもいいのか？　それとも、そんな答えではなんの役にも立たないと言われるのか？　彼の外見の特徴は？　彼はまだ痩せているのだろうか？　いまでもまだ髪をまんなかからきっちり左右に分けているのだろうか？　なぜロンドンで捜しているのか？

この最後の質問にだけは、ちゃんと答えられた。もう何年も前のことだが、わたしの横に寝ているとき、彼はわたしのお腹に両手をあてながら、赤ん坊が生まれる前にロンドンを見にいきたいと言ったからだ。結局は行けなかったのだが。

両手に汗をかき、ペンが滑って、床に落ちた。それをひろって、濡れた手の指をスカートでぬぐった。だれか説明してくれる人がいないかと思って、受付係の顔を見たが、彼女は首を横に振った。わたしはまた質問について考えこんだ。それは当たり前の質問で、わたしは答えを知っているべきだったが、知らなかった。たとえば、彼の身長、病歴、職業といったことである。ジョニーについてこんなに少ししか知らないのなら、わたしにとって彼は見ず知らずの他人であってもおかしくなかった。

「何をしているの？」と彼女が訊いた。自分のとなりにだれかがいるとは思ってもいなかったが、彼女はそこにいた。わたしより若かったが、たいして違わなかった。青と緑の柄物のワンピースを着て、ブロンドの髪はもう何日も洗っていないようだった。彼女はその場ですっかりくつろいでいるように見えた。

「そのスーツケースには何が入ってるの？　死体？」彼女は笑って、目の下のメイクを手でぬぐった。下まつ毛の下に二本の黒っぽい線がなすりつけられたようにひろがった。

「ええと、あのう……」

「薬？」

「いいえ、これは……」

「爆弾⁉」と彼女は訊き、わたしたちをジロジロ見ている待合室の人たちを見まわすと、わたしのほうに体をかがめて、小声で訊いた。「爆弾なの？」

「違うわ！」と言った拍子に、わたしはまたペンを床に落としてしまった。

「はい」と彼女はそれをひろって渡してくれた。髪を耳の後ろに掻き上げるときに、腕のブレスレットがジャラジャラ音を立てた。「ごめんなさい。怖がらせてしまって」

「べつに怖かったわけじゃないけど」とわたしは言った。実際、怖くはなかったけれど、急に泣きたくてたまらなくなっていた。わたしは疲れ果てていて、家族を亡くしたばかりで、どんな人間かも説明できない男の行方不明者届を出そうとしていた。ほんとうに行方不明だったわけではないが、彼の母親は亡くなっているし、弟は行き先を告げずに引っ越してしまったので、わたしには居場所がわからなくなっている男。わたしに人生を約束してくれた男。いなくなってとても寂しいとも、すこしも寂しくないとも言える男。

彼女は椅子の背に寄りかかって、ほっそりとした腕を組んだ。指でブロンドの髪を梳いてから、指の宝石の向きをなおした。

わたしはまた用紙に注意を戻した。ジョニーの誕生日は知っていた。少なくとも、そのくらいは。それから、〝届けを出す理由〟という欄があった。用紙はまだ半分しか記入されていなかった。だから、その欄には、言うまでもないことだったが、〈彼の居場所がわからないから〉と書いた。けれども、それではふざけていると受け取られるかもしれないと気づいたので、線を引いて取り消した。

「何をしているの？」と彼女がささやいた。香水とアルコールの匂いがした。

「わたしは……」説明できなかったので、クリップボードに挟んだ用紙を見せた。

『行方不明者届』」と彼女は読み上げた。眉毛が吊り上がった。「だれの？」答えようとしたが、それより先に彼女が言った。「あなたの、じゃないでしょう？　そうだったら傑作だけど！　まず自分の行方不明者届を出しておいて、それから姿をくらますなんて……ワーオ、すごいわ。いつかやってみたいわね」彼女は目を輝かした。

「夫のなの」とわたしは言ったが、数日ぶりに口をきいたような気がした。

「あら」と彼女は言った。どうしてその気になったのかはわからないが、わたしは経緯を説明した。だいたいのことを。大切な小さい人のことは除いて。

「旦那がいなくて寂しいの？」わたしが話しおえると、彼女が訊いた。

「わからない」とわたしは言った。「でも、わたしに残されたただひとりの人だから」

「それで、見つかったら、ずっといっしょにいたいと思っているの？」

「いいえ、わたしは――」

「彼といっしょに暮らしたいの？」

「ええと……」

「彼に規定されていて幸せなの？」

「規定されて？」

「そうよ、だって、あなたがはるばるここまで来たのはただ彼のためで、あなたの現在の目的は彼なんだから。彼があなたを規定しているのよ」なんだか怒っているような口ぶりだった。

「わたしは慣れ親しんだ顔を見たかっただけなの」と言いながら、たしかにそれだけのことだったのだ、とわたしは悟った。

「それじゃ、用紙にそう書きなさい」と彼女は言った。「彼を見つけるのがどんなに急を要することかわかれば、警察は本気で捜索活動に熱を入れるでしょう」

うつろな顔をした用紙が不可解そうにわたしを見上げた。

「届けを出したら、そのあとはどうするつもり？」

「わからないわ」とわたしは答えた。

「どこか行くあてがあるの？」

「いいえ」わたしは顔が熱くなるのを感じた。

「それはずいぶん勇気があるわね」と彼女は言い、わたしはそうだろうかと思った。

「わからないわ」とわたしはもう一度言った。ますます泣きたい気分になってきた。

「わたしがここで何をしているか、知りたい？」と彼女は訊いた。わたしはなんとも答えなかったが、彼女は三つのことを教えてくれた。ひとつは、最近大学の動物実験施設に侵入したかどで拘束された友だちのアダムの釈放を待っていること。ふたつめは、おなじ罪で自分も逮捕されるのかどうかわかるのを待っているということ。三つめは、先のふたつが解決したら、わたしに一夜の宿を提供するつもりがあるということだった。

それから、彼女はわたしに行方不明者届を破いて、わたし自身を〝解放する〟ように勧めた。初め、それはなにか性的なことを意味するスラングなのかと思ったが、実際は、ずっとあとになってからわかったのだが、逃げ出した夫からは自立して、あとを追う代わりにさよならを言い、せいぜい旅の無事を祈ることにするように勧めてくれたのだった。

ひとつめとふたつめの解決には、思っていたよりずっと時間がかかった。わたしは、手で押さえていた部分が湿ってしわになるまで、行方不明者届を手に持ったままだった。オートバイを盗まれた男と警察官が、わたしのスーツケースにそろってつまずいて悪態をつき、そこで何をしているのかとそれぞれわたしに文句を言った。

手錠を外されたアダムが留置場から現れると、わたしの新しい仲間は歓声をあげた。アダムに所持品を渡して、わたしには口にできないような言葉で出ていくように言った警察官が、静かにするようにと彼女に注意し、さらに警告を発した。

「悪事をはたらいた者が釈放された」と彼女は言った。「これを祝福せずにいられようか」シェイクスピアからの引用なのかしら、とわたしは思った。「これがアダム。スコットランドからの家出人、マーゴを紹介するわ」

彼はわたしの手をにぎった。わたしの手はまだ湿っていて、彼がそれとなくジーンズで手を拭ったことにわたしは気づいた。

わたしたちは通りのぼんやりとした日射しのなかへ出ていった。

「ああ」と、彼女はなにかを忘れていたかのように言った。「わたしはミーナ」

通りを歩きだして、警察署からちょっと離れたところまで来たとき、行方不明者届を挟んだクリップボードをまだ手に持っていることに気づいた。

「あっ、忘れてた！」わたしはあわてて警察署へ引き返したが、追いかけてきたミーナが、署のすぐ前でわたしの腕をつかんで、引き留めた。

「どうするつもりなの？」と彼女は訊いた。

「警察から物を盗むわけにはいかないわ！」

「クリップボードは返せばいいけど、これはいらないわ」と彼女は言うと、用紙をボードから外してクシャクシャに丸め、「あとは運命に委ねることね」と言いながら、その紙つぶてをみごとゴミ箱に投げ入れた。

レニーとローズルーム

マーゴがものすごい勢いですっ飛んできたので、ぼんやりした紫の塊にしか見えなかった。彼女はギュッとわたしを抱きしめ、わたしは彼女のラベンダーの香りを吸いこんだ。

「だいじょうぶ?」とわたしは訊いた。

彼女はうなずいたようだった。

「気をつけて」と新人看護師が注意したが、わたしがあらたに獲得した縫合傷にマーゴが体を押しつけるのを防ごうとしたのだとすれば、それは完全に手遅れだった。

「あなたがいなくてものすごく寂しかったわ!」と彼女は言った。

クラス全員の目がわたしに注がれていたが、だからといって、わたしは自分の留守中にマーゴが描きためた絵やスケッチから気をそらされることはなかった。それらがあまりにもすばらしかったので、わたしは悪態をついた。そして、すぐにあやまったが、彼女は気にも留めていないようだった。その日なら、わたしがどんなことをしても許されただろう。わたしが生き延びたことで、彼女は小躍りするばかりだったからである。

その日の課題の抽象画で海を描くために、どうやって青と緑を混ぜればいいかを説明しおえると、ピッパはすぐにわたしのそばへ来た。

「レニー」と彼女は言った。「ハグは遠慮しておくけど」と言って、緑の絵の具の撥ねだらけのエプロンを指差した。「気分はどう？」

「いいわ、ありがとう」とわたしは言った。

「じゃ、もう、すべてオーケーなのね？」と彼女は念を押した。わたしはうなずいて、なんとも言わなかった。親切心からだとはわかっていても、なんでも知りたがる人たちには、ひと言も説明しなかった。自分がローズルームから姿を消しているあいだの出来事については、手術の細部を知りたがる人たちには、苛々させられることがある。人が正確にはどのくらい死にかけているかを知りたがる人たちには。

「ともかく、あなたが戻ってきてくれてうれしいわ」ピッパは笑みを浮かべた。

彼女が行ってしまうと、マーゴとわたしの目が合った。その瞬間、かつてわたしが非常に手の込んだ朝食をともにしていたふたりの人間についての質問を、彼女が呑みこんだのがわかった。彼女は訊きたくてたまらなかったが、わたしが答えないと知っている質問を。

その日わたしたちが描いた絵はどうでもよかった。どんな話をしたかも重要ではなかった。わたしがローズルームにいて、マーゴがわたしのとなりにいた――それ以外のことはほんとうにどうでもよかった。

レニーと収穫祭

新人看護師はわたしのベッドの端のお気にいりの場所に坐っていた。ほかの看護師たちはときおり打ち解けようとして中途半端な落ち着かない坐り方をして、じつは打ち解けたふりをしているだけであることを曝露するが、彼女の坐り方はそうではなかった。新人看護師は楽にしているふりをしているわけではなく、実際、楽にしているのである。彼女は余っている枕を勝手に取ってきて、ベッドの足下側のバーが背中に食いこまないようにカーディガンを両腕にかけている。脚を組んで坐りこみ、寒くないように挟んでいたし、スニーカーは脱ぎ捨てて、周囲のカーテンがきちんと閉まっていることを確かめて、わたしたちがふたりきりに、少なくとも可能なかぎりそれに近い状態になれることを確かめてからだったけれど。

彼女の髪は依然としてチェリー味のタンゴ（炭酸飲料）の赤だったが、初めて会ったときよりはすこし長くなっていた。〈あれからどのくらいの時間が経ったのだろう〉とわたしは思った。チェリー味のタンゴのことを考えたので、なんだか飲みたくなってきた——舌全体にシューッとはじける感覚、スクール・ディスコ風の薬っぽい甘さ、そして、新聞売り場まで買いにいくときのこと。

彼女はチェリー・タンゴ色の髪の房を耳の後ろに掻き上げた。彼女はなんでも、どんなことでも知りたがる。たとえば、彼女の看護の仕方をわたしがどう思っているかとか。実際、自分が看護師として及第点をもらえるかどうか知りたいのだろうと思う。わたしは彼女に言ってやった。わたしのお気にいりだと二度言ってもいいと思える看護師は、この病院には彼女しかいないということを。

「あなたは帰ることがあるかもしれないと思ってるの?」と彼女は訊いた。

「スウェーデンへ?」わたしはちょっと考えてみた。「たぶんないわ」

「お母さんは向こうにいるんでしょう?」と彼女は訊いた。ふと新人看護師にはどこかの訛りがあるような気がした。わたしがこの国の生まれなら、どこかわかったかもしれないが。

「そうだけど」とわたしは言った。「帰る気になれないのは彼女のせいなのよ」新人看護師の顔に心配そうな影が差し、口にぎこちない笑みが浮かんだことにわたしは気づいた。「スウェーデンに帰るとしても、それは母を捜すためじゃないけれど、母がどこかにいることを知っていながら、彼女を捜さないわけにもいかないでしょう。黒っぽい髪の女性とすれ違うたびに、母じゃないかと覗きこまずにはいられなくなったり、ふとしたことから、結局は彼女を捜すことになったりするかもしれない。そういうふうにはなりたくないのよ」

新人看護師はなにか言おうとして口をひらいたが、それより先にわたしがつづけた。「ともかく、もしもここを出られたら、先に行きたい場所がほかにたくさんあるわ」

「どこに行きたいの?」

「パリ、ニューヨーク、マレーシア、ロシア、フィンランド、メキシコ、オーストラリア、ヴェトナム。この順序で。それから、そのあともずっといろんなところに行きたいわ。ずっとあちこちに、死ぬまで」

「なぜロシアなの?」

「なぜロシアじゃだめなの?」

「わたしはひとりではどこにも行けないわ」と彼女は言った。「勇気がないから」

「わたしだっておなじよ！」

彼女はわたしの顔を見た。あまりまじまじと見つめるので、わたしは目をそらした。

「レニー」と彼女は穏やかな口調で言った。「あなたはわたしの知っているなかでいちばん勇気がある人よ」

「どうして？」

「ただそうだからよ」と彼女が言い、一瞬、沈黙が流れた。

「死ぬのは勇気があるからじゃないわ」とわたしは言った。「たまたまなんだから。わたしは勇気があるわけじゃない。まだ死んでないというだけよ」

新人看護師が脚を伸ばしたので、わたしたちの脚がレールの枕木みたいに横にならんだ。彼女の靴下は今回は柄がそろっていた。ピンクで、カップケーキがプリントされている。病院の外では、彼女はどんな生活をしているのだろう――どんな家、どんな車、どんな靴下の引き出しをもっているのだろうと思った。

「それでも、あなたは勇気があると思うわ」と彼女は静かに言った。

「あなたが旅に出たら、わたしはあなたも勇気があると思うでしょうね」とわたしは言った。

彼女は制服のポケットから小さな赤いレーズンの箱を引っ張り出すと、ふたをあけて指を差しこみ、しわだらけのレーズンを口に放りこんだ。

「ロシアに行ったら、あなたは気にいられるにちがいないわ」

ときには、わたしは新人看護師以外の看護師を相手にすることもある。いろんな名前や顔が現れてはかすんでいく。彼らの赤くない髪は規則遵守を叫んでいるし、ほかの患者とおなじくらいわたしにも気を配ってくれるそのやり方は神経にさわる。夜遅くにわたしのベッドでレーズンを食べる人はほかにはいないし、実際に確かめたわけではないけれど、カップケーキの靴下を履いている人もいないにちがいなかった。もちろん、わたしはそれを非難しているわけではない――彼らは看守で、わたしは囚人なのだから。あまり親密になりすぎれば、どちらが囚人でどちらが自由なのか、境界線がぼやけてしまうかもしれないのだから。

それはともかく、新人看護師が行ってしまったあと、寄贈された新聞雑誌の束を持ってきてくれたのはほかの看護師だった。わたしはすぐさま『クリスチャン・トゥデイ』誌を手に取った。次にアーサー神父のもとを訪れるとき、話せるネタが欲しかったからだ。見出しによれば、〝収穫祭でのキリストのお告げ〟についてなにか書いてあるはずだった。表紙は並べた缶詰の背後にいる、満面に笑みをたたえた幼いこどもたちだった。キリスト降誕図みたいだった――幼子イエスがインゲンマメの缶詰に置き換えられていることを除けば。

アーサー神父は病院の礼拝堂の祭壇に豆の缶詰を積んでいるのだろうか、とわたしは思った。それとも、彼への寄付は病院の食べものばかりで、礼拝堂はちょっと臭うシェパードパイやライスプディングやオレンジ味の治療食（フォーティシップ）をのせたプラスチック・トレイでいっぱいなのかもしれない。しかし、アーサーが礼拝堂を訪れる人からの食料の寄付だけに頼っているのだとすれば、わたし以外には食べものを持っていく人はいないことになるだろう。その意味でも、彼にはやはりわたしの助けが必要なのだ。わたしは彼を訪問して、収穫祭を手伝ってやらなければならないだろう。もしかすると、こどもたちを掻き集めて、塩漬けのツナの缶詰といっしょに写真を撮ってもらうこともできるかもしれない。

タコを相手にした時間があったあとでは、以前よりやりにくくなったことがいくつかあった。ナース・ステーションに行って、礼拝堂に行ってもいいかと訊くと、看護師がふたりで相談した。

り返された。

〝感染〟とか〝免疫システム〟とかいう言葉がやりとりされて、結局、わたしは自分のベッドに送

初め、わたしは抵抗しなかった。けれども、その一時間後、ベッドの縁から足をぶらぶらさせて、紫色のタコのことを考えながら、『クリスチャン・トゥデイ』の表紙を眺めているうちに、わたしにはこんなことでへこたれている暇はないことに気づいた。ほとんど時間が残されていないのだと思うと、肋骨の内側がむずむずした。

わたしがデスクに歩み寄ると、看護師長のジャッキーは苦虫を嚙みつぶしたような顔をして言った。「話を聞いている暇はないわ、レニー、きょうはほんとうに忙しいんだから」

「何をしたいって言ってるの？」と、上着をたたんで腕にかけながら、シャロンが訊いた。

「礼拝堂に行きたいって言うのよ」とジャッキーが言った。

「チッ」シャロンは目をグルリと天井に向け、自分のマグとランチバッグを持って、出ていった。

「じゃ、またあした！」と肩越しにジャッキーに声をかけて。

シャロンが行ってしまうと、ジャッキーはわたしのほうに向きなおった。「あなたはベッドに戻らなくちゃだめよ、レニー」

「でも、わたしは死にかけているのよ」

ジャッキーはわたしの目を見た。

「わたしは死にかけているの」とわたしはもう一度言ってみたけれど、彼女はわたしがしゃべったことにさえ気づいていないふりをした。

もう昼に近かったので、あたりには忙しそうに動きまわっている人たちがいた――シーツ類をやたらに詰めこんだケージを洗濯室のほうに押していくポーター、病院の熱帯気候からすると厚着でせかせか歩いていく見舞客、廊下で歩く練習をしている老人たち。

「わたしは死にかけているのよ」とわたしはもっと大きな声で言ったが、ジャッキーはわたしのほうを見ようともしなかった。

「もう言ったでしょう。きょうはあなたを礼拝堂に連れていけるスタッフはいないんだって。この病棟には世話を必要としている患者がほかに十五人もいるのよ。恥ずかしくなるような真似はやめて、ベッドに戻りなさい」彼女の口のまわりには、ヘビースモーカー特有の早めの老化現象であるしわができていたけれど、皮膚の下は花崗岩——どんな熱でも溶かせず、どんな光でも輝かせられない硬さの石——でできているのではないかと思った。皮膚を剝げば、名前を彫りつけられるかもしれない。

わたしは自分のベッドに戻ることもできた。理論的には。しかし、実際には、足がひどく重くなり、自分自身より強い力でわたしを釘付けにしていた。それはわたしの意志を超えていた。体が断固として主張しているので、わたしはそれに従うしかなかった。わたしたちはひとつのチームなのだから。ときによっては。

「あとで相談しましょう」と彼女が言った。いまや、わたしたちに目を向ける人が増えていた。

「アーサー神父に会いたいの」とわたしは言った。

彼女は援護を求めるように周囲を見まわした——通りがかりの医師や別の看護師がいないかと。

「もうこれ以上この話をしてはいられないわ。やらなければならないことがたくさんあるんだから」そう言うと、彼女はコンピューターに向きなおって、スプレッドシートをにらみはじめた。クリックしてドラッグし、クリックしてドラッグしていたが、それから何度かつづけざまに削除キーを押した。〈ほら〉とわたしは思った。〈ミスをしたわ〉

ずっと無視していれば、スズメバチみたいに、いずれはいなくなる、と彼女は思っていたのだろう。しかし、わたしは動けなかった。彼女はさらにクリックしてドラッグした。たとえ目はスクリーンに向けられていても、視界の端にわたしが引っかかっているのはわかっていた。わたしはそこにずっといた。もしかすると、明るい色の髪とピンクのパジャマのわたしは、ホラー映画に出てくるこどもに似ているかもしれないと思いながら。彼女はクリックし、タイプしつづけ、わたしは待った。

やがてとうとう、ジャッキーがわたしを振り返った。こんどは目のなかに怒りの炎が燃えていた。

「言っておくけど、いますぐこのデスクから離れないと、警備員を呼びますよ」

「わたしはここにいたいわけじゃないわ。礼拝堂に行って、アーサー神父に会いたいのよ」

「言ったでしょう、いますぐは無理なんだって」

「わたしには時間がないのよ！」わたしは不満のうなり声をあげ、それが通りかかった患者の親たちの注意を惹いた。

「正直なところ、レニー、わたしだって時間がないのよ」と彼女は言った。「わたしにもあなたのお芝居に付き合っている暇はないし、こんなばかげたことに費やしている時間はないんだから」

「でも、あなたには時間があるわ」

「何ですって？」

「あなたにはたぶんまだ四十年は残っているでしょう。まあ、このまま煙草を吸いつづけるなら、もしかすると、二十五年か三十年くらいかもしれないけど。それでも、わたしよりは時間があるわ」

わたしの承諾なしに、目から涙があふれ出し、かってに動きだして、頬をつたって床に落ちた。そのままずっと転がって、どんどん転がっていって、礼拝堂のアーサー神父のところまで行って、わたしが囚人になっていることを知らせてほしかった。

「もうたくさんよ」と彼女は言って、電話機を取り、三桁の番号をダイヤルした。彼女は待ち、わたしも待った。裏切り者の涙がもう一粒、仲間を必死に追いかけようとするみたいに、床へ落ちていった。

「メイ病棟に警備員をお願い」ようやく相手が電話に出ると、彼女は言った。「ナース・ステーションの邪魔をしている患者がいるの」彼女はまたしばらく待って、それから険しい口調で「わかったわ」と言うと、受話器を置いた。わたしはなんとも言わなかった。

彼女は机の上の書類をあちこち動かして、緑色の蛍光マーカーのキャップを取った。そして、書類にしるしをつけはじめたが、ただなにかやっているふりをして、自分はさも忙しく、わたしのことなど気にしていないかのように見せかけているだけにちがいなかった。

「それじゃ、礼拝堂に行ってもいい？」とわたしは訊いた。「あなたが忙しいなら、わたしはひとりでも行けるから」

「これは〝レニー・ショー〟じゃないのよ」と彼女は言った。「スタッフのなかにあなたを特別扱いする人がいるのは知ってるけど、あなたはほかの患者とおなじなの。ただ、みんなに人の倍の手間をかけさせているだけで」

「そんなことないわ」とわたしは言ったが、そうではない証拠は示せなかった。

「ばかばかしい」と彼女はつぶやくように言った。

また涙がこぼれ出た。

警備員はすぐにはやってこなかった。ひょっとすると、この病院の警備員はわたしがそうなりかけているのとおなじくらいジャッキーが嫌いなのかもしれない、とわたしは思った。それは好都合だった。わたしを厄介払いしたいという彼女の欲求がただちに満たされることはなかったので、わたしは涙を拭こうともせずに、そこに立っていた。ジャッキーもわたしとおなじことを考えたにちがいなかった。彼女はふたたび受話器を取った。「そう、メイ病棟のジャッキーよ」と彼女は言った。「警備員を呼んだんだけど……」

来客やスタッフやメイ病棟のほかの囚人たちのためのドア・ブザーが鳴って、警備員の制服を着た背の高い男が現れた。まだせいぜい二十五歳にしか見えなかった。

いまや涙はわたしの手に負えなくなり、顔をつたって、パジャマの上衣にしたたり落ちた。鼻もその作戦に参加することにしたようで、鼻水が上唇に垂れ流れた。

「やあ」と彼は言った。「だいじょうぶかい……きみ？」

「礼拝堂に行って、神父さんに会いたいの」とわたしは言った。

「失礼ですが、あなたは？」とジャッキーが彼に向かって鋭い口調で言った。

「サニルですが、みんなサニーと呼びます」と言って、彼は手を差し出したが、ジャッキーはにぎろうとしなかった。

「あなたを呼んだのはわたしなのよ」とジャッキーが言った。「この患者がナース・ステーションの邪魔をしているから」

「わたしは友だちに会いたいの」とわたしがもう一度言うと、さらに涙が顔をつたい落ちた。

サニーはわたしからジャッキーに視線を移し、それからまたわたしに戻した。「わたしが連れていきますよ」と彼は軽い口調で言った。

ジャッキーはいまにも爆発しそうな顔をした。

「いいえ」と彼女は言った。「この子は待たなければならないわ。わたしがそうするように言ったんだから」

サニーは困ったような顔をした。「べつにたいした手間じゃありませんから」

「彼女にはこのルール、ほかのみんなには別のルールというわけにはいかないのよ」彼女はマーカーのキャップをギュッと手のひらに押しつけた。

「ほかにも礼拝堂に行きたい人がいるんですか？」とサニーが訊いた。「みんないっしょに連れていってもいいですよ、べつにぜんぜん」彼は笑みを浮かべた。

　わたしはふつう他人の残酷さに動揺することはないけれど、他人の親切には妙に打ちのめされる。サニーにもう一度だいじょうぶかと訊かれ、どこにでも行きたいところに連れていってやると言われると、わたしはワアワア泣きだした。

「わたしがあなたを呼んだのは、この患者を自分のベッドまで連れていってもらうためなのよ」とジャッキーが言った。「あなたにそれができないのなら、それができる別の人を呼ぶしかないわ」

　サニーはわたしの顔を見た。わたしをむりやり引っ張っていきたくはなさそうだった。彼は一歩だけ歩み寄って、言った。「それじゃ、お嬢さん、わたしをきみのベッドまでエスコートしてもらえるかな？」

　わたしはうなずいて、鼻を鳴らした。それから、歩きだした。病棟にいる人たちにわたしが先導しているように見えるように、彼はずっとわたしのすこし後ろからついてきた。

　わたしはベッドに着いたが、そこからではまだジャッキーやナース・ステーションが見えた。彼女は首をグルリと後ろにまわして、草のなかの虫を探すサギみたいに、わたしがベッドに戻ったかどうか見張っていた。わたしがベッドの端に腰をおろすと、彼女はようやく満足して、顔をそむけた。

　サニーはジャッキーから見えないようにカーテンを引いてくれた。「がっかりしないで、元気を出すんだよ」と彼は言った。

　ようやく気力を奮い起こして、ベッドのまわりにすっかりカーテンを引くと、わたしは水差しの水をほとんど全部飲み干した。ベッドに横たわりたくはなかった。快適になりたくなかったからだ。

快適になるということは、屈服したことを意味する。いまやジャッキーからは見えるはずもなかったが、彼女の決定あるいはこの勾留をわたしがおとなしく認めることにしたとは思われたくなかった。

わたしはたぶん一時間か二時間、ベッドに坐ったまま、自分の涙の理由を解読しようとしていた——それは自分の計画を妨害されたせいなのか？ アーサーに会えなかったからなのか？ わたしが死にかけていることをジャッキーが気にかけていないからなのか？ それとも、わたしが死にかけているからなのか？ あるいは、ひょっとすると、死ぬことがすこしも特別なことではないような場所で暮らしているからなのか？

そのとき、カーテンの向こう側でそっとささやく声がした。「レニー？」

「アーサー神父？」

「アーサー神父だよ」と彼は小声で答えた。

「アーサー神父なの？」

「そうさ」

「どうぞ！」

まるで第二次大戦中の特務機関の物真似みたいに、彼はそっとわたしの区画に忍びこんだ。

「サニーがわたしのところに来てくれたんだ」と彼はささやいた。

「サニーを知ってるの？」

「ああ。去年の夏、病院の宗派不問のバーベキューで知り合ったんだ。なかなかすてきな若者だ、そうは思わないかね？」

「思うわ」

「それはともかく、礼拝堂付き司祭に会いにいくのを許可されなかったので、ひどくがっかりしている患者がメイ病棟にいる、と彼はわたしに言いに来たんだ」わたしのベッドの横に落ち着かなそうに立ったまま、彼は笑みを浮かべた。「わたしに会えなくてがっかりするような人はこの病院全体でもひとりしかいない。それはきみなんだ、レニー」

「わたしは収穫祭のことを話したいと思っただけなのよ」

「収穫祭？」彼は眉間にしわを寄せた。

「その記事を読んだところだったから」

「しかし、収穫祭は九月なんだが……」

わたしはベッドサイド・テーブルの『クリスチャン・トゥデイ』の表紙に目をやった。彼もそれに気づいたらしく、手を伸ばしてその雑誌を取り上げると、表紙の日付を確かめた。

「それじゃ、いまは九月じゃないの？」とわたしが訊いた。

「違うよ」と彼はおもむろに言って、心配そうな顔をした。

わたしは吹きだし、彼も笑いだした。それなのに、止める暇もないうちに、またもや涙がこぼれ落ちた。

「レニー」と彼が言った。「どうしたんだい？」

「もう自分でもどうしたのかわからなくなっちゃった」

彼は黄色いハンカチを差し出した。わたしがハンカチを使う人を見たことがあるのは映画のなかだけで、実生活でだれかが使うのを見たことはなかった。それは春の幽霊みたいに、わたしたちのあいだの空間に宙吊りになった。

「きれいだよ」と彼は言った。「それは保証する」

わたしはハンカチを受け取って、真四角にひろげると、そのなかに顔をうずめた。吸水性が高くて、教会の匂いがした。教皇のいちばんいい法衣の縁にすがりついて泣いているような気がした。

「来てくれてありがとう」とわたしは言ったが、もごもごしたくぐもり声になった。
「友だちはそのためにいるんだと思うよ」

マーゴとボトル

ミーナはわたしの想像とは似ても似つかなかった。マーゴは介護施設から最近運ばれてきたバッグのなかに一枚の写真を見つけた。彼女は天界から降りてきたかのようだった。彼女の金髪はわたしの想像より明るかったし、肌はもっと白く、目はもっと大きかった。耳にはどこか小妖精みたいなところがあった。

いままで見たことがないほど鮮やかな緑色のボトルを描いているあいだ、マーゴはその写真をわたしたちのあいだのテーブルの上に置いていた。

ロンドン、一九六〇年三月
マーゴ・ドカティは二十九歳

わたしの父が死んだのは冬だった。外は暗くて、寒くて、厳しかった。にもかかわらず、ミーナと知り合って、いまや元同居人となったローレンスが怒り狂って自分の荷物を詰めているのを尻目に、彼女のワンルーム・アパートに恐るおそる入っていった数日後には、夏になっていた。わたしが彼女と知り合って以来、季節はいつも夏だった。

わたしたちはハウス・パーティに出かける支度をしていた。わたしはカーペットの上に坐って、枠から外れていまや暖炉に立てかけてある鏡に向かって、マスカラを塗ろうとしていた。床の上のその場所はメイクをするコーナーになっていて、鏡は壊れている暖炉に吹きこむ隙間風を防ぐ役にも立っていた。暖炉からはときおり鳩がクウクウ鳴く声が聞こえた。

ミーナはレコードをかけていたが、絶えず針が飛んだ。マイケル・ホリデイの唄は〈きみを見るたびに、流れ星が目に浮かぶ〉というところまで来ると、針が引っかかる音がして、唄声がやんでしまうのだった。レコードの音が飛んだ拍子に、わたしは手を滑らせて、まぶたの内側をマスカラのブラシで突ついてしまった。わたしは猛烈にまばたきをしたが、目から涙があふれ出し、黒いマスカラが川になって頬をつたった。わたしはため息をついた。

「マーゴ、あんたが最後に楽しいことをしたのはいつだった？」

わたしが彼女のところに転がりこんでから一週間くらいしたとき、彼女からそう訊かれたが、わたしは答えられなかった。最初に頭に浮かんだのは、クリスタベルといっしょに走っているところだった。ただ走っているのだった。どこから走っているのか、どこへ走っているのかは思い出せなかった。ただ笑いながら、走っていた。やがて息がつづかなくなるまで。わたしたちのサンダルが舗道にパタパタ音を立てていた。

「楽しんでる？」と彼女がいままたわたしに訊いた。わたしは彼女のほうを向いたが、顔を見ればわかったにちがいない。わたしは大きなパーティの前にはいつも緊張して不安になる。ミーナの友だちはおおぜい知っていたけれど、全員を知っていたわけではなく、わたしはなんだか他人の人生にさまよい込んだような気がしていた。ほんとうはグラスゴーのがらんとした教会で、こどもを亡くした母親の会に出席して、デイヴィのクマを抱きしめてハンカチに顔をうずめて泣いているべきなのに。

「はい」ボトルがいきなり目の前に差し出された。「ちょっと飲んでみて」と彼女が言った。

わたしはそれを受け取った。フルーツの形をした薄いガラス製のボトルで、ラベルはスペイン語、なかには見たこともないほど鮮やかな緑色の液体が入っていた。

「何なの、これ?」

「さあ、わからない」と彼女は言った。

「それなら、どうして買ったの?」

「買ったんじゃないわ。〝教授〟にもらったのよ」

〝教授〟はミーナのボスだった。ミーナは医学部でタイピストとして働いていた。ロンドン図書館での新しい仕事にわたしを推薦してくれたのも、その大学のタイピストの同僚だった。ミーナによれば、彼女が〝教授〟の下で働いているのは、医学部での動物実験に関する情報を収集するためだった。しかし、彼女の友人のアダムが別のパーティで教えてくれたところでは、彼女はもうかなり長く働いているから、知る必要のあることはすべて知っているはずだという。彼はそう言うと、眉を吊り上げて、ぶらぶら離れていったものだった。

彼女がレコードプレイヤーを直しに行っているあいだに、わたしはキャップをあけて、用心しながらその鮮やかな緑色の酒をちょっぴり飲んだ。まるで世界中の梨を蒸留してその一本に詰めこんだような味だった。

彼女は待っていた。わたしはさらに何口かグイグイやった。

ミーナが自分のベッドに這い上がり、キルトのカバーをポンポンとたたいた。まるでわたしが犬で、ここに来てお坐りと言っているかのように。彼女はわたしと向き合って坐り、ふたりともあぐらをかいたので、膝がほとんどふれそうになった。「さあ、目をつぶって」と彼女が言った。一瞬、わたしはためらった。ミーナの青い目がキラリと光り、小妖精みたいな耳のせいもあって、悪戯っぽく見えた。ただ笑みを浮かべているときでも、なにかしら悪戯を企んでいるように見えるのだ。

彼女はムーミンのメイク・バッグのジッパーをあけ、わたしは目を閉じた。

彼女が近づいてくる感じがして、自分の肌に彼女のまつ毛がふれるのがわかった。

彼女はティッシュとラベンダーの香りのする乳液みたいなもので、わたしのマスカラをぬぐい落とした。まぶたにアイシャドーを、頬にチークを塗るのがわかった。メイクブラシがあまりにも柔らかい感触だったので、わたしは思わず身震いした。

それから、バッグをゴソゴソ掻きまわして、なにか別のものを取り出すと、わたしの顔に線を描きだした。初めは眉毛に陰影をつけている感じだったが、やがてペンシルが眉の上から目のまわりに弧を描き、目をグルリと一周して、頬の上端から直線が下りていく感じがした。

「何をしているの？」とわたしは訊いた。

「じっとしてて」と彼女は言い、わたしは言われたとおりにした。描かれた形の内側に色を塗っているような湿った感触がして、そのころには彼女が何をしているのかまったくわからなくなっていた。一瞬、彼女がわたしを引き寄せたので、香水の麝香（ムスク）の香りと息の梨のリキュールの匂いがした。

「できたわ！」と彼女が言った。目をあけると、自分が眠りから目覚めたような気がした。「どう思う？」

わたしはベッドから這いおりて、鏡のなかの顔を見た。

彼女は花を描いたのだった。わたしの右目がまんなかでブルー、先端が白く縁取りされたピンクの花弁がそれを囲み、そこから緑色の茎がピンクに染められた頬に伸びて、顎に達していた。

「わたしは――」

「心配ないわ。わたしもおなじにするから」と彼女は言った。「さあ、急いで、もう少し飲んだほうがいいわ。もうすぐ出かけなくちゃならないから」


わたしたちはバスの後ろのほうに坐った。ふたりとも花のフェイスペイントをしていた。ミーナは梨のリキュールのボトルを持ってきていて、バスが暗がりでカーブを曲がるたびにそれを飲んだ。通路の反対側に坐っていた老婆が大きく舌打ちする音が聞こえた。デパートの閉店セールで買いこんだものをはち切れんばかりに詰めこんだバッグを抱えている。

「なにか問題でも?」とミーナが愛想のいい、それでいて棘のある声で訊いた。

老婆は胸をふくらませた。もしも鳩だったら、羽毛を逆立てたことだろう。

「ばか丸出しじゃないか」と老婆は低い声で言った。「ふたりとも。すこしは自尊心をもつがいい」

わたしは胃がムカムカした。バスがスピードを落として停車した。わたしたちは後部の乗降口から降りて、歩きだした。ミーナが前を歩いていたので、わたしはその陰に隠れてスカートを下に引っ張り、できるだけ太腿を隠そうとした。

「やめなさい」と、振り返りもせずにミーナが言った。

「やめるって、何を?」

「恥ずかしがるのを」

「恥ずかしいんだもの。こんな恰好をすべきじゃなかったわ。まるでだれかの――」あやうく悪態をつくところだった。「ばかだったわ」

彼女は立ち止まった。そして、わたしが追いつくと、なにかを探るように、わたしをじっと見つめた。「気にしているのね？」と彼女は言った。

彼女の言い方からはいいことなのか悪いことなのかわからなかった。

わたしがなんとも答えずにいると、ミーナが言った。「あの女のひとはたぶん六十か六十五歳くらいよ」

「だから？」

「だから、彼女は一八九五年から一九〇〇年のあいだに生まれたことになる。ヴィクトリア朝時代の人たちに育てられたのよ。まだ洗濯物にしぼり機を使っていて、足首を見せることもできなかった時代の人たちに育てられて、歳を取ってからはミニスカートの女たちに囲まれてテレビを見ているの」それから、ちょっと間を置いて、「楽しんでる？」と訊いた。そして、わたしの顔をうかがうと、茶目っ気のある笑みを浮かべた。「まあ、これから楽しむことになるでしょうけど」

ハウス・パーティの会場に入っていくのは水中にもぐるようなものだった。たちまち大音響で、音楽で、話し声で耳がいっぱいになる。そして、すべてが緩やかに漂い流れていくように見えるのだ。梨のリキュールで感覚が鈍っていたせいで、家のなかでいろんなものにぶつかっても、なにも感じなかった。わたしはやけにゆっくりと動いていたし、踊ったり歩いたりしながら通りすぎる人たちもふわふわ浮かんでいるように見えた。わたしはかなりいい気分で家のなかを漂い歩きながら、話したり踊ったりしている人たちを見てまわったが、まるで自分は参加することなしに、別の世界を覗いているかのようだった。キッチンにふらりと入っていって、だれかが戸棚のなかをさぐったり、収納箱（チェスト）をあけて真珠を探しているのを眺めたり、居間に入っていって、踊っている人たちを見物したりした。わたしはふわふわ宙に浮いていたけれど、それでいて自由だった。

廊下でミーナとばったり会った。彼女はひどい帽子をかぶった男と指を絡み合わせていた。

「楽しんでる？」と彼女は大声で訊いた。

「なあに？」彼女の声はほとんど聞こえなかった。

彼女はもっと近づいて、耳もとでほとんど絶叫した。「楽しんでる？」

「イエス！」

何時間か泳ぎまわったあと、潮が引くように人々が玄関から出ていってしまうと、その家はまた家になり、わたしだけの海ではなくなった。ミーナを捜しにいくと、彼女は裏庭にいた。煙草を口から数センチのところに持ったまま、ひとりの男——見ると、元同居人のローレンスだった——がさかんに手ぶりを交えながら、あきらかになにごとか非難しているのを超然として見守っていた。

わたしは寒い庭に出ていった。

「いいかい、おれがほんとうに頭に来ているのは……」とローレンスが言った。

ミーナは目をほそめて、煙草を吸いこんだ。

「……きみが気にもしていないってことなんだ」とローレンスはつづけた。

「そうね。わたしは気にしていないわ」と彼女は言って、煙草の煙を吐きながら笑みを浮かべたので、中国の竜（ドラゴン）みたいに見えた。

ローレンスはお手上げだと言いたげに両手を上げ、わたしを押しのけて、家のなかに戻っていった。ミーナは煙草をくゆらせた。とても静かにじっとしているので、放っておいてほしいのだろうと思った。

「聞こえる？」と彼女が訊いた。

わたしは耳を澄ました。まだ帰りそびれている人たちが打ち上げられた居間のほうから笑い声が聞こえた。

「ほら」と彼女は言った。

それから、煙草を草むらに投げ捨てて、庭の奥に向かって歩きだした。わたしは彼女のあとについていった。庭の端の黒っぽい樹木が並んでいるところまで行くと、わたしにもそれが聞こえた。赤ん坊が泣いているような声だった。

どうやって柵の向こう側に、となりの庭に行ったのかはよく覚えていない。芝生は伸び放題で、捨てられたガラクタが散らばっていた――草むらに古い鉄製のバスタブがあり、錆びついた芝刈り機もあった。草のなかに両腕のない赤ちゃんの人形が転がっていて、大きく見ひらかれた目でわたしをじっと見上げていた。

こどもがむずかるような啼き声はそのときには止んでいた。わたしたちは丈の高い雑草を踏み分けて、奥の樹木のほうに向かった。すると、その姿が見えたのだ。朽ちかけた小屋の背後で、楡の木の幹に首を鎖でつながれていた。わたしたちを見ると、彼は小さな悲鳴を洩らした。

「ああ、なんてことなの」とミーナはつぶやいた。それから、その犬に向かって、静かななだめるような声で言った。「よしよし、いい子ね」彼女が半分しゃがむようにして近づいていくと、その犬は甲高い啼き声を洩らした。

ミーナはさらに近づいたが、わたしは後ろに残って、見守っていた。「嚙まれたらどうするの?」とわたしは言った。

「嚙んだりしないわ。そうでしょ、いい子だから」彼女は手が届きそうなところまで近づいた。犬は哀れっぽい目で彼女を見上げて、啼き声を洩らした。鼻づらに切り傷があって、膿んでいた。ピンク色の肉が太く線状に盛り上がって、その縁が黒ずんでいた。

ミーナはすぐそばまで行くと、犬の横にしゃがみ込んで、手のひらを差し出した。犬はその匂いを嗅いで、彼女を見上げた。革の首輪には鎖がついていて、その鎖で木につながれていた。自由になろうとして引っ張ったのだろう、首のまわりの皮膚が剝きだしになって、赤い輪形がついていた。

「いい子ね、そうでしょう？」と彼女は言った。犬は頭を撫でられるのを受けいれ、目をつぶって、彼女に頭をもたせかけた。犬が息を吸うたびに、あばら骨が浮き上がるのが見えた。

「わたしたちといっしょに来る？」と、犬の頭を撫でながら、ミーナが訊いた。彼は太くて短い尻尾を一度、それからもう一度振った。「ロジャー？」

「ロジャーって名前なの？」

「だって、名前が必要でしょ」と彼女は言った。「ロジャーでもいいじゃない？」彼女は手のなかでなにか銀色のものを光らせた。

「それは何？」とわたしは訊いた。「ナイフ⁉」

「いつ必要になるかわからないから、ブーツのなかに入れてあるのよ」と彼女は言った。それから、ロジャーの頭を撫でながら、真剣な声で言った。「さあ、じっとしているのよ」ロジャーは大きな茶色の目で彼女を見上げた。

鋸を挽くみたいに注意深くナイフを動かして、ミーナは革の首輪を切りにかかった。首輪が首に押しつけられて犬が啼き声を洩らすと、「だいじょうぶよ」と、彼女はやさしくささやいた。

首輪が外れると、彼はミーナのほうを向いて、手を舐めた。やさしい感謝のしるしだった。

柵の隙間からこちら側に連れてくると、空のナポリタン・アイスの容器に水を入れてやり、冷蔵庫から肉を見つけてやった。家のなかではまだパーティがつづいていたが、いまやわたしたち三人組には、それはどうでもよくなっていた。

「獣医さんに連れていかなくちゃ」と、犬を連れて家の横から前庭へ歩いているとき、わたしが言った。

ミーナは、スイス・アーミー・ナイフを左足のアンクル・ブーツにしまいながら、うなずいた。

けれども、わたしが前庭の門をあけたとたんに、その犬は弾丸みたいに跳び出して、長い爪でアスファルトをカリカリいわせながら走りだし、たちまちのうちに姿を消した。

「待って！　ロジャー！」わたしは呼び戻そうとした。

「シーッ」とミーナがわたしを制止した。「もしも飼い主がなかにいるとしたら、ハンディをつけてやらなくちゃ」

「でも――」

「彼はひとりでだいじょうぶ」と彼女は言った。「自由になる必要があったのよ」


家に向かって歩いている途中でミーナはゲーゲーやりはじめたが、なにも出てこなかった。家からそう遠くない舗道の草の生えたところに体をかがめて、彼女は立ち止まった。

「もうすぐ家よ」と、彼女の髪を撫でながら、わたしは言った。

わたしたちはガタガタ階段をのぼって、共同のバスルームへ跳びこんだ。このバスルームの状態については、あまり詳しくふれないほうがいいだろう。便器の内側には恒久的に茶色い染みがこびりつき、まるでだれかがお茶を淹れるのに使っていたかのようだった。

ドアをあけるやいなや、ミーナは便器に駆け寄ってゲーッとやり、思いきり吐いた。

わたしは彼女の代わりに便器の水を流し、冷たい水で自分の手を冷やして、彼女の額に当ててやった。

彼女は「ウグッ」という声を発しただけで、すぐにまた吐きはじめた――体を引きつらせるようにして吐きつづけた。

わたしはずっとそばにいて、彼女がやっと吐き終えると、ふたりともバスタブに寄りかかって床に坐りこんだ。まもなくアパートの階上（うえ）の住人たちが出勤の支度をはじめる時刻だった。

そのあと、彼女は膝立ちになって、髪の毛を首筋で押さえながら、もう一度便器の上に顔を突き出した。けれども、なにも出てこずに、唾を吐いただけだった。

しばらくすると、便器の上に顔を突き出したまま、ミーナが言った。「なにか言ってみて」

「何を？」

「なにかわたしの知らないことを」

わたしは考えた。

「あなたみたいな人には会ったことがなかった」

「それは知っているわ。なにかわたしの知らないことを言って」

「わたしはあなたを愛していると思う」

彼女が振り向いた。たがいの目が合うと、わたしの向こう脛がチリチリした。しばらく見つめ合ってから、彼女はまたあえぎだし、体全体を痙攣させて、便器のなかに鮮やかな緑色の液体を吐き出した。

レニーとマーゴと口にはできないこと

「レニー、それは言っちゃだめよ！」と新人看護師が小声で言った。「ジャッキーに殺されるわ。みんな殺されてしまうわよ！」

「彼女に殺されるって言ったのを聞かれたら、あなたも彼女に殺されるわ」

新人看護師はさっと口に手をあてがった。

「わたしたちが言い争ったことがどうしてわかったの？」とわたしは訊いた。

「あら、わたしにはわたしのやり方があるのよ」新人看護師は自分の鼻をたたいた。それから、きちんと坐りなおした。肩を落とし、笑みは消えていた。泣くのをこらえようとするときみたいに、探るような笑みを浮かべて、わたしの顔をじっと見た。「そんなにひどかったの？」

わたしはそのことについて考えた。たしかに、わたしは泣いた。たしかに、わたしはちょっとばかな真似をした。けれども、それはそんなにひどくはなかった。むしろ、恥ずかしいことだった。

「警備員の人はとても親切だった」とわたしは言った。

「あなたが泣いたってジャッキーは言ってたわ」

「そうよ」

「わたしはあなたが泣くのを見たことがないけど」と彼女は言った。

「でも、結局、アーサー神父には会えたわ」

「そうなの？」

「あとで、こっそり来てくれたのよ」

「それは聞かなかったことにしておくわ」と彼女は言った。

わたしはにっこり笑った。

「レニー」と彼女は言った。依然として探るような口調だった。わたしが告白するのを期待していたのかもしれない。彼女はまだ見たことのない、わたしの伝説的な涙を見たかったのかもしれない。

「そんなにひどかったの？」

「あの日はただちょっと落ちこんでいただけよ」

新人看護師はうなずいたが、もっと詳しいことを知りたがっていた。だれでもみんなそうなのだ。

「ジャッキーはクビになるの？」とわたしは訊いた。

彼女は顔をそむけて、ベッドを囲むカーテンの隙間から、廊下の冷たい光に目を向けた。

「彼女は困ったことになっているの？」

「わからないわ」彼女はナース・ステーションのほうに目を向けたままだった。ポーターが看護実習生のひとりを大声で笑わせていた。

「あなたは彼女にどなったの？」

「言えないわ」

たぶん実際にどなったのだろう、とわたしは思った。というのも、彼女の口の端にかすかな笑みが浮かんだからだ。

「もうフライトは予約したの？」とわたしが訊いた。

「フライト？」

「ロシア行きの」

「まだよ」

「どうして？」

彼女はわかっているでしょうという目配せをしたが、わたしにはなにもわからなかった。だから、病弱な人間の切り札を使って、わたしは疲れたと言った。

ちょっぴり不満そうだったが、彼女はベッドから降りて、白いスニーカーに足を突っこんだ。そして、黙って紐を結んでから、ベッドの周囲のカーテンを引いた。わたしはすこしも疲れていなかった。少なくとも、ふだん以上には。ただすこし気を揉ませて、休憩時間の残りをナース・ステーションでつぶすしかないように仕向けることで、彼女の秘密主義を罰してやりたかったのである。

そうすれば、わたしに一目置くようになり、人の気をそそる予告編だけしか話さないのは友だちでいるためにはいい方法ではないと悟るかもしれなかったから。

疲れたと言った手前、いちおう横になることにしたのだが、次に目をあけると、なぜか朝になっていた。その朝、マーゴがわたしの病棟にやってきて、半ばひらいたカーテンのそばに不安そうに立った。「レニー」と彼女はそっと言った。「じつは心臓なの」

「何が？」と、まだ半分寝ぼけたまま、わたしはつぶやいた。

「わたしがここにいるのは、わたしの心臓（ハート）のせいなのよ」

わたしはベッドのなかで体を起こした。ローズルーム以外の場所で見ると、彼女はとても小さく見えた。

「ああ、ごめんなさい。わたしはあなたの心（ハート）が好きよ。ものすごくすてきな心だと思ってるわ」

「わたしたちはおたがいにすべてを正直に話しているんだから、自分のどこが悪いのかも言っておくべきだと思っただけなんだけど」

わたしは彼女にもっと近づくように合図した。彼女はなかに入って、ベッドのわたしの横に坐った。

「よくなるかもしれないの？」とわたしは訊いた。彼女が泣いているわけではなく、むしろ落ち着いた顔をしているのを見て、わたしはほっとしていた。

「よくはならないと思うわ」と彼女は言った。「でも、医者（せんせい）がそうなる努力はしてくれているのよ、ありがたいことに」と言って、彼女は笑みを浮かべた。一瞬、日の光が彼女の顔に当たったかのように見えた。

レニーと車

「あなたのお父さんはどこにいるの、レニー？」

「あなたのお父さんはどこにいるの、レニー？」

「あなたのお父さんはどこにいるの、レニー？」

　マーゴは三回訊いたけど、わたしは三回とも答えなかった。だから、わたしが話しはじめたとき、彼女はびっくりしたにちがいなかった。車の列を、点みたいに小さい車の列を、赤や、銀色や、青や、白い車の列を描いている最中のことだった。

「ミーナの言ったとおりなんだと思う」とわたしはマーゴに言った。

「何のこと？」

「追いかけないってこと」

　マーゴは額にしわを寄せた。

「ジョニーを捜しているときに、彼女があなたに言ったことよ。手を振って相手を新しい生活のなかに送り出して、追いかけなくていいってこと。出ていかずにはいられない人たちは出ていかせてやること。自由にしてやるべきなんだってことよ」

グラスゴー・プリンセス・ロイヤル病院、二〇一三年十一月
レニー・ペッテションは十六歳

医長のオフィスはとても暗かったが、デスクの背後には大きな窓があった。その上半分には灰色の空が見え、下半分からは病院の駐車場が見下ろせた。車はベリーみたいに光っていて、わたしはこの世界からとても遠いところにいるような気がした。医長は、一日中うっとり駐車場を眺めて過ごしたりしないように、窓に背を向ける位置にデスクを配置しなければならなかったのだろう、とわたしは思った。

「ひどく暗くて申しわけありません」と彼は言った。「環境に配慮した取り組みの一環として、新しくモーション・センサー・ライトを設置したんですが、ここのは作動しないようなんです。少なくとも二十回はセンサーの前で手を振ってみたんですが、まったく反応しないんです」

薄暗いのでよけいに窓が魅力的に見えるのだった。

父とわたしは医師のデスクの前のプラスチックの椅子に坐っていた。父の新しいガールフレンドのアグニェシュカは外の待合室で怯えた顔をしていた。彼女は父には悪くない、とわたしは思っていた――良識的で、穏やかな性格で、めったに自然に笑わない父を笑わせたからである。ふたりがいっしょに暮らすのはいいことだと思った。

「それで、ミス・ペッテション、リンネアと呼んでもかまわないかな?」と医長が訊いた。

「みんなから〝レニー〟と呼ばれています」とわたしが言うのと同時に、「〝レニー〟で通っています」と父が言った。

「では、レニー」と彼は言った。「検査結果がすべて出たんだがね」コンピューターのマウスを数

回クリックすると、画面が明るくなって、緑色の光が彼の顔を照らし出した。

クリックし、スクロールして、しばらく画面をじっと見つめていたが、たぶん次に言ったことを言う勇気を奮い起こそうとしていたのだろう。医師は深く息を吸ってから、言った。「われわれが怖れていたとおりだった」この医師が自宅で、お気にいりの本と牛肉エキス（ボブリル）のマグを持って、奥さんといっしょにベッドにもぐり込み——毎週会う数百人の患者のひとりとして一度会っただけの十六歳の娘であるわたしのために怖れているところをわたしは想像しようとした。彼がスカッシュをやっている最中に、ふと動きを止めて、ショットをミスし、わたしの検査結果を怖れているところを想像しようとした。検査結果を待っていた二週間、毎日病院の駐車場から車を出すときに、彼が親指を噛んでいるところを想像しようとした。わたしのために怖れて。

しかし、いまは、すこしも怖れてはいない顔をして、彼は専門用語や手順や限界や時間について説明しはじめた。

こういうすべてが起こっているあいだ、わたしは窓の外に目をやって、小さな赤い車がバックして駐車スペースに入るのを眺めていた。運転手がエンジンを切って、ライトが消え、女のひとが重そうなバッグとなにか白いものを持って、車から出てきた。彼女はドアをロックして、ゆっくりと駐車場を横切って病院に近づいてくる。それから、彼女の車のとなりの青い車が慎重にバックしはじめ、白い車が停車して、その青い車が出ていくスペースをあけて待っているのを眺めていた。

医師はモニターをグルリとまわして、スキャンの結果のいくつかを父に見せたが、父はすでに真っ青な顔をしていた。彼は目の前のデスクをじっとにらんでいて、息をしていなかった。

医師が手術や病期（ステージ）や骨について説明している途中で、オフィスの明かりがふいに点灯した。

マーゴ、トラブルに巻きこまれる

ロンドン、一九六四年七月
マーゴ・ドカティは三十三歳

ミーナとわたしは五年前にそこで知り合った警察署に舞い戻っていた。ただし今回は、わたしたちは手錠をかけられ、ミーナは、わたしたちが知り合ってから初めて、黙りこんでいた。彼女はわたしより七つ年下だったけれど、わたしはずっと彼女を尊敬していた。彼女はわたしのロンドンの、人生の案内係だった。彼女はいつでもどうすべきかを知っていた。だが、いま、じつは、彼女は自分が何をしているのか理解していないのかもしれないことにわたしは気づいた。

わたしたちは両わきを警察官に挟まれて、逮捕の記録書類を作成される順番を待っていた。わたしは待合室にいるだれともできるだけ目を合わさないようにしていた。ミーナの注意を惹こうとしたが、彼女は唇を嚙んで床を見つめていた。わたしたちに付き添っていた警察官のひとりが、わたしのアクセントを聞くと、同僚に〝アイルランド人だ〟と言った。わたしはスコットランド人だと彼らに言ったが、「おなじことだ」と彼はつぶやいた。

ミーナは、逮捕されてからこのとき初めて口をきいたのだが、「キャサリン・アミーリア・ホートン」と小声で言った。

わたしは心臓が止まるかと思った。彼女は偽名を使ったのだ。信じがたいことに、彼女は警察に嘘をつき、しかも、非常に落ち着いた態度で、デスクの女性から目をそらすこともなくそうしたのだった。わたしたちがやったことで、ミーナがトラブルに巻きこまれることはないだろう。なぜなら、この世に存在しないキャサリン・アミーリア・ホートンがその代わりに巻きこまれることになるのだから。

わたしはとてもではないが付いていけないと思った。すぐにも、わたしがしゃべる番がまわってくるだろう。わたしも嘘をつくべきなのか？　わたしたちがほんとうの名前を名乗っていないことがわかったら、どういうことになるのだろう？　わたしは吐きたい気分だった。

デスクの女性がわたしのほうに向きなおった。「名前は？」と鋭い口調で言った。

その瞬間、わたしはハリエットと名乗ろうと心に決めた――母の古い友だちの名前である。けれども、実際にしゃべる段になると、わたしの口から出たのは自分の本名とその新しい偽名のどちらともつかない「マーガーリー」みたいな音だった。

「何ですって？」

わたしは唾を飲みこもうとしたが、口がカラカラに渇ききっていた。

ミーナがわたしの顔を見た。〈気でも狂ったの？〉と言いたげな顔だった。

「彼女の名前はマーゴよ」とミーナがその女性に言った。どうしてわたしを売り渡そうとするのか？　わたしはもう一度唾を飲みこもうとしたが、口のなかにはまったく湿り気がなかった。

「わたしたちは何で逮捕されたの？」とミーナが訊いた。

警察官が鼻を鳴らして、「あんたは弁護士かね、お嬢さん?」と言った。

ミーナは弁護士には見えなかった。その日、彼女が着ていたものをわたしははっきりと覚えている——フレア袖の赤いペイズリー柄のワンピースに、脱ぐたびにムッとする臭気の漂う革のサンダル。待たされているあいだ、彼女はずっと神経質そうに長い髪を細いおさげに編んでいた。ソバカスが欲しくて仕方なかったのに、実際にはひとつもなかったので、メイクアップ・ペンシルで描いていた。彼女はすこしも弁護士には見えなかった。

「身のほど知らずじゃないかね?」と、もうひとりの警察官が言った。その男はミーナを裸にするような目つきで見つめていた。

彼女は、感心したことに、その男を気にも留めずに、質問を繰り返した。

「まあ、落ち着くことだな」とその警察官はゆったりとした口調で宥めたが、それを聞いてわたしは両腕に鳥肌が立つのを感じた。

わたしたちはそれぞれ独房に入れられた。自分の独房に入れられるとき、ミーナと目を合わせようとしたが、彼女はわたしを見ようとはしなかった。監房は小便の臭いがして、わたしはどこにもさわりたくなかったので、部屋のなかをグルグル歩きまわりながら、自分が言うべきことと警察がすでに知っていることをつなぎ合わせ、それをミーナあるいは〝キャサリン・アミーリア〟が言うだろうことと照らし合わせてチェックしようとした。

もしもすっかりほんとうのことを話すとすれば、それはこうなるはずだった。その日の午前一時ごろ、わたしが生物科学棟の外で見張りをしているあいだに、ミーナ、アダム、ローレンス、その他数人のミーナの友人たちが、ミーナの職場である大学の医学研究室に押し入った。というか、実際には、彼らは押し入ったわけではなかった。その大学の医学部長でもある〝教授〟のタイピストをしているミーナが職務上持っていた鍵を使ったのである。彼らが研究室に侵入したのは、それぞれのケージで暮らしている数百匹のマウスを解放してやるためだった。ところが、マウスを見つけることも解放することもできなかったので、研究室の壁に赤いペンキで動物実験をやめろという要求を書きなぐった。それから、研究室を荒らしまわって、内部の犯行だと思われないように窓をあけ、わたしを迎えにきて、グループの非公式な本部であるミーナのアパートへ戻ると、ぬるい赤ワインのボトルをあけて祝杯をあげたのだった。ワインにはコルクのかけらが浮いていたけれど。

もしもほんとうに正直なところを告白するとすれば、わたしだって小さな生きものの命を気にかけないわけではなかったが、わたしがこれをやったのはマウスのためではなかった。ミーナのためにやったのだ。

わたしは独房のベッドには一度も腰をおろさなかった。ずっと歩きまわりながら、自分が言うべきことを何度も何度もチェックしていた。二度ドアをたたいて、水が欲しいと大声で言ったが、だれも来なかった。残り少なくなった唾液が舌にからまってドロドロになった。

日曜日の午前だった。もうひとつの人生のなかでは、わたしはセント・オーガスティン教会の反響する冷たい壁の内側で、ジョニーとトマスのそばに坐っていただろう。そして、退屈して、窓のステンドグラスの渦巻き状の花の数をかぞえて気を紛らわそうとしていただろう。賛美歌集を見ないで歌詞を思い出せるか試していただろう。ジョニーに聞こえるようにトマスがわざと大声で調子外れの唄い方をするので、彼の脛を蹴飛ばしたジョニーをにらんでいただろう。わたしは手がかじかまないように手袋をした手を擦り合わせていただろう。けれども、いまの人生では、わたしの新しい人生では、わたしは刑務所の独房のなかにひとりで立っていた。独房のなかでもひとりだったが、このトラブルのなかでもひとりだった。なぜなら、〝キャサリン・アミーリア〟はけっして長時間おとなしく拘束されてはいないにちがいなかったからだ。

いまのわたしを見たら、教会の人たちはどう思うだろう、と想像しようとした。運よく自分には仲間になる資格もないような人たちの仲間になって。ほんとうならスコットランドで喪に服しているべきときに、自分には楽しむ権利のない楽しみを味わったりしているなんて。

ドアの小窓があいて、一対の目がわたしをじっと見ているのが見えた。「マーゴット」と〝t〟を発音して、その警察官が言った。「あんたの番だぞ」

取調室のテーブルに水のグラスが用意されているのを見たとき、わたしは泣きだしそうになるくらいホッとした。わたしはそれをゴクゴク飲み干すと、手の甲で口をぬぐわなければならなかった。わたしたちを逮捕したふたりの警察官は姿を消し、その代わり、そこにいたのは茶色いスーツの、困り果てたような顔をした、肥りすぎの警部だった。シャツはボタンが引っ張られて、隙間から毛深いお腹が覗いていた。傍らには、ウサギみたいな顔をした、ずっと若い制服警官がいた。

「リディアだね？」と肥った警部が訊いた。

「いいえ」とわたしは言った。「すみません、わたしはマーゴ……ドカティです」

わたしは立ち上がって出ていこうとしたが、彼は手を振ってそれを制止した。「坐って、坐って」

取調室は狭くて、足の臭いがした。

「マーゴ、マーゴ、マーゴ」とつぶやきながら、彼は目の前の書類の山をあさった。「そんな唄がなかったかな？」

「あったと思います」と、何が何でも話を合わせたかったので、わたしは言った。たとえそんな唄があったとしても、わたしはいまだに聞いたことがないけれど。

「ようし」と、ぞんざいな殴り書きで覆われた一枚の紙を引き出すと、彼は言った。「そうか、大学への不法侵入だな」わたしの心臓がガンガンいうのがわかった。彼はマイクの付いた機械の録音ボタンを押した。

「エドワード・ストリートの医学部への最近の不法侵入について、あんたはどんなことを知っているのかね？」と彼は訊いた。

「はい」とわたしは答えた。またもや口が渇ききっていた。

「はい？」と、彼は苛立たしげに言った。

「すみません」とわたしは言った。「質問は何でしたっけ？」

「きのうの夜、あんたはどこにいたんだね？」

「わたしがいたとあなたが思っている場所です」

「で、わたしはあんたがどこにいたと思っているんだね？」警部が身を乗り出したので、お腹の剝きだしになった部分がテーブルにふれた。

「あそこ。医学部です」

「なるほど」と彼は言った。それから、彼は待っていたが、わたしも待っていた。「つづけて」

「わたしは見張りをしていたんです」

「見張り？　あまり優秀な見張りじゃなかったようだな」

そう言うと彼は笑いだし、ウサギ顔の警官もそれに気づくと作り笑いをした。

「冗談だよ」と言いながら、警部は涙を拭いた。「この不法侵入はあんたたち一味の痕跡だらけだった。お粗末なやり方で、しかも失敗だった。ただし、今回の場合は、内部の事情に通じている者しか知りえない情報に基づいて事が行なわれている」彼の口調が変わって、あたかも驚いているような声になった。「その線をたどっていくと、あのチャーミングなミス・ホートンが浮かび上がったんだ。わたしも何度かお目にかかっているがね。で、驚いたことに、彼女は実際に医学部長のタイピストとして働いている。というわけで、こういうことになったわけだ」

それが質問なのかどうか、わたしにはわからなかった。

「それじゃ、あんたはミス・ホートンの下で活動しているグループの一員だと認めるんだな？」

「はい」

「それを認めることで、あんたは犯罪行為に関わりをもったことも認めるのかね？」

「はい」

「そして、教育施設の所有物に損害を与えたことを認めるんだな？」

「わたしはそれはやっていません」と言ったが、彼が苛立ったような顔をしたので、付け加えた。

「でも、認めます」

警部は椅子の背にもたれかかった。「きょう、あんたは監房で過ごした時間を楽しんだかね？」

「いいえ」

「この件が裁判になれば、最高七年の刑になるかもしれないことを理解しているのかね？」

心臓がわたしが追いつけないほどの速さでガンガン打っているような気がした。わたしは息を吸おうとした。

「どうなんだ？」と彼は訊いた。

「はい」わたしは小さな声で言った。

彼は目の前の書類になにか書きつけて、それを制服警官に渡した。「あんたとあんたの愉快な仲間たちには幸運なことに、医学部長が本件の捜査をこれ以上進めないように要請してきた」

それがどういうことなのか、わたしにはよくわからなかった。

「この供述書にサインしてもらって、記録のために指紋を採ることになるが、そのあとは警告だけで釈放されることになる。わかったかね？」

わたしはうなずいた。「はい」

それから、彼はわたしの目を正面から見つめて、言った。「お目にかかるのはこれっきりにしたいものだね、ミス・ドカティ」

ウサギ顔の警官が立ち上がって、わたしを取調室から連れ出そうとした。

「ミセスです。どうでもいいことかも知れま――」

「ちょっと待った」と警部が言った。「ミセスだって？　旦那はだれなんだ？　彼もこれの仲間なのかね？」

「違います、警部」

「うーむ」と彼は言った。「どうしてかな？」

「彼は……わたしは……」それほど惨めには聞こえない言い方があるはずだった。「彼がどこにいるかわからないんです」

肥った警部は怪訝な顔をした。「行方不明だということかね？」

「いいえ。いいえ、彼は……出ていったんです」とわたしは言った。

「ああ」警部はふいに興味を失ったようだった。彼は書類のどこかに線を引いた。「あんたは釈放だ。ありがとう」

すこしもありがたくなさそうだった。


暑苦しい警察署からまだ暑さの残る一日のなかへ出ていくと、わたしは目をほそめ、片手を上げて目を覆った。何時なのだろう？　たったいま、いったい何が起こったのだろう？　わきをすり抜けた茶色いスーツを着こなした男は、わたしが逮捕されたことを知っているような気がした。自分の額に判が押されているような気がしたのだ。

「出てきたのね！」下唇に煙草をぶらさげて走ってきたミーナが歓声をあげた。彼女は細い腕でわたしを抱きしめ、声に出して笑った。「〝教授〟なのよ！　彼が告訴を取り下げたの！　なんてすばらしい人かしら！」

　太陽や通りの匂いに対する違和感はミーナに対する違和感に比べればなんでもなかった。逮捕されたとき、あんなに悄然としていたのに。いまや、彼女は浮き浮きしているように見えた。どうしてこれが面白いことだったと思えるのだろう？

「もう二度とやらない」とわたしは言った。声がしゃがれて、喉に引っかかった。

「炎天下で岩を割る！」と彼女はうたった。

「もう二度と。やらない」

　わたしが歩きだすと、彼女はわたしの横で跳びはねた。「法と闘ったけど、勝ったのは法のほうだった！」

　わたしはなにも言わずに、抑えきれない怒りを靴底から舗道にたたきつけた。

「もう二度とやらない」とわたしは繰り返した。「警告を受けたんだから。ミーナ、これは……ちょっと待って」わたしが立ち止まったので、彼女も立ち止まった。わたしは彼女をしげしげと見た。彼女は背後の生け垣に煙草を投げ捨てた。

「なあに？」と彼女が訊いた。

「名前よ。どうしてあなたは偽名を使ったの？」

「偽名？」

「アミーリア・キャサリン・ホートン？」

「〝キャサリン・アミーリア〟・ホートンよ」と彼女は訂正した。

「で、何なのよ、それって？　逮捕されたときに使う名前なの？」

「わたしの名前よ」彼女は頭のおかしい人を見るような目でわたしを見た。「ミーナがわたしの本名だと思ってたの？」彼女はふたたび笑った。「わたしのアイルランド系カトリックの母親がミーナ・スターなんて名前を付けると思う？」

「それじゃ、〝ミーナ〟が偽名なの？」

「わたしの新しい名前よ。まだ正式に変える暇がなかっただけよ。あんたがマージョリーとかなんとか名乗るのを止められて運がよかったわ――それだけでも有罪にされたにちがいないんだから」

彼女はわたしの先に立って歩きだしたが、振り向いたとき、わたしはちらりと笑みを洩らした。なんとおめでたかったのだろう。五年間もいっしょに暮らしていて、名前も知らなかったなんて。ロンドンで生まれ変わろうとしたのはわたしだけではなかったのだ。じつは、わたしがいちばんなりたいと思ったのは新しく生まれ変わったほうの彼女だったのである。

「ほかにもわたしの知らないことがあるんでしょう？」とわたしは叫んだ。

彼女はわたしが追いつくのを待った。

「おばかさんね」と言って、彼女は笑った。

そして、わたしの両肩をつかんで、唇にキスをした。

わたしたちを帽子で押しのけて、あいだをすり抜けていった男が、小声だが十分わたしたちにも聞こえる声で、「このレズどもが」と吐き捨てるように言った。

二十五年

わたしたちの人生の二十五年間がローズルームのテーブルに並べられていた。

防空シェルターの床に置かれた金属製のバケツ、冷めきっているがきわめて贅沢な朝食が用意されたテーブル、初めてのキスを目撃している骸骨の取り憑かれたような目、そして、黄色い帽子をかぶった赤ん坊。わたしたちのなかでじっと待機していた二十五の物語が、いまや展示され、感嘆され、祝福され、処分されようとしていた。できあがったあと絵がどうなるのかは、わたしにはたいして重要ではなかった。

「すばらしいわ」とピッパがささやいた。

「まだ終わったわけじゃないけど」と、縫いぐるみの豚、ベニーの絵の前に立って、この画家の絵の才能のなさに思いを致しながら、わたしは言った。こうやって全部を集めてみると、ふいに、この先さらに七十五年分の記憶でこの部屋を、わたしたちの心を、わたしたちの頭を満たすのは不可能かもしれないという気がした。わたしの人生にもぼんやりしている年があるし、マーゴが思い出せない年もあるにちがいなかった。そのうえ、差し迫った死という始末におえない亡霊がわたしたちにのしかかっているのだから。

「でも、ごらんなさい！」とピッパが言った。「これだけでもたいしたものよ――あなたたちはたいしたものをつくったのよ」

「まだ四分の一だけど」

「レニー」とマーゴが穏やかな声で言った。わたしは彼女の目を見たが、彼女は自分の前の絵を見下ろしていた。それはわたしの母が生まれた年より古い記憶をたぐり寄せた、海辺のマーゴと男の絵だった。画廊でこの絵を見たら、人はどんなことを考えるのだろう、とわたしは思った。実際の出来事をすこしでも、ひとつでも正確に想像できるのだろうか？

わたしたちはさらにもうすこし絵を見てまわった。わたしはマーゴの結婚式や、わたしがグラスゴーの小学校に初めて登校した日や、花柄のキルトにそっとのっかっている爆弾の絵の前を通った。完成させるのは不可能だという気がしたが、その二十五点の絵がものすごくリアルなのも事実だった。なかにはわたしたちの人生の最悪の瞬間の記念碑になっているものもあったにもかかわらず、それは希望に満ちていた。

マーゴは、半分飲み残した梨のリキュールのボトルを描いた絵の縁を指でさすりながら、わたしに訊いた。「それで、レニー、次は何？」

マーゴと地図

「あら、彼はとても気にいられたのよ」わたしがローズルームに入っていったとき、エルサがマーゴに言っていた。

ウォルターはそれを打ち消すように手を振った。「彼らはわしにやさしくしてくれただけさ」

「何のこと？」とピッパが訊いた。

「いや」とウォルターが言った。「エルサが親切にもわしを息子さんたちに紹介してくれたんだ」

ピッパは心得顔で笑みを浮かべた。何を知っているのだろう、とわたしは思ったが、彼女はそのまま生徒の前に出て、交差線による陰影法（クロス・ハッチング）を説明しはじめた。

わたしはたっぷり二十分はかけて、アップルジュースの紙パックの側面にクロス・ハッチングを施して、立体的に見えるようにしようとしたが、紙パックにひげが生えたみたいに見えるだけだった。自分の絵を描きおえると、わたしは自分の五歳の誕生日の記念に出かけた画廊で癇癪を起こしたときの話をマーゴにした。静かな画廊のまんなかで、わたしがどんなふうに癇癪を起こしたか、しまいには母が怒りだし、警備員に外に出てくれと言われると、今度はその警備員に向かって怒りを爆発させたこと。さらに、その警備員がトランシーバー越しにボスに向かって怒りだしたが、そのボスはとうとう最後まで姿を見せなかったこと。そのあいだじゅう、わたしは絶叫しつづけていたのだが、言い伝えによれば、それはアップルジュースの紙パックに差しこんだストローが折れたからだったという。

それから、しばらく、わたしはマーゴが絵を描くのを黙って見ていた。絵を描いているとき、マーゴの顔は穏やかになる。絵を描いているときのわたしの顔とは正反対だ——わたしは怒ったみたいに顔をくしゃくしゃにしているような気がする。けれども、マーゴはどこかほかの場所に、完全に別の場所に行ってしまうのだ。だから、絵ができあがりそうになって、穏やかな笑顔に変化が起きるまで、わたしはじっと我慢して待っている。自分の絵に満足すると、彼女は話しはじめるのである。マーゴの話を聞くためなら、わたしはいつまでも待っていられる。

「あなたを連れていってあげるわ」と彼女は言った。「ロンドンのワンルーム・アパートへ。暑かった。我慢できないほど暑かった。それなのに、わたしのルームメイトはコンロの火をつけることにしたの……」

ロンドン、一九六五年八月
マーゴ・マクレイは三十四歳

それはほんとうはコンロではなかった。古いスーツケースの上に置いた小さいリング・バーナーだった。それでも、彼女はそれに火をつけた。それがわたしたちのキッチンのすべてだった。ミーナはそれで煙草の火をつけるのが好きで、一日に何回も火をつけた。そうすると、窓をあけずにはいられなくなるのだが、それは窓が閉められなくなるリスクを冒すことを意味した。留め金が壊れていたからである。

今度ばかりは、彼女に冗談のつもりかと訊かないわけにはいかなかった。リング・バーナーがその下のスーツケースをどんどん加熱して、合成皮革が焦げる臭いが部屋中に充満しはじめたからである。しかし、彼女はなんとも言わずに、それで煙草に火をつけた。それでなくても焼けつくように暑い日で、わたしはベッドに寝そべって、天井を見上げた。

「作戦会議に戻るけど」と、窓の下に坐りこんでいるアダムが言った。「見張りが必要なのはあきらかだと思う」

沈黙が流れた。

「マーゴ・マクレイはもう犯罪には加わらないわ」とミーナが言って、煙草をふかした。「だから、見張りはいないことになる」

わたしは内臓がねじれるような気がした。警察署での一件があってから、わたしはマーゴ・ドカティと名乗るのをやめ、またマーゴ・マクレイに戻っていた。もとの自分に戻ったからかもしれないし、お腹の毛深い警部に約束したからかもしれないが、わたしはミーナたちの実力行使に参加するのをやめていた。

ローレンスがバッグから地図を出して、茶色いカーペットの上にひろげた。「あそこまで行くのに二時間くらいかかるが」と彼は言った。「ヴァンにガソリンを入れなきゃならないから、もうすこしかかると考えておこう」

「地図は要らないわ。わたしが道を知ってるから」とミーナが言って、ひとつだけあったソースパンに煙草の灰を落とした。

作戦会議はつづいた。窓をあけておいても、うだるように暑かった。わたしはお腹に汗がしたたり落ちるのを感じた。アダムがこめかみをさすりながら、ため息を洩らした。「それでうまく行くかな？」

「さあ、行きましょう」ミーナが立ち上がって、一同を促した。彼らはバッグのなかの懐中電灯、ワイヤカッター、テープ、ロープを確認した。わたしはベッドに寝そべったままだった。いちばん薄いサンドレスを着ていたのに、それがいまや汗で体に張りついていた。

「もしも警察が来たら」とミーナが言いかけた。

「キャサリン・アミーリア・ホートンを捜すように言っておくわ」

彼女は笑って、わたしに投げキッスをした。

彼らが出ていくと、わたしはドアに鍵をかけた。聞いていると、彼らは階段を下りながら、もしもいっしょに来たがるやつがいたら、ヴァンに何匹くらい動物を乗せられるかを議論していた。

わたしはドアをあけて、あとを追いかけたい衝動に駆られた。けれども、逮捕された日に、わたしは「もう二度とやらない」と言ったのだし、わたしは本気でそう言ったのだ。

わたしはリング・バーナーの火を消して、ローレンスが残していった地図をひろい上げた。ミーナは地図が大好きで、暖炉の上の壁は地図で埋まっていた。たいていはふたりとも行ったことのない場所の地図で、すべてセロテープで貼ってあり、ほとんどは愛をこめて失敬してきたものだった。

ふと思いついて、わたしはローレンスの地図も壁に貼りつけた。それはイングランド全体の地図で、この夜の目的地までのルートを知るにはなんの役にも立たなかったにちがいない。いまごろはローレンスのヴァンの後部座席にギュウギュウ詰めになっている彼らのことを想像しながら、「わたしはもうあなたたち活動家グループの一員じゃない」というひとり芝居をいつまでつづけられるのだろうかと思った。あまり大衆受けのする芝居ではなかったから。

ミーナの逸脱行為の仲間から外れたいま、わたしは自分がまたゆっくりとむかしのマーゴに戻っていくのを感じていた。弱々しい、人目を気にする人間に。友人たちのおかげで突然極彩色の経験をしたが、いまや不安になって抜け出そうとしている人間に。わたしはミーナが職場から〝借りてきた〟掲示板からピンを抜き取ると、目をつぶって地図に突き刺した。それはヘンリー＝イン＝アーデン周辺の畑を指していた。

その夜、アパートに戻ってきたとき、ミーナは血を流していた。

彼女はドアをこじあけて、よろけながら入ってくると、天井の明かりを点けた。片腕にアダムのTシャツを巻いていたが、肘のすぐ上から手までかなりの量の血が流れて固まっていた。

わたしは起き上がって、彼女をまじまじと見た。

「くそったれに噛みつかれたのよ！」と彼女は言った。

彼女はもう一方の腕に、痩せこけたほとんど羽根のない鶏を抱えていた。その夜サセックス郊外のバタリー式養鶏場から解放された鶏の一羽だった。

その鶏を見たとき、わたしはまだここから出ていけないことを悟った。けれども、ピンは地図に刺さったままで、ヘンリー＝イン＝アーデン周辺の畑を指しており、時が来れば、わたしはそこへ行くつもりだった。

レニーの母親

毎晩、わたしたちは死ぬ練習をした。暗闇のなかに横たわって、休息と夢のあいだのなにもない場所――意識もなく、自我もなく、傷つきやすい体に何が降りかかるかわからない場所――に滑りこんでいった。わたしたちは毎晩、死んだのだ。あるいは、少なくとも、死を覚悟して横たわり、この世のすべてを手放して、夢と朝が来ること以外のなにも期待しなかった。もしかすると、母がすこしも眠れなかったのはそのせいだったのかもしれない――それはあまりにも死に似ていたのに、彼女にはまだその覚悟ができていなかったのだろう。だから、彼女はいつも目覚めていた。目を覚ましていよう、生にしがみついていようとした。すべてを手放してしまうのは恐ろしすぎたのである。それから、何年か経つと、彼女はほかのことはなにもできなくなっていた。

グラスゴー、二〇一二年九月
レニー・ペッテションは十五歳

彼女が車から降りて、父の家の玄関へ歩いてくるのを、わたしは自分のベッドルームの窓から見守っていた。上から見下ろすと、老けて見えた——顔の妙な場所に影ができているからだろう。神様には人間がそんなふうに見えているのだろうか、とわたしは思った。そうなら、ずいぶん年寄りに見えるにちがいなかった。

ドアベルは聞こえなかったし、彼女の声も聞こえなかった。

「レニー？」と、父が階段の下からわたしを呼んだ。「母さんが会いにきてるぞ」

数カ月眠れずに過ごしたあと、彼女はわたしを父の新しい家に降ろしていった。目の下にはまた大きな紫色の隈ができていた。わたしを父の家に送ってきたときにも、彼女はわたしがだれかよくわかっていないような目をしていた。通りですれ違っても、わたしがわからなかったかもしれない。

一週間くらいあとに、わたしが母の家に残してきたすべてを運んできて、自分はスウェーデンに戻るという手紙を付けて、家の前に置いていった。それから、きょう、またやってきたのだ。タクシーを待たせておいて、さよならを言い、正式に親としての役割を父に押しつけ、自分はゲームから抜けるつもりだったのである。

わたしは床に坐りこんで、両腕で両脚を抱えていた。NSPCC（全英児童虐待防止協会）のポスターで見たことのあるこどももみたいに。急にドングリのサイズになって、坐りこんで、待っていた。

「降りてこないのか？」と父がもう一度どなった。

わたしはなんとも答えなかった。洋服ダンスの鏡のなかの自分と目が合った。なんだかばかみたいで、すこしもドングリには似ていなかった。

「聞こえたのか？」と父がまた叫んだ。

「聞こえたわ」とわたしはどなった。思っていたよりずっとスムーズに声が出た。

そのまま十分か、もしかすると二十分、わたしは床に坐っていた。わたしがどんなに怒っているか母に知ってもらいたかったからである。

母は待っているだろうと思っていた。わたしにさよならを言わずに発ってしまうなんてことはありえないと思っていた。だから、それは驚きだった。彼女がまだ泣いているかどうか見ようとして、窓から様子をうかがうと、タクシーはいなくなり、母の姿も消えていた。

彼女は転居先の住所を残していき、父はそれを冷蔵庫に貼りつけた。わたしはそれをレンジのガスバーナーで燃やした。その煙が火災報知器を作動させ、わたしは指に火傷をした。

待っているだろうと思っていたのに。

だが、彼女には乗らなければならない飛行機があり、部屋に引きこもっている娘は出てこようとしなかった。

家の前で立っていた彼女にとって、祖国に戻る飛行機便のほうが孤独で夢のない生活よりはるかに魅力的に思えたにちがいない。

＊

「彼女は知っているの？」とマーゴがそっと訊いた。

「父さんが手紙で知らせた。と思う」わたしはそこで間を置いた。「母の両親の住所に出すしかなかったんだけど。彼女が最後に暮らしていると言ってきたのは、スコマーハムンの近くのホテルで、それはもう何カ月も前のことだったから。わたしはそこにいる母を想像するのが好きなの——木々に囲まれて、湖を見渡しているところを。彼女は知っているかもしれないし、知らないかもしれない。知っていて来ないのなら、わたしは彼女がいる場所にそっとしておいてあげたい——幸せで、自由で、スウェーデンじゅうを旅行しながら、夜はずっと眠れる場所に」

マーゴはわたしのために、そして、たぶん母のためにも、悲しそうな顔をした。「それで、もし知らないのだとしたら？」

「メイ病棟に通ってくる母親たちのとても辛そうな顔を見てきたから」とわたしは言った。「わたしが娘として最後にやったことは、彼女がそんな顔をしないで済むようにしてあげたことだと思いたいわ」

レニーとマーゴが散歩に行く

時計が千七百四十回チクタクいっても、マーゴはまだ黙っていた。彼女が鉛筆を手にして目の前の真っ白な紙を見つめているあいだ、わたしはそれをかぞえていた。マーゴはまるで鏡を見ているかのようにその紙を見つめていたが、そこに映っている自分の姿を理解できないようだった。

「それは飛ばしたら？」とわたしが訊いた。

彼女は遠くから見るような目つきでわたしを見た。

「飛ばして」とわたしは言った。「次の年に移ったら？」

彼女は紙の鏡を見下ろした。「それはできないわ」

「なぜなの？」

「なぜならそのあとに起こるすべてが……」彼女は口をつぐんだ。

彼女はとても小さくなったように見えた。わたしは彼女を抱き上げて、柔らかい縫いぐるみやクッションの山の上に寝かせて、温かい毛布をかけてやりたかった。

「それについては話さないことにしたら、すこしは楽になる？」とわたしが訊いた。

「いいえ」と彼女は言った。「あなたには知ってほしいのよ、たぶん」

時計がさらにチクタクいうあいだ、わたしたちは黙って坐っていた。

しばらくして、わたしがとうとう立ち上がると、彼女はぼんやりした顔でわたしに笑いかけた。

「さあ」と、彼女を立ち上がらせながら、わたしは言った。「散歩に行きましょう」

わたしたちの超スローペース病院ツアーは、まずローズルームを出て右に曲がり、メイン・アトリウム――ばか高い売店のWHスミスといつもベーコンの匂いを漂わせているカフェがある――に向かうことからはじまった。外出着の人たちはほぼ無視したが、自分たちとおなじ病院着の人たちとは微妙に目を見交わした。ぞっとするような茶色のガウンを着た男が、すれ違いざまにうなり声を洩らした。顔見知りだったのかもしれないし、わたしたちを見て不快に思ったのかもしれないが、そのどちらかはわからなかった。

わたしたちは血液検査や外来のセクションに向かう廊下を歩いていたが、正常な外界の人間があまりにも多すぎたので、Uターンして、小児科や産科のほうに向かった。

静かなところまで来て、わたしとマーゴとシーツ類のケージだけになると、彼女が言った。「次の話を聞いたら、あなたのわたしに対する見方が変わってしまうかもしれない」

「そうかしら？」とわたしは訊いた。

「そうよ」と彼女は答えた。

「たとえどんな話でも、わたしの見方は変わらないと約束したら？」

「そんな約束はできないわ」と彼女は言った。ほんとうにそうなのかな、とわたしは思った。

「あなたが逮捕された話を聞いたときも、すごいと思っただけだったけど」とわたしは言ってみた。

彼女は首を横に振った。「それとは違うことなのよ」

わたしたちはもう少し先まで歩いた。ふたりとも慎重な小股歩きで。

「でも、わたしに知ってほしいんでしょう?」とわたしは訊いた。

「そうだけど、そうじゃない」彼女は自分の答えに不満そうだった。「いままでだれにもしたことがない話なの」

「じゃ、秘密なの?」とわたしが訊いた。

「そうだけど、そうじゃない」と彼女はもう一度言った。

看護助手が、シリアルのボウルを満載したトレイを持って、さっと追い越していったが、そのあと廊下はまた静かになった。

「さあ、行きましょう」わたしはマーゴの手を取った。

「こんどはどこへ行くの?」と訊きながら、彼女はともかくわたしの手をにぎった。そして、廊下を練り歩いていくあいだ、ずっとその手を放さなかった。メイ病棟に着くと、わたしはナース・ステーションの看護師たちに手を振って、それからマーゴを自分のベッドまで連れていった。

「レニー?」と彼女が訊いた。

わたしはマーゴを見舞客用の椅子に坐らせると、病棟のだれからも見えないように、ベッドのまわりにカーテンを引いた。

それから、ベッドのマットレスを持ち上げると、その下にわたしの秘密があり、わたしはそれを取り出した。むかしよりピンク色が褪せて、鼻がけば立っていたけれど、それはわたしたちが挨拶するとき、いつも鼻をふれ合わせるからだった。彼はほかのなににも似ていなかった——熊ではなかったし、羊でもなく、ぼろの毛布でもなかった。それでも、わたしは彼が大好きだった。人形や熊ばかりの部屋で、彼が豚であることが気にいっていた。

「彼がここにいることはだれも知らないのよ」とわたしは言った。

わたしが彼をマーゴに渡すと、彼女は超高級な宝石を手渡されたかのような顔をした。そして、生まれたばかりの赤ちゃんを抱くみたいに、腕のくぼみに頭がのるようにして抱いた。縫いぐるみの体はしっかりと支えられていた。

「それじゃ、あなたがベニーなのね」と、縫いぐるみの豚を揺すりながら、彼女は言った。

それから、にっこり笑って、わたしに返そうとした。

「いいえ」とわたしは言った。「持っていて。しばらくのあいだ」

「なぜ？」

わたしは肩をすくめただけだった。でも、わたしが彼を渡したのはそれがわたしのただひとつの秘密だったからであり、彼女なら完全に安心して預けられると思ったのだということを理解してくれるだろうと信じていた。

数日後、マーゴがメイ病棟に現れた。わたしは忙しい昼寝のスケジュールを一時中断して、彼女のためにベッドの足下にスペースをあけた。彼女はポケットにベニーを入れていて、彼を取り出すと、その頭にキスをした。そして、わたしの秘密を抱いたまま、自分の秘密について話しだした。

ロンドン、一九六六年七月
マーゴ・マクレイは三十五歳

わたしの頭の底のほうで、それはいまでも生きている。

ときおり、それは水面に光る尻尾を突き出してピシリと振り、わたしの視界いっぱいにキラキラする水滴を飛び散らせる。わたしはそれが底のほうにいることを忘れているときもあるが、重苦しい気分になり、落ちこんで、あわや溺れそうになると、ズシンとそれに衝突する――わたしの記憶とわたしがぶつかるのだ。

彼女の記憶。

アパートの同居人として十一カ月も楽しく暮らしたあと、鶏のジェレミーが行方不明になった。これはばかげた言い草で、それを隣人に説明するのはもっとばかみたいだった。そのうちのひとりは、わたしはいまでも覚えているが、ドアチェーンを外さずにドアをあけた。

「すみません。うちの鶏を捜しているんですが」

「アイルランド人はお断りだ」

彼はドアを閉めかけたが、やぎひげがチラリと見えた。

「わたしはアイルランド人じゃありません」

鼻の先でドアがピシャリと閉じられたとき、わたしに聞き取れたのは「ジャガイモ」という言葉だけだった。

わたしは自分たちのアパートの暗い廊下に立っていた。建物のなかは涼しかったが、外では夏が猛威を振るっていた。ミーナはすでに通りに出て、道行く人々を呼び止めては、鶏のポラロイド写真を見せていた。彼女は公園に向かっていた。ジェレミーは公園に連れていってやったときのことを覚えていて、どうしても新鮮な草が食べたくなったのかもしれない、と彼女は言っていた。

どうしていいかわからずに、わたしは暗い廊下に突っ立っていた。

わたしは正面玄関のドアの裏側をじっと見つめた。押し込み強盗が侵入に失敗したせいでガラスにひびが入り、郵便受けのケージは大家しか鍵をもっていなかった――手紙はそこに閉じこめられたままで、日曜日に彼がぶらぶらやってきて取り出すのだが、現金が入っていそうなものは横取りされているのではないか、とわたしたちは疑っていた。

ドアの掛け金はひどく高い位置に付いていて、わたしは爪先立ちしなければ届かなかった。人の手を借りずに鶏がこのドアから出ていけるはずはなかった。


ミーナが初めてジェレミーを家に連れてきたとき、わたしは一時的なお客さんなのだろうと思った。変わった客だが、それでも客に変わりはないと。まさか彼が同居人になるとは思ってもいなかった。だから、彼が来てから数日後に、ミーナが金網を買ってきて、彼が電気のコンセントにふれないように、ぐるりと囲って遊び場を作ったとき、わたしには訳がわからなかった。

「RSPCA（王立動物虐待防止協会）に連れていくんじゃないの？」とわたしは訊いた。

「わたしたちの息子をRSPCAに連れていくですって？　いったいあなたはどんな母親なの？」

ジョークなのはわかっていたが、それはわたしの心臓をグサリと刺した。ミーナにはまだデイヴィのことを話していなかったのである。

「じゃ、ずっとここにいるの？」

「わたしたちがいるかぎり、いることになるでしょう」と彼女は言った。

わたしはその言葉をふつうに受け取ったふりをした。けれども、彼女が見ていないところで泣けるように、わざわざ通りの角の店まで行った。こどものころ、わたしはペットを飼ったことがなかった。わたしが責任をもつことになった初めての生きものはデイヴィだった。だが、最後にはあんなにみごとに失敗してしまった。だから、そのあと、生きて、息をしているものの世話をするというとてつもない責任を背負うのは不可能だとしか思えなかったのである。

わたしは燃えさかる日射しのなかに出ていった。ミーナはもう公園に着いているにちがいなかった。向かい側の建物はどれも小さくなると同時に大きくなったように見えた。わたしはアパートの階段を下りて、道路を渡ったが、もう少しで自転車の少年に轢かれるところだった。

向かいの建物の玄関のドアをそっとたたいた。わたしたちのアパートとおなじで、働き者の大家が買い取って、何軒かのワンルーム・アパートに改築した建物だった。ほとんど聞こえないくらいのノックのあと、だれも出てこなかったので、これでいちおうやってみたとミーナに言っても嘘にはならないだろう、とわたしはほっと胸を撫で下ろした。その左右の建物でもおなじパターンを繰り返したが、あるドアをノックしようとしたとき、ラクダ色のスーツを着た背の高い男が現れた。彼がドアをあけたまま押さえていてくれたので、わたしはお礼を言ってなかに入った。

廊下にはよその家の料理の――タマネギや胡椒やトーストの――匂いがした。あたりはしんと静まり返り、一瞬そこに立ち止まって、自分のアパートではなくてこの建物に住んでいたらどんな感じになるのだろう、と考えた。わたしは向かい側ではなく、ここの住人だということになる。この床を歩いていって、2Aのドアの鍵をあけ、そこをわが家と呼んでいたかもしれない。わたしがここに住んでいたら、ミーナはときどき見かける向かい側の住人にすぎなかっただろう。あのロングドレスで軽やかに歩くのを見て、どんな人かしらと思うだけで、けっして彼女を知ることはなかったろう。

*

デイヴィを家に連れ帰ってから三日後に、ジョニーは仕事に戻った。そのときまでは、わたしは自分の腕の毛布のなかの小さなピンク色のものにとくに不安や恐怖は感じていなかった。けれども、居間の窓からジョニーが暗闇をとぼとぼ歩いていくのを見送っているうちに、信じがたいほどの重圧を感じた。わたしは唇に小さな唾液の泡をつけて眠っているデイヴィを見た。すると、暗い底知れない空間が見えた。車の運転の仕方も知らないのに、どうして赤ちゃんをつくったりできたのだろう？　税金の払い方も知らないのに？　チキンをローストするやり方も知らないのに？　どうして赤ちゃんをつくったりできたのだろう、どうすれば母親になれるかも知らないのに？

＊

鮮やかなオレンジ色のサンドレスを着た女性が階段を下りてきた。

「鶏を見ませんでしたか？」とわたしは訊いた。彼女は困惑した笑みを浮かべたが、そのままサングラスをかけ、なにも言わずにドアをあけて、世界のなかに出ていった。あとには甘い、粉っぽい香水の香りが残された。わたしは彼女のあとから陽光のなかに出ていった。

そして、道路をぶらぶら歩きだした。

＊

デイヴィが初めて病気になったとき、ジョニーは医者に連れていきたがらなかった。

＊

十分くらい歩いたあと、鶏のいない一日の日射しのなかから抜け出して、通りの角の新聞販売店に入っていった。店主は椅子にのせた粒子の粗い白黒テレビでクリケットを見ていた――テレビのアンテナはワイヤーハンガーで増強してあった。

ボールがキャッチされると、彼はうめき声を洩らして、振り向いた。

「やあ、マーゴ」と彼は言った。「いらっしゃい」

「あの」――わたしは咳払いをしたが、喉を絞められたような声しか出なかった――「鶏を見ませんでしたか?」

「すまないんだが、冷蔵庫の修理が終わるまで、うちでは肉類は売れないんだ」

「そうじゃなくて」とわたしは言った。「わたしたちの鶏なんです。わたしとミーナはペットの鶏を飼っているんですけど、いなくなってしまったんです」

「ペットの鶏を飼っている?」

わたしはうなずいた。

彼は面白がっている顔をして、鼻にしわを寄せた。「もしもうちに種を買いにきたら、あんたに知らせるよ」と言って、あえぐような笑い声をあげた。

*

デイヴィが亡くなってから二日後、わたしは真夜中に目を覚ました。彼がそれまで泣いていて、急に黙ったような気がしたのだ。それで、ベビーベッドに駆け寄ったが、彼はいなかった――どこへ行ったのだろう? ベッドから這い出すには、彼はまだ小さすぎた。耳のなかに彼の泣き声の反響が残っていた。ベッドルームへ走って戻ると、ジョニーは眠っていた。片腕をベッドから垂らして、その手がカーペットに着いていた。

「ジョニー、ジョニー、起きて！」

彼は身動ぎした。

「赤ちゃんがいないの！」とわたしは叫んだ。

「わかってるよ」と、彼はひどく眠そうな声でつぶやいた。

「だれかに連れていかれたのよ！」わたしは閉まっている窓を見た。「警察を呼ばなくちゃ！」わたしは居間から電話機を引っ張ってきた。電話線がピンと張って、しまいには壁から抜けてしまった。わたしは受話器を持って、彼に差し出した。「警察を呼ばなくちゃ！」

ジョニーが体を起こして、ひどく軽蔑した目で見たので、わたしは胃を揺さぶられたかのように感じた。「何だって？」

眠りのヴェールが剝がれて、わたしはベッドの足下に電話機を置いた。

＊

新聞販売店のとなりに美容院があった。パーマ用の頭全体を入れるドライヤーが並んでいる。わたしは入っていけなかった。あまりにもきまりが悪すぎたからである。わたしはそのまま通りの端まで歩きつづけた。交差点に着いたとき、わたしは世界の果ての交差点にたどり着いたような気がした。

＊

ジョニーの母親に言われた時刻に、わたしたちは墓石の店に着いたが、彼女はすでに店のなかにいた。「早く着いたものだから」と彼女は言った。石工はすでにトレーシング・ペーパーにその言葉を下書きしていた。それがいまでもデイヴィの墓石に刻みこまれている。

デイヴィッド・ジョージ・ドカティの愛情豊かな魂に主の御慈悲を

わたしはその言葉が大嫌いだった――神様がわたしの赤ちゃんに慈悲をたれてくれるかもしれないなんて。わたしが泣きだすと、ジョニーの母が彼に言った。わたしは気が動転しているから、家に連れて帰るがいい、あとは自分に任せてほしいと。

＊

ミーナはわたしたちのアパートの正面玄関の階段に坐っていた。彼女はジェレミーのポラロイド写真を手に持っていた。肩が日に焼けてピンク色になっていた。

「だめだったわ」と、わたしが近づいていくと、彼女が言った。「どうやって逃げ出したのか理解できないわ」

「わたしじゃないわ」とわたしは言った。

彼女は奇妙な目でわたしを見た。「それはわかってる」

わたしは喉から空気を絞り出そうとしたが、喉が詰まっている感じだった。

すると、ミーナがわたしの顔を見た。「どうしたの?」と彼女が訊いた。

わたしは彼女のとなりに坐りこんで、泣きだした。息をするのにも苦労するほど激しく泣いた。熱い涙で顔中がベトベトになった。

ミーナがそんなに真剣な顔をしたのは見たことがなかった。「何があったの?」と彼女は訊いた。ふたりを引き合わせなければならないのはわかっていたし、それ以上先に延ばすことはできなかった。

「わたしの息子」わたしは息を吸いこんだ。「わたしの息子なのよ」

彼女は身動ぎもしなかった。

そよ風がわたしたちのあいだを吹き抜けて、わたしは少しだけ空気を吸えた。わたしがとうとうデイヴィを彼女に紹介するあいだ、彼女はなにも言わなかった。七年ものあいだ、わたしは彼の名前をささやきもしなかったのだ。わたしは財布から取り出した写真を見せた。わたしの腕のなかの小さな包み、どうしても脱げてしまう黄色い帽子をかぶって、バックには母からの花束が飾られた写真を。


わたしが話しおえると、ミーナはわたしの手を取って、いっしょに階段をのぼらせた。わたしの手を放さずに正面玄関のドアの鍵をあけ、階段を二箇所上がって自分たちの部屋に入ると、わたしをベッドに坐らせた。

彼女がわたしの足から靴を脱がせ、ベッドのそばにきちんと置くのを、わたしは見ていた。彼女は自分の靴もおなじようにした。それから、戸棚からグラスを取って、部屋を出ていった。ベッドにいても、共同のバスルームの蛇口の音が聞こえた。彼女はいつも水がほんとうに冷たくなるまで待つ。わたしのそばに戻ってきたとき、グラスの水のなかには小さな白い粒が吹雪みたいに舞っていた。わたしはまるで初めて唇にふれた水ででもあるかのように、それをゴクゴクと飲み干した。

わたしが飲んでいるあいだに、彼女はドアに鍵をかけて、カーテンを引いた。それから、彼女のソファベッドのキャスターが軋る音がして、彼女がそれをわたしのベッドに押しつけたのがわかった。

波打つ青いカーテンを通してまだ明るい日の光が入ってきて、部屋は海底みたいに見えた。彼女はわたしの手からグラスを取って、ドレッサーの上に置き、それから、わたしの横に坐った。あまりにも近かったので、彼女の心臓の音が聞こえたのかと思ったが、あとで考えてみると、聞こえたのは自分の心臓の音だったにちがいない。彼女の目のあいだのそれまで気づかなかったソバカスに目を引かれた。彼女の唇がそっとわたしの唇にふれたときにも、わたしはそれを見つめていた。

彼女はわたしをベッドに横たわらせて、キスをした。

*

目を覚ますと、驚いたことに、日が射しこんでいた。

世界がひっくり返ってしまったのかもしれないと思った。

ミーナのベッドは部屋の反対側に戻され、ミーナの姿も消えていた。

鶏と星

「あなたはミーナを愛していたの?」とわたしはマーゴに訊いた。

わたしたちはローズルームの外の廊下に坐っていた。今週のアートクラスがキャンセルになっていたことをふたりとも忘れていたのである。ピッパの甥が学期の中間休暇で、彼女がロンドンの自然史博物館に恐竜を見に連れていくことになっていたのだった。

廊下は静かで、ときおりポーターが通りすぎるだけだった。ピカピカの床に並んで坐っているピンクのパジャマの娘と紫色のパジャマの老女には、だれもあまり関心を払わなかった。

「もちろんよ」とマーゴが言った。

それから、マーゴは天井を見上げて、考えた。

「彼女は絶えず動きまわっていて、いつもなにかしら企んでいた。そわそわしたり、しゃべったり、煙草を吸ったり。けっしてじっとしていなかったわ。初めて彼女と会ったとき、わたしが感激したのは彼女が絶えず進化していくことだった。わたしもそうしたいと思っていたから。わたしもマーゴから抜け出して、もっとマシな人間になりたかった。もっと幸せな人間に。あるいは、最低でも、いままでとは違う新しい人間に。でも、彼女にはたくさんいいところもあったけど、強情で、予測不能だったし、気まぐれだった。彼女にも好きになれないところがあると知れば知るほど、わたしは自分が嫌になった。なぜなら、そういうところはみんなどうでもよくなるくらい、わたしは彼女を愛していたから。でも、そういうことがどうでもいいはずはなく、彼女を愛することはできないはずだとも思った。だから、もっとほかの理由も探した。そういう理由を積み上げていけば、そのうちどうでもいいとは言っていられなくなり、そうしたら、わたしはロンドンを離れられ、そうすれば、ふたりのベッドのあいだの隙間という答えのない問いからも逃れられるだろうと思ったから」

マーゴと教授

ロンドン、一九六六年八月
マーゴ・マクレイは三十五歳

一九五七年以来、わたしは一度もアイロンをかけたことがなかった。だから、ある午後、仕事から帰ってきたとき、ミーナのベッドの端にあまりにもピシッとアイロンがかかっているのでふたつに折ることもできそうなスーツの男が坐っているのを見たとき、わたしはびっくりした。

「あっ」とわたしたちはふたりとも言った。

彼はわたしより年上だった。たぶん四十代後半だろう。手のひらに結婚指輪をのせていた。

「警察の方？」とわたしは訊いた。

彼の額にしわが寄った。「いや」と彼は言った。

「テレビの受信料？」

「うちにはテレビはないのよ、マーゴ」わたしの背後からミーナの声がした。部屋に入ってきた彼女はとても短いパジャマのズボン、ほとんど透けて見えるキャミソールといういでたちだった。

「どこへ行ってたの？」とわたしは訊いた。ミーナは質問が聞こえなかったみたいにぽかんとした顔に笑みを浮かべた。「あれからずっと会っていないのよ。あの日……」わたしはそのあとをつづけたかったが、男の目が気になっていた。

「戻ってきたの？」とわたしは訊いた。

「戻って？」彼女はあざ笑った。「わたしは出ていったわけじゃないわ」

彼女がいなかったあいだに、わたしはジェレミーの遊び場を片付けて、餌の袋を処分していた。彼女のベッドを整えて、緑色の枠付きの新しい鏡を買って、壁に掛けていた。彼女はそれに気づいたのかもしれないが、なんとも言わなかった。彼女は男のとなりに坐って、わたしに向かって意味不明な笑みを浮かべた。スーツの男とわたしはきちんとした恰好をしていただけに、ミーナはよけい裸に見えた。

「あなたには自己負罪拒否権について教えてあげる必要がありそうね」と彼女は言った。

「何、それ？」

「アパートに見知らぬ男がいるのを見て、最初にあなたが考えたのは逮捕されるんじゃないかということだったんでしょう？」

「逮捕されると思ったわけじゃないわ」とわたしは切り返した。「あなたが死んだと知らせに来たのかもしれないと思ったのよ」

「なによ、マーゴ、一週間休暇に行っていただけなのに――」

「三週間よ」

「それで、わたしが行方不明だと思ったの？」

「それじゃ、この人はだれ？」とわたしは訊いた。

「この人はあなたの救世主よ」

わたしはその男を見た。彼は結婚指輪をジャケットの内ポケットにしまい込んだ。

「あなたは宗教団体にでも入ったの？」

ミーナは激しく笑いだして、しまいには鼻を鳴らす始末だった。「知ってる？　母からもよくそう訊かれたものだったわ。この人はね、愛しいマーゴ」と彼女は言った。「彼は……」と彼女がHからはじまる名前を口にしかけると、男の目に一瞬ギラリと、怖いような光が走った。「〝教授〟なのよ」と彼女はつづけた。「あなたを二十分間の拘束から救い出してくれた恩人その人よ」

「ああ」とわたしが言うと、そのときになって初めて、教授が笑みを浮かべた。彼はわたしの想像とは大違いだった——わたしが想像していたのはセーターを着て、茶色い色つきの眼鏡をかけた、若いひげ面の男だった。ところが、この男はスマートで、きちんと櫛を入れた髪のこめかみに灰色のウェーブが交じっていた。教授というよりは政治家みたいだった。

「〝教授〟」と、その名前をその男に当てはめようとしながら、わたしは言った。

「それはともかく、いいかしら？」とミーナが訊いた。彼女が男に言っているのだと思ったので、わたしは彼女の顔を見ようともしなかった。わたしは自分のベッドのところへ行って、靴を脱ぎ捨てた。赤い革のサンダルで、靴下なしで履くとかならず湿っぽい嫌な臭いがした。足の臭いが部屋の反対側のスーツの男や半裸のルームメイトにまで届くかもしれない、とわたしは思った。

「マーゴ？」とミーナが言った。声に刺々しさがあったので、わたしはびっくりした。

「なあに？」

「いいかしら？」と彼女はもう一度訊いた。

「部屋から出ていってほしいってこと？」

わたしは公園に行って、芝生に坐りこみ、白い仕事着に緑色の染みをつけた。そして、男のポケットに入っている結婚指輪のことや、彼が結婚している女性のこと、わたしが愛している女のことを考えたり、いつになったら部屋に戻れるのだろうと思ったりした。

レニーと末期(まつご)の男

新人看護師が罪を告白しにやってきた。少なくとも、なにか告白しようとしているように見えた。彼女は困惑した顔をして、わたしのベッドに急ぎ足で近づいてきた。わたしは体を起こして、アーサー神父と霊的に交信しながら、「わが子よ、神のお赦しあれ」と言って、両手を大きくひろげてみせた。わたしの長い（想像上の）法衣が彼女によく見えるように。

「何、それ？」

「あなたはなにか告白しに来たんでしょう、わたしの子羊よ」

「何ですって？」彼女は息を切らしていた。「違うわ。あなたに頼みたいことがあるのよ」

ほんとうのことを言うと、わたしは彼女にちょっぴり失望した。秘密や大々的な悪事の告白を聞いてやるつもりだったのに。彼女を赦してくれるようにイエス様に祈りながら、その一方で、〈わたしはいまやあなたの秘密をすべて知っているし、それを忘れることはないだろう〉という訳知り顔をしてやるつもりだったのに。

わたしがなにも言わずにいると、彼女はつづけた。「あなたが話せるのはスウェーデン語だったわよね？」

「主はどんな言葉でも話せます」

「通訳できる？　そのう、スウェーデン語から英語へだけど」

「できるわ。実際、両親が離婚したとき公式な通訳をやったんだから」

「危篤状態の人がいるんだけど、病院のスウェーデン語通訳がつかまらないのよ。わたしはその患者の担当医を知っていて、あなたが手を貸してくれるかもしれないって言ってみたの。やってくれる？　わたしのために？」

わたしは肩をすくめた。彼女がなぜそんなに神経質になっているのか理解できなかった。わたしがやると答えてからも、彼女の顔から罪悪感は消えなかった。わたしはベッドの端まで小刻みに移動して、スリッパを履いた。

そのときになって、彼女の罪悪感の原因があきらかになった。その真っ黒な、幅のひろい、圧倒的な存在が。彼女はそれをそっと無言で自分の前に押し出した。わたしのベッドに近づいてきたとき、なぜわたしと目を合わせようとしなかったのかがわかった。わたしは彼女を友だちだと思っていた。ところが、そのあいだじゅうずっと、彼女はユダになり――ひそかに待ちかまえている裏切り者になり、その選り抜きの武器をわたしのベッドの足下まで押してきたのだった。

「このほうが速いと思ったのよ」と彼女はそっと言った。いまや、裏切るよりは時間がかかるほうを選べばよかったと思っているのはあきらかだった。

わたしはなんとも言わなかった。ときには、そのほうがいいこともある。卑劣な裏切りや失望を伝えるためには言葉より沈黙のほうが効果的なのだ。わたしがなにを言っても、彼女はそれだけ気が楽になるにちがいないのだから。

わたしはスリッパを突っかけて、立ち上がった。ゆっくりとした威厳あるペースを保ち、けっして視線を外さなかった。

「ごめんなさい」わたしの憤激に気圧されて、彼女は言った。「これを使わなきゃならないというわけじゃないのよ。歩いていってもいいんだから！」彼女の声には神経質な響きが残っていた。けれども、それはすでにそこにあって、わたしを待っていた。

「わたしはただ……」彼女は口ごもった。「かなり遠いからと思っただけなのよ。病院の反対側だから……」

わたしは威厳をもって立ち上がり、後ろ向きになって、彼女が手を貸してわたしをそのなかに坐らせるのに任せた――その真っ黒な、幅のひろいもののなかへ。わたしみたいにか細い人間のために作られているわけではない、すばらしく没個性的な、万人のためのワンサイズ。盗まれるといけないので、シートには病院名と管理番号が記されていた。こんなものを盗む人がいるのだろうか、とわたしは疑問に思ったけれど。腰をおろすと、ぐっと沈みこんだので、わたしはちょっと驚いた。わたしはアームレストに両手を置いた。

「だいじょうぶ？」と新人看護師が訊いた。

わたしは両足をフットレストにのせた。

「それじゃ、さあ、行くわよ」と彼女はわざと元気そうに言った。泣きだすのではないか、とわたしは思った。彼女はそれを一度バックさせ、グルリとまわして、出発した。あらためて訊くまでもなく、それがメイ病棟に置いてあったものなのはあきらかだった。つまり、それはずっとわたしを待っていたのである。弱りすぎていて歩くこともできない、とわたしが、あるいは、この場合には、わたしの友人が見なすようになったときに、わたしが使えるように。わたしに残された最後の独立性の切れ端が、壊死した手足みたいに捥ぎ取られたときに。いまや、できることはわたしをすこしでも楽にすることだけだ、と彼らがとうとう認めたときに。

楽にさせられることほど悪いことはない。

わたしのいちばん熱心な支持者でさえ、わたしが死なずに病院の反対側までたどり着けるとは信じられなかったのである。

新人看護師に車椅子を押されてメイ病棟から出ていくとき、わたしはナース・ステーションの背後でチップスを食べているジャッキーとは目を合わせないようにした。むかし聞いたことのある話を思い出した。もしかすると聞いたのではなく、どこかで読んだのかもしれないが、どうやって知ったのかはともかく、それはいい話だった。病院にふたりの男がいた。両方とも病気だった。ひとりは病気がよくなるはずで、平均余命も長く、時間が経てば回復するだろうと言われ、もうひとりは一年以内に死ぬだろうと言われていた。

一年後、死を予告されていた男は死に、助かると言われていた男は生き延びて、健康状態もいいと報告された。そのときになって、病院で手違いがあったことが判明した。ふたりの男に知らされた診断は間違っていて、それぞれがもうひとりの運命を聞かされていた。死亡した男はじつは健康で、生き延びたほうは不治の病にかかっていたのである。

わたしが生き延びられるかもしれないと信じているのがわたしだけならば、わたしは早晩自分の運命を受けいれて、死んでしまうだろう。もしもわたしの検査結果がすり替えられていたら、わたしはいまごろどこかの大学にいるか、職場にいるか、元気なバラ色の顔をして、スウェーデンの通りをうろついて母親を捜していたのだろうか？　もしも精神力がそんなに強力で、病気でない人を死なせたり、死にかけている人を救ったりできるのなら、わたしは自分がよくなると信じないことで、わたしの脳に自分を殺すチャンスを与えたくはなかった。

病院で車椅子の人たちのそばを通ったとき、これまでは、彼らがどんなに低い位置にいるか考えてみたことはなかった。非常に低いのである。人の半分の高さしかなく、自分を動かすだけの力もないということが、どんなに自分を小さく感じさせるか、わたしは気づいていなかった。車椅子に坐ると、まるでまたこどもになったみたいに、すべてが大きく見える。

いろんな病棟を通って目的地に向かって進んでいくと、車輪の下のピカピカの床が青からオレンジがかった赤へ、さらに色つきのラインが引かれた灰色へと変化していった。わたしはなにも言わず、彼女も口をきかなかった。わたしにはそれがうれしかった。沈黙を利用して彼女に嫌がらせをしようとしていたわけではなく、自分がジョークを飛ばしたいのか、どっと泣きだしたいのかわからなかったからだ。わたしは自分が笑いながら生きていくことになるのか、それとも、これはいよいよ来たるべきときが来た証拠なのかわからなかった。わたしは下りていくしかなく、さらにどんどん下りて、地下にもぐり、暗闇のなかでヴィシュヌか仏陀かイエスか——そのうちだれがいちばん時間に正確かによるが——の迎えを待つしかないのだろうか。

目的地に近づくと、新人看護師はペースを落として、ドアの番号を確かめていたが、やがて救急病棟に入っていった。ピーピーいう音や機械類があり、白っぽい陽光が射しこんで、ベッドを光と影に切り分けている。そのベッドのひとつに男が横たわっていた。ひげは汚れてこわばり、患者用のガウンも汚れていて、首筋に血の染みがついていた。ベッドのそばに医師が立っていた。新人看護師が車椅子を止めると、わたしは彼らを見上げた。

医師はわたしとおなじ高さに身をかがめて、わたしの手をにぎった。「きみがエリーだね」と彼は言った。「わたしたちを助けにきてくれてありがとう」

「レニーです、正確には」

「ああ、ごめん。レニー……いやあ、ずいぶん変わった名前だね」彼は育ちがよさそうで、しきりに困惑しながら、手で髪を梳いた。

「スウェーデンの名前なんです。当然だけど……」わたしは自分たちが置かれている状況を身ぶりで示した。

「そうだね」と彼は言った。「スウェーデンの名前なんだ。すばらしい」

わたしは彼の不器用さに思わず笑ってしまった。彼は片手を顎にあてがった。

「それはともかく、レニー」とその医師は言った。「こちらはミスター・エクランドだ。一週間ほど前にここに運ばれてきたんだが、住所は不定だし、祭日と重なったせいで、スウェーデン語の通訳探しが難航していてね。じつは、あした手術する予定だってことを伝えなければならないし、痛みがあるのかどうかも知りたいんだ。これは、そのう」——彼はまたへなへなの髪を手櫛で梳いた——「完全に変則的な状況なので、きみがちょっとそれはできないと思うのなら、そう言ってほしいんだが」

この医師はかなり魅力的で、青い目がわたしを身震いさせた。〈もしもわたしが精神力でもう十年生き延びられたら〉とわたしは思った。〈結婚してもいいんだけど〉だいじょうぶだ、とわたしは言った。ただ、スウェーデン語はしばらく使っていないから、ウォームアップの必要があるかもしれないとも。

ミスター・エクランドは疲れきっているようだった。銀色のひげは洗う必要があり、顔には切り傷があって、もう何カ月もまともに食べていないようだった。けれども、目には輝きがあって、ベッドカバーの下からわたしを観察していた。

医師はミスター・エクランドのそばの椅子を身ぶりで示した。自分がどんなに信じがたいほど健康かを見せつけるべく、わたしはさっと車椅子から立ち上がった。そして、すり足で歩いて、ミスター・エクランドのそばに腰をおろした。

「それじゃ、レニー、まず手始めに自己紹介して、彼にいまどんな具合なのか訊いてもらいたい。それからその先をつづけることにしよう」

「ヘイ、ヨー・ヘーテル・レニー・ペッテション」

ミスター・エクランドはこちらを向くと、非常に驚いた顔をして、「スウェーデン人なのかい？」と訊いた。

わたしはうなずいた。

彼はベッドのなかで体を起こし、感謝にみちた驚きの目でわたしを見た。それから、ひげを引っ掻いたが、手の甲が紫色の傷痕だらけだった。まるで両手にスタンプを押されたかのように。

具合はどうか、とわたしは訊いた。

彼は笑って、自分のベッドの足下に目をやった。新人看護師が空の車椅子の番人みたいに立っていた。彼が言ったことを英語になおすと、

「おれは死にかけているんだ」と彼は言った。

「そう言えば、もっとマシな扱いになると思ってるのかもしれないけど、じつはそんなことはないのよ」

彼はベッドのなかで身を乗り出した。「何だって？」

「わたしだって、もっといろんなことができたり、みんながもっと親切にしてくれるのかと思っていたんだけど」

「あんたも死にかけているのかい？」と彼は訊いて、両手を交差させて胸にあてた。

わたしはうなずいた。ミスター・エクランドはわたしの運命に胸を痛めたようだった。

「あなたがどんな具合か」とわたしは言った。「知りたいと言っているんだけど」

「おれは死にそうな感じだ」と彼は言って、笑った。

「あした手術をしたいと言っているんだけど」

「それは時間の無駄だろう」と彼は言った。「もうすぐお陀仏になるのはわかってる」

「手術をしないように言ってほしいの？」

彼はちょっと考えた。傷だらけの手が持ち上がって、眉を搔いた。「どうせなら、やってみてもらってもいいかもしれない」

わたしはうなずくと、わたしたちのやりとりを興味深そうに見守っていた医師に彼の気持ちを通訳した。

「スウェーデン語を耳にするのはいいものだ」とミスター・エクランドが言った。「あんたはどうしてここにいるのかね？」

「それを話せば長くなるから」とわたしは言った。「いま、その話であなたを退屈させるつもりはないわ」

「スウェーデンが恋しいかい？」

「ときどきね。でも、帰ることはできないもの」

「そうだな」自分もけっして戻ることはないことを悟って、いまさらながら心を動かされたかのように、彼は言った。

「グラスゴーのどこに住んでいるの？」とわたしが訊いた。

彼はにやりと笑った。「どこにでも」

「あなたはホームレスだと先生は言ったけど」

彼はうなずいた。

「どうして家がないの？」

「おれはひどい生き方をしてきたんだ。自業自得さ」

わたしは手を伸ばして、彼の手にさわろうとしたが、鮮やかな紫色の傷痕がちょっとふれても痛そうだった。

「わたしになにかできることはある？」とわたしは訊いた。

「駄目な老いぼれの命を救おうとしてくれたことに、おれに代わって礼を言ってくれ。その先生に言ってほしいのは、おれがグラスゴーに来たのは娘を捜すためだってこと、おれが死んだら、できることなら、おれの代わりに娘を捜してほしいってことだ」彼はテーブルに血の染みのあるジーンズといっしょに置いてある青い大型バッグを手ぶりで示した。ミスター・エクランドは前に乗り出して、そのつづきを小さな声で言った。わたしたちが何のことを話しているのかは、ほかのだれにもまったくわからなかったにもかかわらず。「バッグのなかに娘の出生証明書が入ってる。彼女を見つけたら、おれは自分がやったすべてを後悔していた、彼女に会えなくて毎日寂しがっていたと伝えるように言ってくれ。バッグの中身はすべて彼女にやってほしい。彼女のものなのだから。もしも彼女を見つけられなかったら、バッグは最初に見つかったホームレスにやってほしい」

わたしはうなずいて、バッグにチラリと目をやった。そのバッグは、初めはいまとはまったく違う色をしていたにちがいない。

「あなたに痛みがあるかどうか訊いてくれと言われたんだけど」

「あるよ。だが、自業自得だからな」

この男は自分がそういう目に遭っても当然だと思えるようなどんなことをしたのだろう、とわたしは思った。

「おれは眠りたいんだと彼らに伝えてくれ」と彼は言った。

「そうなの?」

「いや、おれは死にたいんだ」

「手術すればよくなるかもしれないし」とわたしは言った。「自分で娘さんを見つけられるかもしれないわ」

彼は祖父が孫娘に向けるような笑みを浮かべた——温かく、思いやりに満ちていたが、同時に、わたしよりはるかに多く世のなかのことを見てきたし、その秘密のずっと多くを知っていると言いたげな笑みだった。

「おれは覚悟ができている」と彼は言った。

「どうしてそうとわかるの？」

彼は傷だらけの手をわたしの手に重ねた。「わかるんだよ」

わたしは彼を救いたかった。その部屋のなかで、彼に話ができるのはわたしだけで、彼はあきらめようとしているのだ。

「でも、どうしてわかるの？」とわたしはもう一度訊いた。

「そう感じるんだ、それだけさ」

「怖くないの？」

彼は苦しそうに息を吸いこむと、もう一度穏やかな笑みを浮かべて、わたしの顔をじっと見た。

「死ぬのを怖がることはないんだよ、かわいい娘さん」

「でも、怖いんだもの」とわたしはささやいた。

「しかし、怖がる理由なんかない！」彼は笑って、次の部分は英語で言った。「眠るようなものなんだから」

彼が英語を使ったのを聞きつけると、医師が顔を上げた。

ミスター・エクランドはまたスウェーデン語に切り替えた。「ただ目をつぶればいいんだ」

「どうしてわかるの？」

「そりゃ、たしかにおれはまだ死んじゃいないけど、そんなふうになるんだ」

またもや肺をゴロゴロいわせて苦しそうに息を吸いこんだ。

ミスター・エクランドには痛みはない、とわたしは医師に通訳したが、なんだか嘘を言っているような気がした。

「自分を信じればいいんだ」とミスター・エクランドは言った。「自分にはわかると信じるんだ。お腹が空いたり喉が渇いたりしたときに、それがわかるように、そのときがくればわかるのさ。あんたには、かわいい娘さん、それがまだずっと先になることを祈ってるよ」

「わたしはもう百年も生きているのよ」とわたしは言ったが、どうしてそうなのか彼は訊こうとしなかった。

「それから、もうひとつ彼らに伝えてもらいたいのは、おれが水を欲しがっているように思えたときは、じつはワインを欲しがっているんだってことだ。アルコールがおれを殺そうとしてももう手遅れだが、気分よくさせてくれるには、まだ遅すぎないからな」と彼は言った。「おれがまた目を覚ますことがあったら、赤を一杯やりたいね――できればメルローがいいが、うるさいことを言うつもりはない。シラーズでも、さもなければジンファンデルでもかまわない」

わたしは笑い、彼も笑った。「そう伝えておくわ」とわたしは約束した。

「ありがとう、レニー・ペッテション」と彼は言った。「それじゃ、おれは眠ると言ってくれ」

彼は目をつぶった。眉毛としわの刻まれた額がゆるんで、ぼんやりとした安らかな表情になったが、死んだようには見えなかった。強いていえば、死んだふりをしているように見えた。

「それで？」と医師が訊いた。

わたしは英語に切り替えた。「手術してください。そして、彼の娘さんを見つけて、バッグと出生証明書を渡してください。彼女が見つかったら、わたしに知らせてください」と言って立ち上がると、車椅子まで慎重に歩いた。「あとは娘さんにわたしから話します」

わたしは車椅子に坐って、自分で車輪を動かしはじめたが、それは見かけより大変だった。「それから、目を覚ましたときには、赤ワインが欲しいんですって。できれば、メルローがいいけど、用意できるものならなんでもかまわないって」

ミーナとマーゴと口にはできないこと

ロンドン、一九六六年九月
マーゴ・マクレイは三十五歳

真夜中だった。わたしの手にふれた手があった。

ずっと前からわたしの手にふれていたのかしら？　とわたしは眠りながら考えていた。

目をあけると、彼女がいた。わたしのベッドのなかに。その冷たい足の指がわたしのそれにふれていた。

彼女がなにかささやいたが、何と言ったのかわからなかった。

「なあに？」

「あなたは自分が言ったことを覚えていないの？」と彼女は訊いた。わたしはそのときは思い出せなかったが、あとになって思い出した。梨のリキュールの夜。バスルームの床に坐ったまま。わたしは彼女を愛していると言ったのだ。

彼女はわたしを見た。長いあいだじっと見ていた。暗闇のなかでまばたきもせずに。それから、彼女はまばたきをした。すると、涙がこぼれ落ちた。

わたしは彼女にそれを言わせたかった。

彼女もそれを言おうとしていた。

けれども、彼女は言えなかった。そして、わたしがなにか言う前に、姿を消していた。

レニーと小さなサプライズ

グラスゴー・プリンセス・ロイヤル病院の職場をいきなり追われてからというもの、臨時雇いはあまり運がよくなかった。彼女は熱い思いを胸に抱いて職探しをはじめた——気持ちが奮い立つような、やりがいがありそうな仕事だけに応募したのである。だが、返事が来たとしても、不採用の通知ばかりだった。それで、狙いをすこし下げて、タイピングやデータ入力や受付の仕事にも申しこんだが……成果は依然としてゼロだった。不採用通知は夢のある仕事のときとおなじくらい冷淡で容赦なかったが、こんどは望んでもいない仕事を拒否されただけに、もっと悪かった。ほかの応募者といっしょに二十四時間営業のスーパーマーケットのマネージャーのオフィスの外で、〝季節セールスのアシスタント——ゼロ時間契約（週あたりの労働時間が明記されない契約）〟の面接を待っていたとき、そこにいるのは資格のある機械工や、博士課程の学生、歴史や数学や英語の学士号をもつ人たちであることを知った。

驚いたことに、その日の午後、マネージャーが電話してきて、惣菜売り場での仕事をオファーしてきた。大学にいたとき、臨時雇いは卒業後は画廊でアーティストとして働いている自分を想像していた。まさか真夜中に出勤して、不眠症の客にどのハニー・グレイズド・ハムを選ぶべきか助言することになろうとは考えもしなかった。しかし、彼女はそれをやる決心をして、次の晩、ヘアネットを着け、プライドをしまい込んで、職場に到着した。

数カ月後、臨時雇いが惣菜売り場から帰宅すると、母親から居間に来て坐るように言われた。母親は心配そうにソファのクッションをいじっているだけで、彼女と目を合わせようとしなかった。それから、小さな声で、彼女が小さいときに一度しか会ったことのない父親が見つかって、二十二年くらい前になくなった出生証明書を持っていることがわかったと言った。それを聞いて自分がなにか感じたとすれば、それはいったいどんな感情なのだろうと考えてみたが、よくわからなかった。たぶんそのほうがよかったのだろう。というのも、もしそれが喜びだったら、次に母親から聞かされたことがもっと辛くなったにちがいなかったから。彼女の父親は具合がよくなくて、あまり長くは生きられないだろうと医師に言われているというのだった。

臨時雇いと母親は、その夜、臨時雇いがどうすべきかについて長々と話し合った。彼女は訪ねていくべきか、手紙を書くべきか、ひとりで行ったほうがいいか、母親といっしょに行くべきか、というのむかしに新しいものが発行されている出生証明書を返してもらうべきか、そのまま持っていてもらうべきか。父親が自分を見捨てたことに腹を立てるべきか、戻ってきたことを喜ぶべきか、彼に訣別を宣言したいのか、それとも、再会の挨拶に値するのか。しかし、どうすべきか決まる前に、ふたたび電話があった。臨時雇いの父親は死んだのだ。そのときになって、臨時雇いは泣いた。それは見知らぬ他人の死を聞かされたようでもあり、同時に、自分自身の取り返しのつかない一部が死んでしまったようでもあった。大いなる喪失でありながら、なにも失っていないようでもあった。

電話の看護師はなだめるような口調で、彼の死の間際の望みは満たされたとつづけた。それを知れば、家族にはせめてもの慰めになるかもしれないと思ったのだろう。彼の盗癖を知っていた母親が、いったい何を盗んだのかと問い質すと、長い沈黙のあと、看護師は彼が病院の礼拝堂からワインを盗んだことを認めた。けれども、と看護師は急いで付け加えた、彼はそのワインのせいで死んだわけではなかったし、病院の司祭は本人の死後、彼の行ないを赦したと。

臨時雇いの母親はそれで電話を切ろうとしたが、看護師はさらにつづけて、故人の持ち物のなかに、娘さんが見つかった場合、手渡すつもりだったものがあると言った。

翌朝、臨時雇いは車で病院に向かった。彼女が知ることのなかった父親が自分が働いたことのある場所にいたなどというのは現実離れしたお伽噺としか思えなかった。看護師が彼女の母親に話したところによれば、彼はふたりを捜すためにこの近くに来たとき、病に倒れたのだという。駐車場から歩いていく途中、彼女が目にするすべてが意味を帯びたものになった——彼はこのドアから入ったのだろうか？　病院のこちら側に来たのだろうか？　この床を歩いたのだろうか？　臨時雇いはそれまでこんなに父親の近くにいると感じたことはなかった。現実の人生では、一度しか会ったことがなかったのである。母親は臨時雇いが父親といっしょに写っているボロボロになった写真を持っていた。彼女はストライプのカバーオールを着て、ソファの側面につかまっていた。母親の記憶では、やっと立てるようになったばかりだったという。父親はソファに坐って、彼女を見下ろしているが、顔は半分陰になってよくわからなかった。

ナース・ステーションで彼女が話しかけた看護師は、彼女の父親のことも、彼が遺していったもののこともなにも知らなかった。

「名前は何でしたっけ？　レックランド？」

「エクランドです」と臨時雇いは言った。「スウェーデンの名前なんです」

看護師は首を横に振って、別の看護師を呼びにいったが、やはりそんな名前や話は知らなかった。

結局、彼女に助け船を出してくれたのは、前腕に歪んだタトゥーを入れたポーターだった。

「ミスター・エクランドかね？」と、ナース・ステーションに歩み寄って臨時雇いを値踏みするように見ながら、彼が訊いた。

「そうです」

「年配の男で、白髪かい？」

「わかりません」

「スウェーデン人？　ワインを盗んだ？」

「はい。そうだと思います」

「あんたが娘さんかね？」

「はい」

「もちろん、そうだろう。そっくりだからな」

そう言われると、臨時雇いは透明な壁にぶつかったような気分になった。

そのポーターが言った。「こんどのことはお気の毒だったね」

彼女は黙ってうなずいた。なにか言おうとすれば、泣きだしてしまうにちがいなかったからだ。

デスクの背後にいた看護師が言った。「そのレックランドとかいう人が娘さんに遺していったものがどこにあるか知ってる、ポール？」

「もちろん」と彼は明るく言うと、臨時雇いをその場に残して、その病棟から出ていった。

看護師はチョコレート味の全粒粉（ダイジェスティブ）ビスケットを紅茶に浸していた。彼女のマグにはアニメの側転する猫の絵がついていた。臨時雇いはそのマグをまじまじと見た。いまこの瞬間にも、人々はふだんどおりの日々を送っているのだ、と彼女は自分に言い聞かせた。お茶を飲んだり、猫の絵のマグを持っていたり。

「なかに何が入ってるのかは知らないよ」ふたたび自動ドアから現れると、ポーターがそう言いながら、彼女にそれを渡した。染みだらけの青いダッフルバッグだった。なんだか独特な臭いがした。アンモニア。湿気。土。ストラップはオレンジ色だった、というか、バッグの側面はオレンジ色だったが、持ち手のあたりは擦りきれて、オレンジが茶色になっていた。

臨時雇いはそれを見てどう言っていいかわからなかった。

「なにか当てにしていたものがあるのかい？」とポーターが訊いた。臨時雇いは首を横に振った。バッグは思っていたよりも軽かった。「出生証明書はもらったかい？」と彼は訊いた。

臨時雇いはまた首を横に振った。

ポーターがデスクの背後にまわりこんだ。

「ポール！　何をしているの？」彼がデスクのいちばん上の引き出しをあけて、書類を掻きまわしだすと、看護師が言った。浸したばかりのビスケットの半分がくずれて、お茶のなかに落ちた。

「出生証明書だよ」と彼は言った。「このお嬢さんの親父さんは彼女の出生証明書を持ってたんだ」

看護師は興味がなさそうな顔をした。「見なかったわ。わたしは休憩中なのよ」彼女はティースプーンを取って、紅茶の表面に浮かんでいる湿ったビスケットのかけらをすくい上げようとしはじめた。

「あったぞ」と彼は言って、引き出しからピンク色の四角い紙片を取り出した。ポールは証明書に記されているフルネームを読み上げて、「これがあんたかい？」と訊いた。

臨時雇いはうなずいた。

なくなった出生証明書は、臨時雇いと彼女の母親にとって、ずっと謎だった。ストライプのカバーオールの写真を撮った日に、キッチンの引き出しから消えたのだ。不在の父が娘の出生証明書をどうするつもりだったのだろう？　見ると、証明書はほぼ完全にきれいな状態で、ただ四つ折りにした縦横の折り目が付いているだけだった。

彼が大切にしていたのだろう。

臨時雇いにとって、父の盗癖はずっと嫌な思いと結びついていた。母から聞かされた交際期間中の盗みの話は、ひどいものばかりだった。いつもひどく困惑させられるか、警察沙汰か暴力沙汰か、なんらかのトラブルになっていた。しかし、これはそうではなかった。これは愛の行為であり、いわば一種の記念品で、父親にとって彼女がなんらかの意味のある存在だったというしるしだった。

「彼のスウェーデン語を通訳してくれた娘がいてね」とポールが言った。「その娘が言うには、彼は自分がやったことを後悔していて、バッグの中身をあんたに受け取ってほしいと言っていたそうだ」

「何が入っているの？」

「知らないね。見ていないから」

臨時雇いはうなずいた。「ありがとう」そして、ドアのほうに行きかけたが、途中で振り返って、「彼の通訳をしてくれた娘がいたの？」と訊いた。

「そうさ。それは間違いない」

にっこり笑って、臨時雇いは訊いた。「ここからメイ病棟にはどうやって行けばいいのかしら？」

臨時雇いは病院のこの部分はよく知らなかった。ポーターが教えてくれた父親の病棟からメイ病棟への道順はすぐに忘れてしまったので、片手にはバッグ、もう一方の手には出生証明書を持ったまま、しばらくはどこへ向かっているのかもわからずにさまよい歩いた。やがて、彼女は立ち止まった。

廊下には人気(ひとけ)がなく、長い窓がずっとつづいていた。下の窓枠が床からすぐの高さで、腰をおろすのにちょうどよかった。臨時雇いはその窓枠に腰をおろして、バッグを自分の前に置いた。

バッグの上部のジッパーはストラップとおなじ褪せたオレンジ色だった。一瞬、バッグをあけようかどうか迷った。もしかすると、バッグはあけないほうがいいのかもしれない。そうすれば、父親の遺したものはすばらしいと同時にとんでもないもの、意味があると同時に無意味なものでありつづけるだろう。だが、彼女は確かめずにはいられなかった。

最初に出てきたのは黒いジャンパーだった。悪臭の主要な発生源である。それが尿の臭いであることに気づかないふりはできなかった。それでも、彼女はジャンパーを取り出して、窓枠の自分の横に置いた。

バッグのなかにはほぐれた青いロープや、売店の自家ブランド栄養ドリンクの空き缶もいくつか入っていた。一缶十九ペンスで、臨時雇いや友人たちは、夜に外出するとき、ウォッカをよくそれで割ったものだった。

それから、古新聞を横にずらすと、まず一枚目の紙幣が見えた。それをバッグの底から取り出そうとして、あやうく破いてしまうところだった。女性用のヘアバンドで束ねられたおなじデザインの紙幣の束の一枚目だったからである。見たこともないデザインだった——長いひげを生やしてへなへなの帽子をかぶった男が、にこりともせずに、彼女を見返していた。それがどこの通貨であれ、一枚で一千単位だった。それが少なくとも二百枚の束になっている。ふたつめの束もおなじ厚さで、やはり女性用のヘアバンドで束ねられていた。

紙幣の上端には〝Ett Tusen Kronor(エット トゥセン クローナ)〟と印刷されていた。

その瞬間、臨時雇いが話をしたかった人間はひとりしかいなかったが、幸いにも、彼女はそのひとりに会いにいこうとしているところだった。

というわけで、臨時雇いはスウェーデンの紙幣が詰めこまれたダッフルバッグを抱えて、わたしのベッドの足下に立つことになったのである。

マーゴと誕生日

ロンドン、一九六七年五月十一日
マーゴ・マクレイは三十六歳

デイヴィの誕生日はデイヴィ本人よりも幽霊じみていた。それはわたしに取り憑き、カレンダーに付きまとっていた。

彼が十四歳になっていたはずの日に、わたしが自分とミーナのアパートのドアをあけると、部屋が黄色い風船でいっぱいになっていた。何百個もの風船で。

そのあと、街でパブにいるミーナを見つけたとき、〝教授〟の姿はどこにも見えず、わたしは自分でも止めていたとは気づかなかった息を吐いた。ときどき、彼がいなくなると、ミーナはもとの彼女に戻り、少しだけわたしのものになるのだった。

わたしはありがとうと言いたかったが、音楽のせいで彼女にはなにも聞こえなかった。だから、その代わりに、わたしはただギュッと抱きしめた。

わたしがミーナにデイヴィのことを話すとすぐに、彼女は彼を愛してくれた。

それでわたしは彼女がもっと好きになった。

レニーとミサ

アーサー神父が神父でなくなるまでにもう数週間しかなかった。モノクロ映画の時代に女優が引退するときには、みんながそうしたのだろうと思うが、わたしはできるだけ何度も彼に会いにいくことにした。彼が隠退して足首を休ませるか、ほんとうの恋人と結婚するか、ロサンジェルスに引っ越して一か八か映画界に打って出るかする前の最後の興行にはすべて行くつもりだった。そうすれば、そのうちいつか、孫たちの前でボロボロになったプログラムを振り、「そのむかし、わたしはそこにいたのよ」と言いながら、スパンコールをちりばめた衣装姿のアーサーが、彼にしかできないやり方で聴衆をうならせたという昔話をして、彼らを退屈させられるはずだったからである。

車椅子の到来を告げた新人看護師に対するわたしの怒りはまだ完全には収まっていなかった。怒りがなかなか消えなかったのは、車椅子がそこに置かれたままだったからだ。あのとき以来、彼女はわたしをローズルームやほかのどこに連れていくときにもそれを使った。彼女がわたしの墓碑銘の前半分をすでに刻みこんでしまったようなものだった。〝レニー・ペッテション、一九九七年一月――いまやいつでも〟

　わたしはスージーに礼拝堂へ連れていってくれるように頼んだ。彼女はメイ病棟の看護師だったが、わたしは彼女が看護師らしい仕事をするのを見たことがなかった。彼女なら車椅子を持ってこないのがわかっていたし、わたしは歩きたかったのである。

「カトリックのミサなの？」と彼女は訊いた。

「たぶんね」ベッドから起き上がるのを手伝う彼女の手をにぎりながら、わたしは言った。

「知らないの？」彼女はわたしの顔を見た。

「思い出せないのよ」

「ふうん、謎（ミステリー）ね」と彼女は言った。「わたしはミステリーが好きなのよ。父さんはもうわたしとはクルード（推理もののボードゲーム）をやってくれないの。わたしが攻撃的になりすぎるからと言って」そう言うと、彼女は笑った。「毎週一冊はミステリーを読むんだけど、それでも足りないわ。父さんはミステリーは好きじゃないって言うの。わたしがそのせいでいろんな妄想を抱くようになるからって」

　いっしょに歩いてメイ病棟を出ていくとき、爪先から喉元へ吐き気がこみ上げるのを感じた。体が熱っぽくて、いまにも吐きそうだった。

「ミス・マープルものも全部好きよ。誕生日に友だちがポアロのものをくれたんだけど、彼が自分のことを三人称で呼ぶのがわたしは好きなの」わたしがなんとも言わずにいると、彼女はつづけた。

「自分でもそんな言い方をしてみたいのよ。たとえば、〈スージーは伍長が怪しいとにらんでいるんですがね〉とか」

メイ病棟を出て廊下を歩きだしたとき、わたしの頭にあったのは、もう床を汚さずに吐ける場所はないということだけだった。歩きながら、わたしは厚紙製の嘔吐用バケツが欲しくて仕方なかった――こどものときには、使い捨てのシルクハットだと思っていたのだけれど。わたしはずっとあの十歳のときの世界に住んでいたかった。病院にはどんな患者でも急に黒いネクタイと厚紙のシルクハットが必要になったときの準備ができているのだと信じていたあのころの世界に。

わたしにとって不幸だったのは、廊下から廊下へ、廊下から玄関ホールへ、そこからさらに礼拝堂のある廊下へ行き着くまでのあいだには、どこにも嘔吐用の容器がないことだった。もうそろそろ認識してもいいのではないか、とわたしは思った。この建物のあらゆる隅に嘔吐用の容器を置いておくべきだということを。そうすれば、モップの費用が大幅に節約できるはずなのだから。スージーはずっとわたしの腕のなかに腕を入れていた。わたしは彼女の言葉に意識を集中しながら、舌の奥に力を入れてぐっと押し下げ、喉を塞ぐようにして、こみ上げる吐き気を無視しようとした。

「……とっても面白いのを読んだのよ……」

指の先端がチクチクする感じがした。治まるだろう。吐き気はやってきたのとおなじくらいすぐに消えるだろう。ただ次の瞬間さえ乗り切れれば。

「……で、港で殺人があって、その漁師が刺されたんだけど、傷痕がどんな種類の凶器とも一致しなかったの。ごめんなさい」――彼女は口をつぐんだ――「ちょっと生々しすぎたかしら？　あなたはすぐ吐きたくなるほうじゃないでしょう？」

わたしは笑みを浮かべて、首を横に振った。そして、わたしたちはゆっくりと歩きつづけた。

「ともかく、次の殺人は暴風雨のなかで駐車場の屋上で起きるの。その男も刺されていたんだけど、どこにも凶器が見つからない。それから、その次の殺人現場は学校なんだけど、そこで重要な手がかりが見つかるの――この三人目の被害者の血液を検査したら、血が水で薄まっているのがわかったのよ」

　最後のドアを通り抜けると、行く手に礼拝堂が見えてきた。それがひとつのシンボルになった――もしもわたしがすぐにでもしゃがみこんで吐きたいという体の本能的欲求を抑えこめれば、たぶんなんとかなるだろう。

「それで、ようやく気づくのね。ふたり目の殺人現場の駐車場は濡れていたし、港も当然濡れていたから、手がかりを見逃していたんだけど――凶器は氷でできていたの。犯人は凶器の短剣を隠す代わりに、被害者に刺さったままにしておいた。でも、警察が到着する前にそれは溶けてなくなっていたというわけなのよ。どう、クールでしょう？」

　わたしはうなずいた。

「それで、最後は女の探偵と男の探偵がくっついていっしょにアイススケートに行くんだけど、氷は非常に危険なことがあるから注意しなくちゃいけないというジョークを言うの。すごくいい映画になるんじゃないかしら。わたしは二日で一気に読んでしまったわ！」

　だれかから本の筋書きを聞いて、わたしが実際に読みたいと思ったことはまだ一度もないと思う。礼拝堂に近づくにつれて、スージーの歩き方は遅くなった。もっと話したかったからだろう。わたしは彼女の手を振り払った。

「連れてきてくれてありがとう」とわたしは言ったが、声がおかしかった。引きつっていて、自分の声だとは思えなかった。

「どういたしまして」と彼女は言った。「退屈させたのでなければいいんだけど！」

　そんなことはなかったというしるしに、わたしは彼女に手を振って見せた。

「それじゃ、一時間後に迎えにくればいいのね？」

「ありがとう」彼女がそれ以上なにか言う前に、わたしは礼拝堂の重たいドアを押しあけた。吐いてしまうか、さもなければ、くずれ落ちてひざまずき祈りを捧げることになるかもしれないと思いながら。次の瞬間、わたしはアーサー神父のかなり太めのお腹に激突し、何が起きたのかもわからずに、わたしたちはふたりともはね返された。

「レニー？」と、うれしさを隠しきれずに、彼が言った。

「ミサに来たの」

「ちょうどいいときに来た」と彼は言った。わたしが礼拝堂を見まわすと、会衆はわたしのほかにはひとりだけ――ストライプのパジャマの上にスーツのジャケットをはおった老人だった。そのただひとりの会衆からアーサー神父に視線を戻すと、彼は肩をすくめた。彼がもはや取り繕おうともしていないのが気にいった。

アーサー神父は、この日の儀式のために、黒のズボンとシャツを身につけ、ブドウの縫い取りのある長いスカーフのようなものを首に巻いていた。

わたしは三列目の信徒席に腰をおろした。聴衆も参加しなければならないことがあるかもしれなかったので、一列目には坐りたくなかったのである。腰をおろしたので、吐き気は徐々に消えていった。わたしはアーサー神父が部屋の隅の最後のロウソクに火をともして、ＣＤプレイヤーの賛美歌のスイッチを入れるのを見守った。

最前列の老人が大きな音を立てて洟をすすり、スーツのジャケットのポケットからハンカチを取り出して洟をかんだ。それから、彼はそのハンカチをひろげて中身を点検してから、それをたたんで、胸ポケットに戻した。

アーサー神父はきびきびと礼拝堂の正面に移動すると、一瞬、間をおいてわたしたちを見つめた。イエスの愛のふわふわしたひだのなかに迎え入れられるのを待っている彼の会衆。彼の子羊たち。

「ようこそ」と彼は言った。

そして、わたしはそれを受けいれた。その言葉も、音楽も、なにもかも。最前列の老人が眠りこんで、船を漕ぎだしたときにも笑いさえしなかった。けれども、やがて、彼は大々的にいびきをかきだした。そして、ガーガーいう呼吸音がふいにピタリと止まると、さっと顔を上げて、「セオドアか⁉」と叫んだ。そのときには、わたしも笑ってしまい、アーサー神父も笑いだした。

マーゴとホー・チ・ミン大統領

マーゴは薄紫色（ライラック）の服を着ていた。陽光が彼女のまわりの机に当たって、彼女は光り輝いているように見えた。

「この話は気にいるわよ」と、鉛筆を削って、削りかすを画用紙から吹きとばしながら、彼女は言った。

なにも考えていないかのように、彼女はいきなり楕円形を描きはじめた。何列も何列も連なる楕円形。その楕円形に徐々に肩が付け加えられ、両側に高い建物の列がそびえ立った。それから、服や顔やプラカードが加えられ、さらに、物語が与えられた。

ロンドン、一九六八年三月十八日午前一時

マーゴ・マクレイは三十七歳

わたしはアパートの正面玄関の階段に坐っていた。腕の割り符みたいな引っ掻き傷から血がにじみ、左膝の皮膚がめくれて血の色をした肉が見え、右の膝がしらは打ち傷で青黒く腫れ上がっていた。手のひらには砂利が食いこんでいて、爪で取り除こうとしたが、皮膚が破れて出血しただけだった。

暗くて、寒かったけれど、わたしは依然として待っていた。

前日の朝食のあと、なにも食べていないことを胃がわたしに思い出させた。一瞬、まだデイヴィがわたしのなかで泳いでいて、いよいよこの世に出現すべく、体の右側を上にして旅路を開始したときとおなじような感じがした。

冷たい石段にずっと坐っていたので、お尻が完全に無感覚になっていた。髪は汚れていたし、服も汚かった。デイヴィが亡くなってから一度もなかったほど疲れていた。

それでも、待つのにその石段よりいい場所があるとは思えなかった。ロンドン発の次の列車は午前六時までなかった。

ふたつのスーツケースがわたしのそばで待っていた。わたしはそのひとつからジャンパーを取り出して、肩にはおった。すぐには袖を通さなかったのは、袖に血の染みをつけたくなかったからだ。

もう抗議活動も、法律違反も、実力行使もしないと自分に誓っていたにもかかわらず、一九六八年三月十七日、わたしはトラファルガー広場に立っていた。耳のなかで心臓がブンブンうなり、両手が小刻みに震えていたが、そうすることでミーナがわたしに目を向けてくれることを期待していたのである。

〝教授〟がまた現れていた。それどころか、〝教授〟はわたしたちの生活の要(かなめ)になっていた。彼は結婚指輪を外すのを忘れないようにするのがずっとうまくなっていた。わたしはアパートの窓からよく彼を見守ったものだった。彼は(結婚したときにはもっと痩せていたにちがいないが)引っ張ったりひねったりしてなんとか指輪を抜き取ると、なくさないようにブレザーの左ポケットに入れるのだ。

三月のその日に初めて、ふたりはいっしょに公の場に出かけたのだった。〝教授〟は煙草をふかして、冷静な態度を装っていたが、わたしとおなじくらい神経質になっているのはあきらかだった。丸い銀縁のサングラスをかけていたが、妻でない女と手をつないでいるあいだ、そうすればだれにも見破られずに済むと思っていたのだろう。

わたしたちはかつてはトラファルガー広場と呼ばれた場所に立っていた。ただし、そこはもはやトラファルガー広場ではなく、大群衆がうごめく巣箱でしかなかった。群衆はワーワーいう音を発して、押し合いへし合いしていた。ふたりの男が笑顔のホー・チ・ミン大統領の写真の下にアメリカ軍への〝ゴー・ホーム!〟というメッセージを記した木製のプラカードを掲げていた。彼らはわたしを押しのけて、衝突が起こっている前のほうに出ようとしていた。アダムとローレンスも、〝ヴェトナムには行かないとアンクル・サム(米政府を擬人化した人物)に言ってくれ〟と黒のマーカーで書きなぐったTシャツを着て、群衆のどこかにいるはずだった。

暗闇のなかで、石段に坐ったまま、わたしは待っていた。

膝の出血しているところに部屋から持ってきたフランネルの切れ端をあてがったが、あまりにも痛かったので、すぐに剝がすと、残っていた湿った皮膚の小片まで剝がれてしまった。その下の肉はピンク色に輝いていた。それがものすごく痛んだけれど、わたしはその場から動かなかった。

道路の外れの街灯の薄明かりのなか、舗道を歩いてくる人影が見えた。わたしはじっと目を凝らしたが、彼女ではなかった。

騒音が耐えがたかった。女優が抗議の手紙を手渡すためにアメリカ大使館のあるグローヴナー・スクエアに移動する時刻になった。すると、すぐさま押し寄せる群衆の向きが変わった。「わたしはもう行くよ」と〝教授〟が言って、煙草を地面に投げ捨てた。彼はその火を消そうともしなかった。

ミーナが彼の顔をじっと見た。「何ですって？」と彼女は言った。「いま帰ってしまうなんてありえないわ。これから面白くなるっていうときに」しかし、彼はさっと彼女の頬にキスをして、サングラスの前にプラカードを突き出した女性に下がれと言うと、群衆を掻き分けて姿を消した。

ミーナが立ち止まったので、わたしもそうした。彼女は泣きそうな顔をしていた。その駄々っ子みたいな顔がわたしのなかのなにかに火をつけた。

彼女はわたしを振り返り、それを見て取ったにちがいなかった。「どうしたの？」と彼女は言った。

周囲の群衆はますますふくれ上がり、どんどん騒々しくなっていた。もはやそこから抜け出すことは不可能だった。

「やめてよ、ミーナ」とわたしは叫んだ。「お願いだから、やめて」

わたしたちのまわりのどちら側でも群衆が流れていった。その混沌とした流れのなかでは、わたしが大声で叫んでも、彼女にしか聞こえないような気がした。

「彼があなたの求めている人だというふりをするのはやめて！」

グローヴナー・スクエアに行って、手紙が手渡されるのを見たくてたまらない群衆が、どんどんふくらんで押し寄せてくる。すべてを押し流す強烈な潮流に抗って海のなかに立っているかのようだった。それでも、彼女は動かなかったし、わたしも動かなかった。

わたしは手を差し出して、彼女の手をにぎった。


わたしたちの階下に住んでいる騒々しいカップルが、街灯の明かりのなか、カタカタ音を立てて通りをこちらに近づいてきた。彼は片方しか靴を履いていないが、彼女はハイヒールを両方履いていて、手をつないで、カタカタいわせながら通りを走ってくる。

階段の下まで来ると、彼らはわたしに気づいたが、なんとも言わなかった。そして、階段を慎重にのぼりだしたが、彼女の足首がガクッとなってよろめくと、わたしのスーツケースの上に倒れかかり、スーツケースがガラガラ階段をころがり落ちた。小さいほうのスーツケースがパッとひらいて、中身が舗道にぶちまけられた。「アラッ！」と彼女は言ったが、彼らはそのままなかに入って、ドアを閉めた。ふたりが笑う声が聞こえた。


ミーナがわたしの顔を見た。混沌とした群衆が渦巻くなか、わたしたちはどちらも動かなかった。

「放して」と彼女は言ったが、わたしはすぐにはそれが理解できなかった。彼女はわたしの手を振り切って、群衆のなかに走りこんだ。

「ミーナ！」

わたしは彼女のあとを追いかけた。

わたしは階段を駆け下りて、ひらいたスーツケースをひろい上げた。そして、スカートやワンピースや靴を投げこんだが、いちばん下の階段にあった風船のところで手を止めた。黄色い風船だった。一週間、アパートをキンポウゲの花畑にして楽しんだあと、わたしたちは黄色い風船をひとつずつ弾けさせておなじくらい楽しんだ。わたしはしぼんだ風船をひとつだけ、紐が付いたまま取っておいた。彼女が覚えていてくれたことを忘れたくなかったからである。

混乱はさらにひどくなってきた。鼻から大河みたいに血が流れ出し、口のなかに溜まる血を吐き出している男のそばを通りすぎた。

彼女は人のあいだをすり抜け、プラカードの下をくぐって、どんどん走っていった。

「ミーナ！」

警察官がデモ参加者の肩に警棒を振り下ろし、その人の姿が見えなくなった。すると、その人の友人たちが警察官に襲いかかり、制服をつかんで、地面に引きずり倒した。

のちのパテのニュースで、リポーターはロンドンでかつて起きたことのないほど暴力的なデモだと言っていた。

写真はスーツケースからすべり落ちて、舗道に裏向きに落ちていた。わたしが荷物に詰めたのは二枚だけだった。わたしのロンドンでの初めての年越しの夜に、ミーナの友人のサリーがひらいた集い（ケーリー）で、緑色のドレスを着たわたしがミーナと踊っている写真。ミーナは笑っていて、わたしたちは腕を組んだままスピンしていた。そんなに楽しいことがありうるのだと驚かされた幾度かの夜のひとつだった。それから、わたしのお気にいりの写真。ミーナとわたしが花のフェイスペイントをして、だれかのハウス・パーティに行ったときの一枚。犬を逃がしてやったあの夜。彼女に自由になることを教えてもらったのはわたしだけではなかったのだと知った夜。

わたしはその二枚の写真をひろい上げて、また階段に腰をおろした。おそらくもう午前三時ごろだろうと思ったが、わたしは依然として待っていた。

馬が怖がっていななき、騎馬警官がなんとかそれを鎮めようとしていた。さらに催涙弾が発射され、警察官とデモ隊が担架で運ばれていった。

「ミーナ！」わたしは叫んだつもりだったが、自分の声が聞こえなかった。彼女はもうはるか先に行っていて、おそらくまだ走っているにちがいなかった。

だれかに重たいプラカードで頭をバシリとたたかれて、一瞬、すべてがぼんやりとした。白煙が立ち昇り、わたしは自分がそこにはいないような気がした。それから、だれかがまともに倒れかかってきて、自分も地面に倒れたのを覚えている。

足音は聞こえなかったのに、彼女は階段のいちばん下の段にいた。見知らぬ人のコートをはおり、〈平和〉と書かれたプラカードを持って。かすり傷ひとつなしに。

あんな目に遭いながら、どうして平気でいられるのだろう、とわたしは思った。

彼女の目はわたしの青痣のある向こう脛から、血のにじむ膝へ、引っ掻き傷のある腕へと移り、最後に、わたしの横のスーツケースに移った。

彼女に言いたいことがたくさんあった。彼女はいろんな意味であんなに自由なのに、なぜひとつについてだけはそうでないのか、と訊きたかった。わたしを怖れる必要はないのに。彼女に対してはジョニーには感じたことのない感情を抱いているのだと伝えたかった。彼女に対する感情は義務感から生まれたわけではなく、完全かつ全面的に自然に生まれたものだったから。そして、彼女がそれを許してくれさえしたら、わたしは永遠に彼女を愛するだろうということも。

しかし、なにも、ひと言も言えなかった。

口のなかに金属と血の味がしたけれど、デモとは反対の方角へ、わたしはただひたすらに歩きつづけた。わき道を見つけ、それからまた別のわき道を見つけた。ありとあらゆる飛び道具——石や靴やプラカードの残骸——が散らばっている道路を歩いているうちに、わたしはもう一度笑顔のホー・チ・ミン大統領に出会った。いまでは地面に寝かされて、無礼な靴に踏みつけられ、茶色い足跡だらけだったが、〈帰りなさい〉と彼は言っていた。〈家へ帰り（ゴー・ホーム）なさい！〉

けれども、わたしには帰るべき場所がなかった。

だから、帰れる場所を見つけなければならなかった。

ミーナは冷たい石段のわたしのとなりに坐って、首をわたしの肩にもたせかけた。ふたりともなにも言わなかった。わたしにはもう一度言う勇気はなかった。そして、おなじ言葉を返してもらえなくても平気でいる勇気もなかった。

いつのまにか、わたしは眠りこんでいたのだろう。目をあけたとき、空は暗闇から希望のある灰色に変わっていた。まもなく日が昇るだろう。彼女はまだそこにいて、首をわたしの肩にもたせかけたまま、夢を見ていた。

わたしは両脚を伸ばして、失われた感覚を取り戻そうとした。その動きが彼女を目覚めさせたにちがいなかった。目をあけた彼女の眠そうな顔を見ると、わたしは彼女を手放したくなくなった。

けれども、手放さないわけにはいかなかった。

だから、わたしは翌月分の家賃を入れた封筒を彼女に渡した。そこには、ケーリーの夜の写真も入れてあった。わたしのことを忘れないように。

それから、わたしはスーツケースを持って、灰色の朝の光のなか、道路を歩きだした。

帰れる場所を見つけるために。

宝物の交換

「三万五千ポンドくらいだったわ」

「冗談でしょう！」

「いいえ」

「ああ、なんてことなの。実際、なにかわくわくするようなことが起こる日には、わたしは決まってその場にいないんだから。彼女はそれをどうするつもりなのかしら？」新人看護師はわたしに深部静脈血栓症（ＤＶＴ）の抗凝固薬を注射するはずだったのを完全に忘れて、片手を腰に当てて、もう一方の手に持った注射器をぼんやりと宙に掲げ、注射器のカタログのモデル（もしもそんなものが存在するとしてだが）みたいな恰好をしていた。

「お父さんの葬式をきちんと出せるだけの費用は別にして、あとはどうしたらいいかわからないと言っていたわ。もう一度大学に戻るか、旅行するか、家を買うための資金にするか、お母さんにも分けてあげるか。いろんなアイディアがあるようだったけど」

「すごいわね」

「そうね。わたしにも一枚くれようとしたわ」

「一枚？」

「紙幣を一枚。バッグにいくら入っているか計算してほしいと頼んでから、わたしにも一枚くれるって言ったのよ。わたしが病院でもなにかしらスウェーデンのものを持っていられるように。病院を辞めてからも、わたしのことはずっと忘れなかったそうよ。ベッドサイド・テーブルにまだ黄色いバラがあるのを見て笑みを浮かべていたわ」

「受け取ったの？」

「いいえ、そんなことできないわ。そもそもローズルームのアイディアを思いついたのは彼女なのよ――彼女のおかげでわたしはマーゴと出会えたんだもの」

「彼女のお父さんが、ホームレスだったにもかかわらず、あんな大金を持っていて、しかも使おうとしなかったなんて、考えてみると驚くべきことじゃない？　それで、いなくなってからもずっと、お父さんが彼女のことを気にかけていたんだってことが、いまでは彼女にもわかったんだから」

「宝物を交換したようなものね。彼女は病院に贈り物をして、こんどは病院が彼女に贈り物を返したんだから」

レニーと彼女の月だった男

「ああ、おれはあんたの父さんを覚えてるよ」とポーターのポールが言った。「背が高くて、眼鏡をかけていただろう？」

「そうよ」ポールはわたしをローズルームまで送っていくところだった。どっちみちそっちへ行くつもりだし、しばらくわたしとおしゃべりをしていなかったから、というのが彼の言い方だった。彼は車椅子を漕ぐわたしの横を歩いていた。押してやろうかと訊かれたが、わたしが断ると、彼は好きなようにさせてくれ、それがわたしにはうれしかった。心のなかで、わたしは彼に〝ポーター・ポイント〟を付けてやった。彼はほかのポーターたちよりすでに何マイル分もポイントを稼いでいた。

「以前はよく来ていただろう？」とポールが言った。

「そうよ」と、わたしはまた言った。廊下のすばらしく平らな場所に差しかかり、そこなら車椅子は夢みたいにスイスイ進んだ。

「物静かな男だったな」と言って、彼は思索にふけっていた。彼は父の姿を、すっかり血の気の失せた顔をしていたのを覚えているのだろうか、とわたしは思った。メイ病棟に入ってくるときの父はいつもそうだったのだが。まるで病棟に入ってくる前に、コートや花といっしょに、自分の顔色もナース・ステーションに置いてきたかのようだった。

「このごろはあまり来ないな」と、一連のドアをあけて押さえながら、ポールが言った。

「そうよ」と、そこをすり抜けながら、わたしは言った。「マーゴが何度も父のことを訊くんだけど、なぜそんなにわたしのことを心配するのかわからないわ。わたしは父にはもう来てもらいたくないのに」

「もしかすると、彼女はあんたのことを心配しているんじゃないのかもしれない」とポールが考えこみながら言った。「彼のことを心配しているのかもしれない」

ポールが、その洞察力でさらに一五〇〇点のポーター・ポイントを獲得したばかりでなかったなら、ローズルームに入っていってマーゴに話の続きをしようとしたとき、わたしはもっと神経質になっていたかもしれない。

マーゴは髪をまとめてアップにしていたので、一瞬、グラスゴーのビーチで見かけた茶色い髪の娘みたいに見えた。

「どう思う?」と彼女が訊いた。

「とてもすてき」とわたしは言って、車椅子で自分の席に着いた。「わたしの父さんの話に戻るとしたら」とわたしは言った。「そのあと、どこか楽しいところに行ける?」

彼女は黙ってうなずいた。

グラスゴー・プリンセス・ロイヤル病院、二〇一三年十二月
レニー・ペッテションは十六歳

一回目の大手術が行なわれたのは、怖がり屋の医長との面談の二、三週間後だった。全身麻酔をかけられているあいだ、わたしが見た夢はすべてがオレンジ色で、オレンジの味がしたほどだった。

わたしがオレンジ色の夢から出てくると、父がいた。

ベッドのそばに坐っている彼を見ると、憔悴しきっているようだった。顔は真っ青で、顎は石みたいに固まっていた。

「わたしには耐えられないよ、レン」と彼は言った。声がしゃがれていた。「ここに坐って、おまえが死ぬのを見ているなんて」

「それなら、もうやめて」

すると、彼はわたしの顔を長いことじっと見つめた。すでに知っていること以外のなにかをわたしの顔に見つけようとするかのように。

それでも、初めのころは、三時から六時までの面会時間のあいだに、彼は相変わらずやってきた。そして、ゆっくりと怪物像に変身していった——徐々に石みたいに蒼白くなっていった。アグニェシュカは仕事のためにポーランドに戻らなければならなくなり、父は笑わなくなっていた。

面会時間が少しずつ短くなり、一日か二日か、ときには一週間来ないこともあった。彼はしだいに無口になり、さらに蒼白くなって、わたしは面会時間が終わるまで時計をにらんでいたり、背中を丸めて悲嘆に沈む父の姿が入口に現れないと、ほっとするようになった。

「これは本気よ」と、ある午後、眠っているふりをしているわたしを見守る父をまつげのあいだから観察しながら、わたしは言った。父は、そのむかしTシャツとパンティだけでキッチンに立ち、庭を見つめていた母を見守っていたときとおなじ絶望的な表情を浮かべていた。彼はボートを漕ぎ出して、わたしを岸に引き戻したかったのだ。けれども、母とおなじように、わたしはすでに水中に沈んでいて、あたりはだんだん暗くなるだけだった。

わたしにはいまがそのときだとわかっていた。「パパ」とわたしは言った。そう呼びかけたのは何年かぶりだった。わたしは最大限の努力をした。「お願いがあるんだけど」

彼はわたしの顔を見た。

「もうここに来ないって約束してほしいの」

じつに長い間があいた。

「そんなことはできないよ、レニー」と彼は言った。「おまえをここでひとりきりにしておくわけにはいかない」

「ひとりきりじゃないわ。親切な看護師やドクターたちがいるし、こんなにたくさんチューブも付いているんだから。見てちょうだい！　天に舞い上がりそうなほどたくさんチューブがあるのよ！」各種の機械から伸びてベッドを横切り、わたしに挿し込まれているチューブ類をわたしは指差した。

「レニー」と彼がやさしく言った。

わたしはもはややさしくは言えなかった。「ここにいてほしくはないの」

彼はなんとも言わなかった。

「ポーランドへ行ってほしいのよ。休暇を取って、アグニェシュカに会ったり、彼女の家族と知り合ったりするために。それから、こっちへ戻ってきて、いっしょに暮らして、彼女に父さんを笑わせてほしいの」

「できないよ、レニー」

「死んでいくこどもの頼みは断れないはずよ」

「こういうことをジョークにしてはいけないよ」と彼は言ったが、それでもちらりと笑みを浮かべた。

「帰ってほしいの」

彼の目からちょっと涙がこぼれ、眼鏡を外して拭かなければならなかった。

「約束して。出ていって、もうここには戻ってこないって約束して」

「しかし、わたしは――」

「わたしが最期を迎えるときには、看護師たちが連絡してくれるわ。電話をかけて、来るように言ってくれるから、そうしたら、戻ってきて、お別れを言えばいいわ。でも、それはほんとうのお別れじゃない。ほんとうのお別れはいまなのよ。わたしがまだレニーでいられるあいだ、わたしがまだチューブだらけで、それがいつ夕食を運んできてくれるか待ち遠しく思っていられるあいだよ。わたしはストロベリー・ヨーグルト味のやつが好きなんだけど」

彼は首を横に振り、するとまた涙がこぼれ落ちたので、彼は眼鏡を外して、それを膝の上に置いた。それから、湿った手でチューブが挿し込まれているわたしの手を取った。

「もしも――」

「もし気が変わったら、電話してもらうから、そうしたら来てちょうだい」とわたしは言った。

「わかってる。でも、約束してくれなくちゃ」

「どうしてだい?」と彼は訊いた。

「なぜなら、父さんを自由にしてあげたいからよ」

彼はそれから何時間もそこに坐っていた。そして、夕食の時刻になると、治療食のレモン・ヨーグルト味をストロベリー・ヨーグルト味に変えるように看護師に頼んでくれた。

翌朝、目を覚ますと、父が坐っていた見舞客用の椅子に縫いぐるみの豚のベニーが坐っていて、その膝に写真が載っていた――わたしの初めての誕生日に撮った父とわたしの折りたたまれた写真。わたしは父に抱かれて、片方の手のひらをギュッと自分の目に押し当てており、父は笑っている。顔中ケーキのアイシングだらけで、カバーオールにもそれが付いている。十五年間父の財布に収まっていたせいで、写真のまんなかには十字形の擦りきれた折り目がついていた。

そして、写真の裏には、ナース・ステーションから借りた緑色の蛍光マーカーで、〈永遠におまえを愛しているよ、いたずらっ子〉と書きつけてあった。

＊

マーゴはわかると言いたげな笑みを浮かべた。たぶん、わたしは勘違いかもしれないけれど、わたしを誇りに思ってくれたのかもしれない。

「それじゃ、次はロンドンに行ける？」とわたしは訊いた。

「もちろん行けるけど」と彼女は言った。「でも、きょうは、新しいところへ行きましょう」

マーゴと道路

ウォリックシャー、一九七一年二月
マーゴ・マクレイは四十歳

レディッチからヘンリー＝イン＝アーデンまでのA４１８９号線は曲がりくねった、長くて寂しい道路で、暗いときにはなおひどかった。ロンドンの冬はわたしが田舎で体験した冬ほど寒いことはなかった。ロンドンでは、高い建物や明るい照明に守られているが、田舎では剝きだしになり、傷つきやすい。ミーナのアパートの壁の地図にまだピンが刺さっているとしたら、それはいまわたしが車で走っている場所から数マイルの地点を指しているはずで、わたしはそこの図書館で仕事を見つけ、ささやかで静かな生活をはじめたところだった。

バックミラーのなかの自分の目を見て、わたしは自分がいまやいい大人になっているという事実に驚いた。ひとりぼっちで悲しみに暮れてユーストン駅に降り立ったマーゴより十二歳も年上になったとは実感できなかったのに、現実はそうだった。

そして、わたしはそこにいた。たったひとりで、暗闇のなか、道路を走っていた。前方に目印になる車もいなければ、後方に確認して安心できる車もいなかった。わたしは、葉の落ちた木々が空をつかもうとするかのように枝を突き出している丘の急坂を登っていた。もう一度カーブを曲がりながらヘッドライトを目で追っていると、道路の両側の草が風でなぎ倒されているのがかすかに見えた。風に舞う木の葉がウィンドウの前を横切り、一瞬、強風で吹き飛ばされた小鳥かと思った。フロントガラスに雨滴が当たりだしたので、わたしはワイパーをつけた。右に左にワイパーが動く。わたしは道路から目を離さなかった。もうヘンリーはそんなに遠くないはずで、なにも怖れるものはなかった。右に左にワイパーが動く。わたしは走りつづけ、またもやカーブを曲がって、古い教会のそばを通過した。夜のなかで、それは幽霊に取り憑かれた建物みたいに見えた。

わたしの小さな車を暗闇が取り囲み、ヘッドライトが届かないすべてが未知の闇のなかで待ちかまえているようだった。

さらにもう一度カーブを曲がる——葉のない生け垣が風に震え、わたしはハンドルにもっと体を近づけた。やっと直線道路に出たので——ヘンリーへの道程の最後の部分が見えるはずだった。ようやくほっとしかけたその瞬間、ヘッドライトのなかに道路のまんなかに立っている黒い人影が浮かび上がった。そのまま進めば轢いてしまうのに、彼は動こうとせず、一瞬、わたしも動けなかった。人影を見たショックで脳が働かなくなっていたのだが、次の瞬間、脳の代わりに足が動いて、思いきりブレーキを踏みこんだ。車は左にそれた。わたしはハンドルをコントロールしようとしながら、思いきりクラクションを鳴らした。すると、男は振り向いて、道路わきの草の生えた土手に大きく一歩踏みだした。エンジンが切れたのか、エンストしたのか、車が停まった。左の前輪が男が立っている道路わきの草むらにはみ出していた。

それはほんの数秒の出来事だったにちがいないが、なんだかやけにゆっくりと起こったような感じだった。わたしは、一瞬、身動きもせずに坐っていた。この人気のない、一見果てしなく見える道路に、その男は黒ずくめの恰好で立っていたのだ。見たところ、すこしも怖れることなしに。

わたしはエンジンをかけようとしたが、手がひどく震えて、まともにキーをつかめなかった。

男が助手席側の窓をたたいたので、わたしは悲鳴をあげた。

わたしはもう一度ダッシュボードに手を伸ばして、こんどはなんとかキーをつかんだ。しかし、エンジンはウーンとうなっただけで、なにも起こらなかった。アクセルを踏みこんで、もう一度キーをまわしてみたが、なにも起こらなかった。

そのころには、彼はかがみ込んで、わたしに笑いかけていた。そして、またもや窓をたたいた。

彼の顔はわたしが想像していた顔とは違っていた。たぶん五十歳前後だろう。赤い鼻をして、漁師帽（フィッシャーマンズ・ハット）をかぶっていた。髪は側頭部が白髪になりかけていて、灰色の房が帽子からはみ出していた。

「やあ！」と彼はどなった。「驚かしてほんとうに済まなかった！」

わたしはなんとも答えなかった。そして、思いきりキーをまわしたが、ボンネットからは乾いたうめき声が洩れただけだった。

「エンジンがかぶってしまったんじゃないかと思うよ！」と彼は窓越しにどなった。

わたしは依然としてなにも言わなかった。

「一分くらいキーから手を放してごらん——もう一度試す前にエンジンを休ませる必要がある」

わたしは彼が言ったとおりにした。体中にアドレナリンが駆けめぐっていたので、そのまま車を捨てて、走って家に帰ろうとさえしかねなかった。

「だいじょうぶかね？」わたしが動物園の動物でもあるかのように、うつけた笑みを浮かべて窓から覗きこみながら、彼が訊いた。

わたしはうなずいたが、早く立ち去ってほしいと思っていた。

「わたしはハンフリーだ！」と彼は自分を指差して叫んだ。「ハンフリー・ジェームズ！」

「道路で何をしていたの？」ようやく声が出るようになって、わたしは運転席からどなった。

「何だって？」

「道路よ。あなたは道路で何をしていたの？」

彼はわたしに車から出てこいと手招きした。

わたしは信用できないという顔をしていたにちがいない。

「なにも怖がることはない。嚙みついたりはしないから！」と彼は言って、笑い声をあげた。

「道路で何をしていたの？」とわたしはもう一度訊いた。

彼が上を指差したので、わたしは車の天井を見上げた。

「そこじゃない」と彼はクスクス笑いながら言った。「星だ！」

坐ったまま前かがみになって、フロントガラス越しに見上げようとしたが、自分の息でひどくくもっていて、なにも見えなかった。

彼はまたもや窓をたたいた。

「何？」とわたしは鋭い口調で言った。

「出てきて、見てごらん！」

わたしは首を横に振った。「いいえ、やめとくわ。わたしはけっこうよ！」

わたしはまたエンジンをかけようとしたが、相変わらずうなり声がするだけだった。

「あんたの名前は？」と彼がどなった。

わたしはため息をついた。「マーゴよ」

「マーゴ、エンジンをかぶらせてしまったんだと思うよ！」

「そうね、さっきもそう言ってたじゃない！」

「だから、エンジンが熱いうちはどうしようもない。二十分かそこいら待てば、また道路に戻してやれるだろう」

「あなたは車をどうにかできるの？」

「できるよ！　だが、そのためにはエンジンが冷えるのを待たなきゃならない！」

「そうなの」

「星を見たくないかい、マーゴ？」

「わからないわ」

「一生に一度しかない天文現象なんだぞ！」興奮して目を見ひらき、あまりにも熱を込めてそう言うので、わたしはハザードランプを点け、サイドミラーをチェックしてから、車を降りた。二月の夜気は凍てつくように冷たく、わたしの頬を突き刺した。

「こっちへ来るといい」と彼は言って、道路のまんなかに引き返した。いまではわたしの車のヘッドライトで照らし出され、ハザードランプの光が踊っていたけれど。「ほら」——彼は指差した——「ごらん」

わたしは彼のあとについて土手を下りたが、道路には出ていかなかった。それでも、そこから空を見上げると、自分の目を疑った。星が出ていた。まさかそんなにあるとは思いもしなかったほどたくさんの星が。

わたしたちの頭上に吊されているのはファン・ゴッホの空だった。それがすっぽり地球を包みこんでいるように見えた。

「きれいね」とわたしは言った。

「あそこにある三つ叉が弓とほとんど重なっているように見えるだろう？」と彼は言った。「これはまずめったに起こらないことなんだ。地軸と関係があるんだがね」

「それじゃ、あなたはこのために道路のまんなかに立っていたの？」とわたしが訊いた。

「もちろんさ。こういうものは千年に一度しか見られないんだぞ」

「わたしはあなたを轢いてしまったかもしれないのよ。あなたがちょうど……すぐそこに立っていて、懐中電灯もなにも持っていなかったんだから。あなたは死んでいたかもしれないのよ」

「そんなことはない」と彼は言った。「だれだっていつも停まってくれるからね」

わたしたちはしばらく黙って星を見上げていた。もう少しで星が動きだし、実際に地球が回転しているのがわかるような気がした。ロンドンにいたあいだはずっと、スモッグや光害のせいで、星という存在はわたしの頭から完全に消えていた。わたしの見ているものが本物で、紺色のビロードの布に明るい電球を埋めこんだものでないとは信じがたかった。

「車のことは大変申しわけなかった」空から目をそらさずに、彼が言った。「損害はすべて弁償するつもりでいることを知っておいてほしい」

わたしは彼に礼を言った。

「そして、あんたを驚かしたのも悪かったと思っている」と彼は言った。「この道路ではあまり車とは出会わないものでね。もっとも、きょうはいつもより早めに出てきたのは事実なんだが」

「なぜ？」

「マーゴ」と彼は言った。「さっきも言ったとおりだよ。これは一生に一度しかない天文現象なんだから！」

夜はしんと静まり返っていた。彼を轢きそうになった不安や恐怖は、ただ空を見上げているだけでわたしのなかから抜けていった。

「見ていると夢中になってしまうのは理解できるわ」とわたしは言った。

「そう、わたしは永遠に星を見ていることができる」と彼は言った。「望遠鏡すら持ってこなかったんだ。ただあるがままを見たかったから。わたしに見られるためにあるんだからね」

わたしたちの背後でわたしの車が待っていた。バッテリーはヘッドライトのせいであがってしまったかもしれない。

「もしほかにも車が来たらどうするの？」とわたしは訊いた。

「そうしたら、今夜は修理代がかさむ夜になってしまうだろう！」かつてだれも言ったことがないほど面白いことを言ったかのように、彼は笑った。

「毎晩、こんなことをしているの？」

「たいていは自宅の屋根裏で十分なんだが、今夜はきちんと観察するに値するからね。それだけの価値があるとは思わないかね？」

「でも、こんな暗闇のなかにひとりで立っていて、怖くないの？」

すると、彼はわたしに向かって笑みを浮かべ、それから言った。「すこしもそんなことはないよ、マーゴ。夜を怖れるにはわたしはあまりにも星々を愛しすぎている」

彼はわたしの車をなんとかしてはくれなかった。二十分ほど静かに星を見つめたあと、ボンネットをあけて、あれこれしきりにいじりながら、ふうむとか、ああなどと言っていた。そのあいだ、わたしはブルブル震えながら、彼を見たり星空を見上げたりしていた。

結局、最後には、ハンドブレーキを外して、わたしの哀れな車を草の生えた土手に押し上げ、自分に借りのある修理工の友だちに翌朝には牽引させると約束した。そのあと、わたしたちは暗闇のなかをヘンリー＝イン＝アーデンに向かって歩きだした。わたしは道路わきの草の生えた土手から出ないようにしていたが、星を見つめる男、ハンフリー・ジェームズは道路のどまんなかを歩いていた。道路の中央の白線の上を、片足をもう一方の足の前に出して、まるで綱渡りをする人みたいに。音もなく近づいてくる車がないのを確かめるため、わたしは何度も背後を振り返った。

「で、マーゴ、あんたはどういうわけでここにいるんだね？」

「あなたが道路のまんなかに立っていて、あなたを轢かないようにしようとしたら、車が壊れてしまったからよ」

「いや、どうしてヘンリー＝イン＝アーデンに来たのかってことだけど」

わたしはなんとも答えなかった。

「田舎暮らしをするため？」

「いいえ」

「孤独を求めて？」

わたしは笑った。「違うわ」

「エイヴォンの詩人かね？」

「むかしからシェイクスピアはあまり好きじゃなかったわ」

「むかしからシェイクスピアはあまり好きじゃなかった？」と彼は繰り返した。

「そうよ」

それを聞くと、ハンフリー・ジェームズは腹を抱えて笑いだした。ヒイヒイいいながら息を吸う合間に、彼は言った。「それこそこれまでに聞いたなかで最高の名台詞だ！」

わたしたちは歩きつづけた。ひどく寒い夜だったが、それは気にならなかった。

「で、あなたは何をしているの？」とわたしが訊いた。「道路で星を眺めていないときには？」

「まあ、いろいろだね。たいていは星だけど」

「たいていは星？」

「そのとおり」

彼が立ち止まったので、わたしも足を止めた。彼が空を指差した。「あそこに見える星はどれも」と彼は言った。「太陽より大きいんだよ」

「そうなの？」

「そうさ、しかももっと明るいんだ。ぼんやりしたやつは太陽とおなじくらいかもしれないが、明るいやつはもっと大きい。みんなわかっていないんだよ——小さくて、チラチラ光っているように見えるから、実際に小さいと思っているが、じつは大きくて重たい塊で、強烈な光を放っているんだ」

「へえ」

「あんたには、マーゴ、今夜は約三京キロメートル彼方まで見えているんだよ」

「そうなの？　わたしは、眼鏡がないと、道路標識もよく見えないことがあるんだけど」

「星は見えるだろう？」

「見えるわ」

「それなら、約三京キロ彼方が見えているんだ」

わたしは彼に笑いかけ、彼もわたしに笑みを返した。

わたしたちはさらに歩きつづけ、そこからヘンリー＝イン＝アーデンがはじまり荒れ地が終わるしるしになっている鉄橋へたどり着いた。

「家はどっちの方角かな？」と彼が訊き、わたしはその方向を指差した。

「わたしもそっちの友人の家に行かなきゃならないんだが」と彼は言った。「ごいっしょしてもかまわないかね？」

「ええ、もちろん」とわたしは言った。

というわけで、わたしたちはまた歩きだしたが、こんどはふたりとも舗道を歩いた。彼はポケットから白いハンカチを取り出して、洟をかんだ。

「で、もちろん、スコットランドだと思うが」と彼は言った。「たぶんロンドンもかな？」

「何ですって？」

「ロンドンだろう？　アクセントにそれっぽいところがある」

「ええ、そうよ、ロンドンに住んでいたわ」

「どのくらい？」

「そうね、十二年くらいかしら」

「すばらしい街だ」と彼は言った。「信じがたい図書館があるし、大学もほんとうに第一級だ」

「あなたも住んでたの？」

「いや、ときどき行くだけだ。わたしは向こうには住めないね。視程の悪さに耐えられないから」

角を曲がって目抜き通りに出た。街は落ち着いた、静かな明るさのなかで待っているように見えた。

「どっちかね？」と彼が訊いた。

「この道をまっすぐよ」とわたしは手ぶりで示した。

「で、あんたはいまは何をしているのかな？」と彼が訊いた。

「レディッチ図書館で働いているわ」とわたしは言った。

「ああ、それじゃ、言葉だね？」

「え？」

「言葉の仕事だろう？」

「それは……」

「そのくせ、シェイクスピアが好きじゃないんだ」謎の鍵をつなぎ合わせようとしたが、どうもうまく合わないとでも言いたげだった。彼は感嘆したようだった。少なくとも、わたしが同時にその両方であることが信じられないようだった。

「それはかならずしも必要条件じゃないんじゃないかしら……」

「あんたは議論好きじゃないのかね、マーゴ？」と彼が訊いた。「反抗的なんじゃないかな？」

「うーん、そんなことはないと——」

「べつに悪いことじゃないんだよ！」と彼は大声で言った。「いい人間はみんなそうなんだから」

それから、彼は口をつぐみ、わたしたちはそのまま黙って歩いた。わたしはハンドバッグから鍵を取り出した。

「それじゃ、ここでお別れだね」わたしが凍えた指でドアの鍵を選ぶと、彼は最後に言った。

「そうね」とわたしは言った。

「あんたの車は朝いちばんに牽引させるようにするよ」と彼は言った。「仕事に出かけるのは何時ごろかね？」

「八時よ」

「それじゃ、あんたの車は七時までに、完全に動く状態で、ここに戻っているだろう」

「ほんとう？」

「まったく、疑り深いお方じゃ」彼は笑った。

わたしはドアをあけた。彼にお礼を言う必要があるような気がしたが、何に対して礼を言うべきなのかわからなかった。わたしの夕べが中断されたのも、車が故障したのも、みんな彼のせいなのだから。にもかかわらず、わたしはなんだか借りができたような気がした。家まで送ってくれたからか、ここ数カ月で初めて損得勘定と関わりのない会話をしたからか……それとも、車を修理させると約束してくれたからか。

「ありがとう」とわたしは言った。

彼はにっこり笑って、ひょいと頭を下げた。「おやすみ」わたしがアパートに入っていくとき、彼が大声で言うのが聞こえた。「むかしからシェイクスピアはあまり好きじゃなかったんだって！」

そして、笑いながら、彼は通りを遠ざかっていった。


翌朝、玄関のドアをあけると、わたしの車がアパートの外の駐車スペースに届けられていた。しかも、エンジンは修理されていて、まるで夢みたいに始動した。助手席に封筒が置かれていた。手紙はわたし宛てで、〈わたしを殺すまいとして道から外れた心やさしい女性に〉とあり、できるだけ早い機会に小皿料理（タパス）と星空観察の夕べに招待するというのは出過ぎた真似だろうか、と訊いていた。そして、さらに「あなたは言葉の好きな女性だから、マーゴ」と彼は書いていた。「わたしの世界からあなたの世界へ一篇の詩を」

そして、クモみたいな筆跡で、ある詩の冒頭の一節を書き写してあった。

わたしをティコ・ブラーエに引き合わせよ、会えばわたしには彼がわかるだろう
彼の足下に謙虚に坐って、後世の知見を報告するとき
彼は万物の法則を知っているかもしれないが、それでも、あの時代から現在まで
わたしたちがどんなふうに作業を進めて完成したのかは知らないだろう

どうか忘れないでほしい、わたしがすべての理論を完成して遺したことを
足りないのはデータの一部だけで、それは適切に補えばいい
忘れないでほしいのは人々が嘲笑するだろうこと、これはほんもので真実であり、

新しすぎるという悪評が降りかかるかもしれないことだ

けれども、わが弟子よ、おまえはわたしの弟子として嘲笑が何に値するかを学んだ
おまえはわたしとともに憐れみを笑い、孤独の喜びを知った
人々の友情や笑みなどという気散じが何だろう
みだらな手管を弄する快楽の女神が何だろう

ドイツの大学には名誉をもたらすのが遅すぎると言ってやってもいいが
ぞっとする学者の悲運をいたずらに悔いてもらう必要はないだろう
わたしの心は闇のなかにあるかもしれないが、完璧な光のなかで立ち上がるだろう
夜を怖れるにはわたしはあまりにも星々を愛しすぎている

第三部

レニー

「わたしは死にたくない」

　そう言うと、皮膚の表面にざわざわと鳥肌が立つのが感じられ、わたしはそれが気にいった。自分の体が正常に反応しているのを知らされるたびに、わたしはちょっと得意になる。気温に対するわたしの皮膚の反応？　オーケー、うまくいっている。最高だ。

　その男はこちらを向いて、なかば軽蔑なかば困惑の目で、わたしを見た。煙草が肩と口の中間に浮いている。まるで一服どうかと言わんばかりに宙に差し出している。

　頭のてっぺんには毛がないが、まわりには白髪交じりの毛がふさふさしているから、こんなふうに外にいると、耳もとが温かいのかもしれない。剝きだしの膝まであるベージュのガウン。脚の肌は白いが、長い真っ黒な毛が生えていて、それがあまりにも長いのでブラシをかけることさえできそうだった……もしそうしたければの話だが。

　彼は、完全に動きを止めて、わたしを見守っていた。

　わたしが言ったのはわかりやすいことだったと思うが、彼はわかったような顔もせず、同意するそぶりも見せなかった。

「あなたは知ってた？　もくひろいをするのにいちばんいい場所はバス停だって？」とわたしは訊

いた。「煙草に火をつけたばかりなのに、バスが来てすぐに揉み消すことになることがけっこうあるからよ。だから、そういうところにはあるらしいわ。まだほとんど吸ってない煙草がたくさん」

「まあ、ただで煙草を手に入れたいとしたらだけど」と、言ったことを彼が理解したのかどうかわからなかったので、わたしは付け加えた。「ホームレスの友だちが教えてくれたの」とわたしはさらにつづけた。「そんなことを知ってもわたしにはなんの役にも立たないだろうって言ってたけど。でも、いまわたしはあなたに教えた。だから、いまはあなたも知っているから、それをだれかに教えれば、永久に伝わっていくかもしれない」

彼は煙草をピクリともさせずに持っていた。その煙が蛇みたいに左右にとぐろを巻きながら空に昇っていくのをわたしは見守った。

「たぶんもう死んでると思うけど、その友だちは」とわたしは言ったが、その男は依然としてなんの反応も示さなかった。わたしたちのあいだをそよ風が吹き抜けて、男はなにも感じていないのではないかとわたしは訝った。

「わたしはまだ覚悟ができていないの」とわたしが言うと、彼はそっぽを向いて、駐車場を眺めながら、煙草を口のそばまで持っていった。

「まだだめだわ」とわたしが言うと、彼は振り返ってわたしを見た。困惑の色は薄れて、いまや軽蔑だけが残っていた。わたしは彼の煙草休憩（シガレット・ブレイク）を台無しにしており、早くどこかに行ってほしいと思っているのだろう。だが、わたしはそれに感謝したかった。敵意はどうということもない。死ぬほど不愉快なのは同情なのだ。

外界の喧噪がわたしたちを取り囲んでいた——遠くの道路の音、木々を揺する風の音、人々の低い話し声、駐車場の精算機に入れそこなったポンド硬貨がチャリンと地面に落ちる音。騒音は不快なはずなのに、そんなことはなく、逆にわたしを解放してくれる。病院はとても静かだが、外のここでは、物音は埋もれて消えていく。

「死ぬことがこんなに怖いのにいったいどうすれば死ねるっていうの？」とわたしはその男に訊いた。

　早くどこかに行ってほしいと男は思っているのだろうが、まだそうはいかなかった。口のまわりの白髪交じりの無精ひげがピクリと引きつって、ほんの一瞬、黄色い歯を一本剝き出した。それが彼の生まれつきの反応なのだろうか、とわたしは思った。なかなか立ち去ろうとしない小鳥に向かって歯を剝き出すジャングルキャットみたいに。彼は煙草を投げ捨てた。それは前方に弧を描き、敷石の上を何度か跳ねて、ベンチの下に転がりこんだ。

　それから、彼の煙草休憩をわたしが台無しにしたとあからさまに告げる目つきでジロリとにらんでから、くるりと後ろを向いて背を丸め、左足をかすかに引きずりながら、回転ドアから病院に入っていった。回転ドアは彼が半分入りかけたところでストップした。だれかが前面のガラスに近づきすぎたとセンサーが判断すると、そのたびに止まるようになっているのである。

　わたしは煙草を追いかけて、ひろい上げた。まだ火がついていたが、いまにも消えそうだった。わたしはこれまで一度も煙草を手にしたことがなかったので、ふたつのことに驚いた――ひとつはそれがとても軽いこと、もうひとつは少しもザラザラしていないことだった。わたしはそれを親指と人差し指で挟んでコロコロ回転させながら、顔見知りに見られなければいいがと思った。

　もしも吸ってみたらどうなるのだろうという考えが浮かんだが、すぐさまそれを打ち消して、ゴミ箱のなかに投げ入れた。これできょうの一日一善は完了だ。

　わたしがいなくなったことに新人看護師が気づく前に、なかに戻らなければならないのはわかっていたが、もう少しだけぐずぐずして、楽しげなダンスをする車を眺めていた。バックでスペースのなかへ、一時停止して道を譲り、小さなロータリーのまわりでスクエアダンスの背中合わせ（ドシド）で回転をやっている。

小さな緑色のゴミ箱からゆらゆら煙が立ち昇りはじめたとき、わたしはそろそろ引き揚げる潮時かもしれないと思った。炎が見えるようになって、ゴミ箱に付いているおなじ方向を向いている三本の矢印（これは何を意味するのだろう。健康と富と幸福？　父と子と聖霊？　三つ一組で持てはやされるものはたくさんある）の上方にまであふれ出すと、すぐに逃げ出さなければならないのはあきらかだった。

マーゴと天文学者

「ピッパ、グリッターある？」

「グリッターって言ったの、レニー？」とマーゴが疑わしそうに訊いた。

「そうよ、グリッター——だんぜんグリッターよ！」とわたしは言った。

「でも、グリッターを使ったら、クリスマスカードみたいになってしまうんじゃない？」とマーゴが訊いた。

「そんなことないわ。で……グリッターは？」

「ないみたいね、レニー」と、デスクの引き出しをひとつずつあけてみながら、ピッパが言った。

「でも、忘れずに〝リスト〟に入れておくわ」

わたしはうなずいて、〝リスト〟へのグリッターの追加を承認した。「ゴールドをおねがい」

マーゴは自分の前の作品に目を落として、最後の仕上げをしているところだった――暗青色の空に小さな星がちりばめられ、その下に小さな小屋がじっと佇んでいる。

「彼が好きになったのね。ねえ、そうでしょう？」

「それじゃ物語が台無しになってしまうわ」

「それをわたしに教えると物語が台無しになるってこと？　それとも、彼に恋をしたら物語が台無しになるってこと？」

マーゴは笑っただけだった。

「話してくれる？」

「もちろん」

ウォリックシャー、一九七一年

マーゴ・マクレイは四十歳

彼の家は滅茶苦茶だった。母屋はかつては農場主の住居だった――高い建物で、くずれかけた石でできていた。彼はそれを相続人のいない農場主から買い取って、現代的な家に改築するつもりだったが、水道と電気を引いて、屋根にガラスをはめ込んだ屋根裏観測所をつくったところで放棄していた。風が吹くと、窓がピューピュー鳴り、暖房機（ラジエーター）は動かなかった。

ほかにもいくつか建物があった。そのひとつには騒々しい鶏を飼っていて、もうひとつには車を入れていた。三つめの建物にはもっと広い観測所をつくろうとしているところだった。幸運なことに、屋根瓦の一部がこの前の冬に落ちてしまった。だから、とわたしを案内してまわりながら彼は言った。あとは透明なガラス屋根を付けるだけで、〝魔女のおっぱいみたいな寒さ〟に悩ませられずに、星を観察できるようになるだろう。

鶏はたくさんいて、彼は餌をやるのをとても楽しみにしていた。鶏を抱き上げて、彼らにも言葉が理解できるかのように、話しかけるのだった。一羽ずつ往年のハリウッド・スターの名前が付けられていた。マリリン、ローレン、ベティ、ジュディ……。なぜそんな名前を付けたのかと訊くと、ひとつには、彼らが星(スター)だったという考えが気にいったこともあるけれど、それより何より、いろんなものに星座にちなんだ名前を付けすぎてうんざりしていたからだということだった。わたしもかつては鶏を飼って得意になっていたことがあると言っても、彼はすぐには信じようとしなかった。わたしはそのときすぐミーナに電話したいと思った。ジェレミーはどうなったのだろう、とわたしはよく考えたものだった。まだどこかで生きていて、地面をつつきながらロンドンの町をうろついて、自由な鶏の暮らしを謳歌しているのだろうか。

わたしたちは家の背後にひろがる野原に立って、空を見上げた。そこはもとはたくさんの牛が飼われていた場所だったが、いまでは雑草が傍若無人に生い茂る野原になっていた。とても寒い夜で、わたしたちの吐く息が幽霊みたいな形になって吹きとばされたが、寒さは苦にならなかった。それを説明するのにいちばんぴったりする言い方を探すとすれば、彼といっしょにそこにいると、わたしは聖域(サンクチュアリ)にいるような気がしたということだろう。わたしたちにはいくらでもおしゃべりをする時間があり、いくらでも見るものがあった。急いで話そうとしたり、彼を感心させようとしたり、笑わせようとする必要はなかった。彼のそばにいると、わたしはとても穏やかな気持ちになれた。

わたしたちはキッチンのぐらつくテーブルで、スパイスのきいたタパスを食べた。テーブルの片側は積み上げた電話帳で、もう一方の側はモノポリーの箱で支えられていた。ハンフリーはわたしが知っているだれとも似ていなかった。彼は世界とつながっていると同時につながっていなかった。星の入り組んだ動きや、いまそれぞれの衛星や星座や月が地球との関係でどんな位置にあるかについては精通していたが、そのほかのすべてには疎かった――冷蔵庫には二年前に消費期限が過ぎたバターの塊が入っていて、壁のカレンダーはいまだに一九六四年のものだった。彼ははるかむかしに終わっているイベントのチケットやちらしを捨てずに持っていたし、大学時代に好きだったラジオ2の番組で聞いたことなら覚えていたが、その日にもう鶏に餌をやったかどうかや、妹の誕生日がいつだったかは思い出せないことが多かった。

「鶏たちが腹を空かせていないかどうかちょっと見てくる」と彼は言ったが、わたしがそこにいた二時間のあいだにすでに二度餌をやっていることを、わたしはあえて指摘しようとはしなかった。そうはせずに、キッチンのガラクタのなかにひとりで坐って、本を読んでいるだけで満足だった。キッチンの至るところにハンフリーからハンフリー宛てのメモがあった。そして、ふつうならそんな必要のないものにもラベルが貼ってあった。たとえば〝大きなスプーン〟とか。フライパンのひとつには〝使用可〟、もうひとつには〝使用不可〟というラベルが貼ってあったが、どうして両方とも取っておくのか、わたしには結局わからなかった。

彼は泥だらけのドアマットで足踏みをしてから、戻ってきた。「餌はたくさんあった。むしろ多すぎるくらいだったよ！」そう言うと、それがじつに面白いジョークであるかのように笑った。それから、目を輝かせて、わたしの手を取ると、「それじゃ、きちんと観察できる場所に行こうか？」と言った。そして、階段をのぼって屋根裏部屋に、ただのはかない存在であるわたしたちが天国を垣間見られる手造り天文台に連れていってくれた。

友よ、わが友よ

「バスルームの隅に紙魚（シミ）が住んでるんだ」

アーサー神父は信徒席のわたしのとなりに坐った。

「朝早くトイレに行って」と彼は言った。「初めて見たときには、ナメクジかと思ったが、違った——西洋紙魚（シルバーフィッシュ）なんだ。一匹だけだけど、その黒っぽいものが床のタイルと幅木の隙間にすっともぐり込んだんだよ。

「わたしが退治したがるだろう、ときみは思うかもしれない。彼らのほうがわたしより数が多いかもしれない、壁のなかにうようよと何千匹も住んでいるかもしれないと心配していると思うかもしれない。しかし、わたしはけっこう好きなんだ。彼らはこれ以上にないほど住みにくい場所でも生きていかれることを、わたしに気づかせてくれるからね。じつにおもしろい生きものだ——銀色の短い紐が水みたいにチョロチョロ動く。ほかのどんな生きものとも似ていない。

「風呂に入るとき——こういう話題は不適切だと感じたら、止めてほしいんだが——わたしはもう本は読まない。その代わり、じっと見張っているんだ。床の上の動きがなくなれば、一匹くらい姿を現すかもしれない——バスルームの床という未知の土地への冒険へ乗り出す気になるかもしれないからだ。たいていは、彼らは出てこない。その原因にはふたつの説がある。ひとつは彼らは光が嫌いなのだという説――わたしは夜中に何度もトイレに行くが、そのたびにいつもあわてて逃げだすからね。二番目の説は、彼らは夜行性なのだという説。正直なところ、この無脊椎動物の友人たちの睡眠パターンについてわたしはなにも知らないが、彼らは昼間が嫌いで、夜に探検するほうが好きなんじゃないかと思う。

「彼らを殺してしまわないために、わたしはミセス・ヒルにバスルームの床には漂白剤を使わないように頼んだ。しかし、ずっと使わないでいたら、ばい菌が湧いて、そのせいでわたしは病気になる。だから、いずれはやらなければならないだろうと彼女は言うんだ。それでも、少なくともいまのところはやらないでほしい、とわたしは頼んでおいた。わたしは彼らを借家人だと、小さな移民だと思っている。わたしは彼らの保護者であり、観察者であり、友人なんだ」

「どのくらいいるの？」とわたしは訊いた。

「少なくとも二匹はいる。もっといればいいんだが」

「幅木を剝がして、見てみたら？」

「でも、そのあと、どうしろと言うんだね？」

「かぞえるのよ」

「そして、そのあとは？　彼らの住まいを破壊するのはいい気分じゃない」

「それなら、寝る前にできるだけたくさん飲むようにすればいいわ」

「どうしてだい？」

「夜中にトイレに行けるように」

彼は笑った。最初は静かな笑い方だったが、それがだんだん大笑いになった。「ああ、レニー」と彼は言った。「いやあ、じつにすばらしい考えだ」

「そう？」

「そうさ」

「どうして？」

「わたしにはとても思いつけなかったからさ」

そのあと、彼の顔から笑みが薄れて、また悲しげな表情に戻った。ちょうどわたしが礼拝堂に入ってきて、新人看護師がチョコレートと雑誌を買いにいくから、もしなにか必要ならすぐに言うか永遠になにも言わないでほしいと言って、正面玄関のほうに出ていった直後みたいに。

彼は茶色いステンドグラスの十字架を見つめた。「わたしは長年この窓を見てきたが、いまはそれを当たり前だと思いすぎていたような気がする」

「当たり前？」

「わたしが病院の礼拝堂付き司祭でいられるのはあとわずか一週間だ」

「え？　一週間？　いつからそんなことになったの？」

「レニー？」わたしがきょうの日付を知らなかったので、彼は心配そうな顔をした。しかし、毎日寝間着で過ごす人間にとって、日付を気にする必要はほとんどないのだ。

「まだ四カ月あると思っていたわ」

「あったんだ」

「もう四カ月経ったの？」

「来週末で四カ月になる」

わたしは彼が息を吸うのを見守った。目を依然としてステンドグラスに向けたまま、彼はゆっくりと鼻から息を吸った。

「どうしたの？」と、わたしはできるだけやさしい声で訊いた。

「もしだれも来なかったら？」と、ようやくわたしに視線を戻して、彼は言った。

「何に？」

「礼拝堂でのわたしの最後の礼拝にさ。あまり人が来ないような気がするんだ」

「あの老人は？　居眠りをしていた」

「退院したよ」彼はスッと息を吸いこんで、「ごめんよ、レニー」と言った。「きみを助けるのがわたしの仕事で、その反対ではないのに」

「あなたはわたしを助けてくれ、わたしはあなたを助けてあげる。そういうものじゃない？」とわたしは彼に言った。

「ありがとう」

「だって、あなたはいつまでもわたしの友だちだもの、わが友よ」

　ちょうどその瞬間を選んだように、新人看護師が礼拝堂の重たいドアを押し、ドアがあいた拍子によろめいて、転がりこんできた。ドアの反対側で何が起こっているかを知っているはずはないのだから、その瞬間をほんとうに選んだわけではないだろうが、できればもう少し待ってほしかった。わたしはもう少しそこにいたかった。

マーゴが結婚する

ローズルームの窓を雨が激しくたたくなか、マーゴとわたしは並んで坐っていた。雨は天から降ってくるというよりはむしろ投げつけられているかのようだった。わたしはパジャマの袖をアクリル絵の具だらけにしながら、幼稚園の門のところで泣いている、三歳の、わたし自身の、じつにわたしらしく下手くそな絵を描いていた。しかし、外では雨が降っているときに、暖かい部屋に坐っていられるのは、なかなか快適だった。マーゴは非常に繊細なタッチで描いていた。茶色くなって、端が丸まり、リボンで束ねられたドライフラワーの小さな花束。その葉のカサコソいう音が聞こえ、筋だけになった葉の構造が目に浮かんだ。

ウェスト・ミッドランズ、一九七九年九月
マーゴ・マクレイは四十八歳

陽光がハンフリーの居間の床を半分覆っている絨毯の端から端まで移動しても、わたしはまだひと言も書けずにいた。絨毯が床に固定されていない部分があって、そこに爪先を引っかけてつまずきやすかった。実際、わたしたちはよくつまずいた。わたしはセロテープを貼ってみたが、板石にはくっつかなかった。冬の朝には、その板石が凍りつくように冷たかったので、わたしたちはいつも相手が先に階下に下りて、やかんを火にかける気になるように説得しようとしたものだった。階下のその部屋がすべてだった――そこがキッチンであり、居間であり、食堂で、そこから石の階段を上がったところがベッドルーム兼天文台だった。わたしはハンフリーが作ってくれた机の前に坐って、片足を伸ばし、その爪先を絨毯と床の隙間に突っこんでいた。

「終わったかい？」とハンフリーが笑顔で訊いた。鶏の餌のバケツを持つ手が震えて、床に餌をまき散らしていた。予定外のお代わりを見つけたと言わんばかりに、床の板石を突つきながら、まもなく娘たちがなかに入ってくるにちがいなかった。わたしの机を作ってくれたとき、ハンフリーはキッチンのドアに鶏用の出入口（チキン・フラップ）を取り付けた。それについては言わぬが花だった（「どうして猫ばかり優遇されなきゃならないんだい？」と彼は言うにちがいなかった）。

わたしは首を横に振った。

「わたしのは横に置いてあるよ」と彼が言い、わたしはそれを取り上げた――わたしたちの〝ささやかなお祝い〟と彼が呼ぶものへの招待客のリスト。彼の弟、彼の妹、叔父や叔母たち、大学の同僚たちが大勢、ロンドンの天文台からも数人、それに地元のパブの仲間がひとりかふたり。彼のクモみたいな筆跡で、友人や親類から成るクモの巣が構成されていた。彼のまわりに張りめぐらされた安全網。

わたしのページは真っ白だった。

だから、わたしは名前を書いた。たったひとつだけ。黒インクでその名前を書くことは、自分の胸をナイフで切りひらいて、心臓をハンフリーに見せるようなものだった。

正しい住所はわからない、とわたしは信じていた。だから、自分が知っている最後の住所宛てにした。

　そして、その一通だけの白い封筒を招待状の入っている袋に入れて、わたしはじっと息を凝らした。

　もちろん、返事は来なかった。彼の叔父や叔母や同僚たちは、出欠や料理の好みのチェックボックスにチェックを入れて送り返してきた。わたしは袋の底をさぐって、わたしの一通だけの招待状がもう入っていないことを確かめると、それがロンドンに送られて、見知らぬ人のチクチクするドアマットの上に危なっかしく置かれ、眉をひそめられ、ぶつぶつ言われて、最終的には、ゴミ箱の卵の殻やまだ湯気のたっているティーバッグの上に投げこまれるのを想像した。


　ハンフリーが気の毒がって、わたしを元気づけようとしているのがわかった。それで、わたしたちはコヴェントリーまでドライブして、ラッカムズの店内で二手に分かれ、彼は初めてのモーニングを、わたしは二着目のウェディングドレスを買いにいった。

　婦人服売場はガランとしていて、窓がなかった。ハンガーラックに吊された物言わぬ衣装以外にはだれもいない、やさしい明かりの灯る夜のなかにさまよい込んだかのようだった。わたしが見てまわっているのを見つけて、女性販売員がやってきた。とっさに万引きを疑われているのではないかと感じて、わたしはごくふつうの態度を装おうとした。

「なにかお探しですか？」彼女は笑みを浮かべた。

「結婚式に行くんですけど」とわたしは言った。なぜそんな言い方をしたのかは、自分でもわからなかった。

「あら、すてきですね」と彼女は言った。「いつごろのご予定ですか？」

「来週末です」

彼女は〝おやまあ〟という顔をして、口のなかに息を吸いこんだ。そんなに間近に迫ったイベントのためにドレスを買いにくるなんて、あまりにも遅すぎるということらしかった。じつは自分の結婚式なのだとは言わなくて正解だった、とわたしは思った。

「では、そうですね」と言いながら、彼女はわたしを上から下まで観察した。「とくにご希望の色がおありですか？」

「白でない色」とわたしは言った。

彼女は、わたしがまるで酸素を吸うのが大好きだと言ったかのように、笑った。「もちろん、それはそうですけれど！」と彼女は言った。だれかの結婚式の招待客としてわたしが白を着ていくかもしれないと仄めかしただけで、彼女は頭に手をやった。

「よろしいでしょうか？」と彼女は訊いた。

「ええ、もちろん」とわたしは言ったが、何がよろしいのかわかっていなかった。けれども、彼女はあちこちからドレスを選びはじめ、物の一分もしないうちに少なくとも十着の、赤や緑や青のドレスを抱えてきたので、わたしにもわかった。わたし自身の手は空っぽだった。

「よろしいでしょうか？」と彼女はまた言い、わたしは彼女のあとについて試着室に入った。

わたしは彼女がその日話しかけた最初の人間だったのかもしれないという気がした。

最初に試したドレスはひどかった――郵便ポストの赤で、奇妙な場所からやたらとキラキラする緑色のサテンのチューブがぶら下がっていた。この衣装選びの旅がはじまると、販売員はわたしのそばを離れたがらなかったので、わたしは落ち着かなかった。彼女は何度となくカーテンをたたいて、「ノック、ノック！」とうたうように言いながら、見せてほしいと頼んでくるのだった。初めて彼女に見せてもいいと思えたのは四着目か、それとも五着目だった。ネイビーブルーで、袖が肘までであり、膝のところで裾がかすかにひろがっていた。わたしが動くと、サラサラという音がした。

販売員の女性は親切にもわたしの髪に留める青い装身具と、はおるとドレスの袖とおなじくらいのところまで来るふわりとした青のカーディガンを選んでくれた。

「完璧ですね」と、わたしが鏡のなかの自分を見ていると、彼女は言った。ウェディングドレス選びを手伝ってくれたお礼を言いたかったけれど、それまでの術策をご破算にはできなかったので、彼女がドレスをバッグに入れてくれたとき、ただ感謝を伝えるだけにした。

わたしは彼女に言ったのだった。「花嫁が気にいると思うわ」

ハンフリーはショッピングセンターのカフェにいた。紅茶をちびちび飲みながら、天井のほうに首を伸ばして、ガラスの高窓越しに冷たい青空を眺めていた。

「それで？」と彼が訊いた。

「成功よ！」とわたしは言って、バッグを指差した。

「ふうむ」と彼は言って、お茶を飲みくだした。「わたしもだ。教えてしまうのがタブーでなければだが、わたしはブルーにしたよ」

結婚式の前夜、ハンフリーは友だちのアルと夜を明かした。「サスペンスだね！」と、戸口で別れのキスをするとき、わざと芝居がかった口調で彼は言った。「では、側廊の端でまた会おう！」と、自分のスーツのバッグを抱えてアルの車に乗りこみながら、彼は大声で言った。

二度目の結婚式の朝、わたしはトーストとマーマレードと一杯の紅茶を用意した。ドスドス歩きまわって、物を動かしたり、そこらじゅう散らかしまわるハンフリーがいないと、家は妙に静かだった。わたしは髪をカールさせて、念入りに化粧をした。口紅は淡いピンクにした。かつて、ロンドンのアパートで本の山の上に置かれていたやつだったが、幸運にもまだ使える状態だった。

教会まで歩いていくと、主任司祭が握手と温かい笑顔で迎え入れてくれた。そして、教会の側面の小部屋で待つようにと言ってくれた。ほかにもだれかわたしといっしょに待つ人が来るかと訊かれ、自分だけだと答えたとき、わたしはなるべく悲しい気持ちにならないようにした。

そうやって、わたしは待った。わたしはあまりにも早く来てしまっていた。その小部屋でわたしといっしょに待っていたのは、取り外された数脚の信徒席と、何冊かの聖書だけだった。

それから、ドアがあくと、そこに彼女が立っていた。

息を吸いこむと同時に唾を飲みこもうとしたので、喉が詰まりかけた。わたしは最初の結婚式のために母が作ってくれた白いレースの手袋をしていた。そこに痰を吐きたくはなかったので、脱ごうとしたが、きつすぎて脱げなかった。ミーナが一歩前に出て、結婚式の案内状を差し出したので、ちょうどなんとか間に合って、わたしは〈マーゴ・マクレイとハンフリー・ジェームズの結婚式〉の上にミントグリーンの痰を吐き出した。

わたしが詫びを言っているあいだ、彼女は笑っていた。

ようやくふつうに息ができるようになると、わたしはあらためて彼女を見た。髪は――いまでもブロンドでウェーブがかかっていたが――首の後ろにまとめて、ピンで留められていた。顔はほとんどわたしの記憶とおなじだったけれど、少しだけふっくらしていた。膝のすぐ下まであるピンクのドレスがかなり突き出したお腹をごく自然に覆っていた。

束の間、それが現実だと思えるくらいには長いあいだだったが、彼女の手を取っていっしょに逃げること――どこか遠くに行って、彼女をわたしのものにして暮らすこともできるかもしれない、とわたしは思った。

それから、彼女がにっこり笑うと、その考えがはらりと落ちて、ハンフリーとわたしが手に手を取ってベッドに横たわり、星を見上げているイメージに入れ替わった。

もうかなり前から母親でもおかしくない歳だったのにもかかわらず、彼女は妊娠して困っているティーンエイジャーみたいに見えた。彼女が肩をすくめて、にっこり笑うと、わたしは思い出した。そう言えば、彼女の瞳を覗きこむと、ときどき、胃をギュッと締めつけられるような感じがしたものだったと。

わたしは、まるでこれから水中に潜ろうとしているかのように、信じがたいほど深々と息を吸い、それから彼女に抱きついた。彼女を思いきり抱きしめながら、死人と再会するとこんな感じがするのだろうかと思った。わたしはあまりにも長いあいだ彼女を思い返し、彼女のことを考え、彼女のことを想像していたので、彼女が現実に生きている人間であることを忘れていた。それなのに、その彼女がここにいるのだった。

「おめでとう」と彼女がわたしに言った。

「おめでとう」とわたしも彼女に言った。

数キロ離れたところから聞こえるような音がわたしの耳のなかに響いていた。それがオルガンで、新婦の入場前に演奏される音楽だと気づくまでに、しばらく時間がかかった。もともと、わたしたちが望んでいたのはピアノの演奏だったが、司祭から教区教会付きのオルガニストを推薦されたとき、エルスペスというそのやさしい背の丸まった女性の弾く音楽を聞くと、歯が浮くような気分になるとは言いだせなかったのである。

教会の駐車場に面した窓枠に、牛乳瓶に入れてリボンを結んだドライフラワーの花束が置いてあった。まんなかにかつてはカーネーションだったピンクの蕾が付いているその花束を瓶から抜いた。できるだけ気をつけたつもりだったが、骨と皮だけになった葉の何枚かが震えて、ハラハラと床に落ちた。

「はい、これ」と、花束をミーナに差し出しながら、わたしは言った。「花嫁の付添人（ブライズメイド）になってちょうだい」

冷えた紅茶のカップをあいだに挟んで、いろいろ詳しい話を聞けるくらいの時間、わたしは彼女を引き留めた。彼女はできるだけ気をつかって話してくれたが、それでもわたしの一部は砕けて、床にくずれ落ちた。

彼の（父親の）名前は重要ではない、なぜなら彼は関わりをもつことがないからだ、と彼女は言った。彼はかつては同僚であり、それから友だちになり、それから恋人になり、それから父親になり、それからなんでもなくなった。もちろん、それが〝教授〟であることをわたしは知っていた。

彼の（赤ん坊の）苗字は彼女自身の名前――スター――になる、と彼女は言った。数年前に、彼女はついにそれを正式な法律上の名前にしたのだという。

「もしもわたしが……もしもわたしたちが手伝えるなら……」とわたしは言おうとしたが、彼女は首を横に振った。

彼女のなかの砲弾がグルリと動き、彼女はわたしの手をつかんで、自分のタイツとお腹の境界線にあてがった。

ときどきそういうことがあるのだが、わたしは地球がまわっているのを感じた。地球が自転して、わたしたちを前に引っ張っていく。何百万ミリ秒もが飛び去っていく。いまのこの一瞬はとても貴重なものだった。ハンフリーとの時間よりも貴重だった。彼との時間には限りがないから、ずっと価値が低かった。ミーナとの時間はいつだって本来のスピードより速く過ぎていき、どんどん逃げていってしまう。

わたしたちの目が合うと、彼女は体を起こして、片手を椅子の背にかけた。

「泊まっていってもいいのよ」とわたしは言ったが、彼女がそうするはずがないことはわかっていた。

彼女はわたしの頬にキスをした。

それから、彼女は行ってしまった。

数週間後、〝ミセス・ジェームズ〟宛ての封筒がドアマットの上に置かれていた。封筒のなかには赤ちゃんの写真が入っていた。写真の裏を見ると、見覚えのある丸っこい筆跡で、〝ジェレミー・デイヴィ・スター、六ポンド十オンス〟と記されていた。

レニーと初めての別れ

わたしが司祭と、空っぽの礼拝堂にいる老人と知り合ったのはちょっと前のことだった。わたしたちは握手をして、思いがけず友だちになった。彼からはイエスのことはなにも教わらなかった。むしろ、神のことでは、わたしは彼を混乱させたのではないかと思う。でも、それはほんとうに重要なことではない。

その司祭が、きょう、最後の日曜礼拝のために、オフィスから出てきた。ふだんどおり会衆は二人くらいだと思っているのだろう、彼は祭壇に着くまで顔を上げようともしなかった。それから、彼は顔を上げた。すると、すでに赤かった目がかっと見ひらかれた。目の前に笑みを浮かべた顔の海がひろがっていたからである。ピッパのアートクラスは二クラスで四十人くらいになる。なかにはパジャマ姿もいたし、日曜日用のよそ行きの人もいた。そのみんながアーサーの最後のミサを待って、耳を澄ましていた。わたしはマーゴやエルサやウォルターといっしょに最前列に坐っていた。「これは、これは」と彼は言って、老眼鏡をかけた。「ようこそ！」と言った彼の声はしゃがれていた。

わたしが手を振ると、彼はわたしに微笑みかけて、うなずいた。だれもがわたしの作ったちらしを持っていた。教会の礼拝にちらしが必要だと確信している人はいなかったが、わたしたちには孫に見せるものがなにかしら必要だった。アーサー神父の最後の偉大な興行について話して聞かせるために。

「みなさんがこぞって来てくれたのはなんともすばらしいことです」とアーサー神父は言った。「なかにはご存じの人もいるように、これは病院の礼拝堂でのわたしの最後の礼拝になります」

「知ってるわ」とエルサが言った。彼女は全身黒一色で、スパンコールをちりばめた黒い帽子をかぶっていた。彼女がどの病棟にいるのかは知らないが、病院のベッドのかたわらに巨大な衣装ダンスがあるところを想像せずにはいられなかった——彼女が二度おなじ衣装を着ているのを見たことがないような気がするからだ。

「ですから、感情的になったとしても」と彼はつづけた。「お許しねがいたいと思います。もっとも、断っておきますが」——彼はくしゃみをして、失礼と言い、それから笑って、つづけた——「風邪をひいているからでもあるんですが」

アーサー神父は祭壇の背後に移動して、ちょっと間をあけて気を落ち着けた。窓のステンドグラスのピンクと赤と紫が、白い祭服を淡いピンクに染めていた。わたしはお馴染みの匂いを吸いこんで、この瞬間の光景を胸に刻みこんだ。自分がいるべき場所にいるアーサーを。少しすると、わたしたちは静まり返り、彼が両腕を上げた。

「天にましますわれら(アート)が父よ、御名(みな)が崇められますように……」

主の祈りのなかにはわたしが知らない言葉もあるけれど、〝アート〟という言葉は知っていた。それを入れておかない手はなかった。だれもがみんなアーティストであるべきだし、とりわけ、神様が天国でアートをやっているなら、それを見習うべきなのだから。

「わたしたちの生活は祝福に満ちています。ときには、わたしたちは立ち止まって、それをかぞえますが、ときには、そうしようともしません。わたしはこの病院で長年働いてきましたが、それが病院のなにかを変えたか、と何度となく自問したものでした。結局のところ、はっきりしているのは、この病院がわたしを変えたということだけでした。わたしはここで日々を過ごし、ここで働き、ここで祈ることができたことを自分への祝福だったと考えています。わたしはここで出会った人々によって、その大胆さ、その勇気、その輝きによって永遠に変わったのです」彼はそれからわたしを見て、深々と息を吸った。「それを心に留めて、天なる神に感謝を捧げたいと……」

今回はだれも居眠りをしなかったし、わたしも笑いたいとは思わなかった。わたしは時計を止めたかった。アーサーにこのままここにいてほしかった。しかも、わたしはアーサーのことが心配だった――彼はこれからどうなるのか？　年金があるのだろうか？　彼が司祭でなくなっても、ミセス・ヒルは卵とクレソンのサンドイッチを作ってくれるのか？　彼は一日中いったい何をすることになるのか？

たちまちのうちに、ミサは終わった。

「安らかな心をもって、主に仕えましょう」と彼は言った。わたしは自分がそうしているとは知らずに手をたたいていた。信徒席の向こう側からマーゴがそれに加わり、拍手がだんだん高まって、ローズルームのさまざまなアーティストたちから拍手の渦が湧き起こった。

アーサーは顔を赤くして、うなずいた。「ありがとう」

わたしたちが、とてものろのろと、出口に向かっているとき、アーサーがピッパに訊いた。「ちょっとレニーと話してもかまわないかね？　時間はかからないから」

ピッパはそれを認めて、ほかの人たちといっしょに出ていった。

「ねえ」と、出口に向かう途中で、マーゴがエルサに言った。「アーサー神父はよく見る顔だと思うんだけど、どこで見たのか思い出せないのよ。テレビによく出ていたのかしら？」

「ともかく、とても変わった礼拝だったわ」と廊下に出たエルサが言うのが聞こえた。「わたしの最初の夫はイングランド国教会だったし、二番目はメソジスト派で、三番目はカトリックだったけど、その三つを混ぜたみたいな感じだったもの」彼らの背後で重たいドアが閉じたので、だれかがそれに賛成したのか反対したのかはわからなかった。

わたしは側廊を歩いて、悲しげな笑みを浮かべているアーサー神父に歩み寄った。

「ありがとう」と彼は言った。

「何が？」

「きみに会えないと寂しくなるよ、レニー」

わたしは手を伸ばして、彼を抱きしめた。祭服は柔軟剤の匂いがした。聖なる祭服にしては呆れるほど家庭的な匂いだった。「何もかもありがとう、アーサー神父」とわたしは彼の肩に向かって言った。

彼は体を引き離した。

「ときどき来てもいいかね？」と彼は訊いた。

「もし来なかったら、永久に赦さないわ」とわたしは言った。わたしは片手を伸ばして、そばの信徒席にもたれかかった。体中が痛かったからである。わたしは（そうしなければ死ぬと脅して）ピッパに〝わたしの〟車椅子を礼拝堂の外に置かせたのだった。

「来ると約束するよ」と彼は言って、それからふと口をつぐんだ。「レニー、わたしたちが会ったばかりのころ、きみはわたしに真実を教えてほしいと言ったことがあったね。覚えているかい？」

「覚えてるわ」

「では、これがわたしの最後の真実だ。もしもわたしに孫娘がいたら、その子にはきみにそっくりになってほしいと思っている」

彼が泣きだしそうになっていたので、わたしは右手を差し出した。彼は困惑した顔をした。

「最初は握手からはじまったから」わたしは笑みを浮かべた。

その意味を理解して、彼はわたしの手をにぎった。

「それじゃ、次に会うときまで、レニー」と言って、彼はわたしの手を振った。

わたしが彼の手のなかから手を引っこめたとき、「気をつけて」と彼は言った。それがあまりにも力をこめた言い方だったので、力をこめて言えば言うほど、そうなる可能性が高いと思っているかのようだった。わたしが自分で気をつけさえすれば、死なないで済むかのように。

わたしは必死に泣きださないようにしながら、礼拝堂に立っている彼を残して、なんとか転ばずに車椅子までたどり着いた。彼が言ったとおり、気をつけて。

そして、それで終わりだった。ピッパはとてもやさしくわたしの車椅子を押してくれ、わたしたちローズルームの住人は画材のほうへ戻っていった。「ありがとう」とわたしが彼らに言い、どういたしましてと言われたとき、わたしは泣きださないように廊下の天井の煌々たる明かりを見上げなければならなかった。

六十

　わたしたちの作品が記念すべき点数に達したのを祝うため、新人看護師が車椅子を押して、わたしをローズルームまで連れていってくれた。半世紀分の五十枚に達したときは忘れたので、六十枚になったときに祝えばいいだろうということにしたのである。

「そろそろ置き場所に困りそうだわ」とピッパがだれにともなく言いながら、シンクの上の棚から比較的大きな作品を取り出して、テーブルに置いた。なんらかの順序があるようで、彼女は注意深く部屋中に並べていった。印象的なのは色使いだった。ヘンリー＝イン＝アーデンの小屋の上の夜空、ほとんど羽根がない鶏、わたしが描いたほとんどだれも来なかった八歳の誕生生パーティのものすごい絵。

「これはあなたの、レニー？」と、マーゴが公園の芝生に坐って〝教授〟が帰るのを待っている絵を指差して、新人看護師が訊いた。

「よくもそんな意地悪なことを訊けるわね」

「何ですって？」

「わたしの絵のはずはないでしょ！」

　わたしは車椅子から立ち上がって、新人看護師が押し止めようとするのを待った。けれども、彼女は止めなかったので、それをいいことに、わたしは走るか、スキップするか、テーブルに坐って脚をぶらぶらさせたいと思った。わたしは、母と待機中のタクシーを高みから見下ろす絵のそばに立っていた。

「驚くべきことだわ」と新人看護師が言った。

「何が？」

「このすべてがよ」と新人看護師は答えた。真剣な表情が彼女の顔をくもらせていた。「あなたは驚くべきことをやってのけたのよ。もちろん、マーゴもだけど」

「これはすべてレニーのアイディアなのよ」とマーゴが言った。

「頭がいい子だもの」ピッパはにっこり笑った。

そのとき、わたしはふと悟った。そこに六十枚の絵と画材とわたしのまだ動いている心臓がなければ、それはまるでわたしの葬式で、みんながわたしのことを話題にして、皿の上のパサパサのサンドイッチをいじくり、わたしのいいところを感傷的に誇張しながら、わたしのなし遂げたことや、わたしが生きていたらどんな人生を送ったかについて語り合っているみたいだったことを。

すると、わたしにはそれ以外のことは考えられなくなった。〈ほら、わたしたちは六十枚の絵を描いたのよ〉ではなくて、〈そうなのだ。この母親みたいにやさしくて、ちょっと陰鬱な口調。わたしが……結局、どこにいることになるにせよ……みんながわたしのことをこんなふうに語るのだろう〉と。わたしはもっとやりたかったのに。もっとたくさんのことをやりたかったのに。だれだってそう思うのかもしれないけれど。

わたしは彼らにこう言ってもらえるようになりたかったのだ。〈レニー・ペッテション？　ああ、レニーのことは覚えているわ。奇跡的に回復して、サーカスの団員になった娘でしょう？〉

わたしは車椅子に坐りなおした。上半身に蚊ほどの力しかないとき、手動車椅子に坐ったまま自由を獲得するのはほぼ不可能だった。だから、三人が三人とも気づかないうちに逃げ出すことはできなかった。しかし、彼らのために言っておけば、わたしがドアから出ていくのを見ても、だれも引き留めようとはしなかった。

　廊下を半分くらい行ったところで、聞き慣れた白いキャンバス地のスニーカーの軋る音が背後から聞こえた。

「レン」と彼女は言った。わたしが感心したのは、彼女が車椅子のハンドルをにぎって自分で押そうとはせず、わたしが悪戦苦闘するままにしてくれたことだった。

「ちょっとどこかへ行こうとしているだけよ」

「へえ、そうなの？」彼女の声は心配そうだった。

「そうよ」

「たとえば、どこへ？」

「ただここから離れたいだけよ」

「アーサー神父？」

　わたしは廊下を進みつづけた。「いいえ。忘れたの？　彼はもういないのよ」

「でも、それじゃ、どこへ行くの？」

「ただ逃げ出したかっただけ」

「あなたたちの絵から？」

「あそこであなたたちがやっているわたしの葬式からよ」

　彼女はそれにはなんとも言わず、わたしは廊下の端に着いて、角を曲がった。両開きのドアがいくつかつづいていた。新人看護師がドアを押さえて、わたしを通してくれた。

わたしは何度も角を曲がって、迷子になろうとした。なぜなら、ほんとうに迷子になれば、見つかるまではメイ病棟から離れていられるからだった。瀉血研究室の前を通ったとき、ウォルターとエルサの姿が見えた。ガウンを着て、ふたり並んで、とてもゆっくり歩いていた。彼はいままで使っているのを見たことがない歩行器を使っていたので、膝の手術をしたのかもしれないと思った。彼がなにか言って、彼女を笑わせた。実際には、あまりひどく笑いすぎて、彼女は彼の腕に手をかけた。笑っていると、彼女は別人に見えた。見かけほど落ち着きはらった女性ではないのかもしれない。フランスの雑誌のシックな編集者ではなくて、もっと別の人間なのかもしれない。たとえば機械工とか。もっと粗雑な人なのかもしれない。

彼らは角を曲がっていった。ウォルターは慎重に小股で歩いていて、わたしには気づかなかった。彼らの姿を見せてくれたことをわたしは病院に感謝した。

マーゴと太陽

マーゴはふわふわした紫色のセーターを着ていた。わたしがローズルームに入っていくと、彼女はわたしを包みこむように抱きしめた。わたしはちょうどそうしてもらいたいと思っていたところだった。彼女はわたしたちのテーブルの上を片付けてスペースをつくると、絵を描きはじめた。とても薄い水彩絵の具を使って、脚の長いカクテルグラスの内側にオレンジと赤と黄色を塗り重ねて、思わず飲みたくなるほど明るい色にした。

マヨルカ島、一九八〇年八月
マーゴ・ジェームズは四十九歳

わたしは一度もちゃんとした休暇を取ったことがなく、ハンフリーもおなじだった。彼の妹からマヨルカ島のホテルを勧められ――そろそろ少し日を浴びに行ったらどうかと言われるまで、わたしたちは新婚旅行という話題を避けていた。

わたしたちは少しもその場にそぐわなかった。プールサイドの宿泊客たちはやり方をよく心得ていた――わたしたちが朝食のためにレストランに下りていくより早く、彼らは日焼け用のベッドにタオルを置いていたし、〝すべて込み〟の料金システムを最大限に利用するため、一度に三杯のドリンクを注文した。午後の太陽をできるだけたくさん浴びるためには、何時ごろ日焼け用ベッドをプールの反対側に引っ張っていくべきかも知っていた。

わたしがチャリティ・ショップで買ってあげたスパイ小説と数十時間のくつろぎの時間だけを前にして、どんな知的能力も要求されないという挑戦に、ハンフリーがどんなふうに応じようとしているかを見守るのは、なんとも楽しいことだった。わたしが陽光のなかに寝そべって、自分の内側の固まっていた部分が柔らかくなっていくのを感じているあいだ、彼はなんとか快適になろう、なんとかして楽しもうと奮闘していた。

初日に夕食のため行列して待っているとき、彼は見も知らぬ人に向かって、ウェリントンの天文台をどう思うかと訊いた。

「さあね」とその男は言った。「ゴム長(ウェリントン)を履くことはまずないからね」

その夜、わたしたちはホテルのバーを試してみた。昼間の暑さは夜のそよ風で追い払われていた。野外のバーがあんなに混雑していなかったら、ギラつく照明のステージでホテルの専属バンドがあんな震え声で『アルゼンチンよ、泣かないで』をうたっていなかったら、虫の声や海の波音が聞こえただろう。

気立てのよいカップルが、わたしたちのテーブルの二脚の椅子が空いているかと訊きに来た。いま名前はちょっと思い出せないので、トムとスーということにしておこう。ハンフリーは椅子を持っていってもかまわないという手ぶりをしたが、彼らは持っていく代わりにそこに腰をおろして、わたしたちのテーブルに加わった。わたしたちはふたりともぞっとしたのだが……。

「それで、お子さまは？」真っ黒に日焼けした避暑客が大声でがなり立てる『ボーン・トゥ・ビー・アライブ』越しに、よそよそしさをほぐそうとする会話をはじめてしばらくしたとき、スーが訊いた。

わたしたちになぜこどもがいないのかについて、他人向けの当たり障りのない答えを言おうとして、わたしは口をひらきかけたが、彼のほうが早かった。

「ええ、いますよ」とハンフリーは言った。わたしはあいた口がふさがらなかった。

「娘なんです」と彼はつづけた。「ふたりとも」トムとスーはこういう場合に不可欠な、おーとかあーとかいう声を洩らした。

わたしは飲みものを口にして、すぐにはなんとも言うつもりがないことを彼らに悟らせようとした。

「お名前は？」

「ベティとマリリンです」とハンフリーは言い、わたしは鮮やかな色のカクテルをもう少しでこぼすところだった――スペイン語でオレンジジュースを注文しようとしたら、カクテルが来てしまったのである。

「ずいぶん変わったお名前ね」とスーが言った。

「わたしたちはふたりとも大の映画ファンなんです」と、ハンフリーはまるで犯罪を犯そうとしている途中で見つかってしまったとでも言いたげに、両手を上げた。

わたしは〈鶏がこどもであるかのようなふりをするのはやめて〉となんとかして伝えようとしたけれど、ハンフリーはわたしの膝に手を置いて、にっこり笑った。わたしたちの娘のベティとマリリンは何歳なのか、とトムが訊いた。

「ふたりとも八歳です」とハンフリーが言った。

「それじゃ、双子なのね？」とスーが興奮して言った。

「そう、いっしょに生まれましたから！」ハンフリーは笑った。

「わたしは双子が大好きなの」と彼女は言った。「祖母は双子を産んだんです。世代を超えて遺伝するそうだから、わたしたちにもこどもができたら、双子になるかもしれないわ」見ているだけで痛ましいくらい熱烈な期待をこめて、スーはトムを見つめた。

「双子では手に負えないんじゃないかね」とトムが言って、気の抜けたビールを飲み干した。

「いや、うちの子の場合はとてもラッキーでね」とハンフリーが言った。彼の目には、ほんとうに楽しんでいるときにしか現れないきらめきがあった。「餌と水さえやっておけば、満足していますから」

わたしはもう一度カクテルをがぶりと飲んだ。

「女の子は、でも、おめかしが大変でしょう」とトムが言った。

「うちはそんなことはないですよ。マリリンもベティもアウトドアが大好きだから」とハンフリーは言った。「もっとも、ときには手に負えないこともありますが――なんにでもやたらにクチバシを入れたがるものでね。そうだろう、マーゴ？」

　フルーティなアルコールがわたしの口から飛び出して、白いプラスチック・テーブルに無数の小さな水たまりをつくった。トムは謝っているわたしを驚いた顔で見つめ、スーは小さな紙ナプキンでわたしが吐き戻したカクテルの水たまりをたたいた。

「気管に入ってしまったんだろう、違うかい？」とハンフリーは訊いたが、目がキラキラ光っていた。

P

「痛みがあるのかい、レニー？」

　デレクの目を見れば、正直な答えを怖れているのが見え見えだった。しかし、彼にとっては幸運なことに、わたしは正直に答えるつもりはなかった。

「いいえ」とわたしは言って、できるかぎり顔をしかめずに腰をおろした。

「このあいだ、娘さんを亡くした女性と話をしていたんだが」と彼は言った。「娘さんは……」彼は適当な言葉を見つけようとしてもがいたが、結局、わたしに向かって手のひらを差し出す仕草をした。レニーの病気。わたしの病気がなんであれ、彼がわたしの前ではっきり言うのを怖がっているのが気にいった。

「娘さんはものすごく痛がったそうだ。とりわけ……」デレクはまた手ぶりをしたが、やがてその手をピシャリと膝に下ろした。さすがに彼も気づいたのだろう。わたしの存在を死という観念の会話上の代替値（プレースホルダー）として使われるのは、その日のわたしにとって心安まることではないだろうということに。

「ともかく」と、彼はいまやすべてが許されたかのような明るい声で言った。「それできみのことを思い出したんで、訊きたいと思ったんだ。アーサーは苦痛については話したがらなかったが、わたしは違う。症状について正直に言うのは大切なことだからね」

「あなたには医学的な素養があるの？」

「いや……ないけれど」

彼は頬を赤く染めた。礼拝堂のデレクを訪ねるつもりだと言ったとき、アーサー神父がわたしに言ったことを思い出した。〈やさしくしてやりなさい〉

しかし、〝言うは易（やす）く、行なうは難（かた）し〟だった。

デレクは完璧に滑らかな顎を両手でさすった。「しかし、祈りを捧げることはできるかもしれない」

「すでにわたしのために祈ってくれているんじゃなかったの？」

「わたしは――」

「それはちょっとひどいんじゃないかしら、デレク」

「その呼び方はやめてほしいと言ったじゃないか。できれば〝ウッズ司祭〟と呼んでほしい」

「でも、それじゃ韻を踏まないもの」

「何が韻を踏まないんだね？」

わたしはため息をついて、ステンドグラスの窓を見上げた。〈わたしに力を授けたまえ、美しい紫色のガラスよ〉

「アーサー神父は韻を踏むセンスがあったのに」

デレクはあきらかにどうしていいかわからないようだった。たぶん彼はこの会話を頭のなかでリハーサルしていたのだが、わたしが台本から大きくそれてしまったので、いまやどうすれば無事に切り抜けられるかわからなくなってしまったのだろう。

「再教育を受けておけばよかったと思うことはある?」とわたしは訊いた。

「何のだい?」デレクは声ににじんでいる欲求不満を隠そうとした。

「医者とか」とわたしは言った。「看護師とか。人々の痛みについてなにか役に立つことができるように」

「レニー、きみは何を言おうとしているんだい?」

「わたしが言おうとしているのは、病院のなかに教会を置くのは、どんな天気になるのか知ろうとして油絵を見るようなものだということよ」

彼は体をこわばらせ、なにか言おうとして口をひらいたが、一瞬ためらって、鋭く息を吸いこんだ。「病院の礼拝堂は必要とする人たちを支援している。ときには、わたしたちにできるのはそれだけのこともあるが、ときには、イエス・キリストの愛をひろげることもある。わたしたちはすべての文化、宗教を尊重している。あえて思いきったことを言っても許してもらえるとすれば、きみには敬意というものが欠けているんじゃないかと思う」

「バターみたいに?」

「え?」

「イエスの愛をひろげると言ったでしょう。人がそう言うのを聞くと、バターを塗りひろげるみたいにイエスの愛をひろげているところが目に浮かぶのよ」

「レニー、愛はバターじゃない——」

「それじゃ、ジャム」

「イエスの愛はジャムじゃない」

「どうしてなの？　彼はパンやブドウや羊やライオンや亡霊にはなれるのに、どうしてジャムにはなれないの？」

デレクは激しく息を吸いこむと、わたしのとなりの信徒席から立ち上がり、空の車椅子の横を通って、礼拝堂のオフィスのなかに姿を消した。わたしはそれを降伏のしるしだと解釈したが、まもなく彼は一冊の本を抱えてまた現れた。

彼は戻ってきて、わたしのそばの側廊にしゃがみ込んだ。彼ほど体の硬い人には楽な恰好ではなかったけれど。デレクは縦軸上でしか動けない人だから。

「はい、これ」と言って、彼はその本をわたしに渡した。『イエスについての質問』という本だった。表紙は三人の異なる人種の友人たちが聖書を囲んで笑みを浮かべているところだった。「教会のなにかがきみに呼びかけているのはあきらかだ」と彼は言った。「さもなければ、何度も戻ってくるはずはないからね」彼はサメのような笑みを浮かべた。「きみが何度も戻ってくるのは人に挑戦するのが好きだからではないだろうし、アーサー神父を気にいっていたからでもないだろう。きみはなにか信じられるものを探しているんだと思う」

彼はしゃがんでいる姿勢から立ち上がったが、膝の骨という骨がボキボキ鳴る音が聞こえた。

「というわけで」と彼は言った。「わたしはこの会話を切り上げさせてもらうことにする」

「わたしにはなにも答えてくれないの？」

「わたしは予定どおりスコーヴェル病棟を訪問するつもりだ」

「でも、まだ行けないはずよ。わたしにはイエスについての質問があるんだから！」

レニーとマーゴ、トラブルに巻きこまれる

夜中に目を覚ますと、呼吸ができなかった。どろどろしたPVA接着剤を飲みこんで、喉が詰まってしまったような感じだった。どんなに強く息を吸いこもうとしても、その接着剤に隙間をあけられなかった。咳をしてすこし吐き出すことはできたが、完全に吐き出すことはできず、だから、十分に息を吸うことも、接着剤を吐き出すこともできなかった。わたしは起き上がって、カーテンを引きあけた。病棟のほかの全員がベッドのまわりにカーテンを引いていた。真っ暗だったが、ひらいたままのドアから廊下の明かりが射しこんで、床に大きな四角い明るみをつくっていた。だれかの注意を惹ければいいのだが。胸が燃えるように痛んで、目には涙がこみ上げた。〈いまはいやだ〉とわたしは思った。〈まだいやだ。わたしたちはまだ完成させていないし、わたしにはまだ語るべき物語があるのだから〉

わたしは倒れたにちがいない。というのも、次に気がついたときには、わたしは両手をメイ病棟のすべすべしたプラスチックの床に伸ばしていたからである。

「あっ！」ジャッキーがわたしのほうに駆けてきた。「どうしたの？」

わたしは頭を振って、空気を吸いこもうとした。彼女はわたしが息を吸おうとして、その音が途

中で止まったのを聞きつけた。

「落ち着いて」と彼女は言った。

わたしはまた息を吸おうとしたが、途中で引っかかった。自分がまずいことになっているのはわかっていた。

「レニー、落ち着かなきゃだめよ！」と彼女は言った。

涙が頬をつたうのがわかった。わたしの頭に浮かんだのは、酸素がない状態が何分つづくと人は死ぬのかを思い出せないということだけだった。二分半だったか？　もう二分目に差しかかっているのは確かだった。

メイ病棟の無慈悲な女主人、ジャッキーはわたしのかたわらにひざまずいた。「なにか飲みこんだの？」わたしは首を横に振った。

彼女は両腕でわたしの肩をつかんだ。「わたしを見て」と彼女は言った。わたしはなんとかまた息を吸おうとして引っかかった。「すぐにだいじょうぶになるわ」と彼女は言った。「気道をあけてやる必要があるのよ。咳をしてみて」わたしはそうしたが、接着剤を切ることはできず、ゲッとなって上体を前に突き出した。

ジャッキーは立ち上がって、一瞬、姿を消した。

「ほら、飲んで」彼女はわたしの手にプラスチックのカップを押しつけた。わたしは口に水を含んで、目をつぶって飲みくだした。それが下りていくと、接着剤が動いて、呼吸できるようになった。わたしがあえいで空気を吸おうとすると、接着剤がまたもとの場所に戻った。「もう一度」と彼女が言った。わたしがまた水を飲みこむと、接着剤が減って、また息ができるようになった。

「今度はそっと息を吸って」と彼女が言った。わたしは言われたとおりにした——わずかな空気が入ってきた。もう一度、さらにもう一度。接着剤がまだ喉に張りついていた。わたしはさらに息を吸いこみながら、自分の脳細胞のことを考えていた。酸素がなければ死んでしまう。もう数千個の脳細胞が死んだかもしれない。「いい子ね」とジャッキーが言って、わたしといっしょになって床に坐りこむと、震える膝に手を置いてくれた。

「そうできるようになったら、思いきり咳をする必要があるの」と彼女は言った。「痰を吐き出さなければならないから」

息ができることがとてもうれしかったので、そんなことをする気にはなれなかった。

「レニー、さあ、咳をして」と彼女は言った。そんなことを言う彼女が憎らしかったが、それでもできるだけ思いきり咳をした。初め、それがまたもや喉を塞いで、呼吸が止まり、喉頭の閉鎖された国境付近がブルブル震えた。

「もう一度水を飲んで」と彼女は言い、わたしはそのとおりにした。

わたしは激しく咳きこんだ。接着剤の一部が口のなかに出たので、わたしはそれを吐き出した。

ジャッキーがわたしの熱い手から痰と血を拭きとってくれた。

もう一口水を飲むと、金属の味がした。

まずいことになった。

血を吐いた罪により、レニー・ペッテションはベッドでの安静の刑を言い渡された。あの厄介な喉頭がふたたび閉鎖されると危険だからである。彼女はブラックリストに載せられて、ローズルームや礼拝堂やそのほか彼女に幸せをもたらす可能性のあるどんな場所へ行くことも禁じられた。推奨されたのは眠ることだけだった。

眠ろうとしているあいだ、彼女はその夜のその瞬間に眠ろうとしている世界中の人たちのことを考えた。待合室や、搭乗ゲートや、夜行列車で体をまるめて坐ったまま、眠ろうとしている人たち。

なにかをつかもうとしている生まれたばかりの赤ん坊たち。みんななにもない空無のなかにただ滑りこもうとしているのだった。

「レニー?」そっとささやく声が聞こえた。

ベッドのまわりのカーテンにちょっぴり隙間があいて、そこからマーゴの顔が覗いた。わたしがうなずいて入るように促すと、彼女はさっと入って、背後のカーテンをぴたりと閉めた。彼女は薄紫色のキルトのガウンを着て、紫色のスリッパを履いていた。マーゴの足がどんなに小さいか、いまのいままで気づかなかった。こんなスリッパなら、こどもでも履けるだろう。そのせいで、彼女がさらにもっと貴重な存在に思えた。

「だいじょうぶ、レニー?」とマーゴがささやき、わたしはうなずいた。彼女はわたしに近づいて、頭のてっぺんにキスをした。それから、後ろに下がると、悪戯っぽい目でわたしを見た。「レニー」と彼女は言った。「いっしょにトラブルに巻きこまれない?」

ものすごく傷つきやすいけれど、すこしも目立たない悪党みたいに、わたしたちは車椅子の横を通って、忍び足でメイ病棟を抜け出した。マーゴはまだわたしが歩けると信じていたからである。

どこに行くつもりなのかマーゴは教えてくれなかったが、わたしはその秘密を楽しんだ。〈わたしを誘拐するつもりなのかもしれない〉と、病院の廊下をグルグル歩きまわりながら、わたしは思った。彼女がわたしを力尽くで連れ出すのは無理なのだから、まあ、いわば自主的な誘拐みたいなものだけど。そもそも、彼女の背はわたしの肩までしかないのだから。ニュースに出るとしたら、どんな写真が使われるのだろう、とわたしは考えた。〈スウェーデン生まれの終末期患者のティーンエイジャー、やはり終末期患者の年配のスコットランド人女性に誘拐される〉たぶんふたりがいっしょに写っている写真は入手できないから、その代わりに、池のカモの資料写真が使われること

になるだろう。〈ふたりは発見される前にすでに死亡している可能性が高いだろう〉

「写真を撮る必要があるわ」と歩きながらわたしが言った。

「いま?」

「いいえ、でもすぐに。わたしたちふたりの写真を」

彼女はわたしを正面玄関のアトリウムに連れていった。頭上には巨大な照明があり、高い天井はガラス製だった。ほとんど人気はなく、大きな丸い床磨き機を持った清掃人がいるだけだった。

マーゴはわたしの手を取って、最初の自動ドアを通り抜け、それから二番目のドアを通過すると、わたしたちは夜の新鮮な空気のなかに出た。

わたしはそれまで逃げ出したことはなかった。つまり、病院のなかをちょっと逃げまわったことはあったが、実際に玄関のドアから外に出て、病院の建物から離れたことはなかった。それはもっとむずかしいだろうと思っていた。マーゴがガウンとスリッパといういでたちだったのには理由があったのだ。

外は寒く、病院の正面を照らす明るいピッチライトが輝いていた。そこにいる人たちが、ほかのパジャマ姿の人たちが見えた。人工肛門の袋をぶら下げている人もいれば、車椅子の人もいたが、そのほかの人たちは寒さに背を丸めて立っていた。彼らの煙が暗い空に立ち昇っていく。彼らは彫像みたいだった。冷たい、大理石の彫像。煙草を吸ったり吐いたりするのが唯一の動きだった。

「煙草を吸わせるためにわたしをここに連れてきたんじゃないんでしょう、マーゴ?」

「レニーったら!」彼女が肘でわたしのわき腹を突いたので、わたしは笑った。

照明灯の柱に寄りかかって煙草を吸っている男と目が合って、一瞬、わたしたちはどんなふうに見えるのだろうと思った。少女とその祖母が深夜のパジャマ・パーティとしゃれ込んで、病院をぶらついている? その男は目を伏せたが、なんだか薄笑いを洩らしたような気がした。〈あんたがどう思っているかなんて気にしている暇はないわ〉とわたしは思った。

マーゴはわたしを引っ張って喫煙者たちのそばを通り抜け、駐車場に向かった。「だいじょうぶ、レニー？」と彼女は訊いた。「寒すぎない？」

「だいじょうぶよ」とわたしは言った。凍てつくような寒さだったが、気持ちのいい寒さでもあった。暑い国から寒い自国に戻ってきて、やっと息をつけるような気がするときみたいに。

「照明から遠ざかる必要があるの」と彼女は言って、わたしを建物の左側に引っ張っていった。血液学研究所という標識のある建物ともうひとつの入口の前を通って、ひっそりとした非常口まで行った。そこなら、わたしたちの姿はだれにも見えなかった。頭上の照明灯が壊れていたので、そのあたりは暗闇に包まれていた。

しばらくそこに立っているうちに、わたしは失望が忍び寄るのを感じた。ここで何が起こっているとマーゴは思っているのだろう？　わたしたちは手をつないで暗闇のなかに立っていた。

「マーゴ？」とわたしはゆっくりと言った。「わたしは――」

「上を見て、レニー」と彼女が言った。

わたしは言われたとおりにした。すると、星が見えた。一九七一年のいつだったか、ウォリックシャーの暗い道路でひとりの女性に話しかけたエキセントリックな天文学者の言葉を思い出した。わたしは三京キロメートル彼方を見ているのだと思った。

最後に星を見たのがいつだったか思い出せなかった。もしもそこがあのウォリックシャーの暗い道路だったら、もっとたくさん見えたのかもしれないが、わたしには銀河系のすべてが見えたような気がした。世界がふたたび大きくなったようだった。それまでは病院が全世界だったのに。

何年かぶりで息を吸ったような感覚だった。空気は冷たく、シャキッとしていて、とても美味しかった。わたしは肺一杯にそれを感じた。生暖かく薬臭い病院の空気とは違って、新鮮で、本物で、新しかった。そして、わたしがそれを吐いたとき、息は踊りながら、星空へ上昇していった。

「とても澄んだ夜空でしょう？」と彼女は言った。「ここ数週間でいちばん透明度が高いらしいわ」

わたしは彼女の顔を見た。「いつからこれを計画していたの？」

彼女はなんとも言わずに、星を見上げたままだった。

「『わたしの心は闇のなかにあるかもしれないが、完璧な光のなかで立ち上がるだろう。夜を怖れるにはわたしはあまりにも星々を愛しすぎている』」とわたしは言った。

「覚えていたのね」彼女はにっこりと笑った。

そして、わたしたちはそこに立ったまま、星を見つめた。

「とても安らかな感じがするわ」しばらくすると、マーゴが言った。

「わたしも」

「知ってる？」と彼女はおもむろに言った。「いちばん明るく見える星はもう死んでいるのよ」

「それは気が滅入るわね」わたしは彼女の手から手を引っこめた。

「いいえ」と、わたしの腕に腕を絡ませながら、彼女は穏やかに言った。「気が滅入ることじゃなくて、美しいことなのよ。死んでからもうどのくらい経つのかわからないくらいなのに、わたしたちにはまだ見えるし、まだ生きつづけているんだから」

まだ生きつづけているのだ。

禁じられたもの

「あなたはまだそこまで行っていないわ」

「そこまで行っていない？」

「そこまで元気じゃないってことよ」新人看護師は自分の靴を見つめた。

「わたしは元気よ」とわたしは言った。

「それは通用しないわ」

「何が？」

「元気なふりをすることよ」

「わたしは実際元気なのよ」

「あなたは……」

「何よ？」

新人看護師がわたしの頭上のカルテをチェックするふりをするのを、わたしは横目でうかがった。

彼女は長いことなにも言わなかった。

「何なの？」とわたしは訊いた。

「レニー、あなたは熱があるし、新しい薬があまり効いていないし、眠れていないこともわかっているのよ」

「どうしてわかるの？」

「リンダから聞いたわ」

「卑怯だわ。リンダが信用できないのははっきりしているのに」

「レニー、彼女は夜勤の看護師で、彼女の仕事は――」

「嘘をついてるのよ。わたしは目をあけたまま眠るんだから」

「それはないわね」

「フランケンシュタインの怪物みたいに」

「何ですって？」

「でなければ、コウモリみたいに」

「コウモリは目が見えないのよ」

「そう。なら、どうしてわざわざ目をつぶったりするの？」

「レニー、これは大切なことなのよ」

「そうよ。わたしが目をあけたまま眠ることを理由に、ローズルームへ行くのを止めようとしているんだから」

「それは――」

「リンダの話は別として、ほかにもわたしが眠っていないと思う理由があるの？」

「それよ」彼女は指差した。

「わたしの目？」

「いいえ。目の下の隈よ」

「人の外見についてあれこれ言うのは無作法だってことを知らないの？」

「無作法なことをしているつもりはないわ。ただあなたの目の下には——」

「隈があるのは知ってるわ」

「レニー、ちょっとだけ冷静になってくれる？　頭が混乱しちゃうから。わたしはただ今週は休養に専念したほうがいいかもしれないと言っているだけなのよ。あなたの体は休養を必要として——」

「わたしの体は少しも休養を必要としていないわ。休養を必要としているのは頭のほうよ」

彼女は、一瞬、泣きそうな幼女みたいな顔でわたしを見た。わたしはまるで自分が彼女の親で、夏はもう終わり、お気にいりのテディベアをホテルに忘れてきてしまったけれど、あしたの朝から学校がはじまるのだと娘に言い聞かせているような気分だった。

「レニー、お願いよ」

「わかったわ！」わたしは必要以上に大声でそう言うと、腕を組んだ。いまや猛烈に怒っていることにするつもりだった。

彼女はわたしのほうにかがみ込んで、ささやいた。「わたしがこういう決定をするのを任されたのは、これが初めてなのよ」

「わかったわ」とわたしは言って、腕を解いた。ホテルのメイドがテディベアを見つけてくれ、家に送ってくれるかもしれない。

それから、彼女は立ち去った。

そして、だれも来なかった。

アーサー神父も、マーゴも、ピッパも。

ポーターのポールの人懐っこい笑顔でさえ。

ジャッキーの意地悪な目つきでさえ悪くなかったかもしれないが、だれも来なかった。そして、とうとう、わたしは眠った。何日も眠りつづけた。

惑星が一直線上に並ぶとき

「ハロー」マーゴがベッドのカーテンの端から顔を出した。

わたしは笑みを浮かべようとしたが、できたかどうか自信がなかった。

彼女は入ってきて、わたしの頭のてっぺんにキスをした。「レニーがローズルームに来られなければ」と彼女は言った。「ローズルームがレニーのところに来ればいいのよ」

彼女はベッドサイド・テーブルにいろんな色のマーカーを入れたプラスチックカップや、木炭のトレイや、鉛筆の束を置き、わたしの膝に白紙の画用紙をのせると、見舞客用の椅子に坐って、自分の膝にも画用紙を置いた。

黒い鉛筆を使って彼女が描いたのは、とても単純なもの——星空に一直線に並んだ惑星だった。

ウェスト・ミッドランズ、一九八七年八月十六日
マーゴ・ジェームズは五十六歳

わたしたちのカレンダーには三年前からしるしが付けられていた。一九八七年八月十六日。それはハンフリーにとってはクリスマスみたいなもの、クリスマスと誕生日を全部いっしょにしたようなものだった。調和的収束（ハーモニック・コンバージェンス）。太陽と月と太陽系の六つの惑星が完璧に一直線に並ぶ日である。もちろん、この日が新しい啓蒙時代のはじまりになるという〝たわごと〟（世界的な祭典のもとになった考え）を彼は信じてはいなかった。ただ、彼は〝一生に一度の天文現象〟を楽しみたかったのである。わたしたちはもうすでにそういう体験をしたことがある、とわたしが言うと、彼は片方の眉を吊り上げて見せた。

わたしはむしろその直線上に並ばないふたつの惑星のほうにずっと興味をもっていた。ほかのみんながやっていることをやるのを拒否しているというのが気にいったのである。このふたつは別の力に引っ張られ――異なる法則に支配されているのだった。

道から外れたそのふたつの惑星みたいに、わたしはパーティへの招待を断った。それはロンドンの天文台にいるハンフリーの友人たちが催す予定のパーティだった。何時間か空を見上げて、観測したものを記録し、それから料理と飲み物とダンスのパーティをする。天文台のチームは天文現象をだれにも増して楽しめるのだった。

わたしはなぜ行きたくないのかを説明できなかった。ただともかく行きたくなかったのである。だから、娘たちのベビーシッターをすると申し出た。そうすれば、彼女たちを友人の農場に預けなくても済むからだ。ベティとマリリンが天空の大きな鶏舎に飛び立ったあと、わたしたちは二羽の年配の淑女を迎え入れていた――ドリスとオードリーである。その年、この二羽は十一歳になろうとしていて、「鶏としてはたいしたものだ」とハンフリーは言っていた。

というわけで、ドリスとオードリーとわたしは留守番をすることになり、ハンフリーがいちばんいい望遠鏡を鞄に詰め、〝パーティ用のコーデュロイのズボン〟を穿いて出かけるのを見送った。

ハンフリーの家ではむかしからバスルームがいちばん寒い部屋だったので、風呂に入れるのは夏だけだった。暖かい季節だったことを利用して、わたしは風呂に浸かって、本を何章か読み、脚のむだ毛の処理をした。それから、買ったばかりのVHSプレイヤーで映画を見るつもりで、バスルームを出た。

しかし、ドアマットの上になにか置かれていた。ハンフリーが出かけたときにはなかったのに。宛名を見ると、ミセス・ジェームズとなっている。それがわたしのことだと思い出すのにちょっと時間がかかることが多かった。彼女からなのはわかっていた。

彼女はいつもわたしを〝ミセス・ジェームズ〟と呼んだ。それはわたしの恒久的な決断を思い出させるための、彼女自身は男のために名前を変えたことがないのを思い出させるための、彼女のやり方だった。しかし、わたしは意識的にハンフリーの名前にしたわけではなかった。それはほとんどたまたまだったのである。

わたしは封筒をひろいあげて、ソファのクッションの上に置き、その横に坐った。そこにはなにかいいものが入っているかもしれないし、悪いものが入っているかもしれなかったが、彼女のことだからたぶんその両方だろう。

それをあけるまでに一時間か二時間かかった。そのあいだに、ハンフリーは高速道路を降りて、天文台に着いているだろう、とわたしは計算した。もしかすると、車用の魔法瓶からパーティ用のコーデュロイのズボンにちょっとコーヒーをこぼしたかもしれない。絨毯の上を日だまりが移動して、いまは細長い明るみがわたしの足先を温めていた。ドリスがキッチンに入ってきて、トウモロコシが見つかるかもしれないと期待しているのだろう、板石の隙間を突ついていた。

封筒をあけようとすると、三角形のふたの部分が簡単に剝がれ、接着剤がまだネバネバしていた。そのときに気づくべきだったのだが……。

ひらいた封筒の内側からわたしを見ていたのはミーナとジェレミーだった。彼はもうすぐ八歳になるはずだったが、写真のなかではまだよちよち歩きで、ストライプのTシャツにオムツだけで万歳をしており、ミーナはそのお腹に腕をまわして、笑っていた。

最後に会ったとき、彼女はこの写真のなかの彼女とすこしも変わらなかった。

ミーナと赤ん坊のジェレミーはアクトンに住んでいた。年上のカップルとのシェアハウスで、この夫婦はふたりともロンドン・オーケストラの団員だった。ジェレミーは一歳と二歳のあいだくらい。七月の中旬で、数週間前から太陽が容赦なかった。高速道路でロンドンの標識を通過したとき、わたしは手のひらに汗をかきはじめた。なんだか頭がクラクラして、じつは車のなかにいるのではなく、何度も見た夢のなかにいるような気分だった。夢のなかで、わたしは車でミーナに会いにいくのだが、道に迷ったり、車が故障したり、着いた先に彼女がいなかったりするのだった。自分が車を運転しているというよりは、混雑した高速を走っていく自分の車をどこかから眺めているような気分だった。わたしは彼女に会いにいく途中で死ぬのだろうか、と考えた。そして、なぜ彼女に会いにいく途中なら、車の事故で死んでもかまわないと感じるのだろう、と思い悩んだ。

ミントグリーンのドアの家の外に車を停めたとき、ギアをニュートラルにしないでエンジンを切ろうとしたり、ハンドブレーキのかけ方を急に思い出せなくなったりした。

わたしは汗をかいていた。ふだん汗をかく場所だけでなく、ありとあらゆるところに――髪の生え際や太腿やお尻にまで。ハンドルをにぎっていた箇所には湿った跡が残り、ストライプのサンドレスの腋の下には黒い染みが付いていた。わたしはグローブボックスをあけた。ティッシュでも、ウェットティッシュでも、たとえ地図でも、汗をなんとかできるものならなんでもよかったが、デザートスプーンが一本入っているだけだった。わたしはハンフリーに車を貸した自分を呪った。

ジェレミーと母親になったミーナに会うために何を着ていこうかと、あんなに長々と迷ったのに。髪もきちんと整えたのに——汗だくになってM25号線を走ったあげく、だれかわからないほど滅茶苦茶になるなんて。彼女のためにきれいに装おうとした自分が呪わしかった。

うだるような車のなかに坐っていれば、事態は悪化するだけだった。わたしは車のキーを抜き取って、外に出た。通りは静かで、家々は灼熱の太陽に焼かれて嬉々としていた。

小道に入っていく前から、玄関のドアの歪んだ花模様の装飾ガラス越しに小さな手が見えることに気づいた。それは一度消えたが、また戻ってきた。彼はリアルな存在で、わたしに向かって手を振っているのだった。

それから、彼女がドアをあけた。

「こんにちは、ミセス・ジェームズ」しばらくのあいだ、彼女をじっと見つめずにはいられなかった。髪はカットして、鎖骨すれすれになっていた。ジャンパースカートの腰にこどもをのせていた。そのときは、少なくとも四十二歳になっていたはずだったが、ずっと若く見えた。そして、こどもも。こどもは母親そっくりで、まさに天界から降りてきたかのようだった。きつくカールしたブロンドの髪、彼女とおなじ青い瞳。怖がる気配もなく、わたしのほうに手を伸ばして、抱かれたがっていた。ミーナは彼をわたしに渡した。自分の腰に抱きとると、わたしはその重さに驚かされた。彼は小さなこぶしでわたしのイヤリングをつかもうとしてジタバタした。

彼女のあとについて、天井の高いブルーのキッチンに入ると、壁一面に楽譜が貼りつけられていた。片隅にはチェロがあり、キッチンのテーブルにはあけたままの、空のバイオリンのケースが置かれていた。

ミーナはテーブルの片隅の皿や紙類を片付けて坐った。わたしも彼女のとなりに坐って、ジェレミーを膝に移した。いまや、彼はわたしのイヤリングを取ろうとして本格的に暴れだしていた。こののたうつ小さな生きものには亡くなったふたりの男の子の名前がつけられていたのだが、彼は非常にリアルだった。赤い頬と天使みたいな髪。わたしはなにか言おうとして口をひらいたが、何を言おうとしたのかは自分でもわからなかった。それと同時に、彼女がさっと立ち上がった。「レモネードはどう？」

「あなたがレモネードをつくったの？」

「もちろん、違うわ。ジェフがつくったのよ。それが彼のほかの欠点を補う取り柄のひとつね。レモン・ドリズル・ケーキ（レモンシロップをかけた英国のティータイムの定番ケーキ）もあるのよ」

わたしは両方とももらうことにした。キッチンを動きまわる彼女を見ていると、過ぎ去った時間の長さに胸が痛んだ。ミーナがまったく別の、ふつうの人に、皿や責任をもっている人になっていくあいだ、わたしはずっといなかったのだ。自分の息子に鶏の名前をつけたのは事実だけれど、彼は彼女のもの、彼女のこどもだった。彼の手形のコラージュが壁に貼ってあった。彼にはこども用の椅子があり、家があった。そして、彼女にはいまや仕事があった。劇場のチケット売場の仕事らしかった。彼女はもはやわたしの記憶のなかに保存されていた彼女ではなかった。もはや自由奔放（ワイルド）ではなかったのだ。

わたしは膝の上のジェレミーを揺すった。彼の重みにわたしはあらためて驚かされた。特別に重かったからではなく、彼が人間だったから、無からつくりだされたものだったからである。

彼女は腰をおろして、わたしにレモン・ドリズル・ケーキの皿を渡した。スポンジの端から黒い毛が一本突き出していた。引き抜くと、太い髪の毛だった。ジェフのだろうか、とわたしは思った。レモネードのグラスはキッチン・カウンターに置いたまま忘れられていたが、わたしは喉が渇いていた。ミーナは自分の皿を膝に置き、ケーキの角をひとかけらつまんだ。それをジェレミーの口の前に差し出すと、彼はそれを食べた。

「わたしにはとても――」

「なあに？」

「あなたが人間をつくったなんて、わたしにはとても信じられないわ」とわたしは言った。

彼女はにっこりと輝くような笑みを洩らした。「そうね、不思議でしょう？」彼女は彼を膝に抱き上げると、自分の服の端でよだれを拭いた。

「あなたはそんなに悪い子じゃないわね？」と彼女は訊いた。「そうでしょう？」そして、彼を宙に差し上げたが、その拍子に皿を床に落としそうになり、ジェレミーはうれしそうな金切り声をあげた。


わたしは自分の前にぽっかりあいた地面の穴に跳びこみたくなった。

ハンフリーの家の居間の静けさのなかで、わたしはその写真をそっと手で撫でた。ジェレミーの純粋な歓喜の悲鳴がまだ耳のなかに響いていた。いまでは彼はもっと大きくなり、分別もついて、もっと注意深くなっているだろう。髪はまだブロンドのままだろうか。耳も大きくなって、ミーナみたいな小妖精の耳になったのだろうか。封筒には、ほかになにも入っていなかったが、写真の裏になにか書いてあった。

彼女の頼りない筆跡で、〈引っ越します！〉とあって、住所が書いてあった。アルファベットは英語とおなじだったけれど、そこいらじゅうに訳のわからないアクセント記号や形が付いていた。見慣れていると同時に、まったく見たことがない感じだった。

ミーナ&ジェレミー・スター

32 Nguyễn Hữu Huân
Lý Thái Tổ, Hoàn Kiếm,
Hà Nội, Vietnam

彼女はヴェトナムに引っ越すのだ。もちろん、そうだろう。彼女は冒険を必要としているのだ。あまりにも長いあいだ自由奔放な生き方から遠ざかっていたから。

キッチンのコルクボードに写真を留めに行く途中で、封筒をひろってゴミ箱に入れようとしたが、そのときあるべきものがないことに気づいた。色が付いているべきところに色がなかった。女王がいないのである。君主の定めに従わない封筒。共和主義者。すでに上がりかけていた息が詰まった。いまではもう覚えていないけれど、わたしは封筒と写真を取り落としたにちがいなかった。そして、バスタオル姿のまま、まだ湿っている髪を肩に垂らして、家から走り出た。

ハンフリーの家は野原のまんなかにあった。そこまでの道路は砂利敷きの小道で、家に近づくにつれて草地になり、その野原全体が高い黒っぽい木々の列で表通りから隠されていた。いつもハンフリーが車を停める場所まで達していないタイヤの跡があった。途中で左へそれている。

彼女が来たのだ。

ハンフリーが出かけてからわたしが風呂を出るまでのあいだに、ミーナが封筒を直接届けにきたのだった。肩から水をしたたらせて八月の陽光のなかに立ったまま、わたしは自分が吐くのではないかと思った。静寂のなかで、わたしは叫びだしたかった。

彼女とジェレミーが鶏を見にいったかもしれないと思ったので、わたしは走って家の裏手にまわった。

だが、そこにいたのはオードリーだけだった。彼女は草のなかに坐って、日の光を浴びて目をつぶり、羽をきちんと体の下にたたみ込んでいた。

ミーナは行ってしまった。わたしは彼女には会えなかった。それこそ彼女のこの上なく残酷な悪戯だった。

頭上の果てしない空には惑星が一直線上に並んでいるのかもしれないが、わたしたちはけっして並ぶことがないだろう。ミーナとわたしは。

わたしはキッチンの床から写真をひろい上げた。それがコルクボードからわたしをあざ笑うのを見たくはなかったので、ハンフリーの分厚い本のなかの一冊、『第五回　年次天文学会議、カルガリー、一九七二年』のページのあいだに滑りこませた。薄くて白いページのあいだに、それはなんの抵抗もなく滑りこんだ。あまりにもすっと入ってしまったので、ほんとうにそこに入っているのかどうかわからないくらいだった。

彼女はそこに、星々のあいだにいればいいだろう。

きみの誕生といううれしい偶然を祝福しよう

「チクリとしますよ」と看護師は言った。けれども、チクリでは済まないことをわたしは知っていた――それは注射針で、わたしの皮膚に突き刺さるのだ。

雷に打たれたような感じだった。

「いい娘だから、じっとしていて」と医師が言った。

わたしは涙がひそかに頬を滑り落ちるのを感じた。

「むかしはもっと強かったのに」とわたしはだれにともなく言った。

マーゴがわたしの手の上に手を重ねた。

「わたしを見て、レニー」とマーゴは言った。

「もう一回チクリとしますよ」と看護師が言った。

「レニー」とマーゴが言った。「どこかに行きたい?」

わたしはうなずいた。

「あなたはどこにも――」と医師が言いかけたが、そのときマーゴが物語をはじめ、わたしを連れていってくれた。以前にも行ったことのある、ミッドランズのどこかの農場の家へ。夢のなかでもときどきわたしが行く場所へ。

ウェスト・ミッドランズ、一九九七年三月
マーゴ・ジェームズは六十六歳

そのメモは、ハンフリーの頭があるはずの枕のくぼみに置かれていた。インクをなすった跡が紙全体についていたが〈きみの誕生というのうれしい偶然を祝福しよう〉と書かれていた。

わたしは何度か読み返した。なにかからの引用だろうか? おおいにその可能性はあるだろう。

彼はしばしば本気でシェイクスピアに取り組むようにわたしを説得しようとしていたから――わたしが抵抗するのをやめたら、それはそれでがっかりしたにちがいなかったけれど。

それは明るい三月の朝だった。窓の隅にうっすらと霜がこびりつき、そこに日の光が当たってキラキラ光っていた。キッチンでゴソゴソやる音がして、わたしは笑みを浮かべた。彼がもう階下にいて、なにかでっちあげようとしてガタゴトやっているのだろう。

わたしはキルトを押しのけると、ガウンに腕を通し、たくさんあるスリッパのひとつに足を入れた――石張りの床はいつでもぞっとするほど冷たくて、居間の絨毯の隙間に立ったりすると、足指に氷を押しつけられたような気がするのだった。

ベーコンとケーキの匂いがわたしのところまで立ち昇ってきた。

わたしは階段の下に立って、キッチンのなかのハンフリーを見守った。オーブンからケーキを出そうとしたとき、卵のタイマーが鳴った。彼はふきんでそれをたたいて、ソースパンの中身を掻きまわす。中身が何であるにせよ、さかんに湯気が立っていた。ラジオからはジャズが流れていたが、彼がスプーンを落として、悪態をついた。これはすてきなことのはずだったが、なぜかそうは思えなかった。

テーブルには風船が三つ、でたらめな包み方をしたピンク色のプレゼント、そして、わたし宛てのカードがあった。

わたしはそっとキッチンへ入っていった。

「ハンフリー？」

「ああ」と彼は言って、にっこりしながら振り返った。「時の女(ひと)の登場だな！」

わたしは彼の顔を探るように見たが、なにも見つからなかった。

「これはいったいどういうことなの？」

「愛しい女が六十六歳を迎えるのは、そう年中あることじゃないからね！」彼は特別に面白いことを言ったかのように笑うと、ラジオに合わせて口笛を吹きはじめた。

「あなたはわたしの誕生日がいつか知ってるのよね？」とわたしは穏やかに訊いた。

「もちろんさ」と彼は言って、わたしの鼻の先を軽くたたいた。

「それはいつなの？」

「一月の十八日さ」彼は困惑した笑みを投げかけた。わたしの態度のほうが奇妙だと言わんばかりに。

　わたしは何と言っていいかわからなかった。

「きみのためにラムレーズン・ケーキを焼いたんだ」と、キッチン・カウンターに置いたケーキをオーブンミットであおぎながら、彼は言った。

　ソースパンの中身はジャムの初期段階らしかった。彼は木のスプーンでラズベリーをすりつぶした。

「でも、わたしの誕生祝いはもうやったのよ」と、彼の代わりにオーブンのスイッチを消しながら、わたしは言った。「植物園に行って、あなたの妹さんといっしょにランチを食べたでしょう？　一月に」

「そうだったかな？」と彼は言った。

　わたしは泣きだした。

　医師のコーデュロイのズボンに染みがついていた。膝のすぐ上についているその染みに、わたしは気を取られていた。緑色の地についた黄色い染み。たぶん、カレー・ソースだろう。それとも、レモンゼリーか。

彼は両手を動かしながらなにか説明していた。わたしはズボンから目を引き剝がして、なんとか集中しようとした。

「ちょっと勘違いしていただけさ」とハンフリーは言った。「だれにでもあることだよ」誕生日パーティの一件以来、彼は日に何回もそう言った。プレゼントは蝶の模様のついた柔らかいシルクのスカーフだった。「大騒ぎする必要はない。わたしはほんとうにだいじょうぶなんだから」

医師はうなずいたが、同意したわけではないだろう、とわたしは思った。

「これはよくあることです」と医師は言って、チラリとわたしの顔を見た。「しかし、奥さんからうかがったお話からすれば、いちおう大事をとって、いくつか検査をしておいたほうがよいでしょう」

ハンフリーはうなずいた。彼は小さくなったように見えた。歳を取り、しかも、怯えているようだった。

「最初は血液検査をします」と医師は言った。わたしの注意はまた染みに引き戻されていた。白ワインを使えば取れるかもしれない、とわたしは考えていた。「それから、いくつか簡単な記憶力検査も」それとも、重曹のほうがいいだろうか。乾いた歯ブラシで、染みを掻き出す必要があるだろう。「まずは、その辺からはじめましょう」医師はハンフリーに手を差し出し、彼はその手をにぎった。それから、医師はわたしにも手を差し出した。わたしたちが立ち上がったとき、彼の手が緑色のコーデュロイのズボンをかすめたので、わたしは目をそむけずにはいられなかった。

「わたしはほんとうにだいじょうぶだよ」とハンフリーは廊下で言った。「たまたまちょっと歳取っただけなんだから」

シルバー

「西洋紙魚(シルバーフィッシュ)が戻ってきたんだ」

わたしはベッドから転げ落ちたかと思った。いきなり体が下降して、ふいに迫ってくる地面にぶつかりそうな気がしたのだ。

わたしは起き上がり、息を吸おうとしてあえいだ。

「すまない。気がつかなかったんだ。わたしは――」

自分の前に立っている人が見えるようになるまで、ちょっと時間がかかった。ジーンズに、粋なブルーのセーターの下はシャツといういでたちだった。

「アーサー神父？」とわたしは小声で言った。

「やあ、レニー」と、わたしが小声だったので、彼も小声でささやいた。

「ジーンズを穿いてるのね」

「そうだよ」

「なんだか全然……」

彼はにっこり笑った。「うん？」

「違う人みたい。まるで立ち上がって歩いている犬みたい」

彼は笑った。「会えてうれしいよ、レニー」わたしがつながれている新しい機器にふれないようにしながら、彼はベッドサイドの椅子に腰をおろした。

「どのくらい経ったの？」とわたしは訊いた。

「二、三週間だ」彼は困惑した顔をした。「ある会議に出ていたんだ。わたしは、そのう、同僚の何人かにきみのことを話したんだが、かまわなかったかね？」

「その人たちは何て言ってたの？」

「非常に興味をもっていたよ。きみたちの百枚の絵のことを話したら、非常に意味のある試みだと言っていた」

「じゃ、わたしは有名になったのね？」

「最近退職した聖職者グループのあいだでは、そうだね」

「それが夢だったのよ」

彼は笑った。

「あのね、わたしは十七枚目の絵を完成させたのよ」

「ほう、そうかね？」

「そうよ」

「で、十七番目の年を祝うためにきみは何を描いたんだい？」

「いちばんいい絵かもしれないわ。白い画用紙に百個のハートを描いたの。八十三個は紫色で、十七個がピンク」

「きみとマーゴを表しているんだね？」

「そのとおり」

「きみに会えてうれしいよ、レニー」と彼はもう一度言った。

　それから、わたしは咳（コフィング）ブレイクを取った。アーサー神父はわたしのカップに水を注いで、渡してくれた。最初の一口はスムーズに飲みこめたが、そのあとはちょっと喉に引っかかり、もっとひどく咳きこんで、口からカップのなかに垂れかけた水を拭わなければならなかった。

　アーサーは、まるで怖いものから目をそむけるかのように、必死にわたしを見ないようにしていた。

「具合が悪そうに見える？」

「わたしは、うーん」

「それはそうだということね」

「女性の外見についてはけっしてあれこれ言わないようにと、はるかむかしに教わったものでね」

　彼は笑みを浮かべたが、悲しげな笑みだった。

「で、紙魚は？」水っぽい接着剤を飲みくだしてしまうと、わたしは訊いた。

「ああ、そうだ。バスルームの埃を払っていたとき――」

「埃を払っていた？」

「え？」

「だって……バスルームに埃が溜まったりするのかしら？」

「そりゃ、うちのバスルームには溜まらないよ。わたしが埃を払っているから」

　わたしが笑うと、彼は見舞客用のプラスチックの椅子の背にもたれかかった。まるでそれがふかふかのクッション付きの――快適な、体を吸いこむような――肘掛け椅子ででもあるかのように。彼が襞のなかに吸いこまれてしまうんじゃないか、あるいは、新しく襞ができて、それに包みこまれてしまうんじゃないかと思いたくなるくらいだった。

「その話をしてもいいかね？」と彼が訊いた。

わたしがうなずくと、彼は話しはじめた。わたしが口を挟まないかと顔色をうかがいながら、彼はもう一度「バスルームの埃を払っていたとき」と言った。

わたしがなにも言わなかったので、彼はつづけた。「わたしはミセス・ヒルに約束したんだ。床に漂白剤を使うことを禁止したから、バスルームの掃除の責任はすべてわたしが負うことにするってね。『健康によくない』って。どうしてばい菌が付いているってわかるのかと訊いても、ただわかっていると言うだけだった。漂白剤が紙魚に与える影響を心配しているんだ、とわたしが言うと、どうして紙魚がいることがわかるんだと彼女に訊かれた。だから、ただわかっているんだと言ってやった。で、彼女は笑って、それ以上はかまわないでくれた。

「それで、わたしはバスルームの埃を払っていた。幅木の紙魚が好んで入りこむあたりはけっしてさわらないようにしながら。すると、一匹見えたんだよ――洗面台の下に。信じられるかい？ 洗面台はドアからかなり離れている。とりわけ紙魚くらいのサイズの生きものにとってはね。見ていると、ゴミ箱の下にもぐり込んだから、わたしはなにもしないよとささやきながら退却して、明かりを消してドアを閉めた。彼が無事に家に戻って、わたしは無害だと仲間たちに教えてくれるように祈りながら」

わたしは笑みを浮かべた。

「わたしは頭がおかしくなったわけじゃない」

「もちろん、そんなことないわ」

「ただ彼らを保護してやる必要があると感じているだけなんだ」

わたしはうなずいた。彼はため息を洩らした。

「ほんとうのことを聞きたいかね？」と彼が訊いた。

「いつでもね」

彼は坐ったまま身を乗り出して、両肘をジーンズの膝にのせた。

「退職して以来、わたしは自分をどうしたらいいかわからないんだよ。なんだか……」ちょっとためらってから、「道に迷ってしまったような感じなんだ」

「ここでの仕事が好きだったの？」とわたしは訊いた。

「大好きだった」

「それなら、戻ってくれば？」

「それはできない。仕事はデレクがやることになったんだし、彼は好ましい青年だからね。そんなことをするべきではない。どのみち、わたしは歳を取りすぎているし。ああ、レニー、ごめんよ、こんなに自分のことばかり話して。患者はきみのほうで、わたしは見舞いに来たはずなのに」

「戻ってきて」とわたしはもう一度言った。

「それはできないよ」

「できるわよ。主任司祭としては駄目でも、ほかのなにか――たとえば、本を読んであげたり、アートルームでピッパの手伝いをするボランティアみたいなものだったら」

「それならできるかもしれない」

「かもしれない、じゃなくて、絶対できるわ」

「ほんとうにそう思うかね？」

「あなたはわたしの紙魚みたいなものだもの」

「何だって？」

「わたしはバスルームの埃を払っていただけなのに、あなたはもう洗面台のところまで行ってしまった！ドアの近くの幅木のところまで戻ってきて、自分がいるべき場所に戻ってきてよ」

わたしはあまりにも星々を愛しすぎている

ウェスト・ミッドランズ、一九九八年二月
マーゴ・ジェームズは六十七歳

　彼がアルツハイマー病と診断されてからまもなく、ハンフリーとわたしはひとつの取り決めをした。その取り決めはこうだった。ハンフリーがわたしがだれか思い出せなくなったとき、わたしは彼におやすみを言い、とてつもなく大きなキスをして、それからは二度と戻ってこないことにするというのだった。初め、わたしは抵抗した。けっして彼から離れない。たとえわたしたちがどんなに他人同士のようになってしまっても、わたしは最後の最後までそばにいる、とわたしは言った。けれども、彼は頑として譲らず、わたしに契約書にサインさせた。彼はそれを自分で書き上げたので、もちろん、かろうじてなんとか読める程度の代物だった。「わたしにとってこれは天にも地にも代えがたいものなんだよ、マーゴ」と彼は言った。「わたしが天の星々のあいだに住まうようになったとき、きみがそれから何カ月も、あるいは何年も、わたしのために苦役を強いられることがないとわかっていることは」

わたしは泣いた。彼も泣いた。そして、わたしはそれにサインした。

結局のところ、わたしたちは幸運だった。それからたっぷり十一ヵ月のあいだ、記憶やある種の物事が彼から逃げだしても、わたしはそうはしなかった。ただ、終盤になると、彼のほうが逃げていってしまうようになった。ときには彼はハンフリーだったが、ときにはハンフリーではなかった。

契約書には、いつの時点で彼が介護施設に入るかが明記されていた。そして、その日はあまりにも早くやってきた。彼が施設に入居するとき、わたしもいっしょに行くことは許されなかった。わたしは荷造りを手伝って、彼を見送らなければならなかった。わたしは彼に取り囲まれているのに、そのくせ彼がいない家のなかに取り残されて、どうすればいいのかわからなかった。だから、屋根裏部屋にあがって、彼のいちばん大きな望遠鏡——施設の一人部屋に置くにはとてもではないが大きすぎると言われた——で空を見つめた。

施設に入ってから三日目に、彼はわたしに訪問する許可をくれた。

「わたしの部屋の窓は中庭に面しているんだ」わたしがブザーを押して施設に入っていくと、彼は言った。杖を片手に待合用の椅子に坐っているのが場違いに見えた。

わたしは面会者名簿に記入してから、彼のそばへ行った。ハグを期待していたのに、彼はそうしようとはしなかった。

「中庭だぞ！」と、わたしが聞いていなかったかのように、彼は繰り返した。

「どこかに坐りましょうか？」とわたしが訊くと、彼は先に立って長い廊下を歩きだした。どんな施設がいいか検討しているとき、わたしたちはこの場所を見学したが、そのときはまったく違う感じだった。まるで放課後に学校に忍びこんだかのような、わたしたちのどちらもいるべきではない場所のような感じだったのである。

「これがここでいちばんいい部屋だ」と、〝ザ・フィールド〟と呼ばれる小さなデイ・ルームにわたしを連れていくと、彼は言った。「メイン・デイ・ルームはひどい臭いがする。なぜだれもがなんの臭いもしないふりをしているのかわからない。腐ったキャベツみたいな臭いがするし、おならや片付け忘れた紅茶のカップだらけなのに。ここではどこへ行ってもシェパードパイの匂いから逃れられないんだ。まだいまのところ」――彼は背もたれの高い肘掛け椅子に腰をおろした――「実際にシェパードパイが出たことはないにもかかわらず」

　わたしは笑いださずにはいられなかった。彼がこんなところには場違いな人だということは、わたしにはわかっていた、あるいは、少なくともそうであってほしいと思っていた。

「ひどい年寄りばかりなんだ」と彼は言った。

「わたしたちも年寄りよ！」

「わたしたちはまだあんな歳じゃない。けっしてあんな年寄りになることはない。あきらめてしまうことはけっしてないからさ」と彼は言った。「それが違うところだ」

〝ザ・フィールド〟にいるのはわたしたちだけだった――肘掛け椅子が六、七脚、そこここにコーヒーテーブル。すべてが黄色か緑色だった――壁も、椅子も、絨毯も。ただ、ほかの窓とは違って、外を見渡せる大きな窓があった――介護施設のとなりの野原に面している窓で、野原は広々としていて、遠くまでつづく一列の樹木で仕切られていた。

「そう、だから、あなたはここが好きなのね」とわたしは言った。「なにかいいものは見えた？」

「いまのところは、まだだめだ」と彼は言った。「小学生みたいにベッドに送り返されずに、廊下を通って望遠鏡を運んでくるためには、夜勤のスタッフのローテーションを知る必要がある」

「それはそうだけど、ここに持ってきてもいいかどうか、スタッフに訊いてみることもできるんじゃない？」

「そして、健康と安全のための記録簿に記入してもらうのかね？　まず駄目だな」

「だれかすてきな人には会わなかった？」とわたしは訊いた。

「もちろん、会わないよ」

「それは嘘に決まってるわ」わたしは彼の膝をギュッとにぎった。

彼はわたしの目を覗きこんだ。一瞬、何と言っていいのかわからないが、心地いいとは言えない時間が流れた。ひげは家を出たときよりきれいに剃られていた。スタッフが剃ってくれたのかと訊きたかったが、もしそうなら、それは彼がいちばん話したくないことにちがいなかった。

「それで」とわたしは言った。「お部屋は中庭に面しているのね？」

「午後六時から午前六時まで点いている投光照明（フラッドライト）が二機あるから、まったくなにも見えやしない」

「別の部屋にしてもらえないか訊いてみた？」

「訊いたよ。三カ月は駄目だ、と言われた。三カ月も星を見られないなんて、気が変になりそうだ」

「それなら、家に帰ってきたら？」それがいいことかどうか考えるより先に、わたしは言っていた。たぶん、こどもを寄宿学校へ送りこんだ親が面会に来たときにも、こんなふうに感じるのだろう。後ろめたさと寂しさ。毎回自分のこどもに会いにくるたびに、彼らは別人になっていく。次に会いにくるときには、もっと完全に別の人間になっているだろう。

わたしは彼の返事を待ったが、彼は答えなかった。

「まあ、いいさ。ドミノでもやろうか？」と彼は訊いた。わたしは泣きたかった。

「わたしが……」と、彼がドミノに勝ってひとしきり得意げな顔をしたあと、わたしは言った。「わたしがあなたのために星を見るというのはどうかしら？」

「フン」

そんな反応にもかかわらず、わたしはつづけた。「大きな望遠鏡がまだセットしたままになっているから、どこを見ればいいか言ってくれれば、わたしが見て、それから――」

「わたしに電話して」と彼は言った。「何が見えるか教えてくれ」

「そうしましょうか？」

「そうだな。わたしはソムリエから電話をもらうアルコール依存症患者みたいなものになるわけだ」

というわけで、毎晩、わたしは坐りこみ、ハンフリーの部屋に電話をかけて、空に見えるすべてをできるだけ注意深くかつ正確に報告した。彼はわたしに質問したり、望遠鏡をこちらやあちらへ何度動かせと言ったり、なにかが以前の電話でもおなじ場所にあったかどうか聞き直したりした。いつもそれをメモする鉛筆の音が聞こえた。空がもっとずっとよく見える部屋に移ってからでさえ、七時三十分きっかりに、わたしは彼に電話して、何が見えるかを伝え、彼は自分にもそれが見えるかどうか言うのだった。わたしたちははるか何億キロメートルも彼方のおなじ場所を見ていることで、結ばれているのだった。

それから、二月のある火曜日、わたしが電話しても、彼は出なかった。だから、わたしはまた電話した。

「もしもし？」と若い女性が答えた。

「もしもし。ハンフリー、ハンフリー・ジェームズと話したいんですけど」

「はい、どちら様ですか？」

「マーゴ……彼の妻です」

「マーゴ、ミセス・ジェームズ、いまこちらから電話しようとしていたところなんです。ハンフリーは風呂から出るとき、ちょっと転んで、いまドクターに診てもらっているところです。なにかわかりましたら、すぐにお知らせします」

「彼に会いにいくべきですか？　わたしが行く必要はないんでしょうか？」

「申しわけありませんが、ミセス・ジェームズ、きょうの面会時間はもう終わっています。ドクターからなにか深刻な問題があるという警告があれば、例外が認められますが。詳しいことがわかるまで、どうかそのままお待ちください」


翌朝、わたしは車で介護施設へ行った。診察結果は〝単なる打撲傷〟だったが、わたしは裏切られたような気がした。けっしてあんな年寄りになることはない、と彼はわたしに約束した。それなのに、いまや風呂に入るときには介助が必要で、ドア付きの介護浴槽を必要としていた。

看護師が——看護師になるには若すぎるように見え、カーディガンに様々な慈善団体のバッジを付けた看護師が——わたしを〝ザ・フィールド〟へ案内した。「ここがお気にいりの場所なんです」と彼女は言った。

「知っています」わたしは笑みを浮かべようとしたが、自分の顔がこれまで一度もやったことがないことをやろうとしているような気がした。

「ところで、あらかじめお断りしておきますが、彼は脚に包帯をしていて、腫れを抑えるために高い位置に固定しています。でも、それ以外は、ぴんぴんしていますけど」彼女はにっこり笑って、わたしのためにドアをあけて押さえてくれた。

彼は窓の外を眺めていた。脚は、聞かされていたとおり、クッションを三つ重ねて持ち上げられ、脛を包帯でグルグル巻きにされていた。

わたしは彼のとなりに腰をおろした。

「ダーリン、具合はどう？　転倒したってことだけど」とわたしは言った。

彼はこちらに振り向いた。「みんなにわたしのペニスを見られたよ！」

そう言って、彼はアハハと笑いだし、わたしも笑った。

ドミノを三回やったあと——彼がイカサマをしたのはほぼ確実だった——、わたしは前に身を乗り出して、彼の頰にキスしたくてたまらなくなった。彼の頰はむかしほどふっくらとはしていなかったが、それでも彼だった。

「きみは忘れていないだろうね？」と彼は訊いた。「わたしたちの約束を？」

わたしは自分の椅子を彼に近づけて、手を彼の手に重ねた。

「忘れていないわ」

「わたしは本気なんだよ、マーゴ。わたしが行ってしまったあと、きみにここにいてほしくはないんだ。わたしがもうここにいないのに、きみがここに坐っている理由はないからね」

「わかっているわ。忘れません」

「約束してくれるかい？」

「わたしは契約書にサインしたでしょ？」

「わたしは本気なんだよ」

「約束します」

「わたしが愛しているのはわかっているね」と彼は言った。「きみはわたしの星なんだ、マーゴ」

「わたしもあなたを愛しています」

それから、彼は上体を後ろにそらせて、この前のクリスマスにわたしが買ってあげたソックスのなかの足指を伸ばした。

「彼女から便りはあったのかい……？」

「だれから？」

「きみのロンドンの友だち、ジェレミーの母親だよ。ええと、何という名前だったっけ？」

「ああ、ミーナのこと？」

「おお、そうだ、ミーナから便りはあったのかい？」

「最後の便りはこの前のクリスマスだったわ。手紙がきたの――ジェレミーの十八歳の誕生日は大成功だったって。彼はインターナショナル・スクールが経営する大学のクラスに通いはじめたそうよ」

「で、彼女は元気なのか？」

「だと思うわ」

「手紙を書くべきだと思うな」と彼は言った。


どんなに考えても、その日そのあと何をしたのか、わたしはすこしも思い出せない。別れを言った記憶さえない。ほかの面会のときや、そのほかのあらゆる別れとごっちゃになってしまっているからだろう。ときどき、わたしは自分を騙そうとしてみる。その日のことをただなんとなく眺めるように思い返して、すこしずつ時間が経ち、面会時間の終わりが近づいたとき、自分たちが何をして何を言ったかを思い出そうとしてみるのだ。だが、どうしてもなにも思い出せなかった。


その夜、わたしは流れ星を見た。それをどうしても彼に面と向かって報告したくてたまらなくなった。

だから、その翌日、思いがけないご馳走として、彼のためにキャロットケーキを作った。二日つづけて面会に行くことはめったになかったので驚くだろうと思っていた。

　看護師は前日とおなじカーディガンを着ていた。

「彼がどこにいるか想像もできないでしょう」と、彼女はにっこり笑いながら言った。

「ザ・フィールド？」

　彼は前の日とおなじ場所に坐っていた。脚は依然としてクッションで持ち上げられていたが、新しいソックスが覗いていた。静かで、落ち着いていて、陽光が絨毯を温めていた。彼は窓から野原を眺めていた。

　わたしは彼のとなりに坐った。

「こんにちは」とわたしは言った。

　彼はビクッとした。

「こんにちは！」と彼は温かい口調で言った。

「驚かしてごめんなさい」とわたしは言った。

「すこしもそんなことないよ」

「キャロットケーキを少しどうかなと思ったんだけど」わたしはバッグからケーキの箱を取り出した。

「ありがとう」と彼は言った。「キャロットケーキはわたしの好物なんだ」

「知っているわ」

「どうして知っているんだね？」

「あなたがそう言ったからよ」

「わたしが言った？」彼は眉間にしわを寄せた。

「はい、これ」とわたしは言って、一切れ切り分けると、持参したピクニック用の皿にのせた。時間稼ぎをしていたのである。

彼は不思議そうにわたしの顔を見ながら、それを受け取った。

「脚はどう？」

彼は、初めて包帯に気づいたかのように、自分の脚を見た。

「いやあ、どうもさっぱりわからないんだ！」

「わたしは……」

「こんなことを言っていいものかどうか……、だが、あんたがだれだったかどうしても思い出せないんだよ」

わたしは数百メートルも落下したように感じたが、それでも、なんとか坐っていた。

「わたしはマーゴよ」とわたしは言った。

「マーゴ」と、彼はわたしの名前を口のなかで弄んだが、まったく思い当たるふしがないという顔をした。「とてもすてきな名前だ」

「ありがとう」とわたしは言った。心臓がものすごいスピードで打ちだして、胸が震えた。

「どういう知り合いだったかな、マーゴ？」と彼が訊いた。

「ああ、わたしたちは古い友だちなのよ」

「そうかね？　ほんとうに申しわけないね」と彼は言った。「思い出せないなんて、わたしはなんて失礼な男なんだ！」

「かまわないわ」とわたしは言った。「知り合ったのはものすごくむかしのことだから」少なくとも、それは嘘ではなかった。「でも、いいの。じつは、わたしはほかの人を捜しているの」

「だれか特別な人かい？」

「わたしのパートナーよ」とわたしは言った。

目に涙がこみ上げるのを感じたので、わたしはキャロットケーキを置いて立ち上がり、彼と向かいあった。そして、愛しい人の頰を両手で挟んで、じっとその目を見つめた。

「約束だったわね」とわたしは言った。

彼はやさしい笑みを浮かべたが、かすかに困惑の色が混じっていた。わたしは彼のキラキラ光る目と、両手で挟んだときの顔の温かさを記憶に刻みつけた。そして、彼の唇にかなり長いキスをした。驚いたことに、彼はキスを返した。たとえ訳がわからなくなっても、彼はチャンスがあれば逃さない男だった。それから、わたしは彼に言った。

「さようなら、ハンフリー・ジェームズ。お会いできたのはほんとうにすばらしいことだったわ」

彼は奇妙な顔をして、わたしに笑いかけた。

「ああ」と、わたしがドアのところまで行ったとき、彼が言った。「あんたが捜しているのはだれだったっけ？」

「わたしが愛する人よ」と、彼に気づかれないように、頰から涙を拭こうとしながら、わたしは言った。

「そうか」と彼は言った。「彼……あるいは彼女はきっと見つかると思うよ」

「ありがとう」

「今夜は空から目を離さないことだ」と彼は言った。「一生に一度しかない天文現象だから」

そのとき出ていかなければ、永遠に出ていけなかっただろう。そして、そういうことになれば、わたしは彼との最後の約束を破ることになる。

「行かなくちゃ」と、わたしはほとんど聞こえないくらいの声で言った。

「じゃ、さようなら、マーゴ」と彼は言った。「それから、キスをありがとう」そして、彼はウィンクをした。

数カ月後、ハンフリー・ジェームズは、窓際の望遠鏡の横に置かれた肘掛け椅子に坐って、安らかに眠っているうちに天上界の人になった。

朝

ウェスト・ミッドランズ、一九九八年五月
マーゴ・ジェームズは依然として六十七歳

紫は朝の色
不機嫌な球体がグルリとまわり
黒からくすんだ紺色に
移行する
その瞬間

光、

夜明け、
　　昼。

陽光が降りそそぐ時間
前の時間より数分長くなるはずの時間、
それをわたしたちは水曜日と呼ぶだろう

だが、それは七曜の一日の水曜日ではなく、
新しい
闇と闇に挟まれた
間隙の光

だれが断言できるのか
それがふたたびやってくると？

その光のなかで、彼らは棺を担ぐ
この水曜日に、わたしたちは別れを告げる
わたしたちの悲しみは、光と光に挟まれた
間隙の闇

そして、紫と白の法衣をまとった司祭が
わたしたちに告げる
「紫は喪の色」なのだと

ハンフリーの葬式には多くの会葬者が集まった――天文台のスタッフ全員と、海外から来た人たち。彼の親類も大勢やってきた。一週間わたしの家に泊まって、準備を手伝ってくれた妹を筆頭に。介護施設のカーディガンの看護師まで別れを告げに来た。

葬式で、わたしはセーラ・ウィリアムズの詩を――自分の言葉だけでは足りなかったので、わたしたちが初めて会ったとき、彼がわたしのために書き写してくれた詩を――朗読した。その日の夜、いつまでも眠りが訪れず、気持ちを落ち着かせるためには星を見上げるしかなかったとき、わたしは彼が自分で作った詩を書き写して、彼に送った。

そして、すべてが終わった。彼の妹は帰っていき、わたしはひとり取り残されて、後片づけをした。

彼のことを考えないでいられるように、わたしはラジオをつけた――わたしたちみんなが坐っていた教会のあの棺のなかに、彼の遺体が入れられていたという考えが頭にまつわりついて振り払えなかったからだ。あの棺のなかに、まるで眠っているかのように、彼は冷たくなって横たわっていた。ラジオからはポップ・ソングが流れていた。だから、わたしはうたった。自分が歌詞を知っているとは思ってもいなかった唄をラジオに合わせてうたった。棺が地中に下ろされる場面が目に浮かぶと、わたしはそれまでより大きな声でうたった。彼の妹が泣きながら、一にぎりの土を墓穴に投げ入れる光景がよみがえると、わたしはさらに大声でうたった。それから、わたしはもはや葬式にではなく、介護施設に、ザ・フィールドにいた。わたしは彼の顔を両手で挟み、彼はわたしを見上げていた。

わたしは彼にキスをした。

そのとき、彼が言った……。

水切りラックのソースパンの上に置いた皿が隙間から滑り落ちて、床に砕け散った。

ふと気がつくと、わたしは床のその皿の横に坐りこんでいた。なぜなら、そのとき、わたしはふと悟ったからだ。最後にハンフリー・ジェームズに会ったとき、彼はわたしを忘れていたわけではなく、そのふりをしていたのだと。

彼はわたしにキスを返して、にっこり笑った。そして、「一生に一度しかない天文現象だ」と言った。一生に一度しかない天文現象。

しかも、それだけではなかった。わたしに愛する人を捜すように言ったとき、「彼……あるいは彼女はきっと見つかる」と彼は言った。その前日、彼はわたしにミーナのことを訊いていた。それまで何年も彼女のことは口にしたこともなかったのに。

あのとんでもない、すばらしい男は、わたしがだれかまだわかっているうちに別れを言うため、わたしがだれかわからないふりをしたのだ。そうやってわたしが会いに行かないで済むようにして、彼独特のやり方で、わたしを自由にしたのだろう。そして、そうすることで、わたしがほんとうに約束を守るかどうか確かめたにちがいなかった。

わたしは二十分ほど笑いつづけた。わたしがだれかわからないふりをするというハンフリーのアイディアはあまりにも腹立たしく、ばかげていたが、じつに彼らしかったからである。そして、それから、わたしは泣いた。

光……夜明け……昼

父がわたしのベッドの足下に立っていた。

それとも、立ってはいなかったのか。

(わたしは具合がよくなかった)

彼はわたしの記憶よりも背が低かった。

話しだしたとき、顔に酸素マスクを着けていることに気づいた。自分の言葉が反響して戻ってきたからだ。わたしは酸素マスクを外したが、そのとき、看護師と交わした会話を思い出した。それはわたしが眠るのを、あるいは目覚めているのを、それとも、わたしが生きるのを、あるいは死ぬのを、そのうちのどれかを助けるためだというのだった。

父はスウェーデン語でなにか言っていた。動詞が一致していなかったし、わたしの意見とも一致していなかった。

「やあ、いたずらっ子」と彼は言い、わたしの手を取って、カニューレが挿しこまれている箇所を親指でさすった。リズムに合わせているみたいに前後にさすった。そうされると痛かったが、どっちの言葉でも〝やめて〟という言い方を思い出せなかった。

これだけ時間が経ったのだから、たくさん言うことがあるにちがいないと思うかもしれない。わたしはいろんな冒険の話ではち切れそうで、彼のほうもそうにちがいないと。けれども、どちらもなにも言わなかった。結局のところ、これは夢なのかもしれなかった。わたしの頭は必死に彼の声を思い出そうとしていた。どんな声だったっけ？　高い声？　それとも低い声？

「レニー」とわたしは言ったが、すぐになぜそう言ったのだろうと思った。しかし、もう言ってしまったので、彼がうろたえて顔をクシャクシャにするのを見守るしかなかった。父は通りがかったぼんやりした人影の腕をつかんで、わたしにもう一度言ってくれと頼んだが、わたしはもう覚えていなかった。

「わたしの母？　彼女は八十三歳で、わたしたちはほとんど百歳なのよ」

「麻酔で頭が混乱することがあるんです」とぼんやりした人影が言い、父は腰をおろした。

「ポーランドへ行ったの？」とわたしは訊いたのだろう。

彼はうなずいて、わたしに白黒の豆の写真を見せた……のだと思う。

「確かなことがわかりしだいすぐに伝えるべきだったんだが」と彼は言った。「おまえは姉さんになるんだよ」

「アーサーよ」とわたしは言った。

「何だって？」

わたしは首を横に振った。ふたりとも何のことを話しているつもりなのだろう、と思った。

「アーサー神父よ」

父はアグニェシュカを振り返って、うろたえたように言った。「彼女にはわたしがだれかわからないんだ」

「彼女はハンフリーのために紫(モーニング)を着ているのよ」と、ようやく考えがつながって、わたしは言った。

「なぜなら彼の死を悼(モーニング)んでいるからだし、それに朝(モーニング)だから。それでいつも紫を着ているの」

「レニー？」

するとと、今度はアグニェシュカがベッドの足下に立ったが、彼女は別人になっていた。髪が違うだけでなく、顔も違う。ずっとそこに立っていたのだろうか？　以前からこんな感じだったのだろうか？　彼女は滑り落ちていく、滑り落ちていく……。

「レニー？」と彼が訊く。

わたしは首を横に振る。しゃべるより楽だったから。

「レニー、看護師さんが電話をくれたんだ」と父が言った。わたしは笑みを浮かべた。

「父さんは約束を守ってくれたのね」

マーゴとダンボール箱

「あなたをがっかりさせたくないのよ、レニー」

そのとき初めて、彼女がそこにいることに気づいて、わたしは目をあけた。彼女にピントを合わせるためにには、まばたきをしなければならなかった。初めは、マーゴがふたりいて、見舞客用の椅子からわたしのほうに身を乗り出していた。

「がっかりさせる？」

「あなたは百のうちの半分を完成させせたのに」

「わたしの分は一七パーセントよ」

「あなたの分よ。それなのに、わたしの分はまだ終わっていないから」と彼女は小声で言った。

彼女は首を横に振り、なにか言いたそうだったが、結局なにも言わなかった。

「みんなが協力してくれているの」と、彼女はしばらくしてから言った。「エルサも、ウォルターも、ピッパも、ローズルームのほかの人たちも――チームに分かれて、それぞれの絵を担当してるのよ。わたしがスケッチをして、色の指示を出して、それから監督しているの」

「ワーオ」

「ただひとつだけ困るのは」と彼女は言った。「みんなでいっしょに作業をして、あれこれいばり散らせるのはいいんだけど、物語を聞かせる相手がいないことなの」

「だから、ここへ来たの？」

「だから、ここへ来たのよ。もしよかったら、あなたに次の物語を聞かせるために」

「いつでも歓迎するわ」

ウェスト・ミッドランズ、一九九九年春
マーゴ・ジェームズは六十八歳

彼が死ぬと、わたしは船酔いになった。世界が妙な角度に傾いたみたいに、なにひとつまともには感じられなかった。平らであるはずのものが傾いていて、わたしは階段の手摺りにつかまったり、よろめいたりした――それまでは一度もそんなことはなかったのに。彼を失った苦痛は、人が言うようには薄らがなかった。

ハンフリーの妹が彼の蔵書の一部を欲しがった。ふたりともそこに通い、彼がそこで空を探索するようになった大学に寄贈したいのだという。彼女が寄贈したい本のリストを送ってきたので、わたしは八百屋からもらったダンボール箱に本を詰めた。書棚は居間の両側に並んでいた。ほとんどの本は、わたしが初めて彼と会ってから、手をふれられていなかったが、すべて非常に重要なものだ、と彼は言っていた。あまりにも長いあいだそこにあったので、本というよりは壁の一部、この小屋のくずれかけた石の構造を支えている梁の一部のような気がしていた。棚から本を一冊取り出すごとに、家の壁からレンガを抜き出しているような気分になった。彼がいなくなり、彼の本もなくなれば、この家はくずれ落ちてしまうにちがいなかった。

どうしても取っておきたいものを人にやってしまおうとしているという感覚には、できるだけ注意を払わないようにした。結局、わたしがそういう本を読むことはないのだろうから。年老いた未亡人の小屋の片隅で白カビが生えるままにしておいても、なんの役にも立たないのだから。『第五回　年次天文学会議、カルガリー、一九七二年』という白い大型本は、ブラジル産バナナが入っていた箱にぴったりと収まった。それがリストの最後の一冊だった。そこから秘密が床に滑り落ちたが、なんの音もしなかったので、すぐには気づかなかった。

わたしが彼女を見つけたのは、ダンボール箱を車に運ぼうとしたときだった。笑みを浮かべて、いまにもなにか言おうとしていた。智天使（ケルビム）みたいな赤ん坊のジェレミーを抱いて、冷たい石の床からわたしを見上げていた。

わたしは彼女をひろい上げ、彼女を自分の手に取った。あまりにも遠く離れていたので、こうやって手のなかに持つのが、もう一度抱きしめるのにいちばん近いかたちだろうと思った。前年のクリスマス以来、ミーナからは便りがなかった。ジェレミーはもう十九歳になるはずだった。彼は父親に――はるかむかしにわたしが嫌いだったあのしわひとつない教授に――似た男になりかけているのだろうか、とわたしは思った。彼らが出発したとき、わたしは心の底ではまだ希望を抱いていた。そのうち耐えられなくなって、彼女は戻ってくるかもしれないと。しかし、彼らは南に移動して、あのホー・チ・ミンという大統領――そのむかし、わたしにすばらしい助言をしてくれた人――に因んで名づけられた町に居をかまえた。

わたしは静かな居間を見まわした。

わたしはときにはハンフリーの愛を当たり前のものと見なしたが、それはだれかに愛されているとほんとうに確信できるときにしかできないことだろう。わたしは彼が満足しているのを知っていたし、自分もそうであることがわかっていた。

〈彼……あるいは彼女はきっと見つかる〉と、わたしたちが最後に会ったとき、ハンフリーは言った。

だから、わたしは腰をおろして、彼女に手紙を書き、気が変わる前にそれを投函した。

わたしたちのあいだには森林が茂ってしまった。

初めのころ、沈黙のなかで、小さな葉や芽が出てきたけれど、それはまだ小さかったので、その気になれば、踏みつぶすこともできるはずだった。けれども、わたしたちは沈黙をつづけた。ふたりのあいだの空間を歩いて、生えかかった芽や草を踏みつぶすことはしなかった。

ひと月またひと月と過ぎていくうちに、人が通わないその空間にはイバラが茂り、木が生えて、道がふさがれ、わたしはふたりのあいだのその空間を通り抜ける勇気がもてなくなった。深い藪で膝を擦りむくのが嫌になった。

季節が何度も、何度も、何度も移り変わり、イバラや灌木はますます深々と生い茂った。あなたのところに行くためにはチェーンソーが必要になり、ふたりのあいだの空間に時の経過がつくりだしたものを切り裂かなければならなくなった。

　やがて、ふたりのあいだの空間には生命がびっしりと生い茂り、太い木の幹や木の葉が密生して、あまりにも緑が濃く密になり、黒々として、ついには壁になって立ち塞がり、その向こう側にいるあなたが見えなくなった。

　ふたりのあいだのその空間を通り抜けようとすれば、いまでは、わたしは命を危険にさらさなければならないだろう。

　わたしが道を切りひらき、なんとかしてその森林を突き抜けたとしても、もしもその向こう側にあなたがいなかったら？

mx

古い友だち

「マーゴ？」

「なあに？」

「わたしがあなたを愛しているって言ったら、変かしら？」

「ぜんぜん」

「ただ、あなたに知っておいてもらいたいのよ、わたしが愛しているって」

「わたしもあなたを愛しているわ、レニー」

「ヴェトナムはどうだったの？」

「驚くべき場所だったわ。暑くて、ごちゃごちゃしていて、すごく生き生きしていて。わたしがハンフリーの古い農場の家でひとりで暮らしているあいだにも、あそこではあんなに活気あふれる生活がつづいていていたなんて、ほとんど信じられないくらいだった。そして、もちろん、ミーナがいたわ」

「彼女に会えたの？」

「会えたわ」

「それで？」

「わたしたちは森林を焼き払ったのよ」


わたしはマーゴについて一九九九年のある日の空港へ行った。途中で二箇所を経由する長時間のフライトのあと、わたしたちはタンソンニャット国際空港に着陸した。搭乗機から静かな空港ターミナルまで不安な気持ちで移動しているとき、わたしたちに襲いかかってきたのは暑さではなくて湿気だった。それは夜で、わたしたちの飛行機がその日最後の到着便だった。わたしには荷物はなかったので、書類や旅行者用慣用表現集やパスポートを危なっかしい手つきで抱えているマーゴのあとから、のんびりと歩いていった。彼女は落ち着かなそうだった。心の準備ができる前に、彼女はフライトを予約して荷造りをした。それはいいことだったが、災いのもとでもあった。時間があれば気分は落ち着いたにちがいないが、思い留まってしまったかもしれなかったからだ。

しかし、心配する必要はなかった。彼女が信頼することに決めた地球の反対側のほぼ見知らぬ人間が迎えにきてくれていたからだ。彼はミーナに似ていた。顔の形がおなじだったし、目は彼女の目だった。ただ、背が高くて、まだ自分自身になりきっていなかった。マーゴの名前を手書きしたボードを持っていたので、それを見つけたマーゴは安心のあまり、彼に駆け寄って思いきり抱き締めた。

ふたりについていきながら、話に耳を澄ますと、マーゴは彼がまだ丸々とした赤ん坊だったときに会ったことがあるのだと説明していた。彼にはすぐにマーゴだとわかった。どこに住んでいるときも、母親が金色のフレームに入れた写真を飾っていたからだという。それはパーティでのミーナとマーゴのぼやけた写真で、マーゴは緑色のドレスを着て、ふたりは腕を組んでスピンして踊っているところだった。どこへ引っ越しても、それがずっと飾ってあったというのだった。

駐車場の彼のモペットのところまで来ると、「跳び乗って！」と彼は言った。マーゴは笑い、それから本気で笑った。彼が彼女にヘルメットを渡すと、マーゴはとてもすごい人だから、モペットの彼の後ろにまたがった。スーツケースをふたりのあいだに挟んで。そうやって、混雑する通りへ、スクーターやタクシーや人々でごった返す、この町のブンブンうなる動脈のなかへ出ていった。ほかの人たちにとっては、これはいつもどおりの一夜でしかなく、少しも特別なものではなかったのだ。

やがてふたりは、ミーナとジェレミーがアパートの二階に住んでいる、狭い傾いた路地に到着した。わたしがジェレミーと並んで立って見ていると、ミーナがマーゴに走り寄って、思いきりぶつかった。危うく倒れそうになりながら、彼女は両腕をマーゴにまわして、なりふりかまわず「愛してる(タオ・ユ・メイ)！」と叫んだ。

誕生日

ロウソクを見たとき、わたしは自分の誕生日なのかと思った。どちらの向きから見るのが正しいのか理解するためには、ベッドに起き上がらなければならなかった。わたしは眠っていたにちがいない。だれかが部屋の明かりを消すのを見た覚えはなかったから。

彼らは忍び足で歩いていた。ロウソクをもってソロソロと。マーゴ、ピッパ、ウォルターとエルサ（手をつないでいた）、アーサー神父、新人看護師、ポーターのポール。みんながニコニコしていたので、わたしは一瞬自分が死んだのかと思った。ロウソクが揺らめいて、彼らの顔を照らしていた。ロウソクはケーキの上に立っていて、そのケーキをマーゴがとてもゆっくりと慎重にわたしのベッドに運んできた。

彼女はそれを非常に用心深くわたしのテーブルに置くと、よく見えるようにテーブルを近づけてくれた。黒いアイシングの渦巻き形の文字で、〝レニーとマーゴの百歳の誕生日おめでとう〟と書いてあった。

「わたしたち、百歳になったの?」とわたしは訊いた。「ついにやったの?」

ピッパがわたしがまだ見たことのなかった絵を掲げた。いままで見たなかで最高の出来だった。マーゴとわたしがパジャマ姿で並んでいる。わたしは笑っていて、頭上にはたくさんの星が輝いている。

下の隅には、〈グラスゴー・プリンセス・ロイヤル病院、マーゴ・マクレイは八十三歳〉と記されていた。

「最後の年にたどり着いたの？」マーゴが実際にわたしを絵にしたことが信じられなくて、わたしは訊いた。絵のなかのわたしはあまりにもリアルだった。

マーゴはにっこり笑って、わたしの手を軽くたたいた。「もちろんよ」と彼女は言った。

新人看護師がみんなのために椅子を掻き集め、彼らはわたしのまわりに坐った。巡礼者たちみたいに。

ケーキの上で赤々とした光を放っていたのは本物のロウソクではなかった——プラスチック製のクリスマス用キャンドルで、贋物の蠟がしたたり落ち、明るいLED電球が揺らめいて、なかなかうまく本物のロウソクに見せかけていた。「裸火は禁止されているの」と新人看護師が説明するように言った。それから、ケーキを持ち上げて、わたしたちの前に差し出した。

「願いごとをして」と新人看護師が言った。マーゴとわたしがケーキの上のほうに息を吹きかけると、魔法か手品みたいに、プラスチック製のLEDロウソクの火が消えた。

ピッパが紙皿を配って、ケーキを切り分けた。わたしはいつ最後にケーキを食べたのか思い出せなかった。とても美味しかった。まったく文句なしだった。しかも、いまや、わたしはほんとうに百歳の誕生日ケーキを食べたと言えるのだ。

「百歳の誕生日を迎えられるとは思ってもいなかったわ」とわたしは言った。

「このおめでたい日が何度も繰り返されますように」とやさしい笑みを浮かべながら、エルサが言った。

「そうなって然るべきだろう」とアーサー神父がつづけた。

「じつにすばらしいことをなし遂げたのよ」とピッパが言った。「で、この機会に言わせてもらうけど、じつは、街のある画廊のオーナーに話してみたら、あなたたちの絵の展覧会をひらきたいと言っているの。もちろん、あなたたちに興味があればだけど」

「どう思う？」とマーゴがわたしの顔を見て訊いた。

わたしはうなずいた。

「百歳か。どんな気分だね？」とアーサーが訊いた。

「変な気分だわ」とわたしは言った。「きのうはまだ十七歳だったような気がするから」

「わたしも八十三歳より上には見えないって言われたわ」と言って、マーゴはわたしにウィンクをした。

というわけで、わたしたちはケーキを食べて、おしゃべりをして、笑いあった。マーゴとわたしはこの地上でわたしたちの百年間のお祝いをした。長い人生だったが、短い人生でもあった。

みんなが持ってきてくれた光は、彼らが帰ってしまったあとも、いつまでもずっと残っていた。

マーゴ

わたしたちが百歳と一日になったとき、病棟の窓に小さな顔が現れた。初め、わたしはレニーかと思った。

衰えはじめると、人はそれに気づかないのだという。それはかなり早くから――五十歳くらいから――ゆっくりとはじまり、階段やバスタブへの出入りに注意しなければならなくなる。走る代わりに小走りするようになり、小走りの代わりに歩くようになるのだと。けれども、そんなことはないとわたしは知っている。わたしは過去何カ月――いや、何年もなかったほどのスピードで移動した。わたしは走った。それはちょっとした見物だったにちがいないが、廊下には人気がなかった。まだやっと朝になったばかりだったからである。

アーサーがすでにベッドわきに坐って、彼女の手をにぎっていた。わたしといっしょに走ってきたレニーの看護師がなにか言う声が聞こえたが、わたしは聞いていなかった。

レニーの顔は酸素マスクで覆われ、呼吸するたびにゼイゼイいう音がした。しかもそれは不規則だった。わたしはベッドの反対側に坐って、彼女の手を取った。冷たくて、重たかったが、それでも放そうとしなかった。

「お別れを言うときが来たのかもしれません」と、ボロボロこぼれ落ちる涙を止められずに、看護師が言った。彼女はチェリーレッドの髪を耳の後ろに掻き上げて、片手で目の下をぬぐった。それから、レニーに歩み寄って、彼女の額にキスをした。

「レニー？」と看護師が言った。「マーゴが来たわよ」

レニーのまぶたがピクピクして、半分だけひらいた。彼女はわたしを見た。

「ハロー、かわいこちゃん、来たわよ」と言いながら、わたしはむりやり笑みを浮かべた。彼女はうなずこうとするみたいにかすかに頭を動かした。はっきり見るために、わたしはまばたきしなければならなかった。

「愛してるわ、レニー。いつまでも」とわたしは言った。彼女はにぎっている手に力を込めて、酸素マスクの下から返事をした。

「あなたはとっても幸せになるのよ」とわたしは言った。「背の高い男の人と結婚するの。髪は黒っぽいけど、目は明るい色で、唄をうたう人。いつもあなたに唄をうたってくれるわ。あなたたちは小さなアパートを、それから一戸建ての家を買って、わたしに絵葉書を送ってくれるのよ。それから赤ちゃんが、たぶんふたり生まれて、ひとりにはアーサー、もうひとりにはスターという名前を付けるの。庭にはカタツムリがいるけど、あなたはそれは気にしない。あなたはとっても幸せになって、ここにいるわたしたちみんなのことを思い出すと、とてもおかしかったと思うようになるでしょう。わたしが訪ねていくと、あなたは花模様のベッドカバーを掛けたベッドを用意してくれるのよ」わたしはしゃべるのを止められなかったが、彼女はすこしも嫌な顔をしなかった。

それから、彼女はアーサー神父のほうを向くと、酸素マスクが外れるまで引っ張ってから、小さい声で訊いた。「わたしは天国に行けると思う?」

アーサーは思わず一度目をつぶったが、やがて目をあけると、確信にみちた眼差しで彼女を見つめた。「もちろんだよ、レニー」と彼は言った。「もちろんだ」彼は彼女の手を撫でさすり、彼女は目を閉じた。

「ところで、レニー、きみが天国に着いたら」と彼は言った。

彼女が目をあけた。

「連中を地獄のような目に遭わせてやってくれ」

彼女が笑みを浮かべたのは、その日、そのときが初めてだった。

ふたたびマーゴ

わたしは自分が先に逝くと思っていた。

どうしてあんなに静かに逝くことができたのだろう？　彼女なら、強烈なライトを点滅させ、警報装置を鳴り響かせて、除細動器が廊下の向こうから駆けつけてくるなか、花火みたいに逝くのではないかと思っていた。彼女はそういうのが好きだったから。混沌と大騒動。そのふたつが彼女の人生のいちばん親しい道づれだったが、最期には彼女を見捨ててしまった。彼女の死は神聖な、静かなものになり、わたしたちは、そうさせてもらえるあいだはいつまでも、彼女のそばにいた。

それから、彼女は運ばれていった。眠っているようにも見えたが、ただ、彼女を生かしていたチューブやケーブルは引き抜かれ、きちんと丸められて、彼女の手のそばに置かれていた。もはや必要がなくなったからである。

すると、あとには、病棟だけが残った。一台のベッドにひとりの娘がいた場所だけが。わたしたちはもはやアーサー神父でもマーゴでもなかった。ひとりの聖職者とひとりの老女にすぎなかった。ほんとうの娘を奪われた代理の親。

わたしはパニックに陥りかけたが、アーサーが、ありがたいことに、泣いているわたしをしっかりと抱き留めてくれた。

わたしが落ち着くと、彼はわたしの病棟まで送ってくれ、わたしたちはわたしのベッドに腰かけて、いっしょに泣いた。

ほんのすこし

わたしの母は、我慢できなくなったときや、疲れているとき、あるいは怯えているとき、いつも決まってこんなふうに言ったものだった。わたしのほうを振り向いて、「もうたくさんよ、マーゴ。もう時間はほんのすこししかないのよ」とか「ほんのすこしのことしかできないのよ」とか「戸棚にはほんのすこししか残っていないのよ」とか。

〝ほんのすこし〟というのはどんなものなのだろう、とわたしは考えたものだった。ガラス製の小さな宝石みたいなもので、光が当たると青光りするのかもしれない。手のひらにのせるときは、とても気をつけなくちゃいけないもの。どこかに持っていくときには、そっとティッシュに包まなければならないのに、わたしはいつもポケットに投げこみたがるのだった。母と六歳のわたしがキッチン・テーブルの両側に坐って、〝ほんのすこし〟をまんなかに置き、それで食事をするためにはどうやって分ければいいのか考えているところが目に浮かんだものだった。

いま、そのほんのすこしがあるような気がする。わたしは自分自身をどうしていいかわからない。考えられるのはただ物語を最後まで語ることだけだった。

ホーチミン市、二〇〇〇年一月
マーゴ・マクレイは六十九歳

空港で、ミーナとわたしはたがいに相手にしがみついた。わたしは自分たちがとてもちっぽけだと感じていた——宇宙に漂い流れる塵雲のなかでたまたま衝突した二個の粒子にすぎないかのように。わたしは幾千もの神にわたしたちを衝突させてくれたことを感謝した。わたしたちは再会の約束もしなかったし誓いも立てなかった。あと一年で七十歳になるのに、その湿気の多い、強烈な、はるか彼方の場所に戻ってくる約束をするほど、わたしは無分別ではなかった。たとえわずか数カ月ではあっても、その街はわたしたちのものだった。わたしたちはいっしょに新しい千年紀を迎えたが、それだけでもたいしたことだと感じていた。

「さようなら、愛しいひと」と、わたしにしっかりとしがみつきながら、彼女はわたしの髪のなかに言った。

わたしは安らかな気持ちになった。

なぜなら、わたしたちはとうとうふたりのベッドのあいだの隙間という問いに答えを出したからだった。

グラスゴー、二〇〇三年十二月
マーゴ・マクレイは七十二歳

ジョニーとわたしは、葬式のすぐあと、デイヴィのお墓に行った。わたしは青いリボンを巻いた花束を持っていって、それをお墓に供えたあと、彼の顔を見た。彼もわたしの顔を見た。そのとき、わたしは自分たちが深い海の底にいるかのような、あまりにも海面から遠くにいるので、もう太陽が見えないかのような、強烈な感覚にとらえられた。大声で叫んでも、口に水が入ってきて、おたがいの言葉が聞こえないような気がした。

五十年後、わたしはそのおなじ場所に立ち、黄色いリボンで束ねた花束を持っていた。

グラスゴー墓地のなかのこの小さな場所にも時が流れ、あれから太陽のまわりを五十回もまわったのだが、それでもほとんどおなじように見えた。わたしの息子の名前を刻んだ墓石を五十回の冬が凍らせた。彼が眠っている場所を五十回の夏の太陽が照りつけた。わたしの足は遠くまで旅したけれど、いま立っている場所にはすこしも近づけなかった。

墓地は静まり返っていた。前夜の寒さで草は凍りついていた。この地面の下もやはり冷たいのだろうか、とわたしは思った。わたしの花束は哀れっぽい弁解にすぎないような気がした。わたしはいまでもデイヴィをはっきりと思い浮かべることができた。額をクシャクシャにして、大きく見ひらいた目で新しいすべてを探るように見まわしていた。手があまりにも小さくて、彼が存在すること自体に驚きの目をみはらずにはいられなかった。

冷たい草にひざまずくと、露がズボンに滲みこんだ。

「こんにちは」とわたしはささやいた。すぐ向こう側の通路で紺のいでたちの女性がふたり、墓地を横切っていった。ひとりがエコバッグを持っていて、そこから一束の白いチューリップが覗いていた。

「こんなに長いあいだ来られなくてごめんなさい」とわたしは言った。「許してくれるでしょう?」

わたしがヴェトナムをあとにしたのは、最後にもう一度わたしのデイヴィに会いたかったからだった。さよならを言わずに死ぬことはできなかった。だから、ヴェトナムから帰ってくると、わたしはハンフリーの農場の家を売り払って、故郷のグラスゴーに引っ越してきた。

わたしは花束を彼の前に置いた。花を包んでいるセロファンにしわが寄った。

「あなたのことがとても気にかかっていたのよ。あなたがいなくてどんなに寂しかったか、わたしはどんなにあなたを愛していたか、どんなにあなたを裏切ってしまったことか」

わたしは深く息を吸った。心のなかでいつも叫びつづけている考えもある。

「あなたのお父さんがここにいたら、生まれつきの心臓の欠陥はだれのせいでもないと言ってくれたでしょう。でも、彼はここにはいない。じつは、わたしは彼がどこにいるのか知らないの」

「でも、あなたは知っているかもしれないわね」

冷たい草の上に置いた花束のとなりに、ガラスのホルダーに入れた小さな白いロウソクがあった。わたしはそれを手に取った。ガラス製のホルダーの側面には〈安らかに眠れ〉と記されていた。それはまだ比較的きれいで新しかった。火をつけた跡があったが、ごく短時間しか燃えなかったのだろう、蠟はほんの少ししか溶けていなかった。

デイヴィの両側に眠っている隣人たちのところには、そういうロウソクはなかったので、教会からの贈り物ではなかった。しかし、半世紀も前に亡くなった赤ん坊の墓にロウソクを供える赤の他人がいるとも思えなかった。わたしは身震いして、そこに立ち尽くした。膝の染みから冷たさが骨にまで沁みこんできた。

わたしは自分の手のなかのものにどんな力があるのだろうと思った。デイヴィを覚えているかもしれない人はあまりにも限られているのだから。

もちろん、長い年月のあいだには、ジョニーについて考えたこともあったけれど、ミーナが行方不明者届をゴミ箱に捨てたとき、彼女はわたしのなかの――本人が見つけてほしいと思っているか否かにはかかわらず――彼を見つける義務があると思っていた部分も捨ててしまったのだ。

十二月は墓地に似つかわしい季節のようだ。空の色は墓石とおなじ灰色だった。

わたしはロウソクをもとに戻して、デイヴィの名前が刻まれている石にキスをした。これまでの数えきれない冬のあいだも、数えきれないほど地球がまわるあいだも、ずっとこんなにはっきりと名前が刻みこまれたままでいてくれたのだから。

グラスゴー、二〇〇六年七月
マーゴ・マクレイは七十五歳

「こんにちは。よろしいですか？」

「どうぞ」わたしが坐っている場所をすこしずらすと、司祭はベンチに腰をおろした。坐りながら、彼はため息を洩らした。彼の服からは柔軟剤の匂いがした。そんな恰好では暑すぎるのではないかと思った。天気がよくて暑い日には、そんな黒ズボンとシャツでは暑いにちがいなかった。

「前にもここでお目にかかりましたか？」と彼が訊いた。

「最近はよくここに来ますけど」とわたしは言った。

「どなたかのお墓参りですか？」と彼が訊いた。

「まあ、そんなものです」

「それには絶好の日よりですね」

〝それ〟というのは何なのだろう、とわたしは思った。死者を悼むのに？　ロウソクを置いた人が戻ってくるのを待つのに？　この日がほんとうにそれに絶好の日なのだろうか？　そうは思ったが、わたしはともかく彼の意見に同意した。彼は袋から自分のお昼を取り出した――四半分に切って、ラップで包んだサンドイッチだった。彼はその小さな四角いもののひとつをわたしに差し出し、わたしは思わずそれを受け取っていた。

　司祭はサンドイッチにガブリとかぶりついた。

「午後になると、教会のこのあたりには、とても気持ちのいい日が射すんですよ」と彼は言った。

「そうですね」

　わたしたちはしばらくなにも言わずに坐っていた。彼がサンドイッチを食べるのを見守りながら、こんなに感じのいい人がどうしてこんな侘しい教会の司祭になったのだろう、とわたしは思った。

「さてっと」と言いながら、彼は立ち上がった。「そろそろ行かなくちゃ。すぐにオフィスに戻らないと、溶けてしまいそうですからね。レパートリーにスノウ・パトロール（グラスゴーのロックバンド）の曲を追加するように請願するため、三時に鳴鐘者（ベル・リンガー）たちが会いにくることになっているんですよ」

「まあ、そんな！」とわたしは言った。

「わたしも同感なんですがね」と彼は言った。「では、また。きっとお会いするでしょう」

　彼とは二度と会うことはなかった。わたしはデイヴィのお墓にロウソクを供えた人を待つのを止めてしまったからだ。その人が戻ってくることはもうないだろうという気がしたのである。

　それから、司祭はピシッとした黒ズボンのパン屑を払いながら、墓地を横切って立ち去った。

　その姿が教会のなかに消えると、わたしはサンドイッチを一口食べてみた。卵とクレソンのサンドイッチだった。

ムーアランズ・ハウス・ケアホーム、二〇一一年九月
マーゴ・マクレイは八十歳

〈たまたまちょっと歳取っただけなんだ〉というのが、記憶力が怪しくなって、初めて医者に連れていったとき、ハンフリーが言った言葉だった。その意味がほんとうに理解できたのは、わたしが介護施設の個室で目を覚まし、看護師のチェックを受けて、朝食のためによろよろデイ・ルームに歩いていくようになってからだった。その施設は申し分がなかった——スタッフは清潔で、親切だった——けれど、避けがたい惨めさみたいなものがあった。わたしが自力で呼吸できなくなったとき人工呼吸器のプラグを差し込むためのコンセント。わたしがパニックを起こして、だれかにそれを知らせるときに必要になる緊急呼出ボタン。わたしがベッドから起き上がるのに助けが必要になったとき、介護用リフトを取り付けるための天井の滑車装置。

七十歳になった入居者のための特別ランチがあり、みんなでラザーニャを食べることになっていた。わたしはちょっと落ち着かない気分で、自室の机の鏡の前で口紅を塗っていた。マークス＆スペンサーの明るい赤茶色で、これなら顔が明るく見えるだろうと思ったのだ。わたしは目を、自分の目をじっと見た。わたしの顔のなかで時が経っても変わらないのはこの目だけだった。いまごろミーナはどうしているのだろう、とわたしは思った。新しい住所を知らせてやったとき、わたしは〝ケアホーム〟という部分を省略したので、彼女はそうとは知らないはずだった。

ラザーニャはわたしの記憶にあるラザーニャの味ではなく、奇妙なプラスチックじみた舌ざわりだった。けれども、わたしはふたりの長年の入居者との会話に引きこまれていた。エレインとジョージーナ（「ジョージと呼んで」）。彼女たちはプリマス近くのおなじ海辺の街で育ったこども時代のことを話していた。ふたりには共通の友だちが何人もいたのに、一度も会ったことがなかったの

だという。わたしたちは世界の大きさについて話していたが、ふと見ると、彼がそこにいた。テーブルをいくつか隔てた向こうで、ひとりで食べていた。依然として痩せていたが、歳のせいで体がすこし縮まっていた。髪の毛はまったくないわけではないが、ふわふわした白髪が残っているだけだった。まっすぐ窓の外を見つめていて、いまにもそこから抜け出して、そのままどこまでも行ってしまうかに見えた。

ジョニー。

両腕にチリチリと鳥肌が立ち、新しいルームブーツの網目模様についてジョージがエレインに話していることは耳に入らなかった。なぜなら、彼がそこにいたからだ。

彼はスプーンをラザーニャに差し込んで、まるで夢のなかにいるみたいに、それを口に運んでいた。

わたしは自分の目を疑おうとした。それまでにも何度も彼の顔を見たことがあったからである――ロンドンの通りですれ違った他人、レディッチ図書館の利用者、ホイアン市の痩せた男――けれども、これは彼だった。間違いなかった。わたしは骨の髄でそう感じた。

かつて一九七〇年代末に、行方不明の男との離婚を請求したときの裁判を思い出した――わたしたちが行方を捜した証拠、わかっている最後の住所、家族から返事がなかった手紙、二十年以上別居していた証拠――ハンフリーは我慢強くわたしの横に立っていた。わたしがジョニーと離婚したことを本人は聞いているのだろうか、とわたしは思った。

ハンフリーの思い出に対して礼を失することになるのではないか、とわたしはためらった。彼はわたしに愛する人を捜しにいくようにと言い、わたしは言われたとおりにした。ジョニーはわたしの愛する人ではなかった。いまはそうではないし、あの当時ですらそうではなかったのかもしれない。ハンフリーはどう思うだろう？　左手に結婚指輪を、借りものではなく、ほんとうにわたしのものである指輪をしているのに、それでもジョニーのところに行くべきか？　わたしはそういうことをあれこれ考えていた。けれども、もしもハンフリーがここにいたら、彼はすでに向こうに歩いていって、ジョニーと握手を交わし、海王星をどう思うか訊いていただろう。

　いまもそうだが、あの当時から、わたしの心はあのおかしな星男のものだった。バラバラだったわたしの人生のピースを彼が寄せ集めて、ひとつにまとめてくれたのだ。そして、わたしに自由になる方法を教えてくれたあの女（ひと）のものでもあった。けれども、わたしの過去は、いまも、あの当時も、わたしの二十歳の誕生日の直後に片膝をついたあのひょろ長い男のものだった。声をかけないでいるのは許しがたいことだろう。それでは人生の神秘を完全に否定することになるだろう――ハンフリーは神秘が大好きだったのに。

　心臓をガンガンいわせながら、わたしはなんとか自分をテーブルから立ち上がらせた。

　そして、彼の椅子の近くまで行って、彼に目をそそいだ。音楽を聴いているような懐かしさがあり、わたしは彼をじっくりと見た。それから、彼が顔を上げて、わたしたちの目が合った。

　わたしは笑みを浮かべたが、八十歳の自分は二十歳のときと比べてどんなふうに見えるのだろうと思った。最後に彼と会ってから、わたしはいくつの人生を生きてきたのか？　どれだけ多くの瞬間を？　どれだけの日々を？　最後にここにたどり着いて、彼と会うことになるとわかっていたら、わたしはおなじように生きてきただろうか？

「ジョニー？」とわたしは訊いた。

　彼は目をほそめてわたしを見て、かすかに口をひらいた。

「マーゴ」と彼は言ったが、それは質問ではなくて答えだった。「いったいどうして……？」

　それから、ゆっくりとすべてがあるべき場所にはまり込んだが、墜落するような感じだったことを認めないわけにはいかないだろう。

ジョニーの弟はわたしから目を離せなかった。

わたしは首を横に振った。涙が湧き出して、肺から空気が絞り出された。

白熱した無の瞬間が過ぎると、わたしはハッと我に返った。トマスは依然としてわたしを見つめていた。

「すまないね」と彼は言った。兄とあまりにもそっくりなのが自分の罪ででもあるかのように――あの骨張った脚でわたしの実家の玄関に立ち、ジョニーのふりをした十五歳のころとまったくおなじだった。

「まさか」――と彼は笑みを浮かべた――「またお目にかかるとは思ってもいなかった！」

彼は若いうちに結婚して、アメリカに移住し、空軍で訓練を受けて、パイロットになるのだろう、とわたしはずっと思っていた。けれども、彼のアクセントにはグラスゴー訛りが色濃く残っていて、そうではなかったことを物語っていた。最後に彼と会ったのは、デイヴィの葬式だったかもしれない。それとも、そのすこしあとの家族でのディナーだったか。彼がどんな感じだったかを思い出そうとしたが、いくつかの記憶がいっしょくたになって、どれも正確ではないような気がした。

「それじゃ、あなただったのね？」

「何が？」

「ロウソクよ。あなたがデイヴィのお墓にお参りしたの？」

彼はうなずいた。「だいぶ前のことだがね。ジョニーに頼まれたんだ。兄が逝くまえに、墓を見てやってくれって」

「そうなの、ありがとう」とわたしは言った。「わたしはあまり行けなかったから。もっと行くべきだったんだけど」

トマスは気にするなと言いたげに手を振った。彼にはわたしについてどうこう言うつもりはなかった。まだこどもだったあのころもそうだったが、そういうところは変わっていなかった。

「どうやって……」トマスは口ごもった。「どこから話せばいいものやら？」と彼は言って、そういう自分自身を笑った。「マーゴ、ほんとうに、どうだったんだい？」

勘違いかもしれなかったが、わたしの人生がどうだったか訊いているのだろう、とわたしは思った。この五十年がわたしにとってどんなものだったのか？　人生はわたしが思っていたとおりになったのか？　わたしは幸せに、自由に生きてきたのか？　けれども、それは大きすぎる、まさに天文学的な大きさの質問だったし、そもそもほんとうにそんなことを訊かれたのかどうか自信がなかった。

「わたしは元気よ」と、それに答える代わりに、わたしは言った。「あなたはどうなの？」

彼は自分の周囲を身ぶりで示した。「歳取ったよ！」それから、彼は笑った。わたしはどうしてトマスを気にいっていたかを思い出した。彼のほうがジョニーよりずっと明るくて、いつもはるかに上機嫌だったのである。

「ジョニーはいつ亡くなったの？」

彼はうなずいたが、笑みがスーッと消えていった。

「二年くらい前だった」と彼は言った。「わたしがあんたに伝えることになったのは残念なことだが。兄は階段から落ちて、脚を骨折したんだ。それから肺炎を起こしたんだが、あっと言う間だった」

「あなたはそこにいたの？」

「いや」と彼は言った。「しかし、兄はひとりじゃなかった」

わたしはうなずいた。

「で、あなた自身は？」とわたしは訊いた。「トマス・ドカティ少年はどうなったのかしら？」

「ジョニーが辞めたあと、わたしがダットン工房の仕事のあとを継いだ。結局、わたしと友人でガラス工房をやることになったんだ」

「それじゃ、飛行機はやめたの？」

「飛行機？」

「あなたは飛行機が好きだったじゃない。プロペラがまわる赤い玩具の飛行機を持っていたのを覚えているわ」

彼は笑みを浮かべた。「そんなことを覚えているなんて信じられないな。不思議なくらい、時間はどんどん経っていってしまうものだ」

「で、あなたは結婚したの？」

「したよ。妻は三年ほど前に亡くなった。娘がひとりいる。エイプリルだ。ちょうど三人目のこどもを妊娠したところなんだ」

わたしたちは束の間なにも言わずに坐っていた。そうやって彼と話しているのがあまりにも非現実的だったので、どうしても夢を見ているような感覚を振り払えなかった。さもなければ、時間のバリアを突き抜けて、本来なら知ることのできない世界に入りこんでしまったかのようだった。あまりにも長いあいだ抱えていて、けっして答えを知ることはないと思っていたいろんな疑問に対する答えを聞かされていたからである。

「わたしはジョニーを捜したのよ」とわたしは言った。「彼が出ていってから二、三年後に、わたしもあとからロンドンに行ったの」

「そうだったのか」

「でも、彼は見つからなかった。いずれにしても、わたしの勘違いかもしれなかったし、実際、彼がほんとうにロンドンに行ったのかどうかもわからなかったんだから。ただそうじゃないかと思っただけで」

「そのとおりだったよ」と彼は言った。

「彼がどうしていたのか、ずっと知りたいと思っていたわ」

「実際、兄はロンドンに行ったんだが、そこにいたのは一、二カ月だった。思ったようにはいかなかったから、結局、ブリストルに流れていって、造船所で働いたんだ」

「幸せだった？」

「そうだね」

「すてきな人生を送ったのかしら？」

トマスは身を乗り出して、年老いた手をわたしの年老いた手に重ねた。「そうだったよ」と彼は言った。

わたしはふっと息をついた。わたしが知りたかったのはそれだけだった。

「兄は生涯の大半、ブリストルにいたんだ。こっちに戻ってきたのは十年くらい前だった。故郷の呼び声は強烈だから。そうじゃないかね？　結局のところ？」

「だから、わたしたちもここにいるのよ」とわたしが言った。

「そう、ここにいるんだ」彼はにっこりと笑った。

グラスゴー・プリンセス・ロイヤル病院、二〇一四年二月
マーゴ・マクレイは八十三歳

ムーアランズ・ハウス・ケアホームの小さな自室で、わたしは胸にビリビリする痛みを感じて目

を覚ました。消化不良かと思ったが、次の瞬間起こったことがそうではない証拠だった。

わたしがそれを必要とする日が来るだろう、と直感的に予告していた緊急呼出ボタンは正しかった。わたしにはそれが必要になるだろうと。わたしがパニックに陥り、だれかほかの人がそれに気づいて、心配してくれ、わたしの部屋に来ていっしょにパニックに陥ってくれるのを期待することになるだろうと。

それから、知っている顔なのはわかっているのに、だれとは言えない顔が現れた。そのあとは、ぼんやりとかすんでいる。救急救命室で上衣を脱がされ、心電図のためのパッドを貼られたが、ブラジャーをしていればよかったと本気で後悔したことを覚えている。

次に気づいたときには、朝になっていた。わたしは検査手術からの回復期にあったが、手術でも確定できなかった問題が残されていた。聴診器の下に白い花模様のワンピースを着た医師が、手術の次の段階に進むのに十分な体力を回復するにはおそらく数週間かかるだろうと言った。わたしのとなりのベッドにいたやたら上流階級風の女性が、それを聞くと、はっきりチッチッと舌を鳴らした。

「数週間ですって！」と彼女は言った。

彼女の赤いガウンにはWSというイニシャルのモノグラムがあった。イニシャルを付けておくほうが便利だと思えるほど定期的に自分のガウンを見分けなければならないなんて、いったいどんな生活をしているのだろうと思った。

医師がベッドのまわりにカーテンを引いて、わたしに近づいた。その女医の香水はスイートバニラだった。「心配する必要はありませんよ」と彼女は言った。「ただ休むことです。すぐにまた元気になるでしょう」

カーテンで仕切られた小さなエリアで、わたしは気楽に日々を送った。一週間くらいすると、イニシャルの婦人が本を貸してくれたり、ベッドサイド・テーブルの自分のフルーツボウルから梨をふたつくれたりした。彼女は三十年間婦人科医をしていて、本人の言葉を借りれば、「ひどく嫌な人間になってしまった」ということだった。退院するまでは、元夫が彼女の財産を管理しているのだが、これまで何週間ものあいだ、感染やさまざまな治療のあいだを行ったり来たりしている。もしも自分が自分自身の主治医だったら、こんなに長期間ベッドを占領している患者には嫌気が差しただろうと言うのだった。

「梨を食べてごらんなさい」と彼女は言った。「品種はコンファレンスよ」


数日後、わたし宛てに手紙が届いた。

それ自体は信じがたいことではなかったかもしれない。

けれども、わたしには信じがたいことだった。

このEメールとSMSの時代にまだ紙が世界中を飛びまわっているなんてことが、どうしてありうるのだろう?

しかも、それがムーアランズ・ハウス・ケアホームの郵便受けに投げこまれ、そこから取り出されて、エミリーに渡されたのだ。彼女はケアホームのアシスタントで、彼女の仕事はわたしの替えのパジャマやその他必要なものを詰めたスーツケースを運んでくることだった。

「あなた宛てにこれが来ていたわ」と、スーツケースをベッドの下に滑りこませながら、彼女が言った。

封筒には見覚えのない人物の肖像画付きの切手が貼ってあり、差出人の住所はホーチミン市だった。

その封筒をあけることばかり考えていたので、エミリーの話はほとんど耳に入らなかった。彼女はジョニーの弟のトマスのことを、その娘のエイプリルが三人目の孫の誕生に間に合うように、家族といっしょに暮らそうと言ってきたことを話したがった。エミリーはすぐには帰らずに、わたしたちはしばらくおしゃべりした。それから、深部静脈血栓症（ＤＶＴ）の抗凝固薬の注射をする看護師が来て、そのあとは夕食が来た。

目を覚ましたとき、わたしはとても驚いた。眠りこんだ覚えがなかったからだ。夕食のトレイも、きのうの新聞も片付けられていた。それにもうひとつなにか別のものも。何だったっけ？

わたしはベッドからガバッと跳び出した。ベッドの下からスーツケースを引き出して、そんなところにあるはずはないと思いながらも、パジャマやカーディガンをめくって捜した。ベッドカバーを外して、枕をふたつとも持ち上げてみた。それから、スリッパを履いて、カーテンを引きあけ、イニシャルの婦人のところへ行った。

「ゴミを収集する人はもう来ましたか？」

「何ですって？」彼女は鼻から眼鏡を外して、目をほそめてわたしを見た。

「清掃係ですけど。もうゴミを持っていったのかしら？」

「持っていったわ」

「いつごろですか？」

「そうね……」わたしは彼女を揺すぶって、早く答えてと言いたくなった。「まあ……、かなり前だったわね、たぶん」

彼女に礼を言ったかどうかさえ、わたしはよく覚えていない。病院内を付き添いなしで歩きまわるのは、それが初めてだった。まるで逃亡者みたいな気分だった。のろのろした逃亡者ではあったけれど。わたしはポーターの身になって考えようとした。やっとどんな男だったか思い出した。夕トゥーをしていたけど、わたしなら気になって仕方がないだろうと思うほど、その文字が歪んでいた。

高齢者病棟からさまよい出て産科病棟に入りかけたが、ドアのところに監視カメラがあったので引き返した。それから、ほんのわずかに傾斜した長い廊下を歩いていったが、まるで不思議の国のアリスみたいに自分がだんだん縮んで、鍵穴を通り抜けられそうな気分だった。わたしは封筒を思い浮かべようとした――文字は黒インクで、税関や航空便用のスタンプが押されていた。切手は緑色をバックにした男の肖像だった。何度となく廊下が交差している場所に差しかかったが、もしもわたしがタトゥーをしたポーターだったら、こっちに行くだろうという感覚だけを頼りに進んだ。彼の大きなゴミ箱は車輪付きのやつで、四つの箱に分かれていた――医療品、リサイクル、食品、一般ゴミ。運がよければ、わたしの手紙はリサイクルの箱に入れられているだろう。

そして、それはそこにあった。完全にほったらかしにされて、じっと待っていた。わたしはそれに忍び寄った。爪先立ちになって、ゴミのなかにわたしの手紙があるかどうか見ようとしたが、見えなかった。ひどいタトゥーをしたポーターは看護師のオフィスの閉じたドアの向こう側だったので、わたしはカートの側面によじ登った。片手を突っこんで、ティッシュペーパーを掻きまわしてみた。封筒の尖った角が見えた。それはそこにあったのだ。けれども、ほんのすこしだけ手が届かなかった……。

背後で物音がしたので、振り向いた。廊下の反対側から、十六、七歳くらいの、明るいブロンドの、ピンクのパジャマを着た少女がじっとわたしを見ていた。そのとき、看護師のオフィスのドアがあき、わたしはギクリとして動きを止めた。見つかってしまうにちがいないと思ったが、その少女がふいにしゃべりだした。タトゥーをしたポーターと厳めしい顔をした看護師は少女のほうに注意を向けた。

白いティッシュペーパーの塊のすぐ下に、わたしの手紙があった。わたしはもう一度上体を伸ばして、手を突き出した。指先が手紙をかすめて、ようやくそれをつまみ出せた。

ポーターと厳めしい顔の看護師がわたしをじっと見ているにちがいないと思いながら、振り向くと、ふたりとも姿を消していた――メイ病棟に入っていったのである。ピンクのパジャマの少女だけがまだそこにいて、にっこりと笑みを浮かべた。

わたしはミーナからの手紙をしっかりにぎって、自分のベッドに戻った。

返事を書いたとき、〈あなたからの手紙を見つけるために、わたしは病院のゴミ箱に手を突っこんだのよ。それこそ愛だわ〉と言ってやった。

彼女がわたしにした質問への答えは、もちろん、「イエス」だった。

*

きのう、アーサー神父がわたしのところに立ち寄った。彼はよく訪ねてくる。そして、レニー、わたしたちはあなたのことばかり話しているのよ。そう聞けば、うれしいでしょう?

わたしはミーナからの手紙を見せて、それをゴミ箱から救出するのをあなたがどうやって助けてくれたかを彼に話した。そして、あなたの名前を見せた――あなたのベッドの上の壁に掛かっていた小さなホワイトボードに油性マーカーで書かれた名前。あなたの看護師が取っておいてくれ、いまではわたしの名前と並んで掛かっている名前を。

それから、ひとつ深呼吸してから、骨はガタガタで心臓も悪いこのわたしが、ヴェトナムまで行こうと思っているとしたら、どう思うかとアーサー神父に訊いてみた。わたしのソウルメイトの質問にはっきり「イエス」と答えるため、彼女の手作りの指輪をわたしの左手の薬指に嵌めてもらうために。ミーナが自分で作ったものだから、指輪は銅でできていて、わたしの指は緑色に染まってしまうだろうけれど。

彼は悲しそうな笑みを浮かべて、紙はないかとあたりを見まわした。そして、ポケットからレシートを取り出すと、〈伝道の書　第九章第九節〉と書いた。

それから、自分のマフラーを手に取り、わたしに手を振って、帰っていった。

わたしは看護師に聖書を見つけてきてほしいと頼んだ——病院にはそこらじゅうに聖書があるので、見つけるのはむずかしくはなかった。病棟の通路の向かい側のアメリカ人女性が自分の聖書を貸してくれた。

薄皮のようなページを慎重にめくりながら、わたしはそこに書かれているかもしれないことに対して覚悟を決めた。

石を投げつけられるとか、永遠の罰を受けるとか、そういうことが書かれているのだろう、とわたしは想像していた。わたしの彼女への愛の恐ろしさ。あまりにも呪わしい罪だから、アーサーはわたしに面と向かっては言えなかったのだ。それが聖職者であることの辛い部分のひとつなのだろう。罪人に破滅が待ち受けていることを教えてやらなければならないのだから。

わたしはページをめくって、伝道の書第九章第九節を読んだ。

あなたの愛する女と生を楽しむがよい
あなたの束の間の人生のすべての日々に

グラスゴー・プリンセス・ロイヤル病院、二〇一四年三月わたしがうたた寝から目を覚ましたとき、ベッドの足下に女性が現れた。犬の毛だらけの分厚い毛織りのセーターを着て、ポルカドットのワンピースの縁に緑色の絵の具が撥ねかかっていた。すべての年齢の患者のために新しいアートセラピーのクラスができたので、わたしも参加しないかというのだった。彼女はわたしにパンフレットをくれて、にっこり笑った。

わたしが八十歳以上の患者のためのクラスに顔を出すと、彼女はふたたびにっこり笑った。わたしは窓の近くに席を見つけて、そのうち星を描いたりできるのだろうかと思った。実際のレッスンは星についてだったか、なにか別のものだったか、いまではもう思い出せない。というのも、それはレニーの思い出に置き換えられてしまったからだ。八十代の老人ばかりの部屋に、彼女はその歳とは思えないほど自信たっぷりに入ってきた。彼女は強烈で、ほっそりしていて、北欧系のこども特有の明るいブロンドの髪をしていた。悪戯っぽい顔で、ピンクのパジャマを着ていた。

少女はわたしのテーブルに歩み寄ると、自己紹介して、それから、わたしの人生を計り知れないほどいいものに変えはじめた。

マーゴのおやすみ

あまりにも不公平だわ、レニー。わたしだけが歳を取って、あなたは歳を取らないなんて。あなたがもうここにはいないのに、わたしは依然として年寄りで、さらに歳を取っていくなんて。

もしもわたしの歳をあなたにあげられるのなら、そうしたのに。

あなたがいったいどうやって、わたしのデイヴィが眠っている墓地に自分が埋葬されるように手配したのかは、だれにもわからなかった。

わたしはあなたの真実がなくて寂しいし、あなたの笑い声がなくて寂しい。けれども、いちばん寂しいのはあなたの魔法がないことだわ。

あなたのおかげで、アートルームには百枚の絵が並んでいる。近いうちに街の大きな白い画廊で展覧会がひらかれ、ローズルームのために寄付を募ることになるでしょう。わたしはひとりで行ってみるかもしれない。それとも、心のなかであなたといっしょに行って、手に手を取ってわたしたちの百年のあいだを歩きまわるかもしれない。

わたしの大手術は次の月曜日の午前中に行なわれることになった。あなたのすてきな看護師が縫いぐるみの豚のベニーをわたしの病棟に持ってきて、怖がらないで済むように彼といっしょに手術室に入るようにとあなたが言っていたと教えてくれた。わたしは泣かずにはいられなかった。あなたは冷たい土のなかで寂しくないように彼を連れていきたかったのではないかと思ったけれど、いや、あなたは土のなかではなく、いまではもっと別の場所にいるのだと気づいた。美しく、苦痛もなく、自由になって。わたしは彼を大切にすることを約束する。彼と鼻をふれ合わせて、おたがいをもっとよく知ろうとしている。わたしは自分の最期の日まで彼を持っているつもりでいる。

わたしはもう荷造りを済ませたのよ、レニー。それはいいことだとあなたも言ってくれると思う。それはわたしのベッドの下で待っている。そして、わたしはもうひとつ別のものも持っている。一枚の紙切れで、とても搭乗券には見えないけれど、どうやらこれがそうらしい。アーサー神父がコンピューターでプリントしてくれたのだ。もしも手術が成功したら、わたしは飛行機に乗るつもりでいる。もう一度ミーナに会うために。彼女が作ってくれた指輪がわたしに合うかどうか確かめるために。そして、ようやく「イエス」と言うために。

もしもわたしが目を覚まさなかったら、わたしは飛行機に乗って、あなたを捜しにいくでしょう。どちらにしても大冒険になるにちがいないけれど。

あなたはこの本の最後のページになにか書き残していったようだった。あなたが最後の言葉を残していったのだから、わたしはそうする必要はないと思う。わたしはただ、あなたにおやすみなさいと言うだけにする。

レニー、あなたがどこにいるにしても。いまやあなたがどんなにすばらしい世界にいるとしても。あの強烈な心が、あの素速い機知が、あのだれも抵抗できない魅力がどこにあるとしても。わたしがあなたを愛していることを知ってほしい。わたしたちが知り合ったのは人生のほんのわずかな期間だったけれど、わたしがあなたを自分の娘のように愛したことを。

あなたはあなたの計り知れない友情にふさわしい老女を見つけてくれた。その恩義をわたしは永遠に忘れない。

だから、わたしはあなたにお礼を言いたい。
ありがとう、愛しいレニー。あなたは死ぬことをはるかに楽しいものにしてくれた。

レニーの最後のページ

〝ターミナル〟と言われると、わたしは空港を思い浮かべる。

わたしはすでにチェックインした。ほぼ間違いなく。

まだ手荷物は残っているけど、大半の荷物——預け入れ荷物——はもう手許にはない。

マーゴと別れるのはほんとうに寂しいけれど、彼女はまだターミナルを離れる準備ができていない。まだやることがあるからだ。巨大なトブラローネのチョコレートを買ったり、わたしたちの物語を最後まで語ったり、もう百年生き延びたり、そういうことが。

ここは静かだ。太陽がピカピカの床に反射して、全体が明るく生き生きしている。わたしは出発ラウンジでほかの乗客たちのあいだに立ち、大きなガラス窓から飛行機を眺めながら考えている。

〈これなの？　ずっと長いあいだわたしが怖がっていたのはこれなの？〉

これならだいじょうぶだわ。

近くから見ると、そんなに大きくは見えないもの。

第二部の終わり（277〜278頁）に引用されている詩は、

'The Old Astronomer to His Pupil' by Sarah Williams（1837-68）の一部である。

謝辞

レニーがわたしのところにやってきたのは二〇一四年一月のある夜でした。わたしは修士号のための小論文に取りかかっているはずでしたが、集中できずにいました。それで、優秀な学生ならだれでもそうするように、勉強はさっさとあきらめて、物を書きだしたんです。それから、これまで七年のあいだ、レニーとマーゴの世界がわたしの住処になりました。このふたりの物語をとうとう世に送り出せることになって、わたしはとても興奮しています。

いちばん大きな黄色いバラの花束をC&W社のわたしのエージェント、スー・アームストロングに贈ります。レニーとマーゴが彼女の受信箱に到着して以来、彼女はずっとわたしをサポートしてくれ、方向性を示してくれました。彼女なしではレニーとマーゴはいまいる場所にたどり着けなかったでしょう。同時に、わたしの本をとても精力的かつ情熱的に世界中に紹介してくれたC&W社の信じがたいチーム——とりわけ、アレクサンダー、ジェイク、ケイト、マチルダ、メレディス——にも感謝したいと思います。

トランスワールド社の編集者、ジェイン・ローソンにも心から感謝の意を表したいと思っています。彼女はその知恵とユーモアと忍耐力をわたしと分かち合ってくれ、編集作業の全体を通じてわたしをサポートしてくれました。彼女と会った瞬間から、わたしはレニーとマーゴが適切な手に委ねられたことを知っていました。レニーとマーゴを信じて、その物語を広めるために奮闘してくれたトランスワールド社のチーム全員に感謝します。

　わたしを応援してくれて、物語の長さについてぶつぶつ言うのを聞いてくれ、初期草稿を読んで、いいことばかり言ってくれた家族全員にも感謝しています。さらに、わたしがいろんな場所で――総合制中等学校（コンプリヘンシブ・スクール）での途方にくれた怖ろしい数年間や、大学や、即興演劇（インプロ）クラスで笑って過ごした多くの時間や、その中間のあらゆる場所で集まってくれた友人たちにも感謝したいと思っています。じつを言うと、そういう人たちがこの本のいくつかのテーマのヒントになっているからです。わたしといっしょに奇妙な場所でティーンエイジャー・パーティをした友人たち、敬愛する、いまは亡き祖父母（ふたりは列車のなかで出会った）、別れを告げるときにわたしの手をにぎってくれた友だちにも。

　レニーとマーゴを初めから愛してくれた人と結婚できたことにも、わたしはとても感謝しています。わたしが怖がって受信箱をひらけなかったとき、不採用のEメールを読んでくれ、この本の結末を読んだあと、泣きながら家に帰ってきて、わたしに〝言葉の魔術師〟という渾名をつけ、初めての採用通知が来たときには、キッチンでいっしょに跳びはねてくれました。信じてくれてありがとう、おばかさん（グース）。

　そして、なによりも、一月のあの夜にわたしのところに来てくれたレニーに感謝しています。彼女はとてもはっきりしたかたちでわたしの頭のなかに現れたので、この物語は彼女のものなのです。わたしが寂しいとき、彼女はいっしょにいてくれたし、わたしの心臓に問題が見つかって、怖ろしいほど頻繁に〝心臓発作による突然死〟が話題になったときにも、わたしの不安をはね返してくれました。彼女はわたしに忍耐と粘り抜くことを教えてくれ、わたしの人生にそういうすべての魔法をもたらしてくれたのです。

マリアンヌ・クローニンへのインタビュー

――まず最初にお訊きしますが……いつどこで書くのですか？

『レニーとマーゴで100歳』は書くのに六年あまりかかりました――いまでは、とても長かったような感じがしますが。レニーの最初の言葉（物語の冒頭にほぼそのまま残っています）は二〇一四年一月にわたしのベッドルームの机で書きました。わたしは完全に夜型の人間なんです。昼型の人たちのためにできている世界ではこれはあまり便利ではないので、ずっと変えようとはしているんですが、夜に書くのが好きなんです。気を散らせるものがずっと少ないし、すべてがとても静かですからね。ふだんは家で、たいていはひとりのときに書いています。肩越しに書いているところを見られたら、すごく恥ずかしいから。だれかに心のなかを覗かれるようなものですから。

最初の草稿はあまり時間がかかりませんでした。三、四カ月で、そのほとんどを夜に書きました。それから、それを意味の通るものにするために形を整える作業をしたんですが、それがとても長くかかりました――当時は学位のための研究や講義にかかりっきりだったので、夜や週末に暇を見つけて編集作業をしました。自分のオフィスで論文ではなくて、レニーとマーゴを相手にしていた日があったのも確かですが。

――あなたのお気にいりの本は何ですか、それがなぜ好きなんですか？

わたしのお気にいりのひとつで、みなさんに第一に勧めたい本はヤア・ジャシの『奇跡の大地』です。どんどん折り重なっていく物語が信じがたいくらいで、たくさん学ぶものがあったし、読みながらあんなに泣いた本はありませんでした。それから、ノヴァイオレット・ブラワヨの『あたらしい名前』も好きです――ダーリンの声の大胆さはずっと忘れられません。ほかにもルース・オゼキの『あるときの物語』もほんとうに忘れられない作品です。奇妙なところが好きなんです。『レニーとマーゴ』を書いているとき、初めのころには、ヨナス・ヨナソンの『窓から逃げた100歳老人』やレイチェル・ジョイスの『ハロルド・フライの思いもよらない巡礼の旅』もヒントになりました。ふつうの人がなにかとんでもないことをやろうとするところに心から共鳴したんです。彼らは自分なりのやり方で「人生とは何なのか？」を考えていて、本を書いているとき、わたしが考えていたのもそれだったからです。

最後に、十四歳のとき、サラ・デッセンの『愛のうたをききたくて』を読んだのがいまでもよかったと思っています。主人公の母親が作家で、登場人物やストーリーのメモをそこらじゅうに置いておくんですが、わたしはだれでもみんなそうするんだと思っていました。それを読んだとき、〈わたしがそこらじゅうに自分の考えを書いておくのは、それがひとつの物語になるからなのかもしれない〉と考えました。その結果、ヤングアダルト向けのゴースト・ラブストーリーが生まれて、それはわたしのベッドの下の箱のなかにまだ入っています。いまでは、その本のことを考えるとうんざりしますが、それと同時に、一度一冊の本になる長さのものを書いたのだから、また書けるはずだと思えるようになったんです。初めての試みはいつだって手探りするようなものだと言いますからね。

――あなたのお気にいりの映画やテレビ番組は？

認めるのはちょっと恥ずかしいんですが、わたしが好きなのはこども向けの映画です。オリヴァー・ジェファーズの『まいごのペンギン』をアニメにした映画『きみのおうちへ』なんです。単純だけど、すばらしい映画です。結局、友情と、友情がどんなに救いになるかという物語ですが。泣かないで見られたことは一度もありません！　わたしはテレビも好きです。こんなことを言うのはあまり知的(ハイブラウ)な感じではないでしょうが、好きなんです！　好きなテレビ番組はみんなわたしの会話の書き方に影響していると思います。なかでも、『30 Rock／サーティー・ロック』『アンブレイカブル・キミー・シュミット』『アーチャー』『グリーン・ウィング』『ピープ・ショー　ボクたち妄想族』『フレッシュ・ミート』『フライデイ・ナイト・ディナー』『グレイス&フランキー』です。

――あなたが泣かされた最後の本は？

泣かされた本はすごくたくさんあります。いちばん最近では、アンナ・ホープの『エクスペクテーション』です。これは女同士の友情と、彼女たちが大人になってからのさまざまな時期に人生に抱いている期待についての物語です。ネタバレはしたくないんですが、わたしは終わり近くのあるシーンに驚かされて、泣いてしまいました。

――あなたが笑わされた最後の本は？

数年前から読もうと思っていたティナ・フェイの『ボッシーパンツ』をようやく読んだところで、大好きになりました。すばらしい箇所がたくさんあって――わたしは何度も読むのを中断して、そのときそばにいた人に読んで聞かせたものでした。一冊の本でこんなに笑ったことはなかったと思います――最近母が屋根裏から掘り出した、わたしが五歳のときに書いた本を除けばですが。それは『ラッキー・ランプ』というタイトルで、花でできた帽子をかぶっていて、とても不運で感じやすい娘の話なんです。彼女は窓があいているバスで雨に濡れるんですが、五歳児にとっては、それが感じやすいその娘に起こりうる最悪のことだと思えたんですね。

――よい物語とはどんな物語でしょう？　あなたが書くとき、絶対に不可欠だと思う要素は何ですか？

良質な物語にはすべて、たとえフィクションでも、真実が含まれていると思います。わたしの場合、『レニーとマーゴで100歳』を書きだしたのは自分自身の死の恐怖からでした。わたしがほんとうに死について考えだしたのには、ふたつのことがありました。（わたしは面白い人間でしょう？）

ひとつはいつもの健康診断のとき、わたしの安静時の心拍数が二〇〇くらいだとわかって、医師が驚きあわてたことでした。いろんなスキャンや検査（心電図マシーンにつながれたまま、ブラだけになってトレッドミルで走らされたり――あまりいい思い出ではありませんでした）をやったんですが、そのために病院にいるときに、いつの間にか自分がどんなに死を怖れているかについて考えだしていました。ちょうどおなじころ、学生仲間のひとりが亡くなりました。わたしは彼女をあまりよく知らなかったんですが、彼女は何年ものあいだ死と向き合って生きていたんです。そういう彼女の勇気も、自分が死ぬことを知りながら生きるのがどういうことかを考えるもうひとつのきっかけになりました。

わたし自身が書くものでは、自分になにかが欠けていると痛切に感じている人物に、とりわけ孤独な人物に惹かれます。わたしたちがレニーと出会うとき、彼女はとても孤独なんです――両親がいないだけでなく、ほんとうの友だちもいません。べつに彼女がそういう人間だからというわけではなく、ただそんなふうになってしまったんです。レニーが孤独から抜け出す旅路が、彼女がどんな人間だったかを示していると思います。彼女はマーゴやアーサーや新人看護師のなかに新しい〝家族〟を見つけます。そして、愛に囲まれて死んでいくんですが、それは彼女が自分で見つけた愛だったのです。

――レニーとマーゴはあらゆる意味でしきたりに抵抗しますが、こんなすばらしい人物像をどんなところから思いついたのでしょう？

わたしは型にはまらない人が好きなんです。好きな本や映画やテレビ番組の多くは、ちょっとふつうではない、奇癖のある人物が出てくるものだし、実生活でも、どこかしらエキセントリックな人にとても惹かれます。編集の過程でレニーとマーゴのことを話しだしたときに初めて、このふたりの一風変わったところや性格の多くが、実際に会った人たちや自分自身のなかにあるものだったことに気づきました。

物語を書きはじめたときには、レニーがわたしの頭のなかに降って湧いたような感じでした。それこそスカーフを巻いて、透明な頭蓋を差し出して、見てもらいたいような気分でした。実際、彼女の声がはっきりと聞こえたんです。彼女がどんなふうに物事に反応するか、どうやって人々のボタンを押すか、親切や無関心にどんなふうに反応するか、わたしにはわかっていました。ある意味では、レニーはわたし自身を百倍にして、コントラストをずっと強烈にして、そこに勇気と不遜さをちょっと付け加えたようなものなのかもしれません。だから、彼女の声が初めからあんなにはっきり聞こえたのかもしれないんです。すでに言ったように、わたしが初めに書いた部分はほぼそのままレニーの冒頭の章に残っています。編集する過程で、この本のじつに多くの部分を書き換えたのですが、レニーのあの最初のシーンだけは変わっていないんです。読者とレニーとの出会いが、わたしとレニーとの出会いでもあるというのはうれしいことです。

――ミーナもとても魅力的な人物ですね。彼女はどこから思いついたんですか？　実生活で彼女みたいな人をだれかご存じなんですか？

執筆の初期段階では、ミーナは実生活で短期間だけ面識のあったある人がヒントになりました。その人がとても不思議だったのは、他人にどう思われるかをまったく気にしていないことでした。

ほんとうに自由だったんです。わたしはその正反対なんですが。わたしはとても人目を気にする性質で、みんなに好かれたいんです。他人にいやな態度を取られると、何日もそのことを考えてしまいます。その人のイメージが基になって、ミーナは彼女自身に進化していったんですが、その人の他人の目を気にしないところやエネルギーが出発点になっています。それと同時に、ミーナをあまり理想化しすぎないようにしたかったので、彼女には利己的な部分や当てにならない部分があったりします。マーゴはそれを見抜いていますが、それでも彼女を愛しています。この本のなかでわたしが気にいっている場面のひとつは、ミーナがとうとう最後に自分の気持ちをマーゴに言えるようになるところです（もちろん、ヴェトナム語でですが——ミーナはなにごともけっしてありきたりなやり方ではやらないので）。もしもレニーが成人することができたとすれば、彼女はちょっとミーナに似た大人になったんじゃないかと思います——とても自由で、けっして言いわけをしない女性に。

——あなたはとても視覚的な作家ですね。この本のなかにはじつにいろんな色彩やイメージがちりばめられています。視覚芸術に親しんでいたとか、とくに興味をもっていたということはあるんですか？

わたしのＧＣＳＥ（中等教育修了試験）の美術のポートフォリオを採点した人ならだれでも、わたしにはアーティストの資質はないと言うでしょうが、わたしは色彩や美術が好きなんです。過去にも、現在でも、わたしはたくさんの人を特定の色や物やイメージと結びつけて考えています。わたしは人をそんなふうに見ているんです。デッサンも絵を描くのも得意ではありませんが、絵を描いているとほんとうに気持ちが落ち着くので、いまでもときどき描いています。レニーとマーゴがアートセラピーのクラスで友情を育むというアイディアが浮かんだあと、わたしは〝ワインを飲みながら絵を描くクラス〟に行ってみましたが、それでアートクラスの雰囲気がなんとなくわかりました。（頭に浮かぶものを絵に描けないレニーのフラストレーションはわたし自身の経験から来ています！）レニーとマーゴが描いた作品の感じをつかむために、オンラインでアマチュアのアート作品を集めたりもしました。

視覚的な作家という点については、人によって違うと思いますが、わたしの場合は、自分が描こうとしているものが目に浮かんでくるんです。頭のなかで映画を見ていて、それが消えてしまう前に、できるだけそのメモを取っておこうとするような感じです。

――あなたは両極端の年齢層のふたりの人物の頭のなかに入りこんでいます。あなたは世代を越えた人たちの友情に興味をもっているんですか？　そういう関係のどんな可能性に興味をもっているのでしょう？

人生の完全に異なる地点にいるにもかかわらず、ふたりが友だちになるという考えがわたしは気にいっているんです。世代を越えた友情では分かち合えるものがとてもたくさんあると思います。レニーがマーゴから学んでいるだけではなくて、マーゴもレニーから学んでいるんです。何年も前ですが、四十歳になっても心のなかでは十八歳のときと変わらない、とある人が言ったのを覚えています――肉体的には年を取っていくけど、自分がどんな人間かという本質的な部分は変わらないというのです。それはほんとうに興味深いことだと思いました。レニーとマーゴは歳が六十六歳も離れていますが、ふたりとも本質的には変わっていないし、もともと性格が合っているんです。おたがいに友だちに求めるものがぴったり一致しているんです。アーサーとレニーもおなじです。ふたりのあいだにも大きな歳の差があるし、世界観も完全に違うんですが、そうしようと努力することもなしに友だちになります。それは自然な反応なんです。

――あなたの本は楽しいユーモアにあふれていますが、あなたは友だちから面白い人だと思われていますか？　それとも、物を書くときだけそうなんですか？

あーあ、そういうことを訊かれるんじゃないかと思っていました！『レニーとマーゴで100歳』が自分の家族以外の人たちに読まれたとき、わたしが驚いたことのひとつは、みんながかならず面白おかしい（ファニー）と言うことでした。わたしは意図的に面白い本を書くつもりはありませんでした。ときには、レニーがやることににやりとすることもありましたが（たいていはアーサーと話しているとき）、人々がそれを面白がると知ったのは、わたしにはうれしい驚きでした。

わたしは幸せなことに面白い友人たちや家族に囲まれています。ウェスト・ミッドランズの即興演劇（インプロ）シーンでも面白い人たちといっしょに活動する幸運に恵まれているんです。インプロをするのは火がついて燃えかけている紙に物語を書くみたいなもので、書きおわったときには、すべてが永遠に消えていて、後ろに下がって全体を見ることはできません。初め、それはすごく危険な感じがしましたが、わたしに物事のなかに頭から飛びこんでいくことを教えてくれました。

訳者あとがき

かつては、人の死がもっと身近な出来事だったような気がする。東京の下町では、近所の年寄りが亡くなると、その家に白黒の幕が張りめぐらされ、黒い服に身を包んだ大人たちがせわしなく出入りして、線香の匂いや坊主の読経の声が流れ出し、ときには葬式饅頭が配られたりしたものだった。そのあとは、またすぐもとの日常が復活して、ときおり見かけたその年寄りの姿が見られなくなったというだけで、こどもたちの世界にはなんの変化もなかったけれど……。それでも、意識のずっと底のほうで、人は死んでいくのだということを、自然の成り行きとして社会がそれを受けいれていることを、こどもながらも漠然と感じていたのだと思う。

ところが、いつごろからだろうか、人の死は日常から遠くへ押しやられ、マスコミで報じられる抽象的な数字や、たとえ肉親やごく親しい人のそれでも、どこか遠くの病院や葬儀場で――日常とは切り離された世界で――処理される出来事になってしまったようである。こどもたちが取っ組み合いの喧嘩をして痛みを知ることがなくなったのとおなじころ、日常がじつは死と隣接しているという感覚をぼくたちは失ってしまったような気がしてならない。

それでも、いつのまにか齢をかさね、自分の死が現実感をもつ年齢になれば、あるいは、そうではなくても、不治の病におかされていることが判明して、余命を宣告されたりすれば、人は自分の死に向き合わざるをえなくなる。そういうとき、人はどうするのだろう？　それまでの生が死によって打ち消される気がして、生きることの虚しさに打ちひしがれるのか？　自分の生を乗っ取ろうとする病魔を憎むべき敵とみなして、最後の一秒までそれと闘うことに全精力を傾けるのか？　それとも……。

本書のレニーは十七歳。スウェーデンで生まれ、七歳のとき一家でイギリスに移住して、それ以来グラスゴーで暮らしてきた。学校の友だちにもいまひとつ溶けこめず、キスをしたことも一度だけ、それも、してはみたけど「ただ変な感じがしただけだった」という女の子である。ところが、まだ人生のとば口に立ったばかりなのに、彼女は致命的な病気におかされていることが判明して、かなり前からある病院の終末期病棟で暮らしている。彼女にとって、死は自明なものであるどころか、すぐそこに迫っている現実なのだが、にもかかわらず、レニーはそれに押しつぶされているようには見えない。

たとえば、この病院には患者のための礼拝堂があるのだが、それがどんなところなのだろうという好奇心と、死ねば人は天に召されると言われるが、それなら、あらかじめ神様に自己紹介しておいたほうがいいのではないかという考えから、彼女は礼拝堂に行って、アーサー神父と友だちになる。そして、神父に「なぜわたしは死ぬことになっているの？」という切実な質問を投げかけたりもするのだが、礼拝堂がいつもガランとしているのを心配して、そのPR作戦を考えたりもする。死が眼前に迫っているにもかかわらず、この少女には瑞々しい感性と憎めない茶目っ気があり、とても〝生き生きとしている〟のである。

そういう少女が、患者のリハビリの一環として設けられたアートクラスで出会うのが八十三歳のマーゴである。レニーが人生のとば口に立っているとすれば、マーゴはいままさに人生の出口に差しかかっている。高齢のうえ心臓病の手術を間近にひかえているこの老女にも、やはりなんとも言えない茶目っ気があり、ふたりはたがいの瞳のなかに強く惹かれる光をみとめ、残り少ない時間のなかで、かけがえのない存在になる。そして、自分たちの合計百年の人生を絵に描いて残そうという途方もない計画を立てるのである。

ふたりはそれぞれの人生の里程標になった場面を絵にしながら、それにまつわる物語を語り合う。当然ながら、八十三歳のマーゴにはそれだけ起伏に富んだ過去がある。十七歳のとき、動物園に行く電車のなかでひろった愛。生まれて間もない息子を亡くした、埋めようのない喪失感。すべてを失ったあと、ロンドンに出て知り合う自由奔放なミーナ。心の底では彼女を愛していると感じながら、同性ゆえに自分でも正面からそれを認めることができず、それを封印したまま、やがて彼女から離れて地方に流れていき、ふとしたことから浮世離れした天文学者と暮らすことになる。それからの二十年あまり、変人の天文学者との穏やかな生活がつづくが、ミーナへの思いは消えたわけではなく、夫が老齢で亡くなると、はるかヴェトナムまで会いにいく決心をするのである。一見穏やかで温和（おとな）しそうなマーゴだが、余命が秒読み段階になっているいまでさえ、もし次の大手術が成功したら、もう一度あらためてミーナに会いにいきたいと考えている。

十七歳と八十三歳。死を目前にして出逢ったこのふたりの友情には、陰鬱な悲しみの影はない。むしろ、残された時間がごく限られているからこそ、一分一秒も無駄にせずに、生の時間を最大限に楽しもうとしているかのようだ。このふたりを見ていると、死は人生のすべてを破壊する恐ろしい結末ではなく、死という結末に裏打ちされているからこそ生が輝いて見えるのではないかと思えてくる。最後に、マーゴがレニーに呼びかけて、「ありがとう、愛しいレニー。あなたは死ぬことをはるかに楽しいものにしてくれた」と言っているが、ふたりの主人公がともに死んでいくにもかかわらず、この物語を読みおえたとき、ぼくたちのなかにはなにかしら温かいものが残るような気がする。

著者のマリアンヌ・クローニンは一九九〇年に生まれ、イギリスのウォリックシャーで育った。ランカスター大学で英語学と創作を学び、のちに応用言語学を専攻して、バーミンガム大学で修士及び博士号を取得した。『レニーとマーゴで100歳』は彼女の処女小説である。

Marianne Cronin

The One Hundred Years of
Lenni and Margot
Marianne Cronin

レニーとマーゴで100歳

著 者
マリアンヌ・クローニン
訳 者
村松 潔
発 行
2022年1月30日

発行者 佐藤隆信
発行所 株式会社新潮社
〒162-8711 東京都新宿区矢来町71
電話 編集部 03-3266-5411
読者係 03-3266-5111
https://www.shinchosha.co.jp

印刷所
株式会社精興社
製本所
大口製本印刷株式会社

乱丁・落丁本は、ご面倒ですが小社読者係宛お送り下さい。
送料小社負担にてお取替えいたします。
価格はカバーに表示してあります。

ISBN978-4-10-590178-3 C0397

トリック

Der Trick
Emanuel Bergmann

エマヌエル・ベルクマン
浅井晶子訳

プラハに生まれナチス政権下を生き抜いた
老マジシャンと、魔法を信じるLAの少年。
それぞれの艱難を越えて生きるユダヤ人少年を
温かな筆致で描くデビュー長篇。